ٹھنڈا گوشت

کلیاتِ منٹو ۔ 3/9

افسانے

سعادت حسن منٹو

Copyrights

Literary works of Saadat Hasan Manto are in public domain and therefore are free to to be published, reproduced, stored in a retrieval system, or transmitted in any form or by any means, electronic, mechanical, photocopying, recording, or otherwise. Reproduction of this book and this series with publisher name or logo, however is not permitted.

TITLE:	Thanda Gosht
FORMAT:	Paperback
SERIES:	Kulliyat e Manto
PART:	Part 3 of 9
AUTHOR:	Saadat Hasan Manto
PUBLISHED BY:	GhazalSara Dot Org, LLC
PUBLISHED:	May 2023
ISBN:	978-1-957756-50-9
CONTACT:	ghazalsara.org@outlook.com

Scan this QR Code with your phone now!

<u>Printed and bound in the U.S.A.</u>

کلیاتِ منٹو

منٹو کے تمام افسانوں کو نو کتابوں کی صورت میں شائع کیا جا رہا ہے۔ یہ کتب امریکہ میں غزل سرا کے آن لائن سٹور اور باقی تمام دنیا میں ایمازون اور ایسے ہی دوسرے سٹورز پر بآسانی دستیاب ہیں۔ اس کے علاوہ یہ کتب ای بک فارمیٹ میں ایپل بک سٹور، گوگل پلے بکس اور دوسرے ای بک پلیٹ فارمز پر دستیاب ہیں۔

فارمیٹ	آئی ایس بی این	ٹائٹل	#
ہارڈ کور	978-1-957756-71-4	ایک زاہدہ، ایک فاحشہ	1
پیپر بیک	978-1-957756-48-6		
ای بک	978-1-957756-57-8		
ہارڈ کور	978-1-957756-72-1	بلاؤز	2
پیپر بیک	978-1-957756-49-3		
ای بک	978-1-957756-58-5		
ہارڈ کور	978-1-957756-73-8	ٹھنڈا گوشت	3
پیپر بیک	978-1-957756-50-9		
ای بک	978-1-957756-59-2		
ہارڈ کور	978-1-957756-79-0	دھواں	4
پیپر بیک	978-1-957756-51-6		
ای بک	978-1-957756-60-8		
ہارڈ کور	978-1-957756-74-5	سودا بیچنے والی	5
پیپر بیک	978-1-957756-52-3		
ای بک	978-1-957756-61-5		
ہارڈ کور	978-1-957756-66-0	شہید ساز	6
پیپر بیک	978-1-957756-53-0		
ای بک	978-1-957756-62-2		
ہارڈ کور	978-1-957756-46-2	کھول دو	7
پیپر بیک	978-1-957756-54-7		
ای بک	978-1-957756-63-9		
ہارڈ کور	978-1-957756-77-6	موذیل	8
پیپر بیک	978-1-957756-55-4		
ای بک	978-1-957756-64-6		
ہارڈ کور	978-1-957756-78-3	ہتک	9
پیپر بیک	978-1-957756-56-1		
ای بک	978-1-957756-65-3		

فہرست

پھندنے

کوٹھی سے ملحقہ وسیع و عریض باغ میں جھاڑیوں کے پیچھے ایک بلّی نے بچے دیئے تھے، جو بِلّا کھا گیا تھا۔ پھر ایک کتیا نے بچے دیئے تھے جو بڑے بڑے ہو گئے تھے اور دن رات کوٹھی کے اندر باہر بھونکتے اور گندگی بکھیرتے رہتے تھے۔ ان کو زہر دے دیا گیا۔۔۔ایک ایک کر کے سب مر گئے تھے۔ ان کی ماں بھی۔۔۔ان کا باپ معلوم نہیں کہاں تھا۔ وہ ہوتا تو اس کی موت بھی یقینی تھی۔

جانے کتنے برس گزر چکے تھے۔ کوٹھی سے ملحقہ باغ کی جھاڑیاں سینکڑوں ہزاروں مرتبہ کتری بیونتی، کاٹی چھانٹی جا چکی تھیں۔ کئی بلیوں اور کتیوں نے ان کے پیچھے بچے دیئے تھے جن کا نام و نشان بھی نہ رہا تھا۔ اس کی اکثر بد عادت مرغیاں وہاں انڈے دے دیا کرتی تھیں جن کو ہر صبح اٹھا کر وہ اندر لے جاتی تھی۔ اسی باغ میں کسی آدمی نے ان کی نوجوان ملازمہ کو بڑی بے دردی سے قتل کر دیا تھا۔۔۔اس کے گلے میں اس کا پھندنوں والا سرخ ریشمی ازار بند جو اس نے دو روز پہلے پھیری والے سے آٹھ آنے میں خریدا تھا، پھنسا ہوا تھا۔ اِس زور سے قاتل نے پیچ دیئے تھے کہ اس کی آنکھیں باہر نکل آئی تھیں۔

اس کو دیکھ کر اس کو اتنا تیز بخار چڑھا تھا کہ بے ہوش ہو گئی تھی۔۔۔اور شاید ابھی تک بے ہوش تھی۔ لیکن نہیں، ایسا کیوں کر ہو سکتا تھا، اس لیے کہ اس قتل کے دیر بعد مرغیوں نے انڈے، نہیں بلیوں نے بچے دیئے تھے اور ایک شادی ہوئی تھی۔۔۔کتیا تھی جس کے گلے میں لال دوپٹہ تھا۔ میکیشی۔۔۔جھلمل جھلمل کرتا۔ اس کی آنکھیں باہر نکلی ہوئی نہیں تھیں، اندر دھنسی ہوئی تھیں۔ باغ میں بینڈ بجا تھا۔۔۔سرخ وردیوں والے سپاہی آئے تھے جو رنگ برنگی مشکیں بغلوں میں دبا کر منہ سے عجیب عجیب آوازیں نکالتے تھے۔ ان کی وردیوں کے ساتھ کئی پھندنے لگے تھے اور جنہیں اٹھا اٹھا کر

لوگ اپنے ازار بندوں میں لگاتے جاتے تھے ۔ ۔ ۔ پر جب صبح ہوئی تھی تو ان کا نام ونشان تک نہیں تھا۔ ۔ ۔ سب کو زہر دے دیا گیا تھا۔

دلہن کو جانے کیا سوجھی، کم بخت نے جھاڑیوں کے پیچھے نہیں، اپنے بستر پر صرف ایک بچہ دیا۔ ۔ ۔ جو بڑا اگل گو تھنا، لال پھندنا تھا۔ اس کی ماں مر گئی۔ ۔ ۔ باپ بھی۔ ۔ ۔ دونوں کو بچے نے مارا۔ ۔ ۔ اس کا باپ معلوم نہیں کہاں تھا۔ وہ ہوتا تو اس کی موت بھی ان دونوں کے ساتھ ہوتی۔

سرخ وردیوں والے سپاہی بڑے بڑے پھندنے لٹکائے جانے کہاں غائب ہوئے کہ پھر نہ آئے۔ باغ میں بلے گھومتے تھے، جو اسے گھورتے تھے، اس کو چھچھڑوں کی بھری ہوئی ٹوکری سمجھتے تھے حالانکہ ٹوکری میں نارنگیاں تھیں۔ ایک دن اس نے اپنی دو نارنگیاں نکال کر آئینے کے سامنے رکھ دیں۔ اس کے پیچھے ہو کے اس نے ان کو دیکھا مگر نظر نہ آئیں۔ اس نے سوچا اس کی وجہ یہ ہے کہ چھوٹی ہیں۔ ۔ ۔ مگر وہ اس کے سوچتے سوچتے ہی بڑی بڑی ہو گئیں اور اس نے ریشمی کپڑے میں لپیٹ کر آتش دان پر رکھ دیں۔ اب کتے بھونکنے لگے۔ ۔ ۔ نارنگیاں فرش پر لڑھکنے لگیں۔ کوٹھی کے ہر فرش پر اچھلیں، ہر کمرے میں گودیں اور اچھلتی کودتی بڑے بڑے باغوں میں بھاگنے دوڑنے لگیں۔ ۔ ۔ کتے ان سے کھیلتے اور آپس میں لڑتے جھگڑتے رہتے۔ جانے کیا ہوا، ان کتوں میں دو زہر کھا کے مر گئے۔ جو باقی بچے وہ ان کی ادھیڑ عمر کی ہٹی کٹی ملازمہ کھا گئی۔ یہ اس نوجوان ملازمہ کی جگہ آئی تھی، جس کو کسی آدمی نے قتل کر دیا تھا، گلے میں اس کے پھندنوں والے ازار بند کا پھندا ڈال کر۔

اس کی ماں تھی۔ ادھیڑ عمر کی ملازمہ سے عمر میں چھ سات برس بڑی تھی۔ اس کی طرح ہٹی کٹی نہیں تھی۔ ہر روز صبح شام موٹر میں سیر کو جاتی تھی اور بد عادت مرغیوں کی طرح دور دراز باغوں میں جھاڑیوں کے پیچھے انڈے دیتی تھی۔ ان کو وہ خود اٹھا کر لاتی تھی نہ ڈرائیور۔ آملیٹ بناتی تھی جس کے داغ کپڑوں پر پڑ جاتے تھے۔ سوکھ جاتے تو ان کو باغ میں جھاڑیوں کے پیچھے پھینک دیتی تھی جہاں سے چھلیں اٹھا کر لے جاتی تھیں۔ ایک دن اس کی سہیلی آئی۔ ۔ ۔ پاکستان میل، موٹر نمبر 9612 پی ایل۔ بڑی گرمی تھی۔ ڈیڈی پہاڑ پر تھے۔ مَمی سیر کرنے گئی ہوئی تھیں۔ ۔ ۔ پسینے چھوٹ رہے تھے۔ اس نے کمرے میں داخل ہوتے ہی اپنا بلاؤز اتارا اور پنکھے کے نیچے کھڑی ہو گئی۔ اس کے دو دودھ ابلے ہوئے تھے جو آہستہ آہستہ ٹھنڈے ہو گئے۔ اس کے دو دودھ ٹھنڈے تھے جو آہستہ آہستہ ابلنے لگے۔ آخر دونوں دودھ ہل ہل کے کنگنے ہو گئے اور کھٹی لسی بن گئی۔

اس سہیلی کابینڈ بج گیا۔ مگر وہ وردی والے سپاہی پھند نے نچانے نہ آئے۔ اس کی جگہ پیتل کے برتن تھے، چھوٹے اور بڑے، جن سے آوازیں نکلتی تھیں۔ گرج دار اور دھیمی۔ ۔ ۔ دھیمی اور گرج دار۔ یہ سہیلی جب پھر ملی تو اس نے بتایا کہ وہ بدل گئی ہے۔ سچ مچ بدل گئی تھی۔ اس کے اب دو پیٹ تھے۔ ایک پرانا، دوسرا نیا۔ ایک کے اوپر دوسرا چڑھا ہوا تھا۔ اس کے دودھ پھٹے ہوئے تھے۔

پھر اس کے بھائی کا بینڈ بجا۔ ۔ ۔ ادھیڑ عمر کی ہٹی کٹی ملازمہ بہت روئی۔ اس کے بھائی نے اس کو بہت دلاسا دیا۔ بیچاری کو اپنی شادی یاد آ گئی تھی۔ رات بھر اس کے بھائی اور اس کی دلہن کی لڑائی ہوتی رہی۔ وہ روتی رہی، وہ ہنستا رہا۔ ۔ ۔ صبح ہوئی تو ادھیڑ عمر کی ہٹی کٹی ملازمہ اس کے بھائی کو دلاسا دینے کے لیے اپنے ساتھ لے گئی۔ دلہن کو نہلایا گیا۔ ۔ ۔ اس کی شلوار میں اس کا لال پھندنوں والا ازار بند پڑا تھا۔ ۔ ۔ معلوم نہیں یہ دلہن کے گلے میں کیوں نہ باندھا گیا۔

اس کی آنکھیں بہت موٹی تھیں۔ اگر گلا زور سے گھونٹا جاتا تو وہ ذبح کیے ہوئے بکرے کی آنکھوں کی طرح باہر نکل آتیں۔ ۔ ۔ اور اس کو بہت تیز بخار چڑھتا۔ مگر پہلا تو ابھی تک اترا نہیں۔ ۔ ۔ ہو سکتا ہے اتر گیا ہو اور یہ نیا بخار ہو جس میں وہ ابھی تک بے ہوش ہے۔

اس کی ماں موٹر ڈرائیوری سیکھ رہی ہے۔ ۔ ۔ ۔ باپ ہوٹل میں رہتا ہے۔ کبھی کبھی آتا ہے اور اپنے لڑکے سے مل کر چلا جاتا ہے۔ لڑکا کبھی کبھی اپنی بیوی کو گھر بلا لیتا ہے۔ ادھیڑ عمر کی ہٹی کٹی ملازمہ کو دو تین روز کے بعد کوئی یاد ستاتی ہے تو رونا شروع کر دیتی ہے۔ وہ اسے دلاسا دیتا ہے، وہ اسے پچکارتی ہے اور دلہن چلی جاتی ہے۔

اب وہ اور دلہن بھابھی، دونوں سیر کو جاتی ہیں۔ ۔ ۔ سہیلی بھی، پاکستان میل، موٹر نمبر 9612 پی ایل۔ ۔ ۔ سیر کرتے کرتے اجنتا جا نکلتی ہیں، جہاں تصویریں بنانے کا کام سکھایا جاتا ہے۔ تصویریں دیکھ کر تینوں تصویر بن جاتے ہیں۔ رنگ ہی رنگ، لال، پیلے، ہرے، نیلے۔ ۔ ۔ سب کے سب چیخنے والے ہیں۔ ان کو رنگوں کا خالق چپ کراتا ہے۔ اس کے لمبے لمبے بال ہیں۔

سردیوں اور گرمیوں میں اوور کوٹ پہنتا ہے، اچھی شکل و صورت کا ہے، اندر باہر ہمیشہ کھڑاؤں استعمال کرتا ہے۔ ۔ ۔ ۔ اپنے رنگوں کو چپ کرانے کے بعد خود چیخنا شروع کر دیتا ہے۔ اس کو یہ تینوں چپ کراتی ہیں اور بعد میں خود چلانے لگتی ہیں۔ تینوں اجنتا میں مجرد آرٹ کے سینکڑوں نمونے بناتی رہیں۔ ایک کی ہر تصویر میں عورت کے دو پیٹ ہوتے ہیں مختلف رنگوں کے۔ ۔ ۔ دوسری کی تصویروں میں عورت ادھیڑ

عمر کی ہوتی ہے ہٹی کٹی۔ تیسری کی تصویروں میں پھندنے ہی پھندنے ۔ ازار بندوں کا گچھا۔ مجرد تصویریں بنتی رہیں۔ مگر تینوں کے دو دھ سوکھتے رہے ۔۔۔ بڑی گرمی تھی، اتنی کہ تینوں پسینے میں شرابور تھیں۔ جس لگے کمرے کے اندر داخل ہوتے ہی انہوں نے اپنے بلاؤز اتارے اور پنکھے کے نیچے کھڑی ہو گئیں۔ پنکھا چلتا رہا۔ دو دھوں میں ٹھنڈک پیدا ہوئی نہ گرمی۔

اس کی ممی دوسرے کمرے میں تھی۔ ڈرائیور اس کے بدن سے موبل آئل پونچھ رہا تھا۔ ڈیڈی ہوٹل میں تھا جہاں اس کی لیڈی سٹینوگرافر اس کے ماتھے پر یوڈی کلون مل رہی تھی۔

ایک دن اس کا بھی بینڈ بج گیا۔ اجاڑ باغ پھر با رونق ہو گیا۔ گملوں اور دروازوں کی آرائش اجنتا اسٹوڈیو کے مالک نے کی تھی۔ بڑی بڑی گہری لپ اسٹکیں اس کے بکھرے ہوئے رنگ دیکھ کر اڑ گئیں۔ ایک جو زیادہ سیاہی مائل تھی، اتنی اڑی کہ وہیں گر کر اس کی شاگرد ہو گئی۔

اس کے عروسی لباس کا ڈیزائن بھی اس نے تیار کیا تھا۔ اس نے اس کی ہزاروں سمتیں پیدا کر دی تھیں۔ عین سامنے سے دیکھو تو وہ مختلف رنگ کے ازار بندوں کا بنڈل معلوم ہوتی تھی۔ ذرا ادھر ہٹ جاؤ تو پھلوں کی ٹوکری تھی۔ ایک طرف ہو جاؤ تو کھڑکی پر پڑا ہوا پھلکاری کا پردہ۔ عقب میں چلے جاؤ۔ کچلے ہوئے تربوزوں کا ڈھیر۔۔۔۔ ذرا زاویہ بدل کر دیکھو ٹماٹو ساس سے بھرا ہوا مرتبان۔۔۔ اوپر سے دیکھو تو یگانہ آرٹ۔ نیچے سے دیکھو تو میرا جی کی مبہم شاعری۔

فن شناس نگاہیں عش عش کر اٹھیں۔۔۔ دولہا اس قدر متاثر ہوا تھا کہ شادی کے دوسرے روز ہی اس نے تہیہ کر لیا کہ وہ بھی مجرد آرٹسٹ بن جائے گا۔ چنانچہ اپنی بیوی کے ساتھ وہ اجنتا گیا۔ جہاں انہیں معلوم ہوا کہ اس کی شادی ہو رہی ہے اور وہ چند روز سے اپنی ہونے والی دلہن ہی کے ہاں رہتا ہے۔ اس کی ہونے والی دلہن وہی گہری رنگ کی لپ اسٹک تھی جو دوسری لپ اسٹکوں کے مقابلے میں زیادہ سیاہی مائل تھی۔ شروع شروع میں چند مہینے تک اس کے شوہر کو اس سے اور مجرد آرٹ سے دلچسپی رہی، لیکن جب اجنتا اسٹوڈیو بند ہو گیا اور اس کے مالک کی کہیں سے بھی سن گن نہ ملی تو اس نے نمک کا کاروبار شروع کر دیا۔ جو بہت نفع بخش تھا۔

اس کاروبار کے دوران میں اس کی ملاقات ایک لڑکی سے ہوئی جس کے دو دھ سوکھے ہوئے نہیں تھے۔ یہ اس کو پسند آ گئے۔ بینڈ نہ بجا لیکن شادی ہو گئی۔ پہلی اپنے برش اٹھا کر لے گئی اور الگ رہنے لگی۔ یہ ناچاقی پہلے تو دونوں کے لیے تلخی کا موجب ہوئی لیکن بعد میں ایک عجیب و غریب مٹھاس میں تبدیل ہو

گئی۔اس کی سہیلی نے جو دوسرا شوہر تبدیل کرنے کے بعد سارے یورپ کا چکر لگا آئی تھی اور اب دق کی مریض تھی، اس مٹھاس کو کیوبک آرٹ میں پینٹ کیا۔ صاف شفاف چینی کے بے شمار کیوب تھے جو تھوہر کے پودوں کے درمیان اس انداز سے اوپر تلے رکھے تھے کہ ان سے دو شکلیں بن گئیں تھی۔ اس پر شہد کی مکھیاں بیٹھی رس چوس رہی تھیں۔

اس کی دوسری سہیلی نے زہر کھا کر خود کشی کر لی۔ جب اس کو یہ المناک خبر ملی تو وہ بے ہوش ہو گئی۔ معلوم نہیں بے ہوشی نئی تھی یا وہی پرانی جو بڑے تیز بخار کے بعد ظہور میں آئی تھی۔

اس کا باپ یوڈی کلون میں تھا۔ جہاں اس کا ہوٹل اس کی لیڈی سٹینوگرافر کا سر سہلاتا تھا۔ اس کی ممی نے گھر کا سارا حساب کتاب ادھیڑ عمر کی ہٹی کٹی ملازمہ کے حوالے کر دیا تھا۔ اب اس کو ڈرائیونگ آ گئی تھی مگر بہت بیمار ہو گئی تھی۔ مگر پھر بھی اس کو ڈرائیور کے بن ماں کے پلے کا بہت خیال تھا۔ وہ اس کو اپنا موبل آئل پلاتی تھی۔

اس کی بھابھی اور اس کے بھائی کی زندگی بہت ادھیڑ اور ہٹی کٹی ہو گئی تھی۔ دونوں آپس میں بڑے پیار سے ملتے تھے کہ اچانک ایک رات جب کہ ملازمہ اور اس کا بھائی گھر کا حساب کتاب کر رہے تھے، اس کی بھابھی نمودار ہوئی، وہ مجرد تھی۔۔۔اس کے ہاتھ میں قلم تھا نہ برش۔ لیکن اس نے دونوں کا حساب صاف کر دیا۔ صبح کمرے میں سے جے ہوئے لہو کے دو بڑے بڑے پھندنے نکلے جو اس کی بھابھی کے گلے میں لگا دیئے گئے۔

اب وہ قدرے ہوش میں آئی۔ خاوند سے ناچاقی کے باعث اس کی زندگی تلخ ہو کر بعد میں عجیب و غریب مٹھاس میں تبدیل ہو گئی تھی۔ اس نے اس کو تھوڑا سا تلخ بنانے کی کوشش کی اور شراب پینا شروع کی، مگر نا کام رہی۔ اس لیے کہ مقدار کم تھی۔۔۔اس نے مقدار بڑھا دی حتیٰ کہ وہ اس میں ڈبکیاں لینے لگی۔۔۔ لوگ سمجھتے تھے کہ اب غرق ہوئی مگر وہ سطح پر ابھر آتی تھی۔ منہ سے شراب پونچھتی ہوئی اور قہقہے لگاتی ہوئی۔ صبح کو جب اٹھتی تو اسے محسوس ہوتا کہ رات بھر اس کے جسم کا ذرہ ذرہ دھاڑیں مار مار کر رو تا رہا ہے۔ اس کے وہ سب بچے جو پیدا ہو سکتے تھے، ان قبروں میں جوان کے لیے بن سکتی تھیں، اس دودھ کے لیے جوان کا ہو سکتا تھا، بلک بلک کر رو رہے ہیں۔ مگر اس کے دودھ کہاں کہاں تھے۔۔۔وہ تو جنگلی بلے پی چکے تھے۔ وہ زیادہ پیتی کہ اتھاہ سمندر میں ڈوب جائے مگر اس کی خواہش پوری نہیں ہوئی۔ ذہین تھی۔ پڑھی لکھی تھی۔ جنسی موضوعات پر بغیر کسی تصنع کے بے تکلف گفتگو کرتی تھی۔ مردوں کے ساتھ جسمانی رشتہ قائم کرنے

میں کوئی مضائقہ نہیں سمجھتی تھی، مگر پھر بھی کبھی کبھی رات کی تنہائی میں اس کا جی چاہتا تھا کہ اپنی کسی بد عادت مرغی کی طرح جھاڑیوں کے پیچھے جائے اور ایک انڈہ دے آئے۔ بالکل کھلی ہو گئی صرف ہڈیوں کا ڈھانچہ باقی رہ گیا تو اس سے لوگ دور رہنے لگے۔۔۔وہ سمجھ گئی، چنانچہ وہ ان کے پیچھے نہ بھاگی اور اکیلی گھر میں رہنے لگی۔ سگریٹ پر سگریٹ پھونکتی، شراب پیتی اور جانے کیا سوچتی رہتی۔۔۔رات کو بہت کم سوتی تھی۔ کوٹھی کے ارد گرد گھومتی رہتی تھی۔ سامنے کوارٹر میں ڈرائیور کا بن ماں کا بچہ موبل آئل کے لیے رو تا رہتا تھا مگر اس کی ماں کے پاس ختم ہو گیا تھا۔ ڈرائیور نے ایکسیڈنٹ کر دیا تھا موٹر گیراج میں اور اس کی ماں ہسپتال میں پڑی تھی۔ جہاں اس کی ایک ٹانگ کاٹی جا چکی تھی، دوسری کاٹی جانے والی تھی۔

وہ کبھی کبھی کوارٹر کے اندر جھانک کر دیکھتی تو اس کو محسوس ہوتا کہ اس کے دو دھوں کی تلچھٹ میں ہلکی سی لرزش پیدا ہوئی ہے، مگر اس بدذائقہ سے تو اس کے بچے کے ہونٹ بھی تر نہ ہوتے۔

اس کے بھائی نے کچھ عرصے سے باہر رہنا شروع کر دیا تھا۔ آخر ایک دن اس کا خط سوئٹزرلینڈ سے آیا کہ وہ وہاں اپنا علاج کرا رہا ہے، نرس بہت اچھی ہے۔ ہسپتال سے نکلتے ہی وہ اس سے شادی کرنے والا ہے۔ ادھیڑ عمر کی ہٹی کٹی ملازمہ نے تھوڑا زیور، کچھ نقدی اور بہت سے کپڑے جو اس کی ممی کے تھے، چرائے اور چند روز کے بعد غائب ہو گئی۔ اس کے بعد اس کی ماں آپریشن نا کام ہونے کے باعث ہسپتال میں مر گئی۔ اس کا باپ جنازے میں شامل ہوا۔ اس کے بعد اس نے اس کی صورت نہ دیکھی۔

اب وہ بالکل تنہا تھی۔ جتنے نوکر تھے، اس نے علیحدہ کر دیئے، ڈرائیور سمیت۔ اس کے بچے کے لیے اس نے ایک آیا رکھ دی۔۔۔کوئی بوجھ سوائے اس کے خیالوں کے باقی نہ رہا تھا۔ کبھی کبھی بھار اگر کوئی اس سے ملنا آتا تو وہ اندر سے چلّا اٹھتی تھی، ''چلے جاؤ۔۔۔جو کوئی بھی تم ہو، چلے جاؤ۔۔۔میں کسی سے ملنا نہیں چاہتی۔''

سیف میں اس کو اپنی ماں کے بے شمار قیمتی زیورات ملے تھے۔ اس کے اپنے بھی تھے جن سے ان کو کوئی رغبت نہ تھی۔ مگر اب وہ رات کو گھنٹوں آئینے کے سامنے ننگی بیٹھ کر یہ تمام زیور اپنے بدن پر سجاتی اور شراب پی کر نہ سری آواز میں فحش گانے گاتی تھی۔ آس پاس اور کوئی کوٹھی نہیں تھی اس لیے اسے مکمل آزادی تھی۔ اپنے جسم کو تو وہ کئی طریقوں سے ننگا کر چکی تھی۔ اب وہ چاہتی تھی کہ اپنی روح کو بھی ننگا کر دے۔ مگر اس میں وہ زبردست حجاب محسوس کرتی تھی۔ اس حجاب کو دبانے کے لیے صرف ایک ہی طریقہ اس کی سمجھ میں آیا تھا کہ پیے اور خوب پیے اور اس حالت میں اپنے ننگے بدن سے مدد لے۔۔۔مگر یہ ایک بہت بڑا المیہ

تھا کہ وہ آخری حد تک نگاہ ہو کر ستر پوش ہو گیا تھا۔

تصویریں بنا بنا کر وہ تھک چکی تھی۔ ۔ ۔ ایک عرصے سے اس کا پینٹنگ کا سامان صندوقچے میں بند پڑا تھا۔ لیکن ایک دن اس نے سب رنگ نکالے اور بڑے بڑے پیالوں میں گھولے۔ تمام برش دھو دھا کر ایک طرف رکھے اور آئینے کے سامنے ننگی کھڑی ہو گئی اور اپنے جسم پر نئے نئے خدو خال بنانے شروع کیے۔ اس کی یہ کوشش اپنے وجود کو مکمل طور پر عریاں کرنے کی تھی۔

وہ اپنا سامنا حصہ ہی پینٹ کر سکتی تھی۔ دن بھر وہ اس میں مصروف رہی۔ بن کھائے پیے، آئینے کے سامنے کھڑی اپنے بدن پر مختلف رنگ جماتی اور ٹیڑھے میڑھے خطوط بناتی رہی۔ اس کے برش میں اعتماد تھا۔ ۔ ۔ آدھی رات کے قریب اس نے دور ہٹ کر اپنا بغور جائزہ لے کر اطمینان کا سانس لیا۔ اس کے بعد اس نے تمام زیورات ایک ایک کر کے اپنے رنگوں سے لتھڑے ہوئے جسم پر سجائے اور آئینے میں ایک بار پھر غور سے دیکھا کہ ایک دم آہٹ ہوئی۔

اس نے پلٹ کر دیکھا۔ ۔ ۔ ایک آدمی چھرا ہاتھ میں لیے، منہ پر ڈھاٹا باندھے کھڑا تھا جیسے حملہ کرنا چاہتا ہے۔ مگر جب وہ مڑی تو حملہ آور کے حلق سے چیخ بلند ہوئی۔ چھرا اس کے ہاتھ سے گر پڑا۔ افراتفری کے عالم میں کبھی ادھر کا رخ کیا کبھی ادھر۔ ۔ ۔ آخر جو رستہ ملا، اس میں سے بھاگ نکلا۔ وہ اس کے پیچھے بھاگی۔ چیختی، پکارتی، ''ٹھہرو۔ ۔ ٹھہرو میں تم سے کچھ نہیں کہوں گی۔ ۔ ٹھہرو!'' مگر چور نے اس کی ایک نہ سنی اور دیوار پھاند کر غائب ہو گیا۔ مایوس ہو کر واپس آئی۔ دروازے کی دہلیز کے پاس چور کا خنجر پڑا تھا۔ اس نے اٹھا لیا اور اندر چلی گئی۔ ۔ ۔ اچانک اس کی نظریں آئینے سے دو چار ہوئیں۔ جہاں اس کا دل تھا، وہاں اس نے میان نما چمڑے کے رنگ کا خول سا بنایا ہوا تھا۔ اس نے اس پر خنجر رکھ کر دیکھا۔ خول بہت چھوٹا تھا۔ اس نے خنجر پھینک دیا اور بوتل میں سے شراب کے چار پانچ بڑے بڑے گھونٹ پی کر ادھر ادھر ٹہلنے لگی۔ ۔ ۔ وہ کئی بوتلیں خالی کر چکی تھی۔ کھایا کچھ بھی نہیں تھا۔

دیر تک ٹہلنے کے بعد وہ پھر آئینے کے سامنے آئی۔ اس کے گلے میں ازار بند نما گلو بند تھا جس کے بڑے بڑے پھندنے تھے۔ یہ اس نے برش سے بنایا تھا۔ دفعتًا اس کو ایسا محسوس ہوا کہ یہ گلو بند تنگ ہونے لگا ہے۔ آہستہ آہستہ وہ اس کے گلے کے اندر دھنستا جا رہا ہے۔ ۔ ۔ وہ خاموش کھڑی آئینے میں آنکھیں گاڑی رہی جو اسی رفتار سے باہر نکل رہی تھیں۔ ۔ ۔ تھوڑی دیر کے بعد اس کے چہرے کی تمام رگیں پھولنے لگیں۔ پھر ایک دم سے اس نے چیخ ماری اور اوندھے منہ فرش پر گر پڑی۔

پھوجا حرام دا

ٹی ہاؤس میں حرامیوں کی باتیں شروع ہوئیں تو یہ سلسلہ بہت دیر تک جاری رہا۔ ہر ایک نے کم از کم ایک حرامی کے متعلق اپنے تاثرات بیان کیے جس سے اس کو اپنی زندگی میں واسطہ پڑ چکا تھا۔ کوئی جالندھر کا تھا۔ کوئی لدھیانے کا اور کوئی لاہور کا۔ مگر سب کے سب اسکول یا کالج کی زندگی کے متعلق تھے۔ مہر فیروز صاحب سب سے آخر میں بولے۔ آپ نے کہا۔۔۔ امرتسر میں شاید ہی کوئی ایسا آدمی ہو جو پھوجے حرام دے کے نام سے ناواقف ہو۔ یوں تو اس شہر میں اور بھی کئی حرام زادے تھے مگر اس کے بلّے کے نہیں تھے۔ وہ نمبر ایک حرام زادہ تھا۔ اسکول میں اس نے تمام ماسٹروں کا ناک میں دم کر رکھا تھا۔ ہیڈ ماسٹر، جس کو دیکھتے ہی بڑے بڑے شیطان لڑکوں کا پیشاب خطا ہو جاتا، پھوجے سے بہت گھبراتا تھا اس لیے کہ اس پر ان کے مشہور بید کا کوئی اثر نہیں ہوتا تھا۔ یہی وجہ ہے کہ تنگ آ کر انہوں نے اس کو مارنا چھوڑ دیا تھا۔

یہ دسویں جماعت کی بات ہے۔ ایک دن یار لوگوں نے اس سے کہا دیکھو پھوجے! اگر تم کپڑے اتار کر ننگ دھڑنگ اسکول کا ایک چکر لگاؤ تو ہم تمھیں ایک روپیہ دیں گے۔ پھوجے نے روپیہ لے کر کان میں اڑسا، کپڑے اتار کر بستے میں باندھے اور سب کے سامنے چلنا شروع کر دیا، جس کلاس کے پاس سے گزرتا وہ زعفران زار بن جاتا۔ چلتے چلتے وہ ہیڈ ماسٹر صاحب کے دفتر کے پاس پہنچ گیا۔ پتی اٹھائی اور غر اپ سے اندر۔ معلوم نہیں کیا ہوا اہیڈ ماسٹر صاحب سخت بوکھلائے ہوئے باہر نکلے اور چپراسی کو بلا کر اس سے کہا جاؤ بھاگ کے جاؤ پھوجے حرام دے کے گھر، وہاں سے کپڑے لاؤ اس کے لیے۔ کہتا ہے میں مسجد کے سقاوے میں نہار رہا تھا کہ میرے کپڑے کوئی چور اٹھا کر لے گیا۔

دینیات کے ماسٹر مولوی پوٹیٹو تھے۔ معلوم نہیں انہیں پوٹیٹو کس رعایت سے کہتے تھے، کیونکہ آلوؤں کے

تو دراڑھی نہیں ہوتی۔ان سے پھوجا ذرا ڈرتا تھا مگر ایک دن ایسا آیا کہ انجمن کے ممبروں کے سامنے مولوی صاحب نے غلطی سے اس سے ایک آیت کا ترجمہ پوچھ لیا۔ چاہیے تو یہ تھا کہ خاموش رہتا مگر پھوجا مدا کیسے پہچانا جاتا۔ جو منہ میں آیا جلول بک دیا مولوی پوٹیٹو کے پسینے چھوٹ گئے، ممبر باہر نکلے تو انہوں نے غصہ میں تھر تھر کانپتے ہوئے اپنا عصا اٹھایا اور پھوجے کو وہ چار چور کی ماردی کہ وہ بلبلا اٹھا مگر بڑے ادب سے کہتا رہا کہ مولوی صاحب میرا قصور نہیں مجھے ٹھیک کلمہ سے نہیں آتا اور آپ نے ایک پوری آیت کا مطلب پوچھ لیا۔

مارنے سے بھی مولوی پوٹیٹو صاحب کا جی ہلکا نہ ہوا۔ چنانچہ وہ پھوجے کے باپ کے پاس گئے اور اس سے شکایت کی۔ پھوجے کے باپ نے ان کی سب باتیں سنیں اور بڑے رحم ناک لہجے میں کہا، '' مولوی صاحب! میں خود اس سے عاجز آ گیا ہوں، میری سمجھ میں نہیں آتا کہ اس کی اصلاح کیسے ہو سکتی ہے۔ابھی کل کی بات ہے میں پاخانے گیا تو اس نے باہر سے کنڈی چڑھا دی، میں بہت گرجا بے شمار گالیاں دیں مگر اس نے کہا، اٹھنی دینے کا وعدہ کرتے ہو تو دروازہ کھلے گا اور دیکھو اگر وعدہ کر کے پھر گئے تو دوسری مرتبہ کنڈی میں تالا بھی ہو گا۔ ناچار اٹھنی دینی پڑی ، اب بتایئے میں ایسے نابکار لڑکے کا کیا کروں۔ ''

اللہ ہی بہتر جانتا تھا کہ اس کا کیا ہو گا۔ پڑھتا ور ھتا خاک بھی نہیں تھا، انٹرنس کے امتحان ہوئے تو سب کو یقین تھا کہ بہت بری طرح فیل ہو گا مگر نتیجہ نکلا تو اسکول میں اس کے سب سے زیادہ نمبر تھے۔وہ چاہتا تھا کہ کالج میں داخل ہو مگر باپ کی خواہش تھی کہ کوئی ہنر سیکھے، چنانچہ یہ نتیجہ نکلا کہ وہ دو برس تک آوارہ پھرتا رہا۔اس دوران اس نے جو حرامزدگیاں کیں ان کی فہرست بہت لمبی ہے۔ تنگ آ کر اس کے باپ نے بالآخر اسے کالج میں داخل کروا دیا۔ پہلے دن ہی اس نے یہ شرارت کی کہ میتھے میٹکس کے پروفیسر کی سائیکل اٹھا کر درخت کی سب سے اونچی ٹہنی پر لٹکا دی۔سب حیران کہ سائیکل وہاں پہنچی کیونکر۔مگر وہ لڑکے جو اسکول میں پھوجے کے ساتھ پڑھ چکے تھے، اچھی طرح جانتے تھے کہ یہ کارستانی اس کے سوا کسی کی نہیں ہو سکتی، چنانچہ اس ایک شرارت ہی سے اس کا پورے کالج سے تعارف ہو گیا۔

اسکول میں اس کی سرگرمیوں کا میدان محدود تھا مگر کالج میں یہ بہت وسیع ہو گیا۔ پڑھائی میں، کھیلوں میں، مشاعروں میں اور مباحثوں میں ہر جگہ پھوجے کا نام روشن تھا اور تھوڑی دیر میں اتنا روشن ہوا کہ شہر میں اس کے گنڈ پنے کی دھاک بیٹھ گئی۔ بڑے بڑے جگاری بدمعاشوں کے کان کاٹنے لگا۔ناٹا قد مگر بدن کستری تھا۔اس کی بھیڈو ٹکر بہت مشہور تھی۔ ایسے زور سے مدِ مقابل کے سینے میں یا پیٹ میں اپنے سر

سے ٹکر مارتا کہ اس کے سارے وجود میں زلزلہ سا آ جاتا۔

ایف۔اے کے دوسرے سال میں اس نے تفریحاً پرنسپل کی نئی موٹر کے پٹرول ٹینک میں چار آنے کی شکر ڈال دی جس نے کاربن بن کر سارے انجن کو غارت کر دیا۔ پرنسپل کو کسی نہ کسی طریقے سے معلوم ہو گیا کہ یہ خطرناک شرارت پھوجے کی ہے مگر حیرت ہے کہ انہوں نے اس کو معاف کر دیا بعد میں معلوم ہوا کہ پھوجے کو ان کے بہت سے راز معلوم تھے۔ ویسے وہ قسمیں کھاتا کہ اس نے ان کو دھمکی وغیرہ بالکل نہیں دی تھی کہ انہوں نے سزا دی تو وہ انہیں فاش کر دے گا۔

یہ وہ زمانہ تھا جب کانگریس کا بہت زور تھا۔ انگریزوں کے خلاف کھلم کھلا جلسے ہوتے تھے۔ حکومت کا تختہ الٹنے کی کئی ناکام سازشیں ہو چکی تھی۔ گرفتاریوں کی بھرمار تھی۔ سب جیل باغیوں سے پُر تھے۔ آئے دن ریل کی پٹریاں اکھاڑی جاتی تھیں۔ خطوں کے لفافوں میں آتش گیر مادہ ڈالا جاتا تھا۔ بم بنائے جا رہے تھے، پستول برآمد ہوتے تھے۔ غرض کہ ایک ہنگامہ برپا تھا اور اس میں اسکول اور کالجوں کے طالب علم بھی شامل تھے۔ پھوجا سیاسی آدمی بالکل نہیں تھا۔ میرا خیال ہے اس کو یہ بھی معلوم نہیں تھا کہ مہاتما گاندھی کون ہے۔ لیکن جب اچانک ایک روز اسے پولیس نے گرفتار کیا اور وہ بھی ایک سازش کے سلسلے میں تو سب کو بڑی حیرت ہوئی۔

اس سے پہلے کئی سازشیں پکڑی جا چکی تھیں۔ سانڈرس کے قتل کے سلسلے میں بھگت سنگھ اور دَت کو پھانسی بھی ہو چکی تھی اس لیے یہ نیا معاملہ بھی کچھ سنگین ہی کچھ معلوم ہوتا تھا۔ الزام یہ تھا کہ مختلف کالجوں کے لڑکوں نے مل کر ایک خفیہ جماعت بنائی تھی جس کا مقصد ملکہ معظّمہ کی سلطنت کا تختہ الٹنا تھا۔ ان میں سے کچھ لڑکوں نے کالج کی لیبارٹری سے پِکرِک ایسڈ چرایا تھا جو بم بنانے کے کام آتا ہے۔ پھوجے کے بارے میں شبہ تھا کہ وہ ان کا سرغنہ تھا اور اس کو تمام خفیہ باتوں کا علم تھا۔

اس کے ساتھ کالج کے دو اور لڑکے بھی پکڑے گئے تھے۔ ان میں ایک مشہور بیرسٹر کا لڑکا تھا اور دوسرا رئیس زادہ۔ ان کا ڈاکٹری معائنہ کرایا گیا تھا اس لیے پولیس کی مار پیٹ سے بچ گئے مگر شامت غریب پھوجا حرام دے کی آئی۔ تھانے میں اس کو الٹا لٹکا کر پیٹا گیا۔ برف کی سِلوں پر کھڑا کیا گیا۔ غرض کہ ہر قسم کی جسمانی اذیت اسے پہنچائی گئی کہ راز کی باتیں اُگل دے مگر وہ ایک کتے کی ہڈی تھا، ٹس سے مس نہ ہوا۔ بلکہ یہاں بھی کم بخت اپنی شرارتوں سے باز نہ آیا۔ ایک مرتبہ جب وہ مار برداشت نہ کر سکا تو اس نے تھانے دار سے ہاتھ روک لینے کی درخواست کی اور وعدہ کیا کہ وہ سب کچھ بتا دے گا۔ بالکل نڈھال

تھا، اس کے لیے اس نے گرم گرم دودھ اور جلیبیاں مانگیں۔۔۔طبیعت قدرے بحال ہوئی تو تھانے دار نے کاغذ قلم سنبھالا اور اس سے کہا، ''لو بھئی، اب بتاؤ۔۔۔'' پھوجے نے اپنے مار کھائے ہوئے اعضا کا جائزہ انگڑائی لے کر کیا اور جواب دیا، ''اب کیا بتاؤں طاقت آ گئی ہے چڑھا لو پھر مجھے اپنی ٹکٹکی پر۔''

ایسے اور بھی کئی قصے ہیں جو مجھے یاد نہیں رہے مگر وہ بہت پُرلطف تھے۔ ملک حفیظ ہمارا ایک ہم جماعت تھا، اس کی زبان سے آپ سنتے تو اور ہی مزا آتا۔

ایک دن پولیس کے دو سپاہی پھوجے کو عدالت میں پیش کرنے کے لیے لے جا رہے تھے۔ ضلع کچہری میں اس کی نظر ملک حفیظ پر پڑی، جو معلوم نہیں کس کام سے وہاں آیا تھا۔ اس کو دیکھتے ہی وہ پکارا، ''السلام علیکم ملک صاحب۔'' ملک صاحب چونکے۔ پھوجا ہتھکڑیوں میں ان کے سامنے کھڑا مسکرا رہا تھا، ''ملک صاحب بہت اداس ہو گیا ہوں، جی چاہتا ہے آپ بھی آ جائیں میرے پاس۔ بس میرا نام لے دینا کافی ہے۔''

ملک حفیظ نے جب یہ سنا تو اس کی روح قبض ہو گئی۔ پھوجے نے اس کو ڈھارس دی، ''گھبراؤ نہیں ملک، میں تو مذاق کر رہا ہوں۔ ویسے میرے لائق کوئی خدمت ہو تو بتاؤ۔'' اب آپ ہی بتائیے کہ وہ کس لائق تھا۔ ملک حفیظ گھبرا رہا تھا۔ کنی کترا کے بھاگنے ہی والا تھا کہ پھوجے نے کہا، ''بھئی اور تو ہم سے کچھ نہیں ہو سکتا کہو تو تمہارے بدبودار کنویں کی گار نکلوا دیں۔'' ملک حفیظ ہی آپ کو بتا سکتا ہے کہ پھوجے کو اس کنویں سے کتنی نفرت تھی۔ اس کے پانی سے ایسی بساند آتی تھی جیسے مرے ہوئے چوہے سے۔ معلوم نہیں لوگ اسے صاف کیوں نہیں کراتے تھے۔

ایک ہفتے کے بعد، جیسا کہ ملک حفیظ کا بیان ہے وہ باہر نہانے کے لیے نکلا تو کیا دیکھتا ہے کہ دو تین ٹوبے کنویں کی گندگی نکالنے میں مصروف ہیں۔ بہت حیران ہوا کہ ماجرا کیا ہے۔ انہیں بلایا کس نے ہے؟ پڑوسیوں کا یہ خیال تھا کہ بڑے ملک صاحب کو بیٹھے بیٹھے خیال آ گیا ہو گا کہ چلو کنویں کی صفائی ہو جائے، یہ لوگ بھی کیا یاد رکھیں گے۔ لیکن جب انہیں معلوم ہوا کہ چھوٹے ملک کو اس بارے میں کچھ علم نہیں اور یہ کہ بڑے تو شکار پر گئے ہوئے ہیں تو انہیں حیرت ہوئی۔ پولیس کے بے وردی سپاہی دیکھے تو معلوم ہوا کہ پھوجے حرام دے کی نشاندہی پر وہ کنویں میں سے بم نکال رہے ہیں۔

بہت دیر تک گندگی نکلتی رہی۔ پانی صاف شفاف ہو گیا مگر کیا ایک چھوٹا سا پٹاخا بھی برآمد نہ ہوا۔ پولیس بہت بھنائی، چنانچہ پھوجے سے باز پرس ہوئی۔ اس نے مسکرا کر تھانے دار سے کہا، ''بھولے بادشاہو!

ہمیں تو اپنے یار کا کنواں صاف کرانا تھا سو کرا لیا۔'' بڑی معصوم سی شرارت تھی مگر پولیس نے اسے مارا وہ مارا کہ مار مار کر اَدھ مُوا کر دیا۔۔۔اور ایک دن یہ خبر آئی کہ پھوجا سلطانی گواہ بن گیا ہے اس نے وعدہ کر لیا ہے کہ سب کچھ بک دے گا۔ کہتے ہیں اس پر بڑی لعن طعن ہوئی۔اس کے دوست ملک حفیظ نے بھی جو حکومت سے بہت ڈرتا تھا، اس کو بہت گالیاں دیں کہ حرام زادہ ڈر کے غدار بن گیا ہے معلوم نہیں اب کس کس کو پھنسائے گا۔

بات اصل میں یہ تھی کہ وہ مار کھا کھا کے تھک گیا۔ جیل میں اس سے کسی کو ملنے نہیں دیا جاتا تھا، مرغن غذائیں کھانے کو دی جاتی تھیں مگر سونے نہیں دیا جاتا تھا۔ کم بخت کو نیند بہت پیاری تھی اس لیے تنگ آ کر اس نے سچے دل سے وعدہ کر لیا کہ بم بنانے کی سازش کے جملہ حالات بتا دے گا۔ یوں تو وہ جیل ہی میں تھا مگر اب اس پر کوئی سختی نہ تھی۔ کئی دن تو اس نے آرام کیا کہ اُس کے بند بند ڈھیلے ہو چکے تھے، اچھی خوراک ملی، بدن پر مالشیں ہوئیں تو وہ بیان لکھوانے کے قابل ہو گیا۔

صبح لسی کے دو گلاس پی کر وہ اپنی داستان شروع کر دیتا، تھوڑی دیر کے بعد ناشتا آتا، اس سے فارغ ہو کر پندرہ بیس منٹ آرام کرتا اور کڑی سے کڑی ملا کر اپنا بیان جاری رکھتا۔ آپ محمد حسین اسٹینوگرافر سے پوچھیے جس نے اس کا بیان ٹائپ کیا تھا۔ اس کا کہنا ہے کہ پھوجے حرامدے نے پورا ایک مہینہ لیا اور وہ سارا جال کھول کر رکھ دیا جو سازشیوں نے ملک کے اس اس کونے سے اس کونے تک بچھایا تھا یا بچھانے کا ارادہ رکھتے تھے۔اس نے سینکڑوں آدمیوں کے نام لیے۔ ایسی ہزاروں جگہوں کا پتا بتایا جہاں سازشی لوگ چھپ کے ملتے تھے اور حکومت کا تختہ الٹنے کی ترکیبیں سوچتے تھے۔

یہ بیان محمد حسین اسٹینوگرافر کہتا ہے، فل اسکیپ کے ڈھائی سو صفحوں پر پھیلا ہوا تھا۔ جب یہ ختم ہوا تو پولیس نے اسے سامنے رکھ کر پلان بنایا۔ چنانچہ فوراً نئی گرفتاریاں عمل میں آئیں اور ایک بار پھر پھوجے کی ماں بہن پُنی جانے لگی۔

اخباروں نے بھی دبی زبان میں پھوجے کے خلاف کافی زہر اگلا۔ اکثریت حکام کے خلاف تھی اس لیے اس کی غداری کی ہر جگہ مذمت ہوتی تھی۔ وہ جیل میں تھا جہاں اس کی خوب خاطر تواضع ہو رہی تھی۔ بڑی طرّے والی کلف لگی پگڑی سر پر باندھے دو گھوڑے بوسکی کی قمیض اور چالیس ہزار لٹھے کی گھیرے دار شلوار پہنے وہ جیل میں یوں ٹہلتا تھا جیسے کوئی افسر معائنہ کر رہا ہے۔۔۔جب ساری گرفتاریاں عمل میں آ گئیں اور پولیس نے اپنی کارروائی مکمل کر لی تو سازش کا یہ معرکہ انگیز کیس عدالت میں پیش ہوا۔ لوگوں کی

بھیڑ جمع ہوگئی۔ پولیس کی حفاظت میں جب پھوجا نمودار ہوا تو غصے سے بھرے ہوئے نعرے بلند ہوئے۔

''پھوجا حرام دا مردہ باد۔۔۔ پھوجا غدار مردہ باد۔''

ہجوم بہت مشتعل تھا۔ خطرہ تھا کہ پھوجے پر نہ ٹوٹ پڑے اس لیے پولیس کو لاٹھی چارج کرنا پڑا جس کے باعث کئی آدمی زخمی ہو گئے۔ عدالت میں مقدمہ پیش ہوا۔ پھوجے سے جب یہ پوچھا گیا کہ وہ اس بیان کے متعلق کیا کہنا چاہتا ہے جو اس نے پولیس کو دیا تھا تو اس نے لاعلمی کا اظہار کیا، ''جناب میں نے کوئی بیان ویان نہیں دیا۔'' ان لوگوں نے ایک پلندہ سا تیار کیا تھا جس پر میرے دستخط کروا لیے تھے۔''

یہ سن کر انسپکٹر پولیس کی، بقول پھوجے کے ''بھنبھیری بھول گئی'' اور جب یہ خبر اخباروں میں چھپی تو سب چکرا گئے کہ پھوجے حرامدے نے یہ کیا نیا چکر چلایا ہے۔

چکر نیا ہی تھا کیونکہ عدالت میں اس نے ایک نیا بیان لکھوانا شروع کیا جو پہلے بیان سے بالکل مختلف تھا۔ یہ قریب قریب پندرہ دن جاری رہا۔ جب ختم ہوا تو فل اسکیپ کے ۱۵۸ صفحے کالے ہو چکے تھے۔ پھوجے کا کہنا ہے کہ اس بیان سے جو حالت پولیس والوں کی ہوئی ناقابلِ بیان ہے۔ انہوں نے جو عمارت کھڑی کی تھی کم بخت نے اس کی ایک ایک اینٹ اکھاڑ کر رکھ دی۔ سارا کیس چوپٹ ہو گیا۔ نتیجہ یہ نکلا کہ اس سازش میں جتنے گرفتار ہوئے تھے ان میں سے اکثر بری ہو گئے۔ دو تین کو تین برس کی اور چار پانچ کو چھے چھے مہینے کی سزائے قید ہوئی۔

جو سن رہے تھے ان میں سے ایک نے پوچھا، ''اور پھوجے کو؟'' مہر فیروز نے کہا، ''پھوجے کو کیا ہونا تھا وہ تو وعدہ معاف یعنی سلطانی گواہ تھا۔'' سب نے پھوجے کی حیرت انگیز ذہانت کو سراہا کہ اس نے پولیس کو کس صفائی سے نغمہ دیا۔ ایک نے، جس کے دل و دماغ کو اس کی شخصیت نے بہت زیادہ متاثر کیا تھا، مہر فیروز سے پوچھا، ''آج کل کہاں ہوتا ہے؟''

''یہیں لاہور میں۔۔۔ آڑھت کی دکان ہے۔'' اتنے میں بیرہ بل لے کر آیا اور پلیٹ فیروز کے سامنے رکھ دی، کیونکہ چائے وغیرہ کا آرڈر اسی نے دیا تھا۔ پھوجے کی شخصیت سے متاثر شدہ صاحب نے بل دیکھا اور ان کا آگے بڑھنے والا ہاتھ رک گیا کیونکہ رقم زیادہ تھی۔ چنانچہ ایسے ہی مہر فیروز سے مخاطب ہوئے، ''آپ کے اس پھوجے حرامدے سے کبھی ملنا چاہیے۔''

مہر فیروز اٹھا، ''آپ اس سے مل چکے ہیں۔ یہ خاکسار ہی پھوجا حرامدا ہے۔ بل آپ ادا کر دیجیے گا۔ السلام علیکم۔'' یہ کہہ کر وہ تیزی سے باہر نکل گیا۔

پھولوں کی سازش

باغ میں جتنے پھول تھے، سب کے سب باغی ہو گئے۔ گلاب کے سینے میں بغاوت کی آگ بھڑک رہی تھی۔ اس کی ایک ایک رگ آتشیں جذبہ کے تحت پھڑک رہی تھی۔ ایک روز اس نے اپنی کانٹوں بھری گردن اٹھائی اور غور و فکر کو بالائے طاق رکھ کر اپنے ساتھیوں سے مخاطب ہوا، ''کسی کو کوئی حق حاصل نہیں کہ ہمارے پسینے سے اپنے عیش کا سامان مہیا کرے۔ ہماری زندگی کی بہاریں ہمارے لیے ہیں اور ہم اس میں کسی کی شرکت گوارا نہیں کر سکتے۔''

گلاب کا منہ غصہ سے لال ہو رہا تھا۔ اس کی پنکھڑیاں تھر تھرا رہی تھیں۔

چنبیلی کی جھاڑی میں تمام کلیاں یہ شور سن کر جاگ اٹھیں اور حیرت میں ایک دوسرے کا منہ تکنے لگیں۔

گلاب کی مردانہ آواز پھر بلند ہوئی۔

''ہر ذی روح کو اپنے حقوق کی نگرانی کا حق حاصل ہے اور ہم پھول اس سے مستثنیٰ نہیں ہیں۔ ہمارے قلوب زیادہ نازک اور حساس ہیں۔ گرم ہوا کا ایک جھونکا ہماری دنیائے رنگ و بو کو جلا کر خاکستر کر سکتا ہے اور شبنم کا ایک بے معنی قطرہ ہماری پیاس بجھا سکتا ہے۔ کیا ہم اس کانے مالی کے کھردرے ہاتھوں کو برداشت کر سکتے ہیں جس پر موسموں کے تغیر و تبدل کا کچھ اثر ہی نہیں ہوتا۔''؟

موتیا کے پھول چلائے، ''ہرگز نہیں،'' لالہ کی آنکھوں میں خون اتر آیا اور کہنے لگا، ''اس کے ظلم سے میرا سینہ داغدار ہو رہا ہے۔ میں پہلا پھول ہوں گا جو اس جلاد کے خلاف بغاوت کا سرخ جھنڈا بلند کرے گا۔'' یہ کہہ کر وہ غصہ سے تھر تھر کانپنے لگا۔

چنبیلی کی کلیاں متحیر تھیں کہ یہ شور کیوں بلند ہو رہا ہے۔ ایک کلی ناز کے ساتھ گلاب کے پودے کی طرف جھکی

اور کہنے لگی، ''تم نے میری نیند خراب کر دی ہے۔ آخر گلا پھلا پھلا کر کیوں چلّا رہے ہو؟''

گل خیر و جو دور کھڑا گلاب کی قائدانہ تقریر پر غور کر رہا تھا بولا، ''قطرہ قطرہ مل کر دریا بنتا ہے۔ گو ہم ناتواں پھول ہیں لیکن اگر ہم سب مل جائیں تو کوئی وجہ نہیں کہ ہم اپنی جان کے دشمن کو پیس کرنہ رکھ دیں۔ ہماری پتیاں اگر خوشبو پیدا کرتی ہیں تو زہریلی گیس بھی تیار کرسکتی ہیں۔۔۔ بھائیو! گلاب کا ساتھ دو اور اپنی فتح سمجھو۔'' یہ کہہ کر اس نے اخوت کے جذبے کے ساتھ ہر پھول کی طرف دیکھا۔

گلاب کچھ کہنے ہی والا تھا کہ چنبیلی کی کلی نے اپنے مرمریں جسم پر ایک تھر تھری پیدا کرتے ہوئے کہا، ''یہ سب بے کار باتیں ہیں۔۔۔ آؤ تم مجھے شعر سناؤ، میں آج تمھاری گود میں سونا چاہتی ہوں۔۔۔ تم شاعر ہو، میرے پیارے آؤ! ہم بہار کے ان خوش گوار دنوں کو ایسی فضول باتوں میں ضائع نہ کریں اور اس دنیا میں جائیں جہاں نیند ہی نیند ہے۔۔۔ میٹھی اور راحت بخش نیند!''

گلاب کے سینے میں ایک ہیجان برپا ہو گیا۔ اس کی نبض کی دھڑکن تیز ہو گئی۔ اسے ایسا محسوس ہوا کہ وہ کسی اتھاہ گہرائی میں اتر رہا ہے۔ اس نے کلی کی گفتگو کے اثر کو دور کرنے کی سعی کرتے ہوئے کہا، ''نہیں میں میدانِ جنگ میں اترنے کی قسم کھا چکا ہوں۔ اب یہ تمام رومان میرے لیے مہمل ہیں۔''

کلی نے اپنے لچکیلے جسم کو بل دے کر خواب گوں لہجہ میں کہا، ''آہ! میرے پیارے گلاب ایسی باتیں نہ کرو، مجھے وحشت ہوتی ہے۔۔۔ چاندنی راتوں کا خیال کرو۔۔۔ جب میں اپنا لباس اتار کر اس نورانی فوارے کے نیچے نہاؤں گی تو تمھارے گالوں پر سرخی کا اُتار چڑھاؤ مجھے کتنا پیارا معلوم ہو گا اور تم میرے سیمیں لب کس طرح دیوانہ وار چومو گے۔۔۔ چھوڑو ان فضول باتوں کو میں تمھارے کاندھے پر سر رکھ کر سونا چاہتی ہوں۔''

اور چنبیلی کی نازک ادا کلی گلاب کے تھر آتے ہوئے گال کے ساتھ لگ کر سو گئی۔۔۔ گلاب مدہوش ہو گیا۔ چاروں طرف سے ایک عرصہ تک دوسرے پھولوں کی صدائیں بلند ہوتی رہیں مگر گلاب نہ جاگا۔۔۔ ساری رات وہ مخمور رہا۔

صبح کا نا مالی آیا۔ اس نے گلاب کے پھول کی ٹہنی کے ساتھ چنبیلی کی کلی چمٹی ہوئی پائی۔ اس نے اپنا کُھر درا ہاتھ بڑھایا اور دونوں کو توڑ لیا۔

پیرن

یہ اس زمانے کی بات ہے جب میں بے حد مفلس تھا۔ بمبئی میں نوروپے ماہوار کی ایک کھولی میں رہتا تھا جس میں پانی کا نہ تھا نہ بجلی۔ ایک نہایت ہی غلیظ کوٹھڑی تھی جس کی چھت پر سے ہزار ہا کھٹمل میرے اوپر گرا کرتے تھے۔ چوہوں کی بھی کافی بہتات تھی۔۔۔۔ اتنے بڑے چوہے میں نے پھر کبھی نہیں دیکھے۔ بلیاں ان سے ڈرتی تھیں۔

چالی یعنی بلڈنگ میں صرف ایک غسل خانہ تھا جس کے دروازے کی کنڈی ٹوٹی ہوئی تھی۔ صبح سویرے چالی کی عورتیں پانی بھرنے کے لیے اس غسل خانے میں جمع ہوتی تھیں۔ یہودی، مرہٹی، گجراتی، کرسچین۔۔۔۔ بھانت بھانت کی عورتیں۔

میرا یہ معمول تھا کہ ان عورتوں کے اجتماع سے بہت پہلے غسل خانے میں جاتا، دروازہ بھیڑتا اور نہانا شروع کر دیتا۔ ایک روز میں دیر سے اٹھا۔ غسل خانے میں پہنچ کر نہانا شروع کیا تو تھوڑی دیر کے بعد کھٹ سے دروازہ کھلا۔ میری پڑوسن تھی بغل میں گاگر دبائے اس نے معلوم نہیں کیوں ایک لحظے کے لیے مجھے غور سے دیکھا۔ پھر ایک دم پلٹی۔ گاگر اس کی بغل سے پھسلی اور فرش پر لڑھکنے لگی۔۔۔۔ ایسی بھاگی جیسے کوئی شیر اس کا تعاقب کر رہا ہے۔ میں بہت ہنسا، اٹھ کر دروازہ بند کیا اور نہانا شروع کر دیا۔

تھوڑی دیر کے بعد پھر دروازہ کھلا۔ برج موہن تھا۔ میں نہا کے فارغ ہو چکا تھا اور کپڑے پہن رہا تھا۔ اس نے مجھ سے کہا، ''بھئی منٹو آج اتوار ہے۔''

مجھے یاد آ گیا کہ برج موہن کو باندرہ جانا تھا، اپنی دوست پیرن سے ملنے کے لیے۔ وہ ہر اتوار کو اس سے ملنے جاتا تھا۔ وہ ایک معمولی سی شکل و صورت کی پارسی لڑکی تھی جس سے برج موہن کا معاشقہ قریباً

تین برس سے چل رہا تھا۔

ہر اتوار کو برج موہن مجھ سے آٹھ آنے ٹرین کے کرائے کے لیے لیتا۔ پیرن کے گھر پہنچتا۔ دونوں آدھے آدھے گھنٹے تک آپس میں باتیں کرتے برج موہن السٹریٹڈ ویکلی کے کراس ورڈ پزل کے حل اس کو دیتا اور چلا آتا۔ وہ بے کار تھا۔ سارا دن سر نیوڑھائے یہ پزل اپنی دوست پیرن کے لیے حل کرتا رہتا تھا۔ اس کو چھوٹے چھوٹے کئی انعام مل چکے تھے مگر وہ سب پیرن نے وصول کیے تھے۔ برج موہن نے ان میں سے ایک دمڑی بھی اس سے نہ مانگی تھی۔

برج موہن کے پاس پیرن کی بے شمار تصویریں تھیں۔ شلوار قمیض میں، چست پاجامے میں، ساڑھی میں، فراک میں، بیدنگ کسٹیوم میں، فینسی ڈریس میں۔۔۔ غالباً سو سے اوپر ہوں گی۔ پیرن قطعاً خوبصورت نہیں تھی بلکہ میں تو یہ کہوں گا کہ بہت ہی ادنیٰ شکل و صورت کی تھی لیکن میں نے اپنی اس رائے کا اظہار برج موہن سے کبھی نہیں کیا تھا۔ میں نے پیرن کے متعلق کبھی کچھ پوچھا ہی نہیں تھا کہ وہ کون ہے، کیا کرتی ہے، برج موہن سے اس کی ملاقات کیسے ہوئی، عشق کی ابتدا کیوں کر ہوئی۔ کیا وہ اس سے شادی کرنے کا ارادہ رکھتا ہے؟۔۔۔ برج موہن نے بھی اس کے بارے میں مجھ سے کبھی بات چیت نہ کی تھی۔ بس ہر اتوار کو وہ مجھ سے ناشتے کے بعد آٹھ آنے کرائے کے لیتا اور اس سے ملنے کے لیے باندرہ روانہ ہو جاتا اور دوپہر تک لوٹ آتا۔

میں نے کھولی میں جا کر اس کو آٹھ آنے دیئے، وہ چلا گیا۔ دوپہر کو لوٹا تو اس نے خلافِ معمول مجھ سے کہا، ''آج معاملہ ختم ہو گیا۔''

میں نے اس سے پوچھا، ''کون سا معاملہ؟'' مجھے معلوم نہیں تھا کہ وہ کس معاملے کی بات کر رہا ہے۔

برج موہن نے سوچا جیسے اس کے سینے کا بوجھ ہلکا ہو گیا۔ ''مجھ سے کہا۔ پیرن سے آج دو ٹوک فیصلہ ہو گیا ہے۔۔۔ میں نے اس سے کہا۔ جب بھی تم سے ملنا شروع کرتا ہوں مجھے کام نہیں ملتا، تم بہت منحوس ہو۔ اس نے کہا بہتر ہے، ملنا چھوڑ دو۔ دیکھوں گی تمہیں کیسے کام ملتا ہے۔ میں منحوس ہوں، مگر تم اول درجے کے نکھٹو اور کام چور ہو۔۔۔ سو اب یہ قصہ ختم ہو گیا ہے اور میرا خیال ہے انشاء اللہ کل ہی مجھے کام مل جائے گا۔ صبح تم مجھے چار آنے دینا۔ میں سیٹھ نانو بھائی سے ملوں گا، وہ مجھے ضرور اپنا اسسٹنٹ رکھ لے گا۔''

سیٹھ نانو بھائی جو فلم ڈائریکٹر تھا متعدد مرتبہ برج موہن کو ملازمت دینے سے انکار کر چکا تھا۔ کیونکہ اس کا بھی پیرن کی طرح یہی خیال تھا کہ وہ کام چور اور نکما ہے لیکن دوسرے روز جب برج موہن مجھ سے

چار آنے لے کر گیا تو دوپہر کو اس نے مجھے یہ خوش خبری سنائی کہ سیٹھ نانو بھائی نے بہت خوش ہو کر اسے ڈھائی سو روپے ماہوار پر ملازم رکھ لیا ہے۔ کنٹریکٹ ایک برس کا ہے جس پر دستخط ہو چکے ہیں پھر اس نے جیب میں ہاتھ ڈال کر سو روپے نکالے اور مجھے دکھائے۔ ''یہ ایڈوانس ہے۔۔۔جی تو میرا چاہتا ہے کنٹریکٹ اور سو روپے لے کر باندرہ جاؤں اور پیرن سے کہوں کہ لو دیکھو، مجھے کام مل گیا ہے، لیکن ڈر ہے کہ نانو بھائی مجھے فوراً جواب دے دے گا۔۔۔میرے ساتھ ایک نہیں کئی مرتبہ ایسا ہو چکا ہے۔ادھر ملازمت ملی، ادھر پیرن سے ملاقات ہوئی۔۔۔معاملہ صاف۔کسی نہ کسی بہانے مجھے نکال باہر کیا گیا۔خدا معلوم اس لڑکی میں یہ نحوست کہاں سے آ گئی۔اب میں کم از کم ایک برس تک اس کا منہ نہیں دیکھوں گا۔ میرے پاس کپڑے بہت کم رہ گئے ہیں۔ایک برس لگا کر کچھ بنوالوں تو پھر دیکھا جائے گا۔''

چھ مہینے گزر گئے۔ برج موہن برابر کام پر جا رہا تھا۔اس نے کئی نئے کپڑے بنوالیے تھے۔ایک درجن رومال بھی خرید لیے تھے۔اب وہ تمام چیزیں اس کے پاس تھیں جو ایک کنوارے آدمی کے آرام و آسائش کے لیے ضروری ہوتی ہیں۔ایک روز وہ اسٹوڈیو گیا ہوا تھا کہ اس کے نام ایک خط آیا۔شام کو جب وہ لوٹا تو اسے یہ خط دینا بھول گیا۔صبح ناشتے پر مجھے یاد آیا تو میں نے یہ خط اس کے حوالے کر دیا۔لفافہ پکڑتے ہی وہ زور سے چیخا، ''لعنت!''

میں نے پوچھا، ''کیا ہوا؟''

وہی پیرن۔۔۔اچھی بھلی زندگی گزر رہی تھی۔'' یہ کہہ کر اس نے چچ سے لفافہ کھول کر خط کا کاغذ نکالا اور مجھ سے کہا، ''وہی کم بخت ہے۔۔۔میں کبھی اس کا ہینڈرائٹنگ بھول سکتا ہوں۔''

میں نے پوچھا، ''کیا لکھتی ہے؟''

''میرا سر۔۔۔کہتی ہے مجھ سے اس اتوار کو ضرور ملو تم سے کچھ کہنا ہے۔

''یہ کہہ کر برج موہن نے خط لفافے میں ڈالا اور جیب میں رکھ لیا۔لو بھئی منٹو، نوکری سے انشاء اللہ کل ہی جواب مل جائے گا۔''

'' کیا بکواس کرتے ہو۔''

موہن نے بڑے وثوق سے کہا، ''نہیں منٹو تم دیکھ لینا۔کل اتوار ہے۔پرسوں منٹو بھائی کو ضرور مجھ سے کوئی نہ کوئی شکایت پیدا ہو گی اور وہ مجھے فوراً نکال باہر کرے گا۔''

میں نے اس سے کہا، ''اگر تمہیں اتنا وثوق ہے تو مت جاؤ اس سے ملنے۔''

’’ یہ نہیں ہوسکتا۔ ۔ وہ بلائے تو مجھے جانا ہی پڑتا ہے ۔ ‘‘

’’ کیوں؟ ‘‘

’’ ملازمت کرتے کرتے کچھ میں بھی اکتا چکا ہوں۔ ۔ ۔ چھ مہینے سے اوپر ہو گئے ہیں۔ ‘‘ یہ کہہ کر وہ مسکرایا اور چلا گیا۔

دوسرے روز ناشتا کرکے وہ باندرہ چلا گیا۔ پیرن سے ملاقات کرکے لوٹا۔ تو اس نے اس ملاقات کے بارے میں کوئی بات نہ کی۔ میں نے اس سے پوچھا، ’’ مل آئے اپنے منحوس ستارے سے؟ ‘‘

’’ ہاں بھئی۔ ۔ ۔ اس سے کہہ دیا کہ ملازمت سے بہت جلد جواب مل جائے گا۔ ‘‘ یہ کہہ کر وہ کھاٹ پر سے اٹھا، ’’ چلو آؤ کھانا کھائیں۔ ‘‘

ہم دونوں نے حاجی کے ہوٹل میں کھانا کھایا۔ اس دوران میں پیرن کی کوئی بات نہ ہوئی۔ رات کو سونے سے پہلے اس نے صرف اتنا کہا، ’’ اب دیکھئے کل کیا گل کھلتا ہے ۔ ‘‘

میرا خیال تھا کہ کچھ بھی نہیں ہو گا۔ مگر دوسرے روز برج موہن خلافِ معمول اسٹوڈیو سے جلدی لوٹ آیا مجھ سے ملا تو خوب زور سے ہنسا ’’ اور دونوں بھائی۔

میں نے سمجھا مذاق کر رہا ہے۔ ’’ ہٹاؤ جی۔ ‘‘

’’ جو ہٹنا تھا وہ تو ہٹ گیا۔ ۔ ۔ اب میں کیسے ہٹاؤں۔ سیٹھ نانو بھائی پر ٹارچ آ گئی ہے ۔ ۔ ۔ اسٹوڈیو سیل ہو گیا ہے۔ میری وجہ سے خواہ مخواہ بیچارے نانو بھائی پر بھی آفت آئی۔ ‘‘ یہ کہہ کر برج موہن پھر ہنسنے لگا۔

میں نے صرف اتنا کہا، ’’ یہ عجیب سلسلہ ہے! ‘‘

’’ دیکھ لو۔ ۔ ۔ اسے کہتے ہیں ہاتھ کنگن کو آرسی کیا۔ ‘‘ برج موہن نے سگریٹ سلگایا اور کیمرا اٹھا کر باہر گھومنے چلا گیا۔

برج موہن اب بے کار تھا۔ جب اس کی جمع پونجی ختم ہو گئی تو اس نے ہر اتوار کو پھر مجھ سے باندرہ جانے کے لیے آٹھ آنے مانگنے شروع کر دیئے۔ مجھے ابھی تک معلوم نہیں آدھ پون گھنٹے میں وہ پیرن سے کیا باتیں کرتا تھا۔ ویسے وہ بہت اچھی گفتگو کرنے والا تھا۔ مگر اس لڑکی سے جس کی نحوست کا اس کو مکمل طور پر یقین تھا وہ کس قسم کی باتیں کرتا تھا۔ میں نے ایک روز اس سے پوچھا، ’’ برج، کیا پیرن کو بھی تم سے محبت ہے؟ ‘‘

’’ نہیں، وہ کسی اور سے محبت کرتی ہے۔ ‘‘

’’ تم سے کیوں ملتی ہے؟ ‘‘

’’اس لیے کہ میں ذہین ہوں، اس کے بھدے چہرے کو خوبصورت بناکر پیش کرسکتا ہوں۔اس کے لیے کراس ورڈ پزل حل کرتا ہوں۔ کبھی کبھی اس کو انعام بھی دلوا دیتا ہوں۔ ۔۔ منٹو، تم نہیں جانتے ان لڑکیوں کو۔ میں خوب پہچانتا ہوں انہیں۔ ۔۔ جس سے وہ محبت کرتی ہے، اس میں جو کمی ہے، مجھ سے مل کر پوری کر لیتی ہے۔ ‘‘ یہ کہہ کر وہ مسکرایا، ’’بڑی چارسو بیس ہے! ‘‘

میں نے قدرے حیرت سے پوچھا، ’’ مگر تم کیوں اس سے ملتے ہو؟ ‘‘

برج موہن ہنسا، چشمے کے پیچھے اپنی آنکھیں سکوڑ کر اس نے کہا، ’’ مجھے مزا آتا ہے۔ ‘‘

’’ کس بات کا۔ ‘‘

’’اس نحوست کا۔ ۔۔ میں اس کا امتحان لے رہا ہوں۔ اس کی نحوست کا امتحان۔ ۔۔ یہ نحوست اپنے امتحان میں پوری اتری ہے۔ میں نے جب بھی اس سے ملنا شروع کیا، مجھے اپنے کام سے جواب ملا۔ ۔۔ اب میری ایک خواہش ہے کہ اس کے منحوس اثر کو چکمہ دے جاؤں۔ ‘‘

میں نے اس سے پوچھا، ’’ کیا مطلب؟ ‘‘

برج موہن نے بڑی سنجیدگی سے کہا، ’’ میرا یہ جی چاہتا ہے کہ ملازمت سے جواب ملنے سے پہلے ملازمت سے علیحدہ ہو جاؤں، یعنی خود اپنے آقا کو جواب دے دوں اس سے بعد میں کہوں، جناب مجھے معلوم تھا کہ آپ مجھے برطرف کرنے والے ہیں۔اس لیے میں نے آپ کو زحمت نہ دی اور خود علیحدہ ہو گیا اور آپ مجھے برطرف نہیں کر رہے تھے، یہ میری دوست پیرن تھی جس کی ناک کیمرے میں اس طرح گھستی ہے جیسے تیر! ‘‘

برج موہن مسکرایا، ’’ یہ میری ایک چھوٹی سی خواہش ہے، دیکھو پوری ہوتی ہے یا نہیں۔ ‘‘

میں نے کہا، ’’ عجیب و غریب خواہش ہے۔ ‘‘

’’ میری ہر چیز عجیب و غریب ہوتی ہے ۔۔۔ پچھلے اتوار میں نے پیرن کے اس دوست کے لیے جس سے وہ محبت کرتی ہے، ایک فوٹو تیار کر کے دیا۔ الو کی دم اسے کمپیٹیشن میں بھیجے گا۔ ۔۔ یقینی طور پر انعام ملے گا اسے۔ ‘‘ یہ کہہ کر وہ مسکرایا۔

برج موہن واقعی عجیب و غریب آدمی تھا۔ وہ پیرن کے دوست کو کئی بار فوٹو تیار کر کے دے چکا ہے۔ السٹریٹڈ ویکلی میں یہ فوٹو اس کے نام سے چھپتے تھے اور پیرن بہت خوش ہوتی تھی۔ برج موہن ان کو دیکھتا تھا تو مسکرا دیتا تھا۔ وہ پیرن کے دوست کی شکل صورت سے نا آشنا تھا، پیرن نے برج موہن سے

اس کی ملاقات تک نہ کرائی تھی صرف اتنا بتایا تھا کہ وہ کسی مل میں کام کرتا ہے اور بہت خوبصورت ہے۔
ایک اتوار کو برج باندرہ سے واپس آیا تو اس نے مجھ سے کہا، ''لو بھئی منٹو، آج معاملہ ختم ہو گیا۔''

میں نے اس سے پوچھا، ''پیرن والا؟''

''ہاں بھئی۔۔۔کپڑے ختم ہو رہے تھے، میں نے سوچا کہ یہ سلسلہ ختم کرو۔۔۔اب انشاء اللہ دنوں ہی میں
کوئی نہ کوئی ملازمت مل جائے گی۔۔۔میرا خیال ہے سیٹھ نیاز علی سے ملوں۔۔۔اس نے ایک فلم بنانے
کا اعلان کیا ہے۔۔۔کل ہی جاؤں گا۔تم یار ذرا اس کے دفتر کا پتا لگا لینا۔

میں نے اس کے دفتر کا نیا فون ایک دوست سے پوچھ کر برج موہن کو بتا دیا۔وہ دوسرے روز وہاں گیا۔
شام کو لوٹا۔اس کے مطمئن چہرے پر مسکراہٹ تھی۔ ''لو بھئی منٹو۔'' یہ کہہ کر اس نے جیب سے ٹائپ
شدہ کاغذ نکالا اور میری طرف پھینک دیا، ''ایک پکچر کا کنٹریکٹ۔ تنخواہ دو سو روپے ماہوار۔کم ہے، لیکن
سیٹھ نیاز علی نے کہا ہے، بڑھا دوں گا۔۔۔ٹھیک ہے!''

میں ہنسا، ''اب پیرن سے کب ملو گے؟''

برج موہن مسکرایا، ''کب ملوں گا؟''میں بھی یہی سوچ رہا تھا کہ مجھے اس سے کب ملنا چاہیے۔۔۔منٹو
یار، میں نے تم سے کہا تھا کہ ایک میری چھوٹی سی خواہش ہے، بس وہ پوری ہو جائے۔۔۔میرا خیال ہے
مجھے اتنی جلدی نہیں کرنی چاہیے۔ذرا میرے تین چار جوڑے بن جائیں۔ پچاس روپے ایڈوانس لے کر
آیا ہوں پچیس تم رکھ لو۔''

پچیس میں نے لیے۔ ہوٹل والے کا قرض تھا جو فوراً چکا دیا گیا۔ ہمارے دن بڑی خوشحالی میں گزرنے
لگے۔سو روپیہ ماہوار میں کما لیتا تھا۔ دو سو روپے ماہانہ برج موہن لے آتا تھا۔ بڑے عیش تھے۔ پانچ
مہینے گزر گئے کہ اچانک ایک روز پیرن کا خط برج موہن کو وصول ہوا۔ ''لو بھئی منٹو، عزرائیل صاحب
تشریف لے آئے۔''

صحیح بات ہے کہ میں نے اس وقت خط دیکھ کر خوف سا محسوس کیا مگر برج موہن نے مسکراتے ہوئے لفافہ
چاک کیا۔خط کا کاغذ نکال کر پڑھا۔ بالکل مختصر تحریر تھی۔
میں نے برج سے پوچھا، ''کیا فرماتی ہیں؟''

''فرماتی ہیں، اتوار کو مجھ سے ضرور ملو۔ایک اشد ضروری کام ہے۔'' برج موہن نے خط لفافے میں
واپس ڈال کر اپنی جیب میں رکھ لیا۔

میں نے اس سے پوچھا، ''جاؤ گے؟''

''جانا ہی پڑے گا۔۔۔'' پھر اس نے یہ فلمی گیت گانا شروع کر دیا۔ ''مت بھول مسافر تجھے جانا ہی پڑے گا!'' میں نے اس سے کہا، ''برج مت جاؤ اس سے ملنے۔۔۔ بڑے اچھے دن گزر رہے ہیں ہمارے۔۔۔ تم نہیں جانتے، میں خدا معلوم کس طرح تمہیں آٹھ آنے دیا کرتا تھا۔''

برج موہن مسکرایا، ''مجھے سب معلوم ہے، لیکن افسوس ہے کہ اب وہ دن پھر آنے والے ہیں۔ جب تم خدا معلوم کس طرح مجھے ہر اتوار آٹھ آنے دیا کرو گے!''

اتوار کو برج، پیرن سے ملنے باندرہ گیا۔ واپس آیا تو اس نے مجھ سے صرف اتنا کہا، ''میں نے اس سے کہا، یہ بارہویں مرتبہ ہے مجھے تمہاری نحوست کی وجہ سے برطرف ہونا پڑے گا۔۔۔ تم پر رحمت ہو زرتشت کی!''

میں نے پوچھا، ''اس نے یہ سن کر کچھ کہا۔''

برج نے جواب دیا، ''فقط یہ۔۔۔ تم سلی ایڈیٹ ہو!''

''تم ہو؟''

''سوفی صدی!'' یہ کہہ کر برج ہنسا۔ ''اب میں کل صبح دفتر جاتے ہی استعفیٰ پیش کر دینے والا ہوں۔ میں نے وہیں پیرن کے ہاں لکھ لیا تھا۔''

برج موہن نے مجھے استعفیٰ کا کاغذ دکھایا۔ دوسرے روز خلافِ معمول اس نے جلدی جلدی ناشتا کیا اور دفتر روانہ ہو گیا۔ شام کو لوٹا تو اس کا چہرہ اترا ہوا تھا۔ اس نے مجھ سے کوئی بات نہ کی۔ مجھے ہی بالآخر اس سے پوچھنا پڑا، ''کیوں برج، کیا ہوا؟''

اس نے بڑی امیدی سے سر ہلایا، ''کچھ نہیں۔۔۔ سارا قصہ ہی ختم ہو گیا۔''

''کیا مطلب؟''

''میں نے سیٹھ نیاز علی کو اپنا استعفیٰ پیش کیا تو اس نے مسکرا کر مجھے ایک آفیشل خط دیا۔ اس میں یہ لکھا تھا کہ میری تنخواہ پچھلے مہینے سے دو سو کے بجائے تین سو روپے ماہوار کر دی گئی ہے؟''

پیرن سے برج موہن کی دلچسپی ختم ہو گئی اس نے مجھ سے ایک روز کہا ''پیرن کی نحوست ختم ہونے کے ساتھ ہی وہ بھی ختم ہو گئی۔۔۔ اور میرا ایک نہایت دلچسپ مشغلہ بھی ختم ہو گیا۔ اب کون مجھے بے کار رکھنے کا موجب ہو گا!''

27 جولائی 1950ء

تانگے والے کا بھائی

سید غلام مرتضیٰ جیلانی میرے دوست ہیں۔ میرے ہاں اکثر آتے ہیں۔۔۔ گھنٹوں بیٹھے رہتے ہیں۔ کافی پڑھے لکھے ہیں۔۔۔ ان سے میں نے ایک روز کہا، ''شاہ صاحب! آپ اپنی زندگی کا کوئی دلچسپ واقعہ تو سنائیے!'' شاہ صاحب نے بڑے زور کا قہقہہ لگایا، ''منٹو صاحب۔۔۔ میری زندگی دلچسپ واقعات سے بھری پڑی ہے۔۔۔ کون سا واقعہ آپ کو سناؤں؟''

میں نے ان سے کہا، ''جو بھی آپ کے ذہن میں آجائے۔'' شاہ صاحب مسکرائے، ''آپ مجھے بڑا پرہیز گار آدمی سمجھتے ہوں گے۔۔۔ آپ کو معلوم نہیں میں نے دس برس تک دن رات شراب پی ہے اور خوب کھل کھیلا ہوں۔ اب چونکہ دل اچاٹ ہوگیا ہے اس لیے میں نے شغل چھوڑ رکھے ہیں۔''

میں نے پوچھا، ''کہیں آپ نے شادی تو نہیں کر لی؟''

''حضرت، میں پانچ برس سے لاہور میں ہوں۔۔۔ اگر میں نے شادی کی ہوتی تو آپ کو اس کی اطلاع مل جاتی۔''

''تو کیا آپ ابھی تک کنوارے ہیں؟''

''جی ہاں!''

''بڑے تعجب کی بات ہے!''

شاہ صاحب نے ایک آہ بھری، ''چلیے۔۔۔ آپ کو ایک داستان سناؤں۔۔۔ آپ اسے لکھ کر اپنے پیسے کھرے کر لیجیے گا۔'' مجھے پیسے کھرے کرنے تو تھے، پھر بھی میں نے ان سے کہا، ''نہیں شاہ صاحب۔ ۔۔ آپ اپنی داستان سنائیے، دیکھیں اس کا افسانہ بنتا بھی ہے کہ نہیں۔۔۔ ویسے میں آپ سے وعدہ کرتا

ہوں کہ اگر میں نے آپ کی داستان کو افسانے میں ڈھال لیا تو مجھے جو معاوضہ ملے گا، سب کا سب آپ کا ہو گا۔''

شاہ صاحب ہنسے، ''چھوڑو یار۔۔۔ میں اپنی بیتی ہوئی زندگی کے ٹکڑوں کی قیمت وصول نہیں کرنا چاہتا۔۔ تم افسانہ نگار لوگ عجیب ذہن کے ہوتے ہو۔ داستان سن لو۔۔۔ باقی تم جانو۔۔۔ مجھے معاوضے وغیرہ سے کوئی سروکار نہیں۔'' شاہ صاحب کے لب و لہجہ سے یہ صاف ظاہر تھا کہ انہیں میری بات پسند نہیں آئی اس لیے میں نے اس کے بارے میں مزید گفتگو کرنا مناسب نہ سمجھی اور ان سے کہا، ''آپ اپنی داستان بیان کرنا شروع کر دیں۔۔۔''

شاہ صاحب نے میرے سگریٹ کیس سے سگریٹ نکال کر سلگایا۔۔۔ مجھے بڑا تعجب ہوا اس لیے کہ میں نے انہیں چار پانچ برس کے عرصے میں کبھی سگریٹ پیتے نہیں دیکھا تھا۔۔۔ میں نے اپنی حیرت کا اظہار کرتے ہوئے ان سے کہا، ''شاہ صاحب آپ سگریٹ پیتے ہیں!''

شاہ صاحب کے ہونٹوں پر جن میں سگریٹ اڑکا ہوا تھا، عجیب قسم کی مسکراہٹ نمودار ہوئی، ''منٹو صاحب! آپ نے اپنی زندگی میں اتنے سگریٹ نہیں پیے ہوں گے۔۔۔ جتنے میں پی چکا ہوں۔۔۔ آج آپ نے ایسی بات چھیڑ دی کہ خود بخود میرے ہاتھ آپ کے سگریٹ کیس کی طرف اٹھ گئے۔۔۔ وہسکی ہے آپ کے پاس؟''

میں نے جواب دیا، ''جی ہاں۔۔۔ ہے۔۔۔''

''تو لاؤ۔۔۔ ایک پٹیالہ پیگ۔۔۔ میں دس برس کا رکھا ہوا روزہ توڑوں گا۔۔ تم نے آج ایسی باتیں کی ہیں کہ میرا سارا جسم ماضی میں چلا گیا ہے۔۔۔''

میں نے اپنی الماری سے وہسکی کی بوتل نکالی اور شاہ صاحب کے لیے ایک پٹیالہ پیگ بنا کر حاضر کر دیا۔ انہوں نے ایک ہی جرعے میں گلاس خالی کر دیا۔ آستین سے ہونٹ صاف کرنے کے بعد وہ مجھ سے مخاطب ہوئے، ''ہاں تو اب کہانی سنو۔ لیکن یہ بوتل یہاں سے غائب کر دو۔''

میں نے وہسکی کی بوتل اٹھائی اور اندر جا کر الماری میں رکھ دی۔ واپس آیا تو دیکھا شاہ صاحب دوسرا سگریٹ سلگا رہے ہیں۔ میں کرسی اٹھا کر ان کے پاس بیٹھ گیا۔ وہ مسکرائے۔۔۔ لیکن یہ مسکراہٹ کچھ زخمی سی تھی۔۔۔ انہوں نے اسی زخمی مسکراہٹ سے کہانی شروع کی، ''جو واقعہ میں اب بیان کرنے والا ہوں۔۔۔ آج سے قریب دس برس پہلے کا ہے۔۔۔ ہمارا حلقۂ احباب زیادہ تر کھاتے پیتے اور کافی مالدار

ہندوؤں کا تھا۔ ۔ ۔ بڑے اچھے لوگ تھے۔ ۔ ۔ ہر روز پینے پلانے کا شغل رہتا۔ ۔ ۔ اس حلقے میں میرے علاوہ کئی اور دوستوں کو شراب کے علاوہ عورتوں کی بھی ضرورت محسوس ہوا کرتی۔ ۔ ۔ وہ کسی نہ کسی طرح اپنی ضرورت پوری کرتے۔ ۔ ۔ مجھ سے کہتے کہ تم بھی آؤ۔ ۔ ۔ مگر میں انکار کر دیتا۔ ۔ ۔ اپنی مرضی کے خلاف۔ ۔ ۔ میرا دل ویسے چاہتا تھا کہ کسی عورت کی قربت نصیب ہو۔،،

میں نے شاہ صاحب سے کہا، ''آپ نے شادی کیوں نہ کر لی؟،،

''شاہ صاحب نے جواب دیا، ''میں نے۔ ۔ ۔ سچ پوچھو تو اس کے متعلق کبھی سوچا ہی نہیں تھا۔ ۔ ۔،،

''کیوں؟،،

''کبھی خیال ہی نہ آیا۔ ۔ ۔،،

''خیر۔ ۔ ۔ آپ اپنی داستان جاری رکھیے!،،

شاہ صاحب نے سگریٹ کو ایش ٹرے میں دبایا، ''پیارے منٹو! میں نے بہت کوشش کی کہ اپنے دوستوں کے ساتھ شراب نوشی کے سوا کسی اور شغل میں نہ پھنسوں۔ ۔ ۔ لیکن ان کم بختوں نے آخر ایک دن مجھے آمادہ کر ہی لیا اور یہ طے پایا کہ کسی دلال کے ذریعے خوش شکل لونڈیا منگوائی جائے۔ ہم چار دوست فلیٹ سے باہر نکلے تو ایک تانگے والا جو کہ میرا واقف تھا مجھے دیکھ کر پکار اٹھا، ''شاہ جی۔ ۔ ۔ شاہ جی۔ ۔ ۔ آؤ۔ ۔ ۔ آؤ۔ ،، ہم چاروں دوست اس کے تانگے میں بیٹھ گئے۔ ۔ ۔ اس وقت میں پورا پورا قائل ہو چکا تھا کہ شراب کے ساتھ عورت ضرور ہونی چاہیے۔ چنانچہ میں نے اپنی ساری شرافت اپنی جیب میں ڈال کے اس کے کان میں کہا کہ وہ کسی لونڈیا کا بندوبست کر دے۔

جب اس نے یہ سنا تو وہ بونچکا سا ہو کر رہ گیا۔ ۔ ۔ اس کو یقین نہیں آتا تھا کہ میں کبھی ایسی واہیات بات کروں گا۔ ۔ ۔ لیکن جب میں نے اس کے کان میں پھر کہا کہ مجھے واقعی ایک لڑکی کی اشد ضرورت ہے تو اس نے بڑے ادب سے کہا، ''شاہ جی: تُسیں جو حکم دیو۔ ۔ ۔ بندہ حاضر اے ۔ ۔ ۔ ایسی نکڑی کڑی لے کے دواں گا کہ ساری عمر یاد رکھو گے۔ ۔ ۔ ۔ ۔،،

تانگے والا چلا گیا اور ہم واپس اپنے فلیٹ میں آ گئے۔ شام کا وقت تھا جب وہ یہ ہم سرکرنے کے لیے گیا تھا۔ ۔ ۔ ہم دیر تک انتظار کرتے رہے طرح طرح کے خیالات میرے دل میں آتے تھے، وہ لڑکی کس قسم کی ہو گی، کہیں کوئی بازاری عورت تو نہ نکل آئے گی۔ ہم جب انتظار کرتے کرتے تھک گئے تو تاش کھیلنا شروع کر دی۔ ۔ ۔ رات کے بارہ بج گئے۔ ۔ ۔ ہم مایوس ہو کر باہر نکلے تو دیکھا کہ تانگے والا گھوڑے کے چابک

لگاتا چلا آ رہا ہے پچھلی نشست پر ایک برقع پوش عورت بیٹھی تھی۔۔۔میرا دل دھک دھک کرنے لگا۔ تانگے والے نے مجھ سے کہا، ''شاہ جی! جو مال میں لینے گیا تھا وہ دِساور چلا گیا ہے۔۔۔اب یہ دوسرا مال بڑی کوششوں سے ڈھونڈ کر لایا ہوں۔''

میں نے اس کو پانچ روپے دیئے۔ پھر ہم چاروں دوست سوچنے لگے کہ اس برقع پوش عورت کو کہاں لے جائیں۔۔۔اپنے فلیٹ میں لے جانا ٹھیک نہیں تھا اس لیے کہ ذمہ داری تھی۔۔۔لوگ چہ میگوئیاں کرتے۔ بات کا بتنگڑ بن جاتا۔۔۔خواہ مخواہ ایک فضیحتا ہو جاتا۔۔۔چنانچہ ہم نے فیصلہ کیا کہ اپنے دوست رحمان کے پاس چلیں۔

رات کے ایک بجے کے قریب ہم اس برقع پوش عورت کے ہمراہ رحمان کے مکان پر پہنچے۔ بہت دیر تک دستک دینے کے بعد اس نے دروازہ کھولا۔ کمبل اوڑھے تھا، اسے غالباً بخار تھا۔ میں نے ساری بات دبی زبان میں بتائی تو اس نے بھی دبی زبان ہی میں کہا، ''شاہ جی۔۔۔آپ کو کیا ہو گیا ہے۔۔۔میرا مکان حاضر ہے، لیکن آپ کو معلوم نہیں کہ اس مہینے کی بیس تاریخ کو میری شادی ہونے والی ہے۔۔۔میرا سالا اندر ہے۔۔۔اس کی موجودگی میں یہ سلسلہ جو آپ چاہتے ہیں، کیسے ہو سکتا ہے۔''

کچھ دیر میری سمجھ میں نہ آیا اس سے کیا کہوں لیکن تھوڑے سے توقف کے بعد میں نے اس کو ڈانٹا، ''یار! تم نرے کھرے بے وقوف ہو۔۔۔اپنے سالے کو چلتا کرو۔۔۔ہم اتنی دور سے تمہارے پاس آئے ہیں۔۔۔کیا تم میں اتنی مروت بھی باقی نہیں رہی۔۔۔بیس تاریخ کو تمہاری شادی آ رہی ہے، ٹھیک ہے۔۔۔لیکن آج میری شادی ہے۔۔۔یہ میری دلہن برقع پہنے تانگے میں بیٹھی ہے۔۔۔تمہیں اپنے دوستوں کا کچھ تو خیال آنا چاہیے۔''

رحمان کو میری حالت پر کچھ ترس آ گیا۔۔۔چنانچہ اس نے اپنے سالے کو جگایا اور اس کو اپنے بخار کے لیے کوئی ضروری دوا لینے کے لیے باہر بھیج دیا، شہر میں قریب قریب کیمسٹوں کی سب دکانیں بند تھیں۔ لیکن اس نے اپنے سالے سے کہا، ''شہر کی دکانیں دیکھو جہاں سے بھی تمہیں یہ دوا ملے لے کر آؤ!'' لڑکا بخوردار قسم کا تھا۔۔۔نسخہ لے کر آنکھیں ملتا چلا گیا۔ اس غریب کو تانگہ بھی شاید نظر نہ آیا۔۔۔جس میں برقع پوش عورت بیٹھی تھی۔

میں نے سوچا کہ ہجوم ٹھیک نہیں ہو گا۔۔۔معلوم نہیں میرے دوست کیا حرکتیں کریں، چنانچہ میں نے ان کو کسی نہ کسی طرح آمادہ کر لیا کہ وہ تانگے میں واپس چلے جائیں۔ پانچ روپے تانگے والے کو اور دے دیئے

مگر اس نے برقع پوش سواری اتاری تو کہا، ''حضور، اس کی فیس تو دیتے جا ایئے۔''

میں نے پوچھا، ''کتنی ہے؟''

''پچیس روپے۔''

میں نے جیب سے نوٹ نکالے اور گن کر پانچ پانچ کے پانچ نوٹ اس کے حوالے کر دیئے اور اس برقع پوش عورت کو اپنے دوست کے مکان میں لے آیا۔''

رحمان کو بخار تھا۔۔۔وہ علیحدہ کمرے میں جاکر لیٹ گیا۔ میں بہت دیر تک اس برقع پوش عورت سے گفتگو کرتا رہا۔ اس نے کوئی جواب نہ دیا اور نہ اپنے چہرے سے نقاب ہی ہٹایا۔ میں تنگ آ گیا۔ اس کو ٹٹولا۔ ۔۔تو وہ بالکل سپاٹ تھی۔۔۔ آخر میں نے زبردستی اس کا برقع الٹ دیا۔ میری حیرت کی انتہا نہ رہی۔۔۔ جب دیکھا کہ وہ عورت نہیں۔۔۔ ہیجڑا تھا۔۔۔نہایت مکروہ قسم کا! مجھے سخت غصہ آیا، میں نے اس سے پوچھا، ''یہ کیا واہیات پن ہے؟''

اس ہیجڑے نے جس کے چہرے پر روؤں کا نیلا نیلا غبار موجود تھا، بڑے نسوانی انداز میں جواب دیا، ''میں۔۔۔تانگے والے کا بھائی ہوں۔''

شاہ صاحب نے اس کے بعد مجھ سے کہا، ''منٹو صاحب! اس دن کے بعد مجھے اس سلسلے سے کوئی رغبت نہیں رہی۔''

ترقی پسند

جوگندر سنگھ کے افسانے جب مقبول ہونا شروع ہوئے تو اس کے دل میں خواہش پیدا ہوئی کہ وہ مشہور ادیبوں اور شاعروں کو اپنے گھر بلائے اور ان کی دعوت کرے۔ اس کا خیال تھا کہ یوں اس کی شہرت اور مقبولیت اور بھی زیادہ ہو جائے گی۔

جوگندر سنگھ بڑا خوش فہم انسان تھا۔ مشہور ادیبوں اور شاعروں کو اپنے گھر بلا کر اور ان کی خاطر تواضع کرنے کے بعد جب وہ اپنی بیوی امرت کور کے پاس بیٹھتا تو کچھ دیر کے لیے بالکل بھول جاتا کہ اس کا کام ڈاک خانے میں چٹھیوں کی دیکھ بھال کرنا ہے۔ اپنی تین گزی پٹیالا فیشن کی رنگی ہوئی پگڑی اتار کر جب وہ ایک طرف رکھ دیتا تو اسے ایسا محسوس ہوتا کہ اس کے لمبے لمبے کالے گیسوؤں کے نیچے جو چھوٹا سا سر چھپا ہوا ہے اس میں ترقی پسند ادب کوٹ کوٹ کر بھرا ہے۔ اس احساس سے اس کے دماغ میں ایک عجیب قسم کی اہمیت پیدا ہو جاتی او روہ یہ سمجھتا کہ دنیا میں جس قدر افسانہ نگار اور ناول نویس موجود ہیں سب کے سب اس کے ساتھ ایک نہایت ہی لطیف رشتے کے ذریعے سے منسلک ہیں۔

امرت کور کی سمجھ میں یہ بات نہیں آتی تھی کہ اس کا خاوند لوگوں کو مدعو کرنے پر اس سے ہر بار یہ کیوں کہا کرتا ہے، ''امرت، یہ جو آج چائے پر آ رہے ہیں، ہندوستان کے بہت بڑے شاعر ہیں۔ سمجھیں، بہت بڑے شاعر۔ دیکھوان کی خاطر تواضع میں کوئی کسر نہ رہے۔'' آنے والا کبھی ہندوستان کا بہت بڑا شاعر ہوتا تھا یا بہت بڑا افسانہ نگار۔ اس سے کم پائے کا کوئی آدمی وہ کبھی بلاتا ہی نہیں تھا۔ اور پھر دعوت میں اونچے اونچے سُروں میں جو باتیں ہوتی تھیں ان کا مطلب وہ آج تک نہ سمجھ سکی تھی۔ ان گفتگوؤں میں ترقی پسندی کا ذکر عام ہوتا تھا۔ اس ترقی پسندی کا مطلب بھی امرت کور کو معلوم نہیں ہوتا تھا۔

ایک دفعہ جب جوگندر سنگھ ایک بہت بڑے افسانہ نگار کو چائے پلا کر فارغ ہوا اور اندر رسوئی میں آ کر بیٹھا تو امرت کور نے پوچھا، ''یہ موئی ترقی پسندی کیا ہے؟''

جوگندر سنگھ نے پگڑی سمیت اپنے سر کو ایک خفیف سی جنبش دی اور کہا، ''ترقی پسندی۔۔۔اس کا مطلب تم فوراً ہی نہیں سمجھ سکو گی۔ ترقی پسند اس کو کہتے ہیں جو ترقی پسند کرے۔ یہ لفظ فارسی کا ہے۔ انگریزی میں ترقی پسند کو ریڈیکل کہتے ہیں۔ وہ افسانہ نگار، یعنی کہانیاں لکھنے والے، جو افسانہ نگاری میں ترقی چاہتے ہوں ان کو ترقی پسند افسانہ نگار کہتے ہیں۔ اس وقت ہندوستان میں صرف تین چار ترقی پسند افسانہ نگار ہیں جن میں میرا نام بھی شامل ہے۔''

جوگندر سنگھ عادتاً، انگریزی لفظوں اور جملوں کے ذریعے سے اپنے خیالات کا اظہار کیا کرتا تھا۔ اس کی یہ عادت پک کر، اب طبیعت بن گئی تھی۔ چنانچہ اب وہ بلا تکلف ایک ایسی انگریزی زبان میں سوچتا تھا جو چند مشہور انگریزی ناول نویسوں کے اچھے اچھے چست فقروں پر مشتمل تھی۔ عام گفتگو میں وہ پچاس فیصدی انگریزی لفظ اور انگریزی کتابوں سے چنے ہوئے فقرے استعمال کرتا تھا۔ افلاطون کو وہ ہمیشہ پلیٹو کہتا تھا۔ اسی طرح ارسطو کو ایرس ٹاٹل۔ ڈاکٹر سگمنڈ فرائڈ، شوپنہار اور نطشے کا ذکر کرہ اپنی ہر معرکے کی گفتگو میں کیا کرتا تھا۔ عام بات چیت میں وہ ان فلسفیوں کا نام نہیں لیتا تھا اور بیوی سے گفتگو کرتے وقت وہ اس بات کا خاص طور پر خیال رکھتا تھا کہ انگریزی لفظ اور یہ فلسفی نہ آنے پائیں۔

جوگندر سنگھ سے جب اس کی بیوی نے ترقی پسندی کا مطلب سمجھا تو اسے بہت مایوسی ہوئی کیونکہ اس کا خیال تھا کہ ترقی پسندی کوئی بہت بڑی چیز ہو گی جس پر بڑے بڑے شاعر اور افسانہ نگار اس کے خاوند کے ساتھ مل کر بحث کرتے رہتے ہیں۔ لیکن جب اس نے یہ سوچا کہ ہندوستان میں صرف تین چار ترقی پسند افسانہ نگار ہیں تو اس کی آنکھوں میں چمک سی پیدا ہو گئی۔ یہ چمک دیکھ کر جوگندر سنگھ کے مونچھوں بھرے ہونٹ ایک دبی دبی سی مسکراہٹ کے باعث کپکپائے، ''امرت۔۔۔تمہیں یہ سن کر خوشی ہو گی کہ ہندوستان کا ایک بہت بڑا آدمی مجھ سے ملنے کی خواہش رکھتا ہے۔ اس نے میرے افسانے پڑھے ہیں اور بہت پسند کیے ہیں۔''

امرت کور نے پوچھا، ''یہ بڑا آدمی سَوی ہے یا آپ کی طرح کہانیاں لکھنے والا۔''

جوگندر سنگھ نے جیب سے ایک لفافہ نکالا اور اسے دوسرے ہاتھ کی پشت پر تھپتھپاتے ہوئے کہا، ''یہ آدمی سَوی بھی ہے افسانہ نگار بھی ہے، لیکن اس کی سب سے بڑی خوبی جو اس کی نہ مٹنے والی شہرت کا باعث ہے، اور ہی ہے۔''

''وہ خوبی کیا ہے؟''

''وہ ایک آوارہ گرد ہے۔''

''آوارہ گرد؟''

''ہاں، وہ ایک آوارہ گرد ہے جس نے آوارہ گردی کو اپنی زندگی کا نصب العین بنا لیا ہے۔۔۔وہ ہمیشہ گھومتا رہتا ہے۔۔۔ کبھی کشمیر کی ٹھنڈی وادیوں میں ہوتا ہے اور کبھی ملتان کے تپتے ہوئے میدانوں میں۔۔۔ کبھی لنکا میں کبھی تبت میں۔۔۔''

امرت کور کی دلچسپی بڑھ گئی، ''مگر یہ کرتا کیا ہے؟''

''گیت اکٹھے کرتا ہے۔۔۔ہندستان کے ہر حصے کے گیت۔۔۔ پنجابی، گجراتی، مرہٹی، پشاوری، سرحدی، کشمیری، مارواڑی۔۔۔ ہندستان میں جتنی زبانیں بولی جاتی ہیں، ان کے جتنے گیت اس کو ملتے ہیں اکٹھے کر لیتا ہے۔''

''اتنے گیت اکٹھے کر کے کیا کرے گا؟''

''کتابیں چھاپتا ہے، مضمون لکھتا ہے تا کہ دوسرے بھی یہ گیت سن سکیں۔ انگریزی زبان کے کئی رسالوں میں اس کے مضمون چھپ چکے ہیں۔ گیت اکٹھے کرنا اور پھر ان کو سلیقے کے ساتھ پیش کرنا کوئی معمولی کام نہیں۔ وہ بہت بڑا آدمی ہے امرت، بہت بڑا آدمی ہے اور دیکھو اس نے مجھے خط کیسا لکھا ہے۔''

یہ کہہ کر جوگندر سنگھ نے اپنی بیوی کو وہ خط پڑھ کر سنایا جو ہرندر ناتھ ترپاٹھی نے اس کو اپنے گاؤں سے ڈاک خانے کے پتے سے بھیجا تھا۔ اس خط میں ہرندر ناتھ ترپاٹھی نے بڑی میٹھی زبان میں جوگندر سنگھ کے افسانوں کی تعریف کی تھی اور لکھا تھا کہ آپ ہندوستان کے ترقی پسند افسانہ نگار ہیں۔ جب یہ فقرہ جوگندر سنگھ نے پڑھا تو بول اٹھا، ''لو دیکھو ترپاٹھی صاحب بھی لکھتے ہیں کہ میں ترقی پسند ہوں۔''

جوگندر سنگھ نے پورا خط سنانے کے بعد ایک دو سیکنڈ اپنی بیوی کی طرف دیکھا اور اثر معلوم کرنے کے لیے پوچھا، ''کیوں۔۔۔؟''

امرت کور اپنے خاوند کی تیز نگاہی کے باعث کچھ جھینپ سی گئی اور مسکرا کر کہنے لگی، ''مجھے کیا معلوم۔۔۔ بڑے آدمیوں کی باتیں بڑے ہی سمجھ سکتے ہیں۔''

جوگندر سنگھ نے اپنی بیوی کی اس ادا پر غور نہ کیا۔ وہ دراصل ہرندر ناتھ ترپاٹھی کو اپنے یہاں بلانے اور اسے کچھ دیر ٹھہرانے کی بابت سوچ رہا تھا، ''امرت، میں کہتا ہوں ترپاٹھی صاحب کو دعوت دے دی جائے،

کیا خیال ہے تمہارا۔۔۔ لیکن میں یہ سوچتا ہوں کیا پتہ ہے وہ انکار کر دے۔۔۔ بہت بڑا آدمی ہے، ممکن ہے وہ ہماری اس دعوت کو خوشامد سمجھے۔''

ایسے موقعوں پر وہ بیوی کو اپنے ساتھ شامل کر لیا کرتا تھا کہ دعوت کا بوجھ دو آدمیوں میں بٹ جائے۔ چنانچہ جب اس نے ''ہماری'' کہا تو امرت کور نے جو اپنے خاوند جوگندر سنگھ کی طرح بے حد سادہ لوح تھی، ہر ندر ناتھ تری پاٹھی سے دلچسپی لینا شروع کر دی۔ حالانکہ اس کا نام ہی اس کے لیے ناقابل فہم تھا اور یہ بات بھی اس کی سمجھ سے بالاتر تھی کہ ایک آوارہ گرد گیت جمع کر کے کیسے بہت بڑا آدمی بن سکتا ہے۔ جب اس سے یہ کہا گیا تھا کہ ہر ندر ناتھ تری پاٹھی گیت جمع کرتا ہے تو اسے اپنے خاوند کی ایک سنائی ہوئی بات یاد آ گئی تھی کہ ولایت میں کئی لوگ تیتریاں پکڑنے کا کام کرتے ہیں اور یوں کافی روپیہ کماتے ہیں۔ چنانچہ اس نے خیال کیا تھا کہ شاید تری پاٹھی صاحب نے گیت جمع کرنے کا کام ولایت کے کسی آدمی سے سیکھا ہو گا۔

جوگندر سنگھ نے پھر اپنا اندیشہ ظاہر کیا، ''ممکن ہے وہ ہماری اس دعوت کو خوشامد سمجھے۔''

''اس میں خوشامد کی کیا بات ہے۔۔۔ اور بھی تو کئی بڑے آدمی آپ کے پاس آتے ہیں۔ آپ ان کو خط لکھ دیجیے، میرا خیال ہے وہ آپ کی دعوت ضرور قبول کر لیں گے اور پھر ان کو بھی تو آپ سے ملنے کا بہت شوق ہے۔۔۔ ہاں، یہ تو بتائیے کیا ان کی بیوی بچے ہیں؟''

''بیوی بچے؟'' جوگندر سنگھ نے خط کا مضمون انگریزی زبان میں سوچتے ہوئے کہا، ''ہوں گے۔۔۔ ضرور ہوں گے۔۔۔ ہاں ہیں، میں نے ان کے ایک مضمون میں پڑھا تھا، ان کی بیوی بھی ہے اور ایک بچی بھی ہے۔''

یہ کہہ کر جوگندر سنگھ اٹھا، خط کا مضمون اس کے دماغ میں مکمل ہو چکا تھا۔ دوسرے کمرے میں جا کر اس نے چھوٹے سائز کا پیڈ نکالا جس پر وہ خاص خاص آدمیوں کو خط لکھا کرتا تھا اور ہر ندر ناتھ تری پاٹھی کے نام اردو میں دعوت نامہ لکھا۔ یہ اس مضمون کا ترجمہ تھا جو اس نے اپنی بیوی سے گفتگو کرتے وقت سوچ لیا تھا۔

تیسرے روز ہر ندر ناتھ تری پاٹھی کا جواب آیا۔ جوگندر سنگھ نے دھڑکتے ہوئے دل کے ساتھ لفافہ کھولا۔ جب اس نے پڑھا کہ اس کی دعوت قبول کر لی گئی ہے تو اس کا دل اور بھی دھڑکنے لگا۔ اس کی بیوی امرت کور دھوپ میں اپنے چھوٹے چھوٹے بچے کے کیسوں میں دہی ڈال کر مل رہی تھی کہ جوگندر سنگھ لفافہ ہاتھ میں لے کر اس کے پاس پہنچا، ''انہوں نے ہماری دعوت قبول کر لی، کہتے ہیں کہ وہ لاہور یوں بھی ایک ضروری کام سے آ رہے تھے۔۔۔ اپنی تازہ کتاب چھپوانے کا ارادہ رکھتے ہیں۔۔۔ اور ہاں، انہوں نے تم کو پر نام

کہا ہے۔ '' امرت کور اس احساس سے بہت خوشی ہوئی کہ اتنے بڑے آدمی نے جس کا کام گیت اکٹھے کرنا ہے اس کو پرنام کہا ہے۔ چنانچہ اس نے دل ہی دل میں خدا کا شکر ادا کیا کہ اس کا بیاہ ایسے آدمی سے ہوا جس کو ہندوستان کا ہر بڑا آدمی جانتا ہے۔

سردیوں کا موسم تھا۔ نومبر کے پہلے دن تھے۔ جوگندر سنگھ صبح سات بجے بیدار ہو گیا اور دیر تک بستر میں آنکھیں کھولے پڑا رہا۔ اس کی بیوی امرت کور اور اس کا بچہ دونوں لحاف میں لیٹے پاس والی چارپائی پر پڑے تھے۔ جوگندر سنگھ نے سوچنا شروع کیا: تری پاٹھی صاحب سے مل کر اسے کتنی خوشی ہو گی اور خود تری پاٹھی صاحب کو بھی یقیناً اس سے مل کر بڑی مسرت حاصل ہو گی۔ کیونکہ وہ ہندوستان کا جواں افکار افسانہ نویس اور ترقی پسند ادیب ہے۔ تری پاٹھی صاحب سے وہ ہر موضوع پر گفتگو کرے گا۔ گیتوں پر، دیہاتی بولیوں پر، افسانوں پر اور تازہ جنگی حالات پر۔۔۔ وہ ان کو بتائے گا کہ دفتر کا ایک محنتی کلرک ہونے پر بھی وہ کیسے اچھا افسانہ نگار بن گیا۔ کیا یہ عجیب سی بات نہیں کہ ڈاک خانے میں چٹھیوں کی دیکھ بھال کرنے والا انسان طبعاً آرٹسٹ ہو۔

جوگندر سنگھ کو اس بات پر بہت ناز تھا کہ ڈاک خانے میں مزدوروں کی طرح چھ سات گھنٹے کام کرنے کے بعد بھی وہ اتنا وقت نکال لیتا ہے کہ ایک ماہانہ پرچہ مرتب کرتا ہے اور دو تین پرچوں کے لیے ہر مہینے ایک افسانہ بھی لکھتا ہے۔ دوستوں کو ہر ہفتے جو لمبے چوڑے خط لکھے جاتے تھے، ان کا ذکر الگ رہا۔ دیر تک وہ بستر پر لیٹا ہر ہندر ناتھ تری پاٹھی سے اپنی پہلی ملاقات کی ذہنی تیاریاں کرتا رہا۔ جوگندر سنگھ نے اس کے افسانے اور مضمون پڑھے تھے اور اس کا فوٹو بھی دیکھا تھا اور کسی کے افسانے پڑھ اور فوٹو دیکھ کر وہ عام طور پر یہی محسوس کیا کرتا تھا کہ اس نے اس آدمی کو اچھی طرح جان لیا ہے۔ لیکن ہر ہندر ناتھ تری پاٹھی کے معاملے میں اس کو اپنے اوپر اعتبار نہیں آتا تھا۔ کبھی اس کا دل کہتا تھا کہ تری پاٹھی اس کے لیے بالکل اجنبی ہے۔ اس کے افسانہ نگار دماغ میں بعض اوقات تری پاٹھی ایک ایسے آدمی کی صورت میں پیش ہوتا تھا جس نے کپڑوں کے بجائے اپنے جسم پر کاغذ لپیٹ رکھے ہوں۔ اور جب وہ کاغذوں کے متعلق سوچتا تو اسے انار کلی کی وہ دیوار یاد آ جاتی تھی جس پر سنیما کے اشتہار اوپر تلے اتنی تعداد میں چپکے ہوئے تھے کہ ایک اور دیوار بن گئی تھی۔

جوگندر سنگھ بستر پر لیٹا دیر تک سوچتا رہا کہ اگر وہ ایسا ہی آدمی نکل آیا تو اس کو سمجھنا بہت دشوار ہو جائے گا۔ مگر بعد میں جب اس کو اپنی ذہانت کا خیال آیا تو اس کی مشکلیں آسان ہو گئیں اور وہ اٹھ کر ہر ہندر ناتھ

تر پاٹھی کے استقبال کی تیاریوں میں مصروف ہوگیا۔ خط و کتابت کے ذریعے سے یہ طے ہوگیا تھا کہ ہرندر ناتھ تر پاٹھی خود جوگندر سنگھ کے مکان پر چلا آئے گا۔ کیونکہ تر پاٹھی یہ فیصلہ نہیں کر سکا تھا کہ وہ لاری سے سفر کرے گا یا ریلوے ٹرین سے۔ بہرحال یہ بات تو قطعی طور پر طے ہوگئی تھی کہ جوگندر سنگھ سوموار کو ڈاک خانے سے چھٹی لے کر سارا دن اپنے مہمان کا انتظار کرے گا۔

نہا دھو کر اور کپڑے بدل کر جوگندر سنگھ دیر تک باورچی خانے میں اپنی بیوی کے ساتھ بیٹھا رہا۔ دونوں نے چائے دیر سے پی، اس خیال سے کہ شاید تر پاٹھی آجائے۔ لیکن جب وہ نہ آیا تو انہوں نے کیک وغیرہ سنبھال کر الماری میں رکھ دیئے اور خود خالی چائے پی کر مہمان کے انتظار میں بیٹھ گئے۔

جوگندر سنگھ باورچی خانے سے اٹھ کر اپنے کمرے میں چلا آیا۔ آئینے کے سامنے کھڑے ہو کر جب اس نے اپنی داڑھی کے بالوں میں لوہے کے چھوٹے چھوٹے کلپ اٹکانے شروع کیے کہ وہ نیچے کی طرف تہہ ہو جائیں تو باہر دروازہ پر دستک ہوئی۔ داڑھی کو ویسے ہی نامکمل حالت میں چھوڑ کر اس نے ڈیوڑھی کا دروازہ کھولا۔ جیسا کہ اس کو معلوم تھا اس سے پہلے اس کی نظر ہرندر ناتھ تر پاٹھی کی سیاہ گھنی داڑھی پر پڑی جو اس کی داڑھی سے بیس گنا بڑی تھی بلکہ اس سے بھی کچھ زیادہ۔

ہرندر ناتھ کے ہونٹوں پر جو بڑی بڑی مونچھوں کے اندر چھپے ہوئے تھے، مسکراہٹ پیدا ہوئی۔ اس کی ایک آنکھ جو قدرے ٹیڑھی تھی زیادہ ٹیڑھی ہوگئی اور اس نے اپنی لمبی لمبی زلفوں کو ایک طرف جھٹک کر اپنا ہاتھ جو کسی کسان کا ہاتھ معلوم ہوتا تھا جوگندر سنگھ کی طرف بڑھا دیا۔ جوگندر سنگھ نے جب اس کے ہاتھ کی مضبوط گرفت محسوس کی اور اس کو تر پاٹھی کا وہ چرمی تھیلا جو حاملہ عورت کے پیٹ کی طرح پھولا ہوا تھا تو وہ بہت متاثر ہوا۔ وہ صرف اس قدر کہہ سکا، ''تر پاٹھی صاحب آپ سے مل کر مجھے بے حد خوشی ہوئی ہے۔''

ہرندر ناتھ تر پاٹھی کو آئے اب پندرہ روز ہو چکے تھے۔ اس کی آمد کے دوسرے روز ہی اس کی بیوی اور بچی بھی آگئی تھیں۔ یہ دونوں تر پاٹھی کے ساتھ ہی گاؤں سے آئی تھیں مگر دو روز کے لیے مزنگ میں ایک دور کے رشتے دار کے ہاں ٹھہر گئی تھیں اور چونکہ تر پاٹھی نے اس رشتے دار کے پاس ان کا زیادہ دیر تک ٹھہرنا مناسب نہیں سمجھا تھا اس لیے اس نے ان کو اپنے پاس بلوا لیا تھا۔

پہلے چار دن بڑی دلچسپ باتوں میں صرف ہوئے۔ ہرندر ناتھ تر پاٹھی سے اپنے افسانوں کی تعریف سن کر جوگندر بہت خوش ہوتا رہا۔ اس نے ایک مکمل افسانہ جو کہ غیر مطبوعہ تھا، تر پاٹھی کو سنایا اور داد حاصل کی۔

دونامکمل افسانے بھی سنائے جن کے متعلق ترپاٹھی نے اچھی رائے کااظہار کیا۔ترقی پسندادب پربھی بحثیں ہوتی رہیں مختلف افسانہ نگاروں کی فنی کمزوریاں نکالی گئیں۔نئی اور پرانی شاعری کامقابلہ کیا گیا۔غرضیکہ یہ چاردن بڑی اچھی طرح گزرے اور جوگندرسنگھ، ترپاٹھی کی شخصیت سے بہت متاثرہوا۔اس کی گفتگو کاانداز جس میں بیک وقت بچپنااور بڑھاپاتھاجوگندر کو بہت پسند آیا۔اس کی لمبی داڑھی جواس کی اپنی داڑھی سے بیں گنابڑی تھی اس کے خیالات پر چھاگئی اور اس کی کالی کالی زلفیں جن میں دیہاتی گیتوں کی سی روانی تھی ہر وقت اس کی آنکھوں کے سامنے رہنے لگیں۔ڈاک خانے میں چٹھیوں کی دیکھ بھال کرنے کے دوران میں بھی ترپاٹھی کی یہ زلفیں اسے نہ بھولتیں۔

چاردن میں ترپاٹھی نے جوگندرسنگھ کو موہ لیا۔وہ اس کاگرویدہ ہو گیا۔اس کی ٹیڑھی آنکھ میں بھی اس کو خوبصورتی نظر آنے لگی، بلکہ ایک بار تواس نے سوچا، ''اگران کی آنکھ میں ٹیڑھاپن نہ ہوتا تو چہرے پر یہ بزرگی کبھی پیدانہ ہوتی۔''ترپاٹھی کے موٹے موٹے ہونٹ جب ترپاٹھی کی گھنی مونچھوں کے پیچھے ملتے تو جوگندرایسامحسوس کرتا کہ جھاڑیوں میں پرندے بول رہے ہیں۔ترپاٹھی ہولے ہولے بولتاتھااور بولتے بولتے جب وہ اپنی لمبی داڑھی پر ہاتھ پھیرتا تو جوگندر کے دل کو بہت راحت پہنچتی۔وہ سمجھتا تھا کہ اس کے دل پر پیار سے ہاتھ پھیراجارہا ہے۔

چار روز تک جوگندرایسی فضامیں رہاجس کو اگر وہ اپنے اپنے کسی افسانے میں بیان کرناچاہتا تونہ کرسکتا۔لیکن پانچویں روزایکاایکی ترپاٹھی نے اپنا چرمی تھیلا کھولااور اس کو اپنے افسانے سنانے شروع کیے اور دس روز تک وہ متواتراس کو اپنے افسانے سناتارہا۔اس دوران میں ترپاٹھی نے جوگندر کو کئی کتابیں سنادیں۔ جوگندرسنگھ تنگ آ گیا۔اب اس کو افسانوں سے نفرت پیداہوگئی۔ترپاٹھی کا چرمی تھیلاجس کا پیٹ بنیوں کی توند کی طرح پھولاہواتھا،اس کے لیے ایک مستقل عذاب بن گیا۔ہر روز شام کو دفتر سے لوٹتے ہوئے اسے اس بات کا کھٹکا رہنے لگا کہ کمرے میں داخل ہوتے ہی اس کی ترپاٹھی سے ملاقات ہوگی۔اِدھر اُدھر کی چند سرسری باتیں ہوں گی، وہ چرمی تھیلا کھولا جائے گااور اس کو ایک یا دو طویل افسانے سنادیئے جائیں گے۔

جوگندرسنگھ ترقی پسند تھا۔ یہ ترقی پسندی اگر اس کے اندر نہ ہوتی تو وہ صاف لفظوں میں ترپاٹھی سے کہہ دیتا، ''بس۔۔۔بس۔۔۔ترپاٹھی صاحب بس۔۔۔بس اب مجھ میں آپ کے افسانے سننے کی طاقت نہیں رہی۔''مگروہ سوچتا، ''نہیں نہیں۔۔۔میں ترقی پسند ہوں۔۔۔مجھے ایسانہیں کہناچاہیے۔ دراصل یہ میری

کمزوری ہے کہ اب ان کے افسانے مجھے اچھے نہیں لگتے۔ ان میں ضرور کوئی نہ کوئی خوبی ہو گی۔۔۔ اس لیے کہ ان کے پہلے افسانے مجھے خوبیوں سے بھرے نظر آتے تھے۔۔۔ میں۔۔۔ میں۔۔۔ متعصب ہو گیا ہوں۔''

ایک ہفتے سے زیادہ عرصے تک جوگندر سنگھ کے ترقی پسند دماغ میں یہ کشمکش جاری رہی اور وہ سوچ سوچ کر اس حد تک پہنچ گیا جہاں سوچ بچار ہو ہی نہیں سکتا۔طرح طرح کے خیال اس کے دماغ میں آتے مگر وہ ان کی ٹھیک طور پر جانچ پڑتال نہ کر سکتا۔اس کی ذہنی افراتفری آہستہ آہستہ بڑھتی گئی اور وہ ایسا محسوس کرنے لگا کہ ایک بہت بڑا مکان ہے جس میں بے شمار کھڑکیاں ہیں۔اس مکان کے اندر وہ اکیلا ہے۔ آندھی آ گئی ہے، کبھی اِس کھڑکی کے پٹ بجتے ہیں، کبھی اُس کھڑکی کے، اور اس کی سمجھ میں نہیں آتا کہ وہ اتنی کھڑکیوں کو ایک دم بند کیسے کرے۔

جب تریاٹھی کو اس کے یہاں آئے بیس روز ہو گئے تو اسے بے چینی محسوس ہونے لگی۔تریاٹھی اب شام کو نیا افسانہ لکھ کر جب اسے سناتا تو جوگندر کو ایسا محسوس ہوتا کہ بہت سی مکھیاں اس کے کانوں کے پاس بھنبھنا رہی ہیں۔وہ کسی اور ہی سوچ میں غرق ہوتا۔

ایک روز تریاٹھی نے جب اس کو اپنا تازہ افسانہ سنایا جس میں کسی عورت اور مرد کے جنسی تعلقات کا ذکر تھا تو یہ سوچ کر اس کے دل کو دھکا سا لگا کہ پورے اکیس دن اپنی بیوی کے پاس سونے کے بجائے وہ ایک لم ڈڑھیل کے ساتھ ایک ہی لحاف میں سوتا رہا ہے۔اس احساس نے جوگندر کے دل و دماغ میں ایک لمحہ کے لیے انقلاب بر پا کر دیا، ''یہ کیسا مہمان ہے کہ جو نک کی طرح چمٹ چمٹ کر ہی رہ گیا ہے۔ یہاں سے ہلنے کا نام ہی نہیں لیتا۔۔۔اور۔۔۔اور۔۔۔میں ان کی بیوی صاحبہ کو تو بھول ہی گیا تھا اور ان کی بچی۔۔۔سارا گھر اٹھ کر یہاں چلا آیا ہے۔ذرّہ بھر خیال نہیں کہ ایک غریب آدمی کا کیو منرنکل جائے گا۔۔۔میں ڈاک خانے میں ملازم ہوں، صرف پچاس روپے ماہوار کماتا ہوں، آخر کب تک ان کی خاطر تواضع کرتا رہوں گا اور پھر افسانے۔۔۔اس کے افسانے جو کہ ختم ہونے ہی میں نہیں آتے۔ میں انسان ہوں۔لوہے کا ٹرنک نہیں ہوں جو ہر روز اس کے افسانے سنتار ہوں۔۔۔اور کس قدر غضب ہے کہ میں اپنی بیوی کے پاس تک نہیں گیا۔۔۔سردیوں کی یہ راتیں ضائع ہو رہی ہیں۔''

اکیس دنوں کے بعد جوگندر، تریاٹھی کو ایک نئی روشنی میں دیکھنے لگا۔اب اس کو تریاٹھی کی ہر چیز معیوب نظر آنے لگی۔اس کی ٹیڑھی آنکھ جس میں جوگندر پہلے خوبصورتی دیکھتا تھا اب صرف ایک ٹیڑھی آنکھ تھی۔

اس کی کالی زلفوں میں بھی اب جو گندر کو وہ ملائی دکھائی نہیں دیتی تھی اور اس کی داڑھی دیکھ کر اب وہ سوچتا تھا کہ اتنی لمبی داڑھی رکھنا بہت بڑی حماقت ہے۔

جب ترپاٹھی کو اس کے یہاں آئے پچیس دن ہو گئے تو ایک عجیب و غریب کیفیت اس کے اوپر طاری ہو گئی۔ وہ اپنے آپ کو اجنبی سمجھنے لگا، اسے ایسا محسوس ہونے لگا جیسے وہ کبھی جو گندر سنگھ کو جانتا تھا مگر اب نہیں جانتا۔ اپنی بیوی کے متعلق وہ سوچتا، ''جب ترپاٹھی چلا جائے گا اور سب ٹھیک ہو جائے گا تو میری نئے سرے سے شادی ہو گی۔۔۔ میری وہ پرانی زندگی جس کو ٹاٹ کے طور پر یہ لوگ استعمال کر رہے ہیں پھر عود کر آئے گی۔۔۔ میں پھر اپنی بیوی کے ساتھ سسکوں گا۔۔۔ اور۔۔۔ اور۔۔۔ اور۔۔۔''

اس کے آگے جب وہ سوچتا تو جو گندر سنگھ کی آنکھوں میں آنسو آ جاتے اور اس کے حلق میں کوئی تلخ سی چیز پھنس جاتی۔ اس کا جی چاہتا کہ دوڑ دوڑ اندر جائے اور امرت کور کو جو کہ اس کی بیوی ہوا کرتی تھی اپنے گلے سے لگا لے اور رونا شروع کر دے۔ مگر ایسا کرنے کی ہمت اس میں نہیں تھی کیونکہ وہ ترقی پسند افسانہ نگار تھا۔

کبھی کبھی جو گندر سنگھ کے دل میں یہ خیال دودھ کے ابال کی طرح اٹھتا کہ ترقی پسندی کا لحاف جو اس نے اوڑھ رکھا ہے اتار پھینکے اور چلانا شروع کر دے۔ ''ترپاٹھی، ترقی پسندی کی ایسی تیسی۔ تم اور تمہارے اکٹھے کیے ہوئے گیت سب بکواس ہیں۔۔۔ مجھے اپنی بیوی چاہیے۔۔۔ تمہاری خواہشیں تو ساری گیتوں میں جذب ہو چکی ہیں مگر میں ابھی جوان ہوں۔۔۔ میری حالت پر رحم کرو۔۔۔ ذرا غور تو کرو میں جو ایک منٹ اپنی بیوی کے بغیر نہیں رہ سکتا تھا پچیس دنوں سے تمہارے ساتھ ایک ہی لحاف میں سو رہا ہوں۔۔۔ کیا یہ ظلم نہیں۔''

جو گندر سنگھ بس گھول کے رہ جاتا۔ ترپاٹھی اس کی حالت سے بے خبر ہر روز شام کو اسے اپنا تازہ افسانہ سنا دیتا اور اس کے ساتھ لحاف میں سو جاتا۔ جب ایک مہینہ گزر گیا تو جو گندر سنگھ کا پیمانہ صبر لبریز ہو گیا۔ موقع پا کر غسل خانے میں وہ اپنی بیوی سے ملا۔ دھڑکتے ہوئے دل کے ساتھ اس ڈر کے مارے کہ ترپاٹھی کی بیوی نہ آ جائے اس نے جلدی سے اس کا یوں بوسہ لیا جیسے ڈاک خانے میں لفافوں پر مہر لگائی جاتی ہے اور کہا، ''آج رات تم جاگتی رہنا۔ میں ترپاٹھی سے یہ کہہ کر باہر جا رہا ہوں کہ رات کے ڈھائی بجے واپس آؤں گا۔ لیکن میں جلدی آ جاؤں گا۔۔۔ بارہ بجے۔۔۔ پورے بارہ بجے، میں ہولے ہولے دستک دوں گا، تم چپکے سے دروازہ کھول دینا اور پھر ہم۔۔۔ ڈیوڑھی بالکل الگ تھلگ ہے۔ لیکن تم احتیاط کے طور پر وہ

دروازہ جو غسل خانے کی طرف کھلتا ہے بند کر دینا۔ ''

بیوی کو اچھی طرح سمجھا کر وہ تر پاٹھی سے رخصت لے کر اس سے چلا گیا۔ بارہ بجنے میں چار سر دگھنٹے باقی تھے جن میں سے دو جو گندر سنگھ نے اپنی سائیکل پر اِدھر اُدھر گھومنے میں کاٹے۔ اس کو سردی کی شدت کا بالکل احساس نہ ہوا اس لیے کہ بیوی سے ملنے کا خیال کافی گرم تھا۔ دو گھنٹے سائیکل پر گھومنے کے بعد وہ اپنے مکان کے پاس میدان میں بیٹھا اور محسوس کرنے لگا کہ وہ رومانی ہو گیا ہے۔ جب اس نے سرد رات کی دھند یا کی خاموشی کا خیال کیا تو اسے یہ ایک جانی پہچانی چیز معلوم ہوئی۔ اوپر ٹھہرے ہوئے آسمان پر تارے چمک رہے تھے جیسے پانی کی موٹی موٹی بوندیں جم کر موتی بن گئی ہیں۔ کبھی کبھی ریلوے انجن کی چیخ خاموشی کو چھیڑ دیتی اور جو گندر سنگھ کا افسانہ نگار دماغ یہ سوچتا کہ خاموشی بہت بڑا برف کا ڈھیلا ہے اور سیٹی کی آواز میخ ہے جو اس کے سینے میں کھب گئی ہے۔

بہت دیر تک جو گندر ایک نئے قسم کے رومان کو اپنے دل و دماغ میں پھیلاتا رہا اور رات کی اندھیاری خوبصورتیوں کو گنتا رہا۔ ایکا ایکی ان خیالات سے چونک کر اس نے گھڑی میں وقت دیکھا تو بارہ بجنے میں دو منٹ باقی تھے۔ اٹھ کر اس نے گھر کا رخ کیا اور دروازے پر ہولے سے دستک دی۔ پانچ سیکنڈ گزر گئے، دروازہ نہ کھلا۔ ایک بار اس نے پھر دستک دی۔

دروازہ کھلا، جو گندر سنگھ نے ہولے سے کہا، '' امرت ۔۔۔ ''، اور جب نظریں اٹھا کر اس نے دیکھا تو امرت کور کے بجائے تر پاٹھی کھڑا تھا۔ اندھیرے میں جو گندر سنگھ کو ایسا معلوم ہوا کہ تر پاٹھی کی داڑھی اتنی لمبی ہو گئی ہے کہ زمین کو چھو رہی ہے۔ اس کو پھر تر پاٹھی کی آواز سنائی، '' تم جلدی آ گئے۔۔۔ چلو یہ بھی اچھا ہوا۔۔۔ میں نے ابھی ابھی ایک افسانہ مکمل کیا ہے ۔۔۔ آؤ سنو۔ ''

تصویر

’’بچے کہاں ہیں؟‘‘

’’مر گئے ہیں۔‘‘

’’سب کے سب؟‘‘

’’ہاں، سب کے سب۔۔۔آپ کو آج ان کے متعلق پوچھنے کا کیا خیال آ گیا۔‘‘

’’میں ان کا باپ ہوں۔‘‘

’’آپ ایسا باپ خدا کرے کبھی پیدا ہی نہ ہو۔‘‘

’’تم آج اتنی خفا کیوں ہو۔۔۔میری سمجھ میں نہیں آتا، گھڑی میں رتی گھڑی میں ماشہ ہو جاتی ہو۔۔۔دفتر سے تھک کر آیا ہوں اور تم نے یہ چخ چخ شروع کر دی ہے۔۔۔بہتر تھا کہ میں وہاں دفتر ہی میں پنکھے کے نیچے آرام کرتا۔‘‘

’’پنکھا یہاں بھی ہے۔۔۔آپ آرام طلب ہیں۔۔۔یہیں آرام فرما سکتے ہیں۔‘‘

’’تمہارا طنز کبھی نہیں جائے گا۔۔۔میرا خیال ہے کہ یہ چیز تمہیں جہیز میں ملی تھی۔‘‘

’’میں کہتی ہوں کہ آپ مجھ سے اس قسم کی خرافات نہ بکا کیجیے۔۔۔آپ کے دیدوں کا تو پانی ہی ڈھل گیا ہے۔‘‘

’’یہاں تو سب کچھ ڈھل گیا ہے، تمہاری وہ جوانی کہاں گئی۔۔۔؟ میں تو اب ایسا محسوس کرتا ہوں جیسے سو برس کا بڈھا ہوں۔‘‘

’’یہ آپ کے اعمال کا نتیجہ ہے۔۔۔میں نے تو خود کو کبھی عمر رسیدہ محسوس نہیں کیا۔‘‘

’’میرے اعمال اتنے سیاہ تو نہیں ۔ ۔ ۔اور پھر میں تمہارا شوہر ہوتے ہوئے کیا اتنا بھی محسوس نہیں کر سکتا کہ تمہارا شباب اب رُو بہ تنزل ہے۔‘‘

’’مجھ سے ایسی زبان میں گفتگو کیجیے جس کو میں سمجھ سکوں ۔ ۔ ۔یہ تروبہ نزل کیا ہوا؟‘‘

’’چھوڑو اسے ۔ ۔ ۔آؤ محبت پیار کی باتیں کریں!‘‘

’’آپ نے ابھی ابھی تو کہا تھا کہ آپ کو ایسا محسوس ہوتا ہے جیسے سو برس کے بڈھے ہیں۔‘‘

’’بھئی دل تو جوان ہے!‘‘

’’آپ کے دل کو میں کیا کہوں ۔ ۔ ۔آپ اسے دل کہتے ہیں، مجھ سے کوئی پوچھے تو میں یہی کہوں گی کہ پتھر کا ایک ٹکڑا ہے جو اس شخص نے اپنے پہلو میں دبا رکھا ہے اور دعویٰ یہ کرتا ہے کہ اس میں محبت بھری ہوئی ہے ۔ ۔ ۔آپ محبت کرنا کیا جانیں ۔ ۔ ۔محبت تو صرف عورت ہی کر سکتی ہے۔‘‘

’’آج تک کتنی عورتوں نے مردوں سے محبت کی ہے ۔ ۔ ۔ذرا تاریخ کا مطالعہ کرو ۔ ۔ ۔ہمیشہ مردوں ہی نے عورتوں سے محبت کی اور اسے نبھایا۔ ۔ ۔عورتیں تو ہمیشہ بے وفا رہی ہیں۔‘‘

’’جھوٹ ۔ ۔ ۔اس کا اول جھوٹ، اس کا آخر جھوٹ ۔ ۔ ۔بے وفائی تو ہمیشہ مردوں نے کی ہے۔‘‘

’’اور وہ جو انگلستان کے بادشاہ نے ایک معمولی عورت کے لیے تخت و تاج چھوڑ دیا تھا۔ ۔ ۔؟ وہ کیا جھوٹی اور فرضی داستان ہے۔‘‘

’’بس ایک مثال پیش کر دی اور مجھ پر رعب ڈال دیا۔‘‘

’’بھئی تاریخ میں ایسی ہزاروں مثالیں موجود ہیں ۔ ۔ ۔مرد جب کسی عورت سے عشق کرتا ہے تو وہ کبھی پیچھے نہیں ہٹتا، کم بخت اپنی جان قربان کر دے گا مگر اپنی محبوبہ کو ذرا سی بھی ایذا پہنچنے نہیں دے گا، تم نہیں جانتی ہو مرد میں جب کہ وہ محبت میں گرفتار ہو کتنی طاقت ہوتی ہے۔‘‘

’’سب جانتی ہوں ۔ ۔ ۔آپ سے تو کل الماری کا جما ہوا دروازہ بھی نہیں کھل سکا۔ ۔ ۔آخر مجھے ہی زور لگا کر کھولنا پڑا۔‘‘

’’دیکھو جانم ۔ ۔ ۔تم زیادتی کر رہی ہو ۔ ۔ ۔تمہیں معلوم ہے کہ میرے دائیں بازو میں رمح کا درد تھا، میں اس دن دفتر بھی نہیں گیا تھا اور سارا دن اور ساری رات پڑا کراہتا رہا تھا۔ ۔ ۔تم نے میرا کوئی خیال نہ کیا اور اپنی سہیلیوں کے ساتھ سنیما دیکھنے چلی گئیں۔‘‘

’’آپ تو بہانہ کر رہے تھے۔‘‘

’’لاحول ولا۔۔۔یعنی میں بہانہ کر رہا تھا، درد کے مارے میرا برا حال ہو رہا تھا اور تم کہتی ہو کہ میں بہانہ کر رہا تھا۔۔۔لعنت ہے ایسی زندگی پر۔‘‘

’’یہ لعنت مجھ پر بھیجی گئی ہے!‘‘

’’تمہاری عقل پر تو پتھر پڑ گئے ہیں۔۔۔میں اپنی زندگی کا رونا رو رہا تھا۔‘‘

’’آپ تو ہر وقت روتے ہی رہتے ہیں۔‘‘

’’تم تو ہنستی رہتی ہو۔۔۔اس لیے کہ تمہیں کسی کی پروا ہی نہیں۔۔۔بچے جائیں جہنم میں، میرا جنازہ نکل جائے۔۔۔یہ مکان جل کر راکھ ہو جائے مگر تم ہنستی رہو گی۔۔۔ایسی بے دل عورت میں نے آج تک اپنی زندگی میں کبھی نہیں دیکھی۔‘‘

’’کتنی عورتیں دیکھی ہیں آپ نے اب تک؟‘‘

’’ہزاروں، لاکھوں۔۔۔سڑکوں پر تو آج کل عورتیں ہی عورتیں نظر آتی ہیں۔‘‘

’’جھوٹ نہ بولیے۔۔۔آپ نے کوئی نہ کوئی عورت خاص طور پر دیکھی ہے۔‘‘

’’خاص طور پر سے تمہارا مطلب کیا ہے؟‘‘

’’میں آپ کے راز کھولنا نہیں چاہتی۔۔۔میں اب چلتی ہوں۔‘‘

’’کہاں؟‘‘

’’ایک سہیلی کے یہاں۔۔۔اس سے اپنا دکھڑا بیان کروں گی، خود روؤں گی، اس کو بھی رلاؤں گی۔۔۔اس طرح کچھ جی ہلکا ہو جائے گا۔‘‘

’’وہ دکھڑا جو تمہیں اپنی سہیلی سے بیان کرنا ہے، مجھے ہی بتا دو۔۔۔میں تمہارے غم میں شریک ہونے کا وعدہ کرتا ہوں۔‘‘

’’آپ کے وعدے۔۔۔؟ کبھی ایفا ہوئے ہیں؟‘‘

’’تم بہت زیادتی کر رہی ہو۔۔۔میں نے آج تک تم سے جو بھی وعدہ کیا پورا کیا۔۔۔ابھی پچھلے دنوں تم نے مجھ سے کہا کہ چائے کا ایک سیٹ لا دو۔۔۔میں نے ایک دوست سے روپے قرض لے کر بہت عمدہ سیٹ خرید کر تمہیں لا دیا۔‘‘

’’بڑا احسان کیا مجھ پر۔۔۔وہ تو دراصل آپ اپنے دوستوں کے لیے لائے تھے۔۔۔اس میں سے دو پیالے کس نے توڑے تھے؟ ذرا یہ تو بتائیے؟‘‘

’’ایک پیالہ تمہارے بڑے لڑکے نے توڑا۔۔۔دوسرا تمہاری چھوٹی بچی نے۔‘‘

’’سارا الزام آپ ہمیشہ انہیں پر دھرتے ہیں۔۔۔اچھا اب یہ بحث بند ہو۔۔۔مجھے نہا دھو کر کپڑے پہننا اور جوڑا کرنا ہے۔‘‘

’’دیکھو، میں نے آج تک کبھی سخت گیری نہیں کی، میں ہمیشہ تمہارے ساتھ نرمی سے پیش آتا رہا ہوں مگر آج میں تمہیں حکم دیتا ہوں کہ باہر نہیں جا سکتیں۔‘‘

’’اجی واہ۔۔۔بڑے آئے مجھ پر حکم چلانے والے۔۔۔آپ ہیں کون؟‘‘

’’اتنی جلدی بھول گئی ہو۔۔۔میں تمہارا خاوند ہوں۔‘‘

’’میں نہیں جانتی، خاوند کیا ہوتا ہے۔۔۔میں اپنی مرضی کی مالک ہوں۔۔۔میں باہر جاؤں گی اور ضرور جاؤں گی، دیکھتی ہوں مجھے کون روکتا ہے۔‘‘

’’تم نہیں جاؤ گی۔۔۔بس یہ میرا فیصلہ ہے۔‘‘

’’فیصلہ اب عدالت ہی کرے گی۔‘‘

’’عدالت کا یہاں کیا سوال پیدا ہوتا ہے۔۔۔میری سمجھ میں نہیں آتا آج تم کیسی اوٹ پٹانگ باتیں کر رہی ہو، ٹھیک کی بات کرو۔۔۔جاؤ نہا لو تا کہ تمہارا دماغ کسی حد تک ٹھنڈا ہو جائے۔‘‘

’’آپ کے ساتھ رہ کر میں تو سر سے پیر تک برف ہو چکی ہوں۔‘‘

کوئی عورت اپنے خاوند سے خوش نہیں ہوتی، خواہ وہ بے چارہ کتنا ہی شریف کیوں نہ ہو۔۔۔اس میں کیڑے ڈالنا اس کی سرشت میں داخل ہے۔۔۔میں نے تمہاری کئی خطائیں اور غلطیاں معاف کی ہیں۔‘‘

’’میں نے خدا نخواستہ کون سی خطا کی ہے؟‘‘

’’پچھلے برس تم نے شلجم کی شب دیگ بڑے ٹھاٹ سے پکانے کا ارادہ کیا۔۔۔شام کو چولہے پر ہنڈیا رکھ کر تم ایسی سوئیں کہ اٹھ کر جب میں باورچی خانے میں گیا تو دیکھا کہ دیگچی میں سارے شلجم کوئلے بنے ہوئے ہیں۔۔۔ان کو نکال کر میں نے انگیٹھی سلگائی اور چائے تیار کی۔۔۔تم سو رہی تھیں۔‘‘

’’میں یہ بکواس سننے کے لیے تیار نہیں۔‘‘

’’اس لیے کہ اس میں جھوٹ کا ایک ذرہ بھی نہیں۔۔۔میں اکثر سوچتا ہوں کہ عورت کو سچ اور حقیقت سے کیوں چڑ ہے۔۔۔میں اگر کہہ دوں کہ تمہارا بایاں گال تمہارے دائیں کے مقابلے میں کسی قدر زیادہ موٹا ہے تو شاید تم مجھے ساری عمر نہ بخشو۔۔۔مگر یہ حقیقت ہے جسے شاید تم بھی اچھی طرح محسوس کرتی ہو۔

’’ ـ ـ دیکھو یہ پیپرویٹ وہیں رکھ دو۔ ـ ـ اٹھا کے میرے سر پر دے مارا تو تھانہ تھنول ہو جائے گا۔ ‘‘

’’ میں نے پیپرویٹ اس لیے اٹھایا تھا کہ یہ آپ کے چہرے کے عین مطابق ہے۔ ـ ـ اس کے اندر جو ہوا کے بلبلے سے ہیں وہ آپ کی آنکھیں ہیں۔ ـ ـ اور یہ جو لال سی چیز ہے وہ آپ کی ناک ہے جو ہمیشہ سرخ رہتی ہے۔ ـ ـ ـ میں نے جب آپ کو پہلی مرتبہ دیکھا تھا تو مجھے ایسا لگا تھا جیسے آپ کی آنکھوں کے نیچے جو گائے کی آنکھیں ہیں، ایک کاکروچ اوندھے منہ بیٹھا ہے۔ ـ ‘‘

’’ تمہارا جی ہلکا ہو گیا؟ ‘‘

’’ میرا جی کبھی ہلکا نہیں ہو گا۔ ـ ـ ـ مجھے آپ جانے دیجیے۔ ـ ـ نہا دھو کر میں شاید یہاں سے ہمیشہ کے لیے چلی جاؤں۔ ‘‘

’’ جانے سے پہلے یہ تو بتاجاؤ کہ یہ جانا کس بنا پر ہے؟ ‘‘

’’ میں بتانا نہیں چاہتی۔ ـ ـ ـ آپ تو اول درجے کے بے شرم ہیں۔ ‘‘

’’ بھئی، تمہاری اس ساری گفتگو کا مطلب ابھی تک میری سمجھ میں نہیں آیا۔ ـ ـ معلوم نہیں، تمھیں مجھ سے کیا شکایت ایک دم پیدا ہو گئی ہے۔ ‘‘

’’ ذرا اپنے کوٹ کی اندرونی جیب میں ہاتھ ڈالیے۔ ‘‘

’’ میرا کوٹ کہاں ہے؟ ‘‘

’’ لاتی ہوں۔ ـ ـ لاتی ہوں۔ ‘‘

’’ میرے کوٹ میں کیا ہو سکتا ہے۔ ـ ـ ـ وہسکی کی بوتل تھی۔ ـ ـ وہ تو میں نے باہر ہی ختم کر کے پھینک دی تھی۔ ـ ـ ـ لیکن ہو سکتا ہے رہ گئی ہو۔ ‘‘

’’ لیجیے، آپ کا کوٹ یہ رہا۔ ‘‘

’’ اب میں کیا کروں؟ ‘‘

’’ اس کی اندر کی جیب میں ہاتھ ڈالیے۔ ـ ـ ـ اور اس لڑکی کی تصویر نکالیے جس سے آپ آج کل عشق لڑا رہے ہیں۔ ‘‘

’’ لاحول ولا۔ ـ ـ تم نے میرے اوسان خطا کر دیے تھے۔ ـ ـ ـ یہ تصویر، میری جان، میری بہن کی ہے جس کو تم نے ابھی تک نہیں دیکھا، افریقہ میں ہے۔ ـ ـ تم نے یہ خط نہیں دیکھا۔ ـ ـ ساتھ ہی تو تھا۔ ـ ـ یہ لو۔ ‘‘

’’ ہائے، کتنی خوبصورت لڑکی ہے۔ ـ ـ میرے بھائی جان کے لیے بالکل ٹھیک رہے گی۔ ‘‘

تقی کاتب

ولی محمد، جب تقی کو پہلی مرتبہ دفتر میں لایا تو اُس نے مجھے قطعاً متاثر نہ کیا۔ لکھنو اور دلی کے جاہل اور خود سَر کاتبوں سے میرا جی جلا ہوا تھا۔ ایک تھا، اس کو بے جا پیش ڈالنے کی بری عادت تھی۔ موت کو مُوت اور رسوت کو سُوت بنا دیتا تھا۔ میں نے بہت سمجھایا مگر وہ نہ سمجھا۔ اس کو اپنے صاحبِ زبان ہونے کا بہت زُعم تھا۔ میں نے جب بھی اس کو پیش کے معاملہ میں ٹوکا اس نے اپنی داڑھی کو تاؤ دے کر کہا ''میں اہلِ زبان ہوں صاحب۔۔۔۔ اُس کے تیس سپاروں کا حافظ ہوں۔ اعراب کے معاملہ میں آپ مجھ سے کچھ نہیں کہہ سکتے۔''

میں نے اسے اور کچھ نہ کہا اور رخصت کر دیا۔

اس کی جگہ ایک دلّی کے کاتب نے لے لی۔۔۔ اور سب ٹھیک ہو گیا مگر اُس کو اصلاح کرنے کا خَبط تھا، اور اصلاح بھی ایسی کہ میری آنکھوں میں خون اتر آتا تھا۔ کوئی مضمون تھا، میں نے اُس میں یہ لکھا، ''اس کے ہاتھوں کے طوطے اڑ گئے، اُس نے یہ اصلاح فرمائی۔ اس کے ہاتھ پاؤں کے طوطے اڑ گئے۔'' میں نے اس کا مذاق اڑایا تو وہ خالص دہلوی لب و لہجہ میں بڑبڑاتا ملازمت سے علیحدہ ہو گیا۔

رام پور کا ایک کاتب تھا۔ بہت ہی خوش خط تھا مگر اس کو اختصار کے دورے پڑتے تھے۔ سطریں کی سطریں اور پیرے کے پیرے غائب کرتا تھا۔ جب اس کو پورا صفحہ دوبارہ لکھنے کو کہتا تو وہ جواب دیتا، ''اتنی محنت مجھ سے نہ ہو گی صاحب۔۔۔ نوٹ میں لکھ دوں گا۔'' نوٹ میں لکھوانا مجھے سخت ناپسند تھا چنانچہ رام پوری کاتب بھی زیادہ دن دفتر میں نہ ٹِک سکے۔

ولی محمد ہیڈ کاتب جب تقی کو پہلی مرتبہ دفتر میں لایا تو اس نے مجھے قطعاً متاثر نہ کیا۔ خط کا نمونہ

دیکھا۔ خاص اچھا نہیں تھا۔ دائروں میں پختگی ہی نہیں تھی۔ میں گُنجان لکھائی کا قائل ہوں، وہ چھدرا لکھتا تھا۔ کم عمر تھا۔ اندازِ گفتگو میں عجیب قسم کی بوکھلاہٹ تھی۔ بات کرتے وقت اس کا ایک بازو ہلتا رہتا تھا۔ جیسے کلاک کا پنڈولم۔ رنگ سفید تھا۔ بالائی ہونٹ پر بھورے بھورے مہین بال تھے۔ ایسا معلوم ہوتا تھا کہ اس نے خود کتابت کی سیاہی سے یہ ہلکی ہلکی مونچھیں بنائی ہیں۔

میں نے اسے چند روز کے لیے رکھا۔ مگر اس نے اپنی شرافت، محنت اور تابعداری سے دفتر میں اپنے لیے مستقل جگہ پیدا کر لی۔ ولی محمد سے میرے تعلقات بہت بے تکلف تھے۔ جنسیات کے متعلق اپنی معلومات میں اضافہ کرنے کے لیے وہ اکثر مجھ سے گفتگو کیا کرتا تھا۔ اِس دوران میں محمد تقی خاموش رہتا تھا۔ عورت اور مرد کے جنسی تعلق کا ذکر کُھلے الفاظ میں آتا تو اس کے کان کی لَویں سرخ ہو جاتیں۔ ولی محمد جو کہ شادی شدہ تھا، اس کو خالص پنجابی انداز میں چھیڑتا۔

’’منٹو صاحب اِس کا مردہ خراب ہو رہا ہے اِس سے کہیے کہ شادی کر لے۔۔۔ جب بھی کوئی فلم دیکھ کر آتا ہے۔ ساری رات کروٹیں بدلتا رہتا ہے۔‘‘ تقی عام طور پر جھینپتے ہوئے کہتا، ’’منٹو صاحب جھوٹ بولتا ہے۔‘‘ ولی محمد کی سیاہ نویلی مونچھیں تھرکنے لگتیں، ’’اور یہ بھی جھوٹ ہے منٹو صاحب کہ یہ چالی بلڈنگ کی یہودی چھوکریوں کی ننگی ٹانگیں دیکھ کر ان کی نقشہ کشی کیا کرتا ہے۔‘‘ تقی کی ناک کی چوٹی پر پسینے کے قطرے نمودار ہو جاتے، ’’میں تو۔۔۔ میں تو ڈرائنگ سیکھ رہا ہوں۔‘‘ ولی محمد اسے اور چھیڑتا، ’’ڈرائنگ چہرے کی سیکھو۔۔۔ یہ کس ڈرائنگ ماسٹر نے تم سے کہا کہ پہلے ننگی ٹانگوں سے شروع کرو۔‘‘ محمد تقی قریب قریب رو دیتا، چنانچہ میں ولی محمد کو منع کرتا کہ وہ اسے نہ چھیڑا کرے۔ اِس پر ولی محمد کہتا، ’’منٹو صاحب، میں اُس کے والد صاحب سے کہہ چکا ہوں آپ سے بھی کہتا ہوں کہ اِس لونڈے کی شادی کرا دیجیے، ورنہ اس کا مردہ بالکل خراب ہو جائے گا۔‘‘

محمد تقی کے باپ سے میری ملاقات ہوئی۔ داڑھی والے بزرگ تھے۔ نماز روزے کے پابند۔ ماتھے پر محراب۔ بھنڈی بازار میں ولی محمد کی شراکت میں گھی کی ایک چھوٹی سی دکان کرتے تھے۔ محمد تقی سے ان کو بہت محبت تھی۔ باتیں کرتے ہوئے آپ نے مجھ سے کہی، ’’تقی دو برس کا تھا کہ اس کی والدہ کا انتقال ہو گیا۔۔۔ خدا اس کو غریقِ رحمت کرے۔ بہت ہی نیک بی بی تھی منٹو صاحب یقین جانیے، اس کی موت کے بعد عزیزوں اور دوستوں نے بہت زور دیا کہ میں دوسری شادی کر لوں مگر مجھے تقی کا خیال تھا۔ میں نے سوچا ہو سکتا ہے کہ میں اُس کی طرف سے غافل ہو جاؤں۔ چنانچہ دوسری شادی کے خیال کو میں

نے اپنے قریب تک نہ آنے دیا اور اس کی پرورش خود اپنے ہاتھوں سے کی۔ اللہ کا بڑا فضل و کرم ہے کہ اس نے مجھ گنہگار کو سرخرو کیا۔ خدا اس کو زندگی اور نیکی کی ہدایت دے! ''

محمد تقی اپنے باپ کے اس ایثار کی ہمیشہ تعریف کیا کرتا، '' بہت کم باپ اتنی بڑی قربانی کر سکتے ہیں۔ ابا جوان تھے۔ اچھا کھاتے تھے۔ چاہتے تو چٹکیوں میں ان کو اچھی سے اچھی بیوی مل جاتی، لیکن میری خاطر انہوں نے تجرُّد کی زندگی بسر کی۔ اتنی محبت اور اتنے پیار سے میری پرورش کی کہ مجھے ماں کی کمی محسوس ہی نہ ہونے دی۔ ''

ولی محمد بھی تقی کے باپ کا مُعترف تھا مگر اسے صرف یہ شکایت تھی کہ مولانا ذرا سنکی ہیں، '' منٹو صاحب آدمی بہت اچھے ہیں، کاروبار میں سولہ آنے کھرا ہے۔ تقی سے بہت پیار کرتا ہے ۔۔۔ لیکن یہ پیار ۔۔۔ میں اب اپنے احساسات کن الفاظ میں پیش کروں ۔۔۔ اس کا پیار حد سے بڑھا ہوا ہے ۔۔۔ یعنی وہ اس طرح پیار کرتا ہے جس طرح کوئی حاسد عاشق اپنے معشوق سے کرتا ہے۔ ''

میں نے ولی محمد سے پوچھا، '' تمہارا مطلب؟ '' ولی محمد نے اپنی مونچھوں کی نوکیں درست کیں، '' مطلب و طلب میں نہیں سمجھا سکتا۔ آپ خود سمجھ لیجیے۔ '' میں نے مسکرا کر کہا، '' بھائی تم ذرا وضاحت سے کام لو، تو میں سمجھ جاؤں گا۔ ''

ولی محمد نے سرخیاں لکھنے والے قلم کو کپڑے کے چیتھڑے سے صاف کرتے ہوئے کہا، '' مولانا سنکی ہیں ۔۔۔ مجھے معلوم نہیں کیوں۔ تقی کہتا ہے کہ پہلے ان کے پیار اور ان کی شفقت کا یہ رنگ نہیں تھا جو اب ہے ۔۔۔ یعنی پچھلے چند برسوں سے آپ نے اپنے فرزندِ اَرجُمند سے پوچھ پچھ کا لامتناہی سلسلہ شروع کر رکھا ہے ۔۔۔ لامتناہی ٹھیک استعمال ہے نا منٹو صاحب؟ ''

'' ٹھیک استعمال ہوا ہے ۔۔۔ ہاں یہ پوچھ پچھ کا سلسلہ کیا ہے؟ ''

'' یہی تم رات کو دیر سے کیوں آئے ۔۔۔؟ سفید گلی میں کیا کرنے گئے تھے۔ وہ یہودن تم سے کیا بات کر رہی تھی ۔۔۔؟ اتنے فلم کیوں دیکھتے ہو ۔۔۔ پچھلے ہفتے تم نے کتابت کی اجرت کی سے چار آنے کہاں رکھے ۔۔۔؟ ولی محمد سے تم بائی کلمہ کے پل پر بیٹھے کیا باتیں کر رہے تھے ۔۔۔؟ کیا وہ تمہیں ورغلا تو نہیں رہا تھا کہ شادی کر لو۔ ''

میں نے ولی محمد سے پوچھا، '' ورغلانا کیا ہوا؟ ''

'' معلوم نہیں ۔۔۔ لیکن مولانا سمجھتے ہیں کہ تقی کا ہر دوست اسے شادی کے لیے ورغلاتا ہے ۔۔۔ میں اس

کو ورغلاتا تو نہیں لیکن یہ ضرور کہتا ہوں اور اکثر کہتا ہوں کہ جانِ من شادی کرلو ورنہ تمہارا مردہ خراب ہو جائے گا۔اور منٹو صاحب میں آپ کو خدا کی قسم کھا کر کہتا ہوں کہ لڑکے کو ایک عدد بیوی کی اشد ضرورت ہے۔''

چار پانچ برس گزر چکے تھے۔ محمد تقی کی مونچھوں کے بھورے بال اب مہین نہیں تھے، ہر روز داڑھی مونڈتا تھا۔ ٹیڑھی مانگ بھی نکالتا تھا اور دفتر میں جب جذبات کے متعلق گفتگو چھڑتی تو وہ قلم دانتوں میں دبا کر غور سے سنتا۔عورت اور مرد کے جنسی تعلق کا ذکر کھلے الفاظ میں ہوتا تو اس کے کانوں کی لویں سرخ نہ ہوتیں۔۔۔محمد تقی کو بیوی کی ضرورت ہو سکتی تھی۔

ایک دن جب کہ اور کوئی دفتر میں نہیں تھا اور تقی اکیلا تخت پر دیوار کے ساتھ پیٹھ لگائے پرچے کی آخری کاپی مکمل کر رہا تھا۔ میں نے اس کے خد و خال کا غور سے معائنہ کرتے ہوئے پوچھا، ''تقی تم شادی کیوں نہیں کرتے؟''

سوال اچانک کیا گیا تھا۔ تقی چونک پڑا، ''جی؟''

''میرا خیال ہے تم شادی کرلو۔''

تقی نے قلم کان میں اُڑسا اور کسی قدر شرما کر کہا، ''میں نے ابا سے بات کی ہے۔''

''کیا کہا انہوں نے؟''

تقی تفصیل سے کچھ کہنا چاہتا تھا، مگر نہ کہہ سکا، ''جی وہ۔۔۔ کچھ نہیں۔۔۔ وہ کہتے ہیں ابھی اتنی جلدی کیا ہے؟''

''تمہارا کیا خیال ہے؟''

''جوان کا ہے۔''

اس جواب کے بعد گفتگو کا سلسلہ مُنقَطع ہو گیا۔ تقی نے پرچے کی آخری کاپی مکمل کی اور اسے جوڑ کر چلا گیا۔ چند دن کے بعد ولی محمد نے تقی کی موجودگی میں مجھ سے کہا، ''منٹو صاحب! کل بڑا لفڑا ہوا۔۔۔مولانا اور تقی میں دَھیں پٹاس ہوتے ہوتے رہ گئی۔'' ولی محمد یوں تو اردو بولتا تھا لیکن پنجابی اور بمبئی کی اردو کے کئی الفاظ مزاح پیدا کرنے کے لیے استعمال کرنے کا عادی تھا۔ تقی نے اس کی بات سنی اور خاموش رہا۔

ولی محمد نے اپنی تِھر کتی ہوئی نوکیلی مونچھوں کو آنکھوں کا زاویہ بدل کر دیکھا، پھر اس زاویے کو بدل اس نے تقی کی طرف دیکھا اور مجھ سے کہا، ''لڑکے کو ایک عدد بیوی کی اشد ضرورت ہے، لیکن باپ اس

ضرورت کو مانتا ہی نہیں۔۔۔ اس نے بہت سمجھایا منٹو صاحب مگر مولانا نے ایک نہ سنی۔۔۔ منٹو صاحب یہ کیا محاورہ ہے ایک نہ سنی۔۔۔ مولانا نے سنی تو ہزار تھیں لیکن اُن سنی کر دیں۔۔۔ یہ محاورے بھی خوب چیز ہیں۔۔۔! اور مولانا بھی۔۔۔ اپنے وقت کے ایک لاجواب محاورہ ہیں۔'' تقی بھنّا کر مجھ سے مخاطب ہوا، ''منٹو صاحب اس سے کہیے خاموش رہے۔''

ولی محمد بولا، ''منٹو صاحب اس سے کہیے کہ مولانا کے سامنے خاموش رہا کرے۔۔۔ وہ شادی کی اجازت نہیں دیتے۔ ٹھیک ہے۔۔۔ باپ ہیں، وہ اس کا نفع نقصان سوچ سکتے ہیں۔'' باپ بیٹے کی بحچ ضرور ہوئی تھی۔ تقی نے مولانا سے درخواست کی تھی کہ وہ اس کی شادی کسی اچھے گھرانے میں کر دیں یہ سن کر وہ چِڑ گئے اور تقی کو دوستوں پر برسنے لگے، ''تمہارے دوستوں نے تمہاری جڑوں میں پانی پھیر دیا ہے۔۔۔ جب میں تمہاری عمر کا تھا۔ مجھے معلوم ہی نہیں تھا کہ شادی بیاہ کس جانور کا نام ہے؟''

یہ سن کر تقی نے ڈرتے ڈرتے کہا، لیں۔ آپ کی شادی تو چودہ برس کی عمر میں ہوئی تھی۔'' مولانا نے اسے ڈانٹا، ''تمہیں کیا معلوم ہے؟'' تقی خاموش ہو گیا۔۔۔ وہ بہت ہی کم گو اور فرماں بردار قسم کا لڑکا تھا۔ دو چار مرتبہ اس نے بے تکلف گفتگو کی اور اس کو کھلنے کا موقع دیا تو مجھے معلوم ہوا کہ اس کو بیوی کی واقعتاً ضرورت ہے۔

اس نے مجھ سے ایک روز جھینپتے ہوئے کہا، ''میرے خیالات آج کل بہت پراگندہ رہتے ہیں۔ ولی محمد شادی شدہ ہے۔ وہ جب اپنی بیوی کے ساتھ باہر جاتا ہے تو میرے دل کو جانے کیا ہوتا ہے۔۔۔ آپ نے ایک دفعہ احساس کمتری کے متعلق باتیں کی تھیں۔۔۔ مجھے ایسا محسوس ہوتا ہے کہ میں عنقریب اِس کا شکار ہونے والا ہوں۔ مگر کیا کروں۔ ابا مانتے ہی نہیں۔ میں شادی کی بات کرتا ہوں تو وہ چِڑ جاتے ہیں۔۔۔ جیسے۔۔۔ جیسے شادی کرنا کوئی گناہ ہے۔۔۔ وہ اپنی مثال دیتے ہیں کہ دیکھو تمہاری ماں کے مرنے کے بعد اب تک میں نے شادی نہیں کی۔۔۔ لیکن منٹو صاحب۔۔۔ اِس مثال کا میرے ساتھ کیا تعلق ہے۔۔۔ انہوں نے شادی کی، اللہ کو یہ منظور نہیں تھا کہ ان کی بیوی زندہ رہتی انہوں نے بہت بڑی قربانی کی جو میری خاطر دوسری شادی نہ کی۔۔۔ لیکن وہ چاہتے ہیں کہ میں کنوارا ہی رہوں۔''

میں نے پوچھا، ''کیوں؟''

تقی نے جواب دیا، ''معلوم نہیں منٹو صاحب۔۔۔ وہ میری شادی کے بارے میں کچھ سننے کے لیے تیار ہی نہیں۔۔۔ میں ان کی بہت عزت کرتا ہوں۔ لیکن کل باتوں باتوں میں جذبات سے مغلوب ہو کر میں

گستاخی کر بیٹھا۔''

'' کیا؟''

تقی نے انتہائی ندامت کے ساتھ کہا، ''میں منت سماجت کرتے کرتے اور سمجھاتے سمجھاتے تنگ آ گیا تھا۔۔۔کل جب انہوں نے مجھ سے کہا کہ وہ میری شادی کے متعلق کچھ سننے کو تیار نہیں تو میں نے غصے میں آ کر ان سے کہہ دیا،''آپ نہیں سنیں گے تو میں اپنی شادی کا بندوبست خود کر لوں گا۔''

میں نے اس سے پوچھا، ''یہ سن کر انہوں نے کیا کہا۔''،''ابھی ابھی گھر سے نکل جاؤ۔''۔۔۔چنانچہ کل رات میں یہاں دفتر ہی میں سویا۔ میں نے شام کو ولی محمد کے ذریعے سے مولانا کو بلوایا۔۔۔چند جذباتی باتیں ہوئیں تو انہوں نے تقی کو گلے لگا کر رونا شروع کر دیا۔ پھر شکوے ہونے لگے۔ مجھے معلوم نہیں تھا کہ یہ لڑکا جس کی خاطر میں نے تَجرّدُ برداشت کیا ایک روز میرے ساتھ ایسی گستاخی سے پیش آئے گا۔ میں نے ماؤں کی طرح اسے پالا پوسا، آپ سوکھی کھائی پر اس کے لیے خود اپنے ہاتھوں سے گھی میں گوندھ کر پراٹھے پکائے۔۔۔۔''

میں نے بات کاٹ کر کہا، ''مولانا، یہ کب آپ کے ان احسانات کو نہیں مانتا۔ آپ کی تمام قربانیاں اس کے دل و دماغ پر نقش ہیں۔ آپ نے اتنا کچھ کیا۔ کیا آپ اس کی شادی نہیں کر سکتے۔ ماں باپ کی تو سب سے بڑی خواہش یہ ہوتی ہے کہ وہ اپنی اولاد کو پھلتا پھولتا دیکھیں۔ آپ کے گھر میں بہو آئے گی۔ بال بچے ہوں گے۔ دادا جان بن کر آپ کو پر فخر مسرت نہ ہو گی۔۔۔؟ میرا خیال ہے تقی کو غلط فہمی ہوئی ہے کہ آپ شادی کے خلاف ہیں۔''

مولانا لاجواب ہو گئے۔ رومال سے اپنی آنکھیں خشک کرنے لگے۔ تھوڑے توقف کے بعد بولے، ''پر کوئی ایسا رشتہ ہو تو۔۔۔''

''آپ ہاں کر دیجیے۔ سب ٹھیک ہو جائے گا۔''

ولی محمد نے یہ کچھ ایسے انداز میں کہا، ''چلیے انگوٹھا لگائیے،''مولانا بدک گئے،''لیکن ایسی جلدی بھی کیا ہے؟''''اس پر میں نے بزرگوں کا انداز اختیار کرتے ہوئے کہا، ''کارِ خیر میں دیر نہیں ہونی چاہیے۔۔۔آپ اوروں کو چھوڑیے، خود اپنی پسند کا رشتہ ڈھونڈ ئیے۔۔۔ ماشاء اللہ ڈونگری میں سب لوگ آپ کو جانتے ہیں۔۔۔ یہاں بمبئی میں پسند نہ ہو تو اپنے پنجاب میں سہی۔ کون سا کالے کوسوں دور ہے۔''مولانا نے سر ہلا کر صرف اتنا کہا، ''جی ہاں!''

میں نے تقی کے کاندھے پر ہاتھ رکھا، ''لو بھئی تقی ۔۔۔ فیصلہ ہو گیا۔مولانا کو تم ضدی بچوں کی طرح اب تنگ نہ کرنا۔۔۔ میں خود اِس معاملے میں ان کی مدد کروں گا۔ '' یہ کہہ کر میں مولانا سے مخاطب ہوا، ''یہاں کچھ خاندان ہیں۔ان سے میری جان پہچان ہے۔ میں اپنی بیوی سے کہوں گا وہ لڑکیاں دیکھ لے گی۔ ''، تقی نے ہولے سے کہا، '' آپ کی بہت مہربانی۔ ''

کئی مہینے گزر گئے مگر تقی کی شادی کی بات چیت کہیں بھی شروع نہ ہوئی۔ ولی محمد اِس دوران میں اسے برابر اکساتا رہا۔ وہ اپنے باپ کے پیچھے پڑا۔نتیجہ یہ ہوا کہ ایک روز مولانا میرے پاس آئے اور کہا، ''سانگلی اسٹریٹ کی تیسری گلی میں نٹّر کی بلڈنگ میں ۔۔۔ شاید آپ جانتے ہی ہوں۔۔۔ یوپی کا ایک خاندان رہتا ہے ۔۔۔۔ ''

میں نے فوراً کہا، '' آپ کہیے ۔۔۔ میں جانتا ہوں! ''

مولانا نے پوچھا، '' کیسے لوگ ہیں؟ ''

''بے حد شریف! ''

'' جو سب سے بڑا بھائی ہے۔ اُس کی بڑی لڑکی ۔۔۔ میں نے سنا ہے خاصی اچھی ہے! ''

''میں پیغام بھجوا دیتا ہوں۔ ''

مولانا گھبرا گئے، ''نہیں، نہیں ۔۔۔ اتنی جلدی نہیں ۔۔۔ یہ بھی تو دیکھنا ہے کہ لڑکی کی شکل وصورت کیسی ہے؟ ''

'' میں اپنی بیوی کے ذریعہ سے معلوم کر لوں گا۔ ''

میری بیوی نے اس لڑکی کو دیکھا تو پسند کیا۔ قبول صورت تھی۔ تعلیم انٹرنس تک تھی۔طبیعت کی بہت ہی اچھی تھی۔ یہ سب خوبیاں مولانا سے بیان کر دی گئیں۔ وہ لڑکی کے باپ سے ملے جہیز اور حق مہر کے متعلق بات چیت ہوئی۔ یہ ابتدائی مراحل بخیر و خوبی طے ہو گئے۔ تقی بہت خوش تھا۔ لیکن تین مہینے گزر گئے اور بات وہیں کی وہیں رہی۔ آخر ایک روز معلوم ہوا کہ لڑکی والوں نے مزید گفتگو سے انکار کر دیا ہے کیوں کہ وہ تقی کے باپ کی مین میخ سے تنگ آ چکے ہیں۔ بار بار وہ ان سے جا کر یہ کہتا تھا۔ دیکھیے لڑکی کے جہیز میں اتنے جوڑے ہوں، برتنوں کی تعداد یہ ہو۔لڑکی نے اگر میری حکم عدولی کی تو اس کی سزا طلاق ہو گی۔ فلم دیکھنے ہرگز نہ جائے گی۔ پردے میں رہے گی۔ میں نے جب ان بے جا باتوں کا ذکر تقی سے کیا۔ تو وہ اپنے باپ کی طرف ہو گیا۔

'' نہیں منٹو صاحب۔ لڑکی والے ٹھیک نہیں۔ ابا کا یہ کہنا ٹھیک ہے کہ وہ مجھے زن مُرید بنانا چاہتے ہیں۔ ''

میں نے کہا، '' ایسا ہے تو چھوڑو۔۔۔ کسی اور جگہ سہی۔ ''

تقی نے کہا، '' ابا کوشش کر رہے ہیں۔ ''

مولانا نے ڈونگری میں اپنے ایک واقف کار کے ذریعے سے بات چیت شروع کی سب کچھ طے ہو گیا۔ نکاح کی تاریخ بھی مقرر ہو گئی۔ مگر ایک دم کچھ ہوا اور سب کچھ ڈھے گیا۔۔۔ لڑکی والوں کو تقی پسند تھا، لیکن جب مولانا سے اچھی طرح ملنے جُلنے کا اتفاق ہوا تو وہ پیچھے ہٹ گئے۔ اور لڑکی کا رشتہ کسی اور جگہ پکا کر دیا۔ تقی نے پھر اپنے باپ کی طرف داری کی اور مجھ سے کہا، '' یہ لوگ بڑے لالچی تھے منٹو صاحب۔۔۔ ایک دولت مند کا لڑکا مل گیا تو اپنی بات سے پھر گئے۔ ابا شروع ہی سے کہتے تھے کہ یہ لوگ مجھے ایمان دار معلوم نہیں ہوتے۔ لیکن میں خواہ مخواہ ان کے پیچھے پڑا رہا۔ کہ جلدی معاملہ طے کیجیے۔ ''

کچھ عرصے کے بعد تیسری جگہ کوشش شروع ہوئی۔ یہاں بھی نتیجہ صفر۔ چوتھی جگہ بات چیت شروع ہوئی تو تقی نے مجھ سے کہا، '' منٹو صاحب، وہ لوگ آپ سے ملنا چاہتے ہیں۔ ''

'' بڑے شوق سے ملیں۔ ''

میں ان سے ملا، آدمی شریف تھے، مولانا سے ان کی چند مختصر باتیں ہوئیں۔ میں نے تقی کی تعریف کی۔ معاملہ طے ہو گیا۔ لیکن چند ہی دنوں میں گڑ بڑ پیدا ہو گئی۔ لڑکی کے بڑے بھائی نے کسی سے سنا کہ مولانا دکان پر اپنے ایک دوست سے کہہ رہے تھے، '' لڑکی میرے کہنے پر نہ چلی تو میں تقی کی دوسری شادی کر دوں گا۔ '' وہ یہ سن کر میرے پاس آیا۔ میں نے مولانا کو بلوایا۔ ان سے پوچھا تو داڑھی پر ہاتھ پھیر کر کہنے لگے، '' میں نے کیا برا کہا۔۔۔ میں ایسی بہو گھر میں نہیں لانا چاہتا جو میرا کہنا نہ مانے۔۔۔ میں تقی کی شادی اس لیے کر رہا ہوں کہ مجھے آرام پہنچے۔ ''

عجیب و غریب منطق تھی۔ میں نے پوچھا، '' آپ کو آرام ضرور پہنچنا چاہیے۔ مگر آپ کی یہ منطق میری سمجھ میں نہیں آئی۔۔۔ ایسا معلوم ہوتا ہے کہ خاوند اور بیوی کا رشتہ آپ کی سمجھ سے بالاتر ہے۔ '' مولانا نے کسی قدر خفگی کے ساتھ کہا، '' میں خاوند رہ چکا ہوں منٹو صاحب۔۔۔ آپ کے خیالات میرے خیالات سے بہت مختلف ہیں۔۔۔ آپ کے ساتھ کام کر کے، مجھے افسوس ہے میرے لڑکے کے خیالات بھی بدل گئے ہیں۔ '' یہ کہہ کر وہ تقی سے مخاطب ہوئے، '' سن تم نے۔۔۔ میں ایسی لڑکی گھر میں نہیں لانا چاہتا ہوں جو میری اور تمہاری خدمت نہ کرے۔ ''

اِس کے بعد دیر تک باتیں ہوتی رہیں۔ ان سے جو میں نے نتیجہ نکالا وہ میں نے تقی کو بتا دیا، ''دیکھو بھئی۔۔۔۔ بات یہ ہے کہ تمہارے والد صاحب تمہاری شادی نہیں کرنا چاہتے۔۔۔۔ یہی وجہ ہے کہ وہ ہر بار کوئی نہ کوئی شوشہ چھیڑ دیتے ہیں۔ کوئی نہ کوئی بہانہ ڈھونڈ نکالتے ہیں تاکہ معاملہ آگے نہ بڑھنے پائے۔'' مولانا خاموش اپنی داڑھی پر ہاتھ پھیرتے رہے۔ تقی نے مجھ سے پوچھا، ''کیوں۔۔۔ یہ میری شادی کیوں نہیں کرنا چاہتے۔''

میرے منہ سے بے اختیار نکل گیا، ''مولانا کا دماغ خراب ہے۔''

مولانا کو اس قدر طیش آیا کہ منہ میں جھاگ بھر کر واہی تباہی بکنے لگے۔ میں نے تقی سے کہا، ''جاؤ، مولانا کو کسی ذہنی شفاخانہ میں لے جاؤ۔۔۔ اور میری یہ بات یاد رکھو۔ جب تک ان کا دماغ درست نہیں ہو گا۔ تمہاری شادی ہرگز ہرگز نہیں کریں گے۔ ان کے دماغ کی خرابی کا باعث وہ قربانی ہے جو انہوں نے تمہارے لیے کی۔''

مولانا نے تقی کا بازو زور سے پکڑا اور مجھے صلواتیں سناتے چلے گئے۔ ولی محمد میرے پاس بیٹھا سب کچھ خاموشی سے سن رہا تھا۔ اتنی دیر وہ اپنی نوکیلی مونچھوں کے وجود سے بالکل غافل رہا۔ جب مولانا اور تقی چلے گئے تو اس نے آنکھوں کا زاویہ درست کر کے ان کی طرف دیکھا اور کہا، ''مردہ خراب ہو رہا ہے بیچارے کا۔۔۔ لیکن منٹو صاحب آپ نے باون تولہ اور پاؤ رتی کی بات کہی۔۔۔ محاورہ درست استعمال ہوا ہے نا؟''

''تم نے محاورہ درست استعمال کیا ہے۔ لیکن افسوس ہے کہ مولانا کی طبیعت صاف کرتے ہوئے میں نے مناسب و موزوں الفاظ استعمال نہیں کیے۔''

''بڑا ملعون آدمی ہے!'' ولی محمد نے یہ کہہ کر اپنی مونچھ کا ٹیلا بال بڑے زور سے اکھیڑا اور بڑی سنجیدگی اختیار کر کے مجھ سے پوچھا، ''منٹو صاحب، کیا مطلب تھا آپ کا اس سے کہ مولانا کے دماغ کی خرابی کا باعث وہ قربانی ہے جو اس نے تقی کے لیے کی۔ بات ضرور باون تولہ اور پاؤ رتی کی ہے لیکن پوری طرح میرے ذہن میں بیٹھی نہیں۔''

میں نے اس کو سمجھایا، ''بیوی کی موت کے بعد ایک وقتی جذبہ تھا جس کے تحت مولانا نے تجرد کے دن گزارنے کا تہیہ کیا۔ یہ جذبہ اپنی طبعی موت مرا تو آپ کے لیے دو سوگ ہو گئے، ایک بیوی کی موت کا، دوسرا اس جذبے کی موت کا۔۔۔ وقت گزرتا گیا اور مولانا نیم کے کریلے بنتے گئے۔۔۔ مجھے تو بھئی ولی محمد بہت ترس آتا ہے اس غریب پر۔۔۔ ایک شخص جس نے پچیس برس تک اپنے اور عورت کے درمیان

ایک دیوار حائل ہو، وہ کس طرح اپنے جوان بیٹے کے پہلو میں ایک جوان عورت دیکھ سکتا ہے۔۔۔۔ اور وہ بھی نظروں کے بہت قریب۔''

دوسرے دن تقی نہ آیا۔ ولی محمد کے ہاتھ اس نے کتابت کا بل بھجوا دیا جو ادا کر دیا گیا۔۔۔ تقی کو بہت افسوس تھا کہ میں نے اس کے باپ کو برا بھلا کہا۔ میں نے ولی محمد سے کہہ دیا، ''مجھے کوئی افسوس نہیں۔۔۔۔ تقی کو معلوم ہونا چاہیے تھا کہ اس کا باپ ذہنی اور روحانی طور پر بیمار ہے۔ لیکن مجھے یہ افسوس ضرور ہے کہ اس نے کام چھوڑ دیا ہے۔'' ولی محمد نے تقی سے واپس آنے کو کہا۔ مگر وہ نہ مانا۔ اس نے کسی اور دفتر میں ملازمت نہ کی اور دکان پر بیٹھ کر گھی بیچنے لگا۔ ولی محمد نے جب زور دیا تو اس نے وہیں کتابت کا کام بھی شروع کر دیا۔

میں ایک کام سے دہلی چلا گیا۔

تین چار مہینے وہاں رہ کر بمبئی لوٹا تو ولی محمد نے پلیٹ فارم ہی پر یہ خبر سنائی کہ تقی کی شادی ایک ہفتہ پہلے بخیر و خوبی ہو چکی ہے۔ مجھے یقین نہ آیا لیکن ولی محمد نے قرآن کی قسم کھا کر کہا، ''منٹو صاحب، میں جھوٹ نہیں کہتا۔۔۔ نکاح کے چھوارے میں نے سنبھال کر رکھے ہوئے ہیں۔ جس کی شادی نہ ہوتی ہو۔ اس کے لیے اکسیر ثابت ہوں گے۔''

میں نے تقی کو بلایا، مگر وہ نہ آیا۔

تقریباً ڈیڑھ مہینے کے بعد ایک دن علیٰ الصبح ولی محمد آیا۔ اس کی نوکیلی مونچھیں تھرک رہی تھیں، کہنے لگا، ''منٹو صاحب۔ کل دھیں پٹاس ہو گئی باپ بیٹے میں۔ تقی اپنی بیوی کو لے کر چلا گیا کہیں۔''

''کہاں؟''

''معلوم نہیں،'' یہ کہہ کر آنکھوں کا زاویہ بدل کر ولی محمد نے اپنی نوکیلی مونچھوں کو دیکھا، ''کچھ سمجھ میں نہیں آتا منٹو صاحب۔۔۔ لڑائی کا باعث معلوم نہیں ہو سکا۔ مولانا بالکل خاموش ہیں۔۔۔'' مولانا بہت دیر تک خاموش رہے اور ان کا بیٹا محمد تقی بھی۔ بمبئی میں ولی محمد اور اس کے ساتھیوں نے تقی کو بہت تلاش کیا۔ مگر اس کا کوئی سراغ نہ ملا۔

بہت دنوں کے بعد دلی سے مجھے تقی کا ایک خط وصول ہوا۔ لکھا تھا، ''بہت دنوں سے سوچ رہا تھا کہ آپ کو خط لکھوں اور حالات سے آگاہ کروں۔۔۔ مگر جرأت ساتھ نہ دیتی تھی۔ میں آپ سے درخواست کرتا ہوں کہ یہ خط کسی اور کو نہ دکھائیے گا۔ آپ نے میرے والد کے متعلق جو کچھ کہا تھا، ٹھیک نکلا۔ میں

نے آپ کی باتوں کا برا مانا تھا۔ اِس لیے کہ مجھے اصلیت کا علم نہیں تھا جو مجھے شادی کے بعد معلوم ہوئی۔ میرے والد کا دماغ واقعی درست نہیں۔ ہو سکتا ہے پہلے ٹھیک ہو۔ لیکن میری شادی کے بعد تو قطعاً ان کی دماغی حالت درست نہ تھی۔ ان کی یہی کوشش تھی کہ میں اپنی بیوی سے دور رہوں۔ مجھ میں اور اس میں دوری پیدا کرنے کے لیے وہ عجیب و غریب طریقے ایجاد کرتے تھے، جو ایک دیوانہ ہی کر سکتا ہے۔ میں نے بہت دیر تک برداشت کیا۔۔۔ مجھے تمام واقعات بیان کرتے ہوئے بہت شرم محسوس ہوتی ہے۔۔۔ ایک روز میری بیوی غسل خانے میں نہا رہی تھی۔ آپ نے دروازے میں سے جھانک کر دیکھنا شروع کر دیا۔۔۔ میں اور کیا لکھوں۔۔۔ سمجھ میں نہیں آتا۔ ان کے دماغ کو کیا ہو گیا ہے۔ خدا ان کی حالت پر رحم کرے۔،،

،، میں یہاں دہلی میں ہوں اور بہت خوش ہوں۔،،

میں یہ خط پڑھ رہا تھا کہ ولی محمد آیا۔ اس کے پاس تقی کا ایک اور خط تھا۔ میری طرف بڑھا کر اس نے کہا، ،، یہ خط تقی نے دہلی سے اپنے باپ کو لکھا ہے۔۔۔ صرف چند الفاظ ہیں۔،،

،، میں نے پوچھا کیا؟،،

،، ولی محمد نے کہا پڑھ لیجیے۔،،

میں نے یہ الفاظ پڑھے، ،، قبلہ والد صاحب۔۔۔ میں یہاں خیریت سے ہوں۔۔۔ آپ نے میرا گھر آباد کیا ہے۔۔۔ میری خواہش ہے کہ آپ بھی اپنا گھر آباد کر لیں۔۔۔،،

ولی محمد نے آنکھوں کا زاویہ بدل کر اپنی نوکیلی مونچھوں کو دیکھا اور کہا، ،، منٹو صاحب۔۔۔ لڑکا ہوشیار ہو گیا ہے۔۔۔ لیکن مولانا تو اپنی بات پکی کر چکے ہیں۔،،

،، کہاں؟،،

ولی محمد کی مونچھیں تھرکیں، ،، ایک گھی بیچنے والی سے۔۔۔ پانچوں گھی میں اور سر کڑاہی میں۔۔۔ محاورہ ٹھیک استعمال کیا نہ منٹو صاحب۔،،

میں ہنس پڑا۔

تماشا

دو تین روز سے طیارے سیاہ عقابوں کی طرح پر پھیلائے خاموش فضا میں منڈلا رہے تھے، جیسے وہ کسی شکار کی جستجو میں ہوں۔ سرخ آندھیاں وقتاً فوقتاً کسی آنے والے خونی حادثے کا پیغام لا رہی تھیں۔ سنسان بازاروں میں مسلح پولیس کی گشت ایک عجیب ہیبت ناک سماں پیش کر رہی تھی۔ وہ بازار جو صبح سے کچھ عرصہ پہلے لوگوں کے ہجوم سے پر ہوا کرتے تھے، اب کسی نامعلوم خوف کی وجہ سے سُونے پڑے تھے۔۔۔ شہر کی فضا پر ایک پراسرار خاموشی مسلط تھی۔ بھیانک خوف راج کر رہا تھا۔ خالد گھر کی خاموش و پرسکوت فضا سے سہما ہوا اپنے والد کے قریب بیٹھا باتیں کر رہا تھا۔

’’ابا، آپ مجھے اسکول کیوں نہیں جانے دیتے؟‘‘

’’بیٹا آج اسکول میں چھٹی ہے۔‘‘

’’ماسٹر صاحب نے تو ہمیں بتایا ہی نہیں۔ وہ تو کل کہہ رہے تھے کہ جو لڑکا آج اسکول کا کام ختم کر کے اپنی کاپی نہ دکھائے گا، اسے سخت سزا دی جائے گی!‘‘

’’وہ اطلاع دینی بھول گئے ہوں گے۔‘‘

’’آپ کے دفتر میں بھی چھٹی ہو گی؟‘‘

’’ہاں، ہمارا دفتر بھی آج بند ہے۔‘‘

’’چلو اچھا ہوا۔ آج میں آپ سے کوئی اچھی سی کہانی سنوں گا۔‘‘

یہ باتیں ہو رہی تھیں کہ تین طیارے چیختے ہوئے ان کے سر پر سے گزر گئے۔ خالد ان کو دیکھ کر بہت خوف زدہ ہوا، وہ تین چار روز سے ان طیاروں کو بغور دیکھ رہا تھا، مگر کسی نتیجے پر نہ پہنچ سکا تھا۔ وہ حیران تھا

کہ یہ جہاز سارا دن دھوپ میں کیوں چکر لگاتے رہتے ہیں۔ وہ ان کی روزانہ نقل و حرکت سے تنگ آ کر بولا: ''ابا مجھے ان جہازوں سے سخت خوف معلوم ہو رہا ہے۔ آپ ان کے چلانے والوں سے کہہ دیں کہ وہ ہمارے گھر پر سے نہ گزرا کریں۔''

''خوب۔۔۔! کہیں پاگل تو نہیں ہو گئے خالد!''

''ابا، یہ جہاز بہت خوف ناک ہیں۔ آپ نہیں جانتے، یہ کسی نہ کسی روز ہمارے گھر پر گولہ پھینک دیں گے۔۔۔کل صبح ماما می جان سے کہہ رہی تھی کہ ان جہاز والوں کے پاس بہت سے گولے ہیں۔ اگر انہوں نے اس قسم کی کوئی شرارت کی، تو یاد رکھیں میرے پاس بھی ایک بندوق ہے۔۔۔وہی جو آپ نے پچھلی عید پر مجھے دی تھی۔''

خالد کا باپ اپنے لڑکے کی غیر معمولی جسارت پر ہنسا، ''ماما تو پاگل ہے، میں اس سے دریافت کروں گا کہ وہ گھر میں ایسی باتیں کیوں کیا کرتی ہے۔۔۔اطمینان رکھو، وہ ایسی بات ہرگز نہیں کریں گے۔''

اپنے والد سے رخصت ہو کر خالد اپنے کمرے میں چلا گیا۔ اور ہوائی بندوق نکال کر نشانہ لگانے کی مشق کرنے لگا تا کہ اس روز جب ہوائی جہاز والے گولے پھینکیں، تو اس کا نشانہ خطا نہ جائے۔ اور وہ پوری طرح انتقام لے سکے۔۔۔کاش! انتقام کا یہی ننھا جذبہ ہر شخص میں تقسیم ہو جائے۔

اسی عرصے میں جب کہ ایک ننھا بچہ اپنے انتقام لینے کی فکر میں ڈوبا ہوا طرح طرح کے منصوبے باندھ رہا تھا، گھر کے دوسرے حصے میں خالد کا باپ اپنی بیوی کے پاس بیٹھا ہوا ماما کو ہدایت کر رہا تھا کہ وہ آئندہ گھر میں اس قسم کی کوئی بات نہ کرے جس سے خالد کو دہشت ہو۔

ماما اور بیوی کو اسی قسم کی مزید ہدایات دے کر وہ ابھی بڑے دروازے سے باہر جا رہا تھا کہ خادم ایک دہشت ناک خبر لایا کہ شہر کے لوگ بادشاہ کے منع کرنے پر بھی شام کے قریب ایک عام جلسہ کرنے والے ہیں اور یہ توقع کی جاتی ہے کہ کوئی نہ کوئی واقعہ ضرور پیش آ کر رہے گا۔

خالد کا باپ یہ خبر سن کر بہت خوف زدہ ہوا۔ اب اسے یقین ہو گیا کہ فضا میں غیر معمولی سکون، طیاروں کی پرواز، بازاروں میں مسلح پولیس کی گشت، لوگوں کے چہروں پر اداسی کا عالم اور خونی آندھیوں کی آمد کسی خوف ناک حادثہ کا پیش خیمہ تھے۔

وہ حادثہ کس نوعیت کا ہو گا۔۔۔؟ یہ خالد کے باپ کو کسی طرح کی بھی معلوم نہ تھا مگر پھر بھی سارا شہر کسی نامعلوم خوف میں لپٹا ہوا تھا۔

باہر جانے کے خیال کو ملتوی کر کے خالد کا باپ ابھی کپڑے تبدیل کرنے بھی نہ پایا تھا کہ طیاروں کا شور بلند ہوا۔ وہ سہم گیا۔۔۔اسے ایسا معلوم ہوا، جیسے سینکڑوں انسان ہم آہنگ آواز میں درد کی شدت سے کراہ رہے ہیں۔

خالد طیاروں کا شور و غل سن کر اپنی ہوائی بندوق سنبھالتا ہوا کمرے سے باہر دوڑا آیا اور انہیں غور سے دیکھنے لگا تا کہ وہ جس وقت گولہ پھینکنے لگیں، تو وہ اپنی ہوائی بندوق کی مدد سے انہیں نیچے گرا دے۔ اس وقت چھ سال کے بچے کے چہرے پر آہنی ارادہ و استقلال کے آثار نمایاں تھے، جو کم حقیقت بندوق کا کھلونا ہاتھ میں تھامے ایک جری سپاہی کو شرمندہ کر رہا تھا۔ معلوم ہوتا تھا کہ وہ آج اس چیز کو، جو اسے عرصے سے خوف زدہ کر رہی تھی، مٹانے پر تلا ہوا ہے۔

خالد کے دیکھتے دیکھتے ایک جہاز سے کوئی چیز گری جو کاغذ کے چھوٹے چھوٹے ٹکڑوں کے مشابہ تھی۔ گرتے ہی یہ ٹکڑے ہوا میں پتنگوں کی طرح اڑنے لگے، ان میں سے چند خالد کے مکان کی بالائی چھت پر بھی گرے۔ خالد بھاگا ہوا اوپر گیا اور کاغذ اٹھا لایا۔

''ابا جی۔۔۔ماما سچ مچ جھوٹ بک رہی تھی۔ جہاز والوں نے تو گولوں کے بجائے یہ کاغذ پھینکے ہیں۔''

خالد کے باپ نے وہ کاغذ لے کر پڑھنا شروع کیا تو رنگ زرد ہو گیا۔ ہونے والے حادثے کی تصویر اب اسے عیاں طور پر نظر آنے لگی۔ اس اشتہار میں صاف لکھا تھا کہ بادشاہ کسی جلسہ کرنے کی اجازت نہیں دیتا اور اگر اس کی مرضی کے خلاف کوئی جلسہ کیا گیا تو نتائج کی ذمہ دار خود رعایا ہو گی۔

اپنے والد کو اشتہار پڑھنے کے بعد اس قدر حیران و پریشان دیکھ کر خالد نے گھبراتے ہوئے کہا، ''اس کاغذ میں یہ تو نہیں لکھا کہ وہ ہمارے گھر پر گولے پھینکیں گے؟''

''خالد، اس وقت تم جاؤ۔۔۔! جاؤ اپنی بندوق کے ساتھ کھیلو۔''

''مگر اس پر لکھا کیا ہے؟''

''لکھا ہے کہ آج شام کو ایک تماشا ہو گا۔'' خالد کے باپ نے گفتگو کو مزید طول دینے کے خوف سے جھوٹ بولتے ہوئے کہا۔

''تماشا ہو گا۔۔۔! پھر تو ہم بھی چلیں گے نا؟''

''کیا کہا؟''

''کیا اس تماشے میں آپ مجھے نہ لے چلیں گے؟''

'' لے چلیں گے۔۔۔اب جاؤ جاکر کھیلو۔۔''

'' کہاں کھیلوں۔۔۔؟ بازار میں آپ جانے نہیں دیتے۔ ماما مجھ سے کھیلتی نہیں، میرا ہم جماعت طفیل بھی تو آج کل یہاں نہیں آتا۔ اب میں کھیلوں تو کس سے کھیلوں۔۔۔؟ شام کے وقت تماشا دیکھنے تو ضرور چلیں گے نا؟ '' کسی جواب کا انتظار کیے بغیر خالد کمرے سے باہر چلا گیا۔ اور مختلف کمروں میں آوارہ پھرتا ہوا اپنے والد کی نشست گاہ میں پہنچا، جس کی کھڑکیاں بازار کی طرف کھلتی تھیں۔ کھڑکی کے قریب بیٹھ کر وہ بازار کی طرف جھانکنے لگا۔

کیا دیکھتا ہے کہ بازار میں دکانیں تو بند ہیں مگر آمد و رفت جاری ہے۔۔۔لوگ جلسے میں شریک ہونے کے لیے جا رہے ہیں تھے۔ وہ سخت حیران تھا کہ دو تین روز سے دکانیں کیوں بند رہتی ہیں۔ اس مسئلہ کے حل کے لیے اس نے اپنے ننھے دماغ پر بہتیرا زور دیا مگر کوئی نتیجہ برآمد نہ کر سکا۔

بہت غور و فکر کے بعد اس نے یہ سوچا کہ لوگوں نے اس تماشا کو دیکھنے کی خاطر، جس کے اشتہار جہاز بانٹ رہے تھے، دکانیں بند کر رکھی ہیں۔ اب اس نے خیال کیا کہ وہ کوئی نہایت ہی دلچسپ تماشا ہو گا جس کے لیے تمام بازار بند ہیں۔ اس خیال نے خالد کو سخت بے چین کر دیا اور وہ اس وقت کا نہایت بے قراری سے انتظار کرنے لگا جب اس کا ابا اسے تماشا دکھلانے کو لے چلے۔

وقت گزرتا گیا۔۔۔وہ خونی گھڑی قریب تر آتی گئی۔

سہ پہر کا وقت تھا۔ خالد، اس کا باپ اور والدہ صحن میں خاموش بیٹھے ایک دوسرے کی طرف خاموش نگاہوں سے تک رہے تھے۔۔۔ہوا سسکیاں بھرتی ہوئی چل رہی تھی۔

تڑ۔ تڑ۔ تڑ۔ تڑ۔

یہ آواز سنتے ہی خالد کے باپ کے چہرے کا رنگ کاغذ کی طرح سفید ہو گیا۔ زبان سے بمشکل اس قدر کہہ سکا، '' گولی! ''

خالد کی ماں فرطِ خوف سے ایک لفظ بھی منہ سے نہ نکال سکی۔ گولی کا نام سنتے ہی اسے ایسے معلوم ہوا جیسے خود اس کی چھاتی میں گولی اتر رہی ہے۔

خالد اس آواز کو سنتے ہی اپنے والد کی انگلی پکڑ کر کہنے لگا:

'' ابّا جی چلو چلیں! تماشا تو شروع ہو گیا ہے۔ ''

'' کون سا تماشا؟ '' خالد کے باپ نے اپنے خوف کو چھپاتے ہوئے کہا۔

’’وہی تماشا جس کے اشتہار آج صبح ہوائی جہاز بانٹ رہے تھے۔۔۔ کھیل شروع ہو گیا۔ تبھی تو اتنے پٹاخوں کی آواز سنائی دے رہی ہے۔‘‘

’’ابھی بہت وقت باقی ہے، تم شور مت کرو۔۔۔ خدا کے لیے اب جاؤ، ماما کے پاس جا کر کھیلو!‘‘ خالد یہ سنتے ہی باورچی خانے کی طرف گیا۔ مگر وہاں ماما کو نہ پا کر اپنے والد کی نشست گاہ میں چلا گیا اور کھڑکی سے بازار کی طرف دیکھنے لگا۔ بازار آمد و رفت بند ہو جانے کی وجہ سے سائیں سائیں کر رہا تھا۔۔۔ دور فاصلے سے کتوں کی درد ناک چیخیں سنائی دے رہی تھیں۔ چند لمحات کے بعد ان چیخوں میں انسان کی درد ناک آواز بھی شامل ہو گئی۔

خالد کسی کو کراہتے سن کر بہت حیران ہوا۔ ابھی وہ اس آواز کی جستجو کے لیے کوشش ہی کر رہا تھا کہ چوک میں اسے ایک لڑکا دکھائی دیا، جو چیختا، چلاتا، بھاگتا چلا آ رہا تھا۔ خالد کے گھر کے عین مقابل وہ لڑکا گر کر گرا، اور گرتے ہی بے ہوش ہو گیا۔۔۔ اس کی پنڈلی پر ایک زخم تھا، جس سے فواروں خون نکل رہا تھا۔ یہ سماں دیکھ کر خالد بہت خوف زدہ ہوا۔ بھاگ کر اپنے والد کے پاس آیا اور کہنے لگا، ’’ابا، ابا، بازار میں ایک لڑکا گر پڑا ہے۔۔۔ اس کی ٹانگ سے بہت خون نکل رہا ہے۔‘‘

یہ سنتے ہی خالد کا باپ کھڑکی کی طرف گیا اور دیکھا کہ واقعی ایک نوجوان لڑکا بازار میں اوندھے منہ پڑا ہے۔ بادشاہ کے خوف سے اسے جرأت نہ ہوئی کہ اس لڑکے کو سڑک پر سے اٹھا کر سامنے والی دکان کے پٹرے پر لٹا دے۔۔۔ بے ساز و برگ افراد کو اٹھانے کے لیے حکومت کے ارباب حل و عقد نے آہنی گاڑیاں مہیا کر رکھی ہیں۔ مگر اس معصوم بچے کی نعش جوان ہی کی تیغ ستم کا شکار تھی، وہ ننھا پودا جوان ہی کے ہاتھوں مسلا گیا تھا، وہ کونپل جو کھلنے سے پہلے ان ہی کی عطا کردہ بادِ سموم سے جھلس گئی تھی، کسی کے دل کی راحت جوان ہی کے جور و استبداد نے چھین لی تھی، اب ان ہی کی تیار کردہ سڑک پر۔۔۔ آہ! موت بھیانک ہے، مگر ظلم اس سے کہیں زیادہ خوف ناک اور بھیانک ہے۔

’’ابا اس لڑکے کو کسی نے پیٹا ہے؟‘‘

خالد کا باپ اثبات میں سر ہلاتا ہوا کمرے سے باہر چلا گیا۔

جب خالد اکیلا کمرے میں رہ گیا تو سوچنے لگا کہ اس لڑکے کو اتنے بڑے سے زخم سے کتنی تکلیف ہوئی ہوگی۔ جب کہ ایک دفعہ اسے قلم تراش کی نوک چبھنے سے تمام رات نیند نہ آئی تھی اور اس کا باپ اور ماں تمام رات اس کے سرہانے بیٹھے رہے تھے۔ اس خیال کے آتے ہی اسے ایسا معلوم ہونے لگا کہ وہ زخم خود

اس کی پنڈلی میں ہے اور اس میں شدت کا درد ہے ۔۔۔ یکلخت وہ رونے لگ گیا۔ اس کے رونے کی آواز سن کر اس کی والدہ دوڑی آئی۔ اور اسے گود میں لے کر پوچھنے لگی، ''میرے بچے، رو کیوں رہے ہو؟''

''امی، اس لڑکے کو کسی نے مارا ہے؟''

''شرارت کی ہو گی اس نے؟''

خالد کی والدہ اپنے خاوند کی زبانی زخمی لڑکے کی داستان سن چکی تھی۔

''مگر اسکول میں تو شرارت کرنے پر چھڑی سے سزا دیتے ہیں، لہو تو نہیں نکالتے۔'' خالد نے روتے ہوئے اپنی والدہ سے کہا۔

''چھڑی زور سے لگ گئی ہو گی۔''

''تو پھر کیا اس لڑکے کا والد اس اسکول میں جا کر اس استاد پر خفا نہ ہو گا، جس نے اس لڑکے کو اس قدر مارا ہے۔ ایک روز جب ماسٹر صاحب نے میرے کان کھینچ کر سرخ کر دیئے تھے تو ابّا جی نے ہیڈ ماسٹر کے پاس جا کر شکایت کی تھی نا؟''

''اس لڑکے کا ماسٹر بہت بڑا آدمی ہے۔''

''اللہ میاں سے بھی بڑا؟''

''نہیں ان سے چھوٹا ہے۔''

''تو پھر وہ اللہ میاں کے پاس شکایت کرے گا۔''

''خالد، اب دیر ہو گئی ہے، چلو سوئیں۔''

''اللہ میاں! میں دعا کرتا ہوں کہ تو اس ماسٹر کو جس نے اس لڑکے کو پیٹا ہے، اچھی طرح سزا دے اور اس چھڑی کو چھین لے جس کے استعمال سے خون نکل آتا ہے ۔۔۔ میں نے پہاڑے یاد نہیں کیے۔ اس لیے مجھے ڈر ہے کہ کہیں وہی چھڑی میرے استاد کے ہاتھ نہ آ جائے ۔۔۔ اگر تم نے میری باتیں نہ مانیں، تو پھر میں بھی تم سے نہ بولوں گا۔''

سوتے وقت خالد دل میں دعا مانگ رہا تھا۔

تین موٹی عورتیں

ایک کا نام مسز رچمین اور دوسری کا نام مسز ستلف تھا۔ ایک بیوہ تھی تو دوسری دو شوہروں کو طلاق دے چکی تھی۔ تیسری کا نام مس ہیکن تھا۔ وہ ابھی ناکتخدا تھی۔

ان تینوں کی عمر چالیس کے لگ بھگ تھی۔ اور زندگی کے دن مزے سے کٹ رہے تھے۔ مسز ستلف کے خدوخال موٹاپے کی وجہ سے بھدے پڑ گئے تھے۔ اس کی بانہیں کندھے اور کولھے بھاری معلوم ہوتے تھے۔ لیکن اس ادھیڑ عمر میں بھی وہ بن سنور کر رہتی تھی۔ وہ نیلا لباس صرف اس لیے پہنتی تھی کہ اس کی آنکھوں کی چمک نمایاں ہو اور بناوٹی طریقوں سے اس نے اپنے بالوں کی خوبصورتی بھی قائم رکھی تھی۔ اسے مسز رچمین اور مس ہیکن اس لیے پسند تھیں کہ وہ دونوں اس کی نسبت موٹی تھیں۔ اور چونکہ وہ عمر میں بھی ان سے قدرے چھوٹی تھی اس لیے وہ اسے اپنی بچی کی طرح خیال کرتیں۔ یہ کوئی ناپسندیدہ بات نہ تھی۔ وہ دونوں خوش طبیعت تھیں۔ اکثر تفریحاً اس کے ہونے والے منگیتر کا ذکر کر چھیڑ دیتیں۔ وہ خود تو اس عشق و محبت کی الجھن سے کوسوں دور تھیں۔ لیکن اس معاملے میں انہیں مسز ستلف سے پوری ہمدردی تھی۔ انہیں یقین تھا کہ وہ دنوں ہی میں کوئی نیا گل کھلانے والی ہے۔

وہ اس کے لیے کسی اچھے بر کی تلاش میں تھیں۔ کوئی پنشن یافتہ ایڈمیرل جو گولف بھی کھیلنا جانتا ہو یا کوئی ایسا رنڈوا جو گھر بار کے جنجال سے آزاد ہو۔ بہرحال یہ ضروری تھا کہ اس کی آمدنی معقول ہو۔ وہ بڑے غور سے ان کی باتیں سنتی اور دل ہی دل میں ہنس دیتی۔ اس میں کوئی شک نہیں کہ وہ ایک بار پھر شادی کا تجربہ کرنا چاہتی تھی۔ لیکن شوہر کے انتخاب میں اس کا مزاج مختلف تھا۔ اسے کسی سیاہ رنگ چھریرے بدن کے اطالوی کی چاہت تھی، جس کی آنکھیں حد درجہ چمکیلی ہوں یا کوئی ہسپانوی جو اعلیٰ خاندان سے تعلق

رکھتا ہو اور اس کی عمر کسی صورت میں تیس برس سے ایک دن بھی زیادہ نہ ہو۔

یہ سچ ہے کہ تینوں ایک دوسری پر جان دیتی تھیں اور ان کی آپس میں محبت کی وجہ صرف موٹاپا تھا۔ اور متواتر اکٹھے برج کھیلنے سے دوستی اور گہری ہو گئی تھی۔ ان کی پہلی ملاقات کربساد میں ہوئی، جہاں یہ ایک ہی ہوٹل میں ٹھہری تھیں اور ایک ڈاکٹر کے زیرِ علاج تھیں۔ مسز رچمین خوش شکل بھی تھی۔ اس کی نشیلی آنکھیں، کھر درے گال اور رنگین ہونٹ بہت ہی دلفریب اور دلکش تھے۔ اسے ہر وقت کھانے پینے کی فکر رہتی۔ مکھن، بالائی، آلو اور چربی ملی پڈنگ اس کا من بھاتا کھانا تھا۔ وہ سال میں گیارہ مہینے تو جی بھر کر کافی کھاتی اور پھر علاج کے ذریعے دبلی ہونے کے لیے ایک مہینہ کربساد چلی جاتی۔ وہ یہ دن پھولتی جا رہی تھی۔ اس کا عقیدہ تھا کہ اگر اسے من مرضی کی خوراک کھانے کو نہ ملے تو زندگی بے کار ہے۔ مگر اس کے ڈاکٹروں کو اس بات سے اتفاق نہ تھا۔

مسز رچمین کا خیال تھا کہ ڈاکٹر کچھ ایسا قابل نہیں ورنہ کیا عجب تھا کہ وہ ذرا دبلی ہو جاتی۔ اس نے مس ہیکین سے اس بات کا ذکر کیا۔ وہ بس ایک قہقہہ لگا کر خاموش ہو گئی۔ اس کی آواز بہت گہری تھی اور چپٹا سا چہرہ! اس کی دونوں آنکھوں میں بلی کی آنکھوں ایسی چمک تھی۔ اسے مردانہ پوشاک زیادہ پسند تھی اور صرف اس کی خوش مزاجی کی وجہ سے تینوں سہیلیاں ایک دوسری سے بہت قریب ہو گئی تھیں۔ وہ تینوں ایک ہی وقت پر کھانا کھاتیں، اکٹھی سیر کو جاتیں اور ٹینس کھیلنے کے وقت بھی ایک دوسری سے کبھی جدا نہ ہوتیں۔ اس میں کوئی شک نہیں کہ وہ اپنا وزن کرتیں تو اپنے موٹاپے میں کوئی فرق نہ پا کر اداس سی ہو جاتیں۔

مس ہیکین کو یہ بات بہت ہی ناگوار گزری کہ بیئرس رچمین طبی علاج سے اپنا وزن بیس پاؤنڈ گھٹا کر بد پرہیزی کی وجہ سے دنوں میں پھر اسی طرح موٹی ہو جائے اور اس کے کہنے پر تینوں کر بساد چھوڑ کر چند ہفتوں کے لیے کہیں اور چلی جائیں۔ بیئرس کمزور طبیعت تھی اور اسے ایسے انسان کی ضرورت تھی جو اسے بد اعتدالی سے بچا سکے۔ اسے یقین تھا کہ اب اسے ورزش کرنے کا خوب موقع ملے گا۔ نہ صرف یہی بلکہ وہاں گھر میں اپنی باورچن رکھ لینے سے اسے چربی ملی چیزیں کھانے سے نجات مل جائے گی۔ اور کوئی وجہ نہ تھی کہ ان سب کا وزن دنوں میں کم ہو جائے۔ مسز ستلف اپنے گھر میں انو کھے ارادے باندھ رہی تھی۔ اسے یقین تھا کہ وہاں دنوں میں اس کا رنگ نکھر جائے گا۔ اور اپنے لیے کوئی چھیلا بانکا اطالوی فرانسیسی یا انگریز تلاش کرے گی۔ وہ تینوں ہفتہ میں صرف دو دن ابلے ہوئے انڈے اور ٹماٹر کھاتیں اور ہر صبح اٹھ

کر اپنا وزن کرتیں۔مسز ستلف کا وزن ابھی صرف ۱۵۴ پونڈ رہ گیا اور وہ تو گویا اپنے آپ کو ایک جوان سال لڑکی سمجھنے لگی۔مس ہیکن اور مسز رچمین کے موٹاپے میں بھی کافی فرق پڑ گیا۔وہ تینوں مطمئن نظر آتی تھیں۔لیکن برج کھیلنے کے لیے ایک چوتھے کھلاڑی کی ضرورت نے انہیں ایک حد تک پریشان سا کر دیا۔

وہ صبح سویرے ڈھیلے ڈھالے پاجامے پہنے چبوترے پر بیٹھی دودھ میں کھانڈ ملائے بغیر چائے پی رہی تھیں اور ساتھ ساتھ ڈاکٹر برٹ کے تیار کیے ہوئے بسکٹ بھی کھا رہی تھیں، جن کے متعلق یہ گارنٹی دی گئی تھی کہ وہ چربی سے بالکل پاک ہیں۔ ناشتے کے وقت مس ہیکن نے اتفاقاً لینا کا ذکر کیا۔

’’وہ کون ہے؟‘‘ مسز ستلف نے پوچھا۔

’’وہ میرے اس پچھیرے بھائی کی بیوی ہے، جس کا حال ہی میں انتقال ہوا ہے۔وہ گزشتہ دنوں اعصاب شکنی کا شکار رہی۔کیوں نہ اسے دو ہفتے کے لیے یہاں بلا لیں؟‘‘

’’کیا وہ برج کھیلنا جانتی ہے۔ـ۔؟‘‘

’’کیوں نہیں۔ـ۔اس کے یہاں آنے سے کسی دوسرے کی ضرورت بھی نہ رہے گی۔‘‘ بات طے ہو گئی۔ـ۔لینا کو بلانے کے لیے تار بھیجا گیا اور وہ تیسرے دن آ پہنچی۔ـ۔مس ہیکن اسے اسٹیشن پر لینے گئی۔شوہر کی موت کی وجہ سے لینا کے چہرے پر غم کے آثار نمایاں تھے۔مس ہیکن نے اسے دو سال سے نہیں دیکھا تھا۔اس لیے بڑی گرم جوشی سے اس کا منہ چوم لیا۔ـ۔’’تم بہت دبلی ہو۔‘‘ اس نے کہا۔ لینا مسکرا دی۔

’’گزشتہ دنوں میری طبیعت علیل رہی۔اور اب تو وزن بھی بہت کم ہو گیا ہے۔‘‘

مس ہیکن نے ایک سرد آہ بھری، لیکن یہ ظاہر نہ ہو سکا کہ اس کی وجہ رشک تھی یا لینا سے ہمدردی۔وہ اسے ایک پرفضا ہوٹل میں لے گئی۔ جہاں دونوں سہیلیوں سے اس کا تعارف کرایا گیا۔اس کی بیکسی دیکھ کر مسز رچمین کا دل بھر آیا اور اس کے چہرے کی زردی نے مسز ستلف کو بھی بہت متاثر کیا۔ہوٹل میں تھوڑی دیر تفریح کے بعد وہ لنچ کے لیے اپنی قیام گاہ کو چل دیں۔

’’مجھے کچھ روٹی چاہیے۔‘‘

لینا کے یہ الفاظ سہیلیوں کے کانوں پر بہت گراں گزرے۔وہ تو دس سال ہوئے اسے چھوڑ چکی تھیں حالانکہ مسز رچمین ایسی لالچی عورت بھی روٹی سے پرہیز کرتی تھی۔مس ہیکن نے ازراہ مہمان نوازی خانساماں سے کہا کہ فوراً حکم کی تعمیل کرے۔

’’تھوڑا مکھن بھی۔۔۔‘‘

کسی غیر مرئی قوت نے ایک لمحے کے لیے ان سب کے ہونٹ سی دیئے۔

’’غالباً گھر میں مکھن موجود نہیں، ابھی خانساماں سے پوچھتی ہوں۔‘‘ مس ہیکن نے کسی قدر توقف سے جواب دیا۔ ’’مکھن روٹی بہت پسند ہے۔‘‘ لینا نے مسز رچمین سے مخاطب ہو کر کہا اور خانساماں سے روٹی لے کر بڑے اطمینان سے اس پر مکھن لگایا۔۔ مس ہیکن بولی، ’’ہم یہاں بہت سادہ غذا کھاتے ہیں، تمہیں بھی غالباً کوئی اعتراض نہ ہو گا۔‘‘

’’نہیں تو، میں بھی سادہ غذا کی عادی ہوں۔‘‘ لینا نے مچھلی کے ٹکڑے پر مکھن لگاتے ہوئے کہا، ’’مجھے جب تک مکھن، روٹی آلو اور بالائی ملتی رہے، بہت مطمئن رہتی ہوں۔‘‘

’’افسوس کہ یہاں کہیں بالائی نہیں ملتی۔‘‘ مسز رچمین نے کہا۔

’’اوہ۔۔۔‘‘ لینا بولی۔

لنچ پر بغیر چربی کے کباب چنے گئے۔ اس کے علاوہ پالک تھی اور دم بخت نشپاتیاں بھی۔ ناشپاتی کھاتے ہی لینا نے متجسس نظروں سے خانساماں کی طرف دیکھا اور اشارہ پاتے ہی خانساماں کھانڈ لے کر حاضر ہو گیا۔ اس نے اپنی قہوہ کی پیالی میں تین چمچے کھانڈ ڈال دی۔

’’تمہیں کھانڈ بہت پسند ہے۔‘‘ مسز ستلف نے کہا۔

’’ہمیں تو سکرین زیادہ مرغوب ہے۔‘‘ مس ہیکن نے ایک ٹکیہ اپنی پیالی میں ڈالتے ہوئے کہا۔

’’یہ تو ایک بے لذت شے ہے۔‘‘ لینا نے جواب دیا۔

مسز رچمین منہ بنا کر اور للچائی ہوئی نظروں سے کھانڈ کی طرف دیکھنے لگی۔ مس ہیکن نے اسے زور سے پکارا اور ایک سرد آہ بھر کر اس نے بھی مجبوراً اسکرین کی ٹکیہ اٹھالی۔

لنچ سے فارغ ہونے کے بعد وہ برج کھیلنے لگیں۔ لینا خوب کھیلی۔ سب نے کھیل کا لطف اٹھایا۔ مسز ستلف اور مسز رچمین کے دل میں معزز مہمان کے لیے گہری ہمدردی کا جذبہ پیدا ہو گیا۔ مس ہیکن کے دل کی مراد بھی بر آئی۔ اور وہ یہی تو چاہتی تھی کہ لینا ان کے ساتھ دو ہفتے خوشی سے بسر کرے۔ چند ساعت بعد مس ہیکن اور مسز رچمین گالف کھیلنے چلی گئیں اور مسز ستلف ایک جوان سال، خوش شکل پرنس رو کا میر کے ساتھ سیر کو نکل گئی۔ لینا کچھ دیر ستانے کے خیال سے لیٹ گئی۔ ڈنر سے تھوڑا سا وقت پہلے سب لوٹ آئیں۔

’’لینا پیاری کہو وقت کیسے گزرا۔‘‘ مس ہیکن نے کہا، ’’گالف کھیلتے وقت دھیان تمہاری ہی طرف تھا۔‘‘

’’اوہ میں تو بڑے مزے سے بستر پر ہی پڑی رہی اور جاکر کاک ٹیل بھی پی اور سنو۔ آج ایک چھوٹا سا قہوہ خانہ خیری نظر پڑا۔ جہاں بڑی اچھی بالائی بھی مل سکتی ہے۔ میں نے روزانہ مکان پر بالائی منگوانے کا انتظام کر لیا ہے۔‘‘

اس کی آنکھیں چمک رہی تھیں اور اسے یقین تھا کہ وہ تینوں اس کی بات کو سراہیں گی۔

’’تم کتنی اچھی ہو، لینا‘‘، مس ہیکن نے کہا۔ ’’لیکن افسوس کہ ہمیں بالائی پسند نہیں۔ ایسی آب و ہوا میں یہ ہمیں راس نہیں آ سکتی۔‘‘

’’نہ سہی، میں جو سلامت ہوں۔‘‘ لینا نے مسکراتے ہوئے کہا۔

’’تمہیں کیا اپنی شکل و صورت کی کوئی پروا نہیں۔‘‘ مسز ستلف نے منہ بنا کر کہا۔

’’مجھے تو ڈاکٹر نے بالائی کھانے کو کہا ہے۔‘‘

’’کیا اس نے مکھن، روٹی، آلو اور چاروں ہی چیزیں تجویز کی ہیں؟۔‘‘

’’بے شک، تمہاری سادی غذا سے میں یہی مراد لیتی ہوں۔‘‘

’’تم یقیناً بہت موٹی ہو جاؤگی۔‘‘

لینا کھلکھلا کر ہنس دی۔ رات کو اس کے سو جانے پر دیر تک تینوں نکتہ چینی کرتی رہیں۔ آج شام ان کی طبیعت کتنی شگفتہ تھی لیکن اب مسز رچمین بیزار سی آنے لگی۔ مسز ستلف الگ جلی بیٹھی تھی۔ اور مس ہیکن کا مزاج بھی برہم ہو چکا تھا۔

’’میں قطعاً برداشت نہیں کر سکتی کہ وہ میرا من بھاتا کھانا میری آنکھوں کے سامنے بیٹھ کر اُڑائے۔‘‘ مسز رچمین نے ذرا تلخی سے کہا۔

’’یہ تو کوئی بھی برداشت نہیں کر سکتا۔‘‘ مس ہیکن نے جواب دیا۔

’’آخر تم نے اسے یہاں بلایا ہی کیوں۔۔؟۔‘‘

’’مجھے اس بات کی کیا خبر تھی۔‘‘

’’اگر اس کے دل میں اپنے مرحوم شوہر کا ذرا بھی خیال ہوتا تو وہ کبھی پیٹ بھر کر نہ کھاتی۔۔۔ اسے فوت ہوئے ابھی دو مہینے تو گزرے ہیں۔‘‘

’’عجیب مہمان ہے کہ اسے ہماری مرضی کا کھانا ہی پسند نہیں۔‘‘

’’سنا، وہ کل کیا کہہ رہی تھی اسے ڈاکٹر نے مکھن روٹی، آلو اور بالائی کھانے کو کہا ہے۔‘‘

’’اسے تو پھر کسی سینی ٹوریم کا رخ کرنا چاہیے۔‘‘

’’وہ مہمان ہے تو تمہاری۔ ہمارا تو اس سے کوئی رشتہ نہیں۔ میں تو متواتر دو ہفتے تک اس پیٹو کا تماشا دیکھتی رہوں گی۔‘‘

’’صرف کھانے پینے کو زندگی کا مقصد سمجھ لینا بڑی بے ہودگی ہے۔‘‘

’’تم کیا مجھے بے ہودہ پکار رہی ہو۔‘‘ مسز ستلف نے کہا۔

’’آپس میں بد گمانی سے فائدہ۔۔۔؟‘‘ مسز رحمین نے بات کاٹ کر کہا۔

’’میں ہرگز برداشت نہیں کر سکتی کہ تم ہمارے سوتے میں باورچی خانہ میں گھس کر کھاتی پیتی رہو۔‘‘ ان الفاظ نے مس ہیکن کے تن بدن میں ایک آگ لگا دی۔ وہ اچھل کر کھڑی ہو گئی۔

’’مسز ستلف اپنی زبان سنبھالو۔ تم کیا مجھے اتنا ہی کمینہ خیال کرتی ہو۔‘‘

’’آخر تمہارا وزن کیوں نہیں کم ہوتا؟‘‘

’’بالکل غلط، میرا تو سیروں وزن کم ہو گیا ہے۔‘‘ وہ بچوں کی طرح پھوٹ پھوٹ کر رونے لگی اور آنسو اس کی آنکھوں سے ٹپ ٹپ کر چھاتی پر گرنے لگے۔

’’پیاری تم میرا مطلب نہیں سمجھیں۔۔۔‘‘ یہ کہہ کر مسز ستلف گھٹنوں کے بل جھکی اور اس کے جسم کو اپنی آغوش میں لینے کی کوشش کی۔ اس کا بھی دل بھر آیا اور آنکھوں سے آنسوؤں کی لڑی جاری ہو گئی۔

’’تو کیا میں دبلی دکھائی نہیں دیتی۔‘‘ مس ہیکن نے ہچکی لیتے ہوئے کہا۔

’’ہاں بے شک۔۔۔‘‘ مسز ستلف نے بھرائی ہوئی آواز میں جواب دیا۔

مسز رحمین بھی جو فطرتاً نہایت کمزور طبعیت واقع ہوئی تھی، اب رونے لگی۔ یہ منظر بہت رقت خیز تھا۔

مس ہیکن ایسی عورت کو آنسو بہاتے دیکھ کر سنگ دل انسان بھی موم ہو جاتا۔ بالآخر انہوں نے اپنے آنسو پونچھے اور ایک نے برانڈی اور پانی کے چند گھونٹ پیے۔ وہ اب اس بات پر متفق تھیں کہ لینا ڈاکٹر کی ہدایت کے مطابق اپنی من مرضی کی غذا کھائے۔ آخر وہ ان کی مہمان ٹھہری۔ ان کا فرض تھا کہ ہر طرح اس کا کلیجا ٹھنڈا کریں۔ انہوں نے ایک دوسری کا گرم جوشی سے منہ چوما اور اپنی اپنی خوابگاہوں میں چلی گئیں۔

یہ سچ ہے کہ انسانی فطرت بہت کمزور ہے اور اس پر کسی کا کوئی اختیار نہیں۔ غذا کے معاملے میں اب ہر

ایک اپنی مرضی کی مالک تھی۔ انہوں نے مچھلی کے کباب شروع کیے تو لینا کی سویاں مکھن اور پنیر پر بسر ہونے لگی۔ وہ ہفتے میں دو بار ابلے ہوئے انڈے اور کچے ٹماٹر کھاتیں۔ لینا ٹماٹر کے دانے بالائی میں ملا کر کھاتی۔ اسے اب ٹماٹر کو مختلف مسالوں میں پکا کر کھانے کا شوق چرایا تھا۔ اس کا خانساماں بھی بڑا بامذاق تھا۔ وہ ہر بار ایک بہتر چیز تیار کرکے میز پر چن دیتا۔ لینا نے ایک موقع پر یہ بھی کہا کہ ڈاکٹر نے اسے لنچ پر برگنڈی کی ارغوانی شراب اور ڈنر پر شمپین استعمال کرنے کو کہا ہے۔ ان الفاظ نے تینوں سہیلیوں کو دم بخود کر دیا۔ وہ ابھی ابھی ہنس کھیل رہی تھیں یکا یک کیفیت بدل گئی۔

مسز رچمین کا تو گویا رنگ زرد پڑ گیا۔ مسز ستلف کی نیلی آنکھوں میں ایک خوف ناک سی چمک پیدا ہو گئی۔ اور مس ہیکن کی آواز بھر آئی۔ برج کھیلتے وقت وہ بڑے نرم لہجے میں ایک دوسرے سے بات کیا کرتیں۔ لیکن اب بات بات پر بگڑنے لگیں۔ لینا نے انہیں بہتیرا سمجھایا بجھایا کہ کھیل کے وقت آپس میں تکرار مناسب نہیں۔ لیکن بے سود۔ وہ خوش تھی کہ کھیل میں شروع ہی سے اس کا پلہ بھاری رہا ہے۔ اور دنوں میں اس نے ایک بڑی رقم جیت لی ہے۔ تینوں موٹی سہیلیوں کو اب ایک ایک دوسری سے نفرت ہونے لگی۔ وہ اپنے مہمان سے بھی بدظن ہو چکی تھیں۔ اس کے باوجود اکثر ایک دوسری کے خلاف کان بھرتیں۔ لینا کے سامنے وہ ایک دوسری سے ظاہراً ملتی رہیں، لیکن پھر یہ بات بھی نہ رہی۔ وہ ایک دوسری سے بہت مایوس ہو چکی تھیں۔ مس ہیکن لینا کو رخصت کرنے اسٹیشن پر گئی۔ گاڑی پر سوار ہوتے وقت وہ بولی، ''میرے پاس الفاظ نہیں کہ تمہاری مہمان نوازی کا شکریہ ادا کر سکوں۔۔۔''

''تمہاری صحبت بہت پر لطف رہی۔۔۔'' مس ہیکن نے جواب دیا۔

جب گاڑی روانہ ہوئی تو اس نے اس زور سے آہ بھری کہ پلیٹ فارم اس کے پاؤں کے نیچے کانپ گیا۔ اور وہ ''اُف اُف'' کا شور بلند کرتی گھر لوٹی۔

اس نے غسل کرنے کا لباس پہنا اور ہوٹل کی طرف آ نکلی۔ ایکا ایکی وہ مچل سی گئی۔ اس کی آنکھوں کے سامنے مسز رچمین نیا پاجامہ اور گلے میں موتیوں کی مالا پہنے، بناؤ سنگھار کیے بیٹھی تھی۔ وہ اس کی طرف بڑھی۔

'' کیا کر رہی ہو؟'' اس کے یہ الفاظ دو پہاڑوں میں بادل کی گرج کی طرح سنائی دیے۔

'' کچھ کھا رہی ہوں۔''

اس کے سامنے مکھن، سیب کا مربہ قہوہ اور بالائی وغیرہ چنے ہوئے تھے، وہ گرم روٹی پر مکھن کی موٹی تہ جما کر اس پر مربہ اور بالائی ڈال رہی تھی۔

’’ تم کھانے کی لالچ میں اپنی جان دے دو گی۔ ‘‘

’’ کوئی پروانہیں۔ ‘‘ مسز رچمین نے ایک بڑا لقمہ چباتے ہوئے کہا۔

’’ تم اور بھی موٹی ہو جاؤ گی۔ ‘‘

بس خاموش، اس نابکار کو خدا ہی سمجھے جسے متواتر دو ہفتے سے حلق میں رنگارنگ کے نوالے ٹھونستے دیکھتی رہی ہوں۔ ایک انسان تو اتنا ہضم نہیں کر سکتا۔ ‘‘

مس ہیکن کی آنکھوں میں آنسو آ گئے۔ وہ بالکل بے جان سی ہو گئی۔ اسے اس وقت شاید ایک مضبوط مرد کی ضرورت تھی جو اسے گھٹنے پر لگا کر پچکارے۔ وہ خاموشی سے پاس ہی کرسی پر بیٹھ گئی۔ خادم حاضر ہوا۔ اور اس نے قہوے کی طرف اشارہ کر کے اسے لانے کو کہا۔ وہ ہاتھ بڑھا کر کریم رول اٹھانے لگی۔ لیکن مسز رچمین نے رکابی ایک طرف رکھ دی۔ مس ہیکن جل بھن گئی اور اسے ایک ایسے نام سے مخاطب کیا جو خاص طور پر عورتوں کے شایان شان نہ تھا۔ ۔ ۔ اتنے میں خادم اس کے لیے مکھن، مربہ اور قہوہ لیے آیا۔

’’ پگلے بالائی لانا بھول گیا، ‘‘ ۔ ۔ ۔ وہ شیرینی کی طرح بھر کر بولی۔

اس نے کھانا شروع کیا اور حلق میں مکھن، مربہ ٹھونسنے لگی۔ ہوٹل میں اب رنگارنگ کے انسانوں کی چہل پہل نظر آنے لگی۔ مسز ستلف بھی پرنس رو کامیر کے ساتھ چہل قدمی کرتی ادھر آ نکلی۔ وہ پہلے اپنے گرد ایک ریشمی لبادہ مضبوطی سے لپیٹے ہوئی تھی تا کہ اس طرح وہ کچھ دبلی دکھائی دے۔ اپنی تھوڑی کا نقص چھپانے کے لیے اس نے سر کو اوپر اٹھایا ہوا تھا۔ وہ بہت مسرور تھی۔ ۔ ۔ ایک دوشیزہ کی طرح۔

پرنس اس سے اجازت لے کر پانچ منٹ کے لیے مردانہ کمرے میں اپنے بال سنوارنے گیا اور وہ بھی اپنے رخساروں کو غازہ سے چمکانے کے لیے زنانہ کمرے کی طرف آئی۔ ایکا ایکی اس کی نظر اپنی دونوں سہیلیوں پر پڑی۔ وہ رک گئی۔

’’ تم پیٹو حیوان ۔ ۔ ۔ ‘‘

وہ کرسی پر بیٹھ گئی۔ اور خادم کو آواز دی۔ اس کے ذہن سے اب پرنس کا خیال بھی اتر چکا تھا۔ آنکھ جھپکتے میں خادم حاضر ہو گیا۔

’’ میرے کھانے کو بھی یہی لاؤ۔ ‘‘

’’ اور میرے لیے سویاں ۔ ۔ ۔ ‘‘

’’ مس ہیکن ! ۔ ۔ ۔ ‘‘ مسز رچمین پکار اٹھی۔

’’بس خاموش۔ ۔ ۔ ‘‘

’’تو میں بھی یہی کھاؤں گی۔ ‘‘

قہوہ لایا گیا اور کریم رول اور بالائی بھی۔ وہ گرم روٹی پر بالائی کی تہ جما کر کھانے لگیں۔ مربے کے بڑے بڑے چمچے حلق میں ٹھونس لیے۔ وہ گویا ایک خاص اہتمام سے کھا رہی تھیں۔

ایسے موقع پر مسز ستلف کے لیے پرنس سے لگاؤ ایک بے معنی بات تھی۔

’’میں نے پچیس سال سے آلو نہیں کھائے۔ ‘‘ مس ہیکن نے دھیمی آواز میں کہا۔

مسز رچمین نے فوراً خادم کو تینوں کے لیے بھنے ہوئے آلو لانے کو کہا۔

ایک لمحہ کے بعد بھنے ہوئے آلوان کے سامنے تھے اور وہ بڑے بڑے چٹخارے لے کر کھانے لگیں۔ تینوں سہیلیوں نے ایک دوسرے کی طرف دیکھا اور سرد آہیں بھرنے لگیں۔ اب ان کے درمیان غلط فہمی رفع ہو چکی تھی اور دلوں میں انتہائی محبت کا جذبہ موجزن تھا۔ انہیں یقین نہ آتا تھا کہ آج سے پہلے وہ ایک دوسرے سے قطع تعلق پر آمادہ ہو چکی تھیں۔ آلو اب ختم ہو چکے تھے ۔

’’ہوٹل میں چاکلیٹ تو ضرور ہوں گے۔ ‘‘ مسز رچمین نے کہا۔

’’ کیوں نہیں۔ ‘‘

ایک لمحہ بعد مس ہیکن اپنا منہ کھولے حلق میں چاکلیٹ ٹھونس رہی تھی۔ اس نے دوسرے پر ہاتھ ڈالا اور منہ میں ڈالنے سے پہلے دونوں سہیلیوں کی طرف نظر اُٹھائے ناں کار لینا کو سننے لگی۔

’’تم جو چاہو کہو لیکن یہ حقیقت ہے کہ وہ برج کھیلنا نہیں جانتی۔ ‘‘

’’ بے شک۔ ‘‘ مسز ستلف نے اتفاق کرتے ہوئے کہا۔

مسز رچمین کا ذہن اس وقت کسی لذیذ کیک کی فکر میں تھا۔

تین میں نہ تیرہ میں

''میں تین میں ہوں نہ تیرہ میں، نہ سُتلی کی گرہ میں۔''

''اب تم نے اردو کے محاورے بھی سیکھ لیے۔''

''آپ میرا مذاق کیوں اڑاتے ہیں؟ اردو میری مادری زبان ہے۔''

''پِدری کیا تھی؟ تمہارے والد بزرگوار تو ٹھیٹھ پنجابی تھے۔ اللہ انہیں جنت نصیب کرے، بڑے مرنجاں مرنج بزرگ تھے۔ مجھ سے بہت پیار کرتے تھے۔ اتنی دیر لکھنؤ میں رہے، وہاں پچپیں برس اُردو بولتے رہے لیکن مجھ سے ہمیشہ انہوں نے پنجابی ہی میں گفتگو کی۔ کہا کرتے تھے اردو بولتے بولتے میرے جبڑے تھک گئے ہیں اب ان میں کوئی سکت باقی نہیں رہی۔''

''آپ جھوٹ بولتے ہیں۔''

''میں تو ہمیشہ جھوٹ بولتا ہوں۔ کوئی بات بھی تم سے کہوں، تم یہی سمجھو گی کہ جھوٹ ہے، حالاں کہ جھوٹ بولنا عورت کی فطرت ہے۔''

''آپ عورت ذات پر ایسے ریک حملے نہ کیا کریں، مجھے بڑی ہی کوفت ہوتی ہے۔''

''بہت بہتر! آئندہ محتاط رہنے کی کوشش کروں گا۔''

''صرف کوشش کریں گے۔ یہ کیوں نہیں کہتے کہ آپ اپنی زبان ایسے معاملوں میں قطعی طور پر بند رکھیں گے۔''

''یہ وعدہ میں نہیں کر سکتا۔ بندہ بشر ہے۔ ہو سکتا ہے سہوا ًمیرے منہ سے کچھ نکل جائے جسے تم حملہ قرار دے دو۔''

'' میں یہ سوچتی ہوں کہ آپ۔۔۔ آپ کس قسم کے شوہر ہیں۔ بس ہر بات کو مذاق میں اڑادیتے ہیں۔ پرسوں میں نے آپ سے کہا کہ منجھلی کو ٹائیفائیڈ ہو گیا ہے تو آپ نے مسکرا کر کہا فکر نہ کرو ٹھیک ہو جائے گی۔ لڑکا ہوتا تو فکر و تردّد کی بات تھی، لڑکیاں نہیں مرا کرتیں۔ ''

'' میں اب بھی یہی کہتا ہوں۔ سب سے چھوٹی اوپر کی منزل سے نیچے گری اور بچ گئی۔ دو مرتبہ اُسے ہیضہ ہوا، چیچک نکلی، نمونیا ہوا مگر وہ زندہ ہے اور اپنی بڑی بہنوں کے مقابلے میں کہیں زیادہ تندرست ہے۔ ''

'' آپ کی یہ منطق میری سمجھ میں نہیں آتی۔ ''

'' یہ میری منطق نہیں میری جان۔۔۔ قدرت کو یہی منظور ہے کہ مرد دنیا میں کم ہو جائیں اور عورتیں زیادہ۔ تمھارا پہلا بچہ جو لڑکا تھا، اسے معمولی سا زکام ہوا اور وہ دوسرے دن اللہ کو پیارا ہو گیا۔۔۔ تمھاری بڑی لڑکی کو تو تین بار ٹائیفائیڈ ہوا لیکن وہ زندہ ہے۔ میرا خیال ہے وہ وقت آنے والا ہے جب اس دنیا میں کوئی مرد نہیں رہے گا، صرف عورتیں ہی عورتیں ہوں گی۔ لیکن میں سوچتا ہوں کہ مردوں کے بغیر تم عورتوں کا گزارا کیسے ہو گا؟ ''

'' یعنی جیسے آپ لوگوں کے بغیر ہمارا گزارا ہو ہی نہیں سکتا۔ ہم بہت خوش رہیں گی۔۔۔ مردوں کا خاتمہ ہو گیا تو یہ سمجھیے کہ ہمارے تمام دکھ درد کا خاتمہ ہو گیا۔۔۔ نہ رہے گا بانس نہ بجے گی بانسری۔ ''

'' تم آج محاوروں کو بہت استعمال کر رہی ہو۔ ''

'' آپ کو کیا اعتراض ہے؟ ''

'' مجھے کوئی اعتراض نہیں۔ اعتراض ہو بھی کیا سکتا ہے۔ محاورے میری اَملاک نہیں۔۔۔ میں نے تو ایسے ہی کہہ دیا تھا کہ تم آج محاورے زیادہ استعمال کر رہی ہو۔ ''

'' دو ہی تو کیے ہیں، یہ زیادہ ہیں کیا؟ ''

'' زیادہ تو نہیں۔۔۔ لیکن اندیشہ ہے کہ تم دس پندرہ اور مجھ پر ضرور لڑھکا دو گی۔ ''

'' تھوتھا چنا باجے گھنا۔۔۔ آپ اتنا گرج کیوں رہے ہیں۔ آپ کو معلوم نہیں کہ جو گرجتے ہیں برستے نہیں۔ ''

'' دو محاورے اور آ گئے۔ خدا کے لیے ان کو چھوڑو۔ مجھے یہ بتاؤ کہ آج ناراضی کی وجہ کیا ہے؟ ''

'' ناراضی کا باعث آپ کا وجود ہے۔ مجھے آپ کی ہر حرکت بری معلوم ہوتی ہے۔ ''

'' میں اگر تم سے پیار محبت کی باتیں کرتا ہوں تو وہ بھی تمہیں بری لگتی ہیں۔ ''

'' مجھے آپ کی پیار محبت کی باتیں نہیں چاہئیں۔ ''

'' تو اور کیا چاہیے؟ ''

'' یہ تو آپ کو معلوم ہونا چاہیے۔۔۔ میں کیا جانوں۔۔۔ شوہر کو اپنی بیوی کو سمجھنا چاہیے۔۔۔ وہ کیا چاہتی ہے، کیا نہیں چاہتی۔ اس کو اس کا علم پوری طرح ہونا چاہیے۔۔۔ آپ تو بالکل غافل ہیں۔ ''

'' میں کوئی قیافہ گیر، رمز شناس اور نفسیات کا ماہر نہیں کہ تمہیں پوری طرح سمجھ سکوں۔ اور تمھارے دماغ کے تلوئن کی ہر سلوٹ کے معنی نکال سکوں۔۔۔ میں اس معاملے میں گدھا ہوں۔ ''

'' آپ اونٹ ہیں اونٹ۔ ''

'' کس لحاظ سے؟ ''

'' اس لیے کہ آپ کی کوئی کل سیدھی نہیں۔ ''

'' اچھا بھلا ہوں۔ میری کل سیدھی ہے۔ ابھی تم نے مجھ سے پرسوں کہا تھا کہ آپ چالیس برس کے ہونے کے باوجود ماشاء اللہ جوان دکھائی دیتے ہیں۔ تم نے میرے بدن کی بھی بہت تعریف کی تھی۔ ''

'' وہ تو میں نے مذاق کیا تھا۔ ورنہ آپ تو اب جھڑ وس ہو چکے ہیں۔ ''

'' دیکھو ایسی بد زبانی مجھے پسند نہیں۔۔۔ تم بعض اوقات ایسی بکواس شروع کر دیتی ہو، جو کوئی شریف عورت نہیں کر سکتی۔ ''

'' تو گویا میں شریف نہیں۔۔۔ فاحشہ ہوں۔۔۔ بازاری عورت ہوں۔ میں نے آپ کو کیا گالی دی جس پر آپ کو اتنا طیش آ گیا کہ آپ نے مجھ کو بد زبان کہہ دیا۔ ''

'' بھئی، میں اب جھڑ وس ہو چکا ہوں۔ مجھ سے بات نہ کرو۔ ''

'' میں آپ سے بات نہ کروں گی تو اور کس سے کروں گی؟ ''

'' میں اس کے متعلق کیا کہہ سکتا ہوں۔۔۔ تم اپنے بھنگی سے گفتگو کر سکتی ہو۔ اس سے یہ بھی کہہ سکتی ہو کہ میں جھڑ وس ہو گیا ہوں۔ ''

'' آپ کو شرم نہیں آتی۔ آپ نے یہ کیسی بات کہی ہے؟ ''

'' بھنگی اور مجھ میں کیا فرق ہے؟ جس طرح تم اس غریب سے پیش آتی ہو، اسی طرح کا سلوک مجھ سے کرتی ہو۔ ''

'' بڑے بیچارے غریب بنے پھرتے ہیں اور اب مجھ سے کہتے ہیں کہ میں بھنگی کے ساتھ بات کیا کروں۔

’’غیرت کا مادہ تو آپ میں رہا ہی نہیں۔‘‘

’’میں نر ہوں۔ مادہ تم ہو۔‘‘

’’اس سے کیا ہوا۔۔۔میری سمجھ میں نہیں آتا کہ مرد عورتوں کو اتنا حقیر کیوں سمجھتے ہیں۔ ہم میں کیا برائی ہے؟ کیا عیب ہے؟ یہی نا کہ ہمارے والدین نے غلطی سے آپ کے ساتھ میری شادی کر دی۔‘‘

’’شادی تو آخر کسی جگہ ہونی ہی تھی۔ تم کیا کرتیں اگر نہ ہوتی؟‘‘

’’میں بہت خوش رہتی۔ شادی میں آخر پڑا ہی کیا ہے؟‘‘

’’کیا پڑا ہے؟‘‘

’’خاک۔۔۔! میں تو کنواری رہتی تو اچھا تھا۔ اس بک بک میں تو نہ پڑتی۔‘‘

’’کس بک بک میں؟‘‘

’’یہی جو آئے دن ہوتی رہتی ہے۔‘‘

’’تمہیں معلوم ہونا چاہیے کہ روز روز کی بچ صرف تمہاری وجہ سے ہوتی ہے، ورنہ میں نے ان پندرہ برسوں میں کوئی کسر اٹھا نہیں رکھی کہ تمہاری خدمت کروں۔‘‘

’’خدمت؟‘‘

’’خدمت نہ کہو، میں اپنا فرض ادا کرتا رہا ہوں۔ خاوند کو یہی کرنا چاہیے۔ تمہیں مجھ سے کس بات کا گلہ ہے؟‘‘

’’ہزار گلے ہیں، ایک ہو تو بتاؤں۔‘‘

’’ان ہزار گلوں میں سے ایک گلہ تو مجھے بتا دو تا کہ میں اپنی اصلاح کر سکوں۔‘‘

’’آپ کی اصلاح اب ہو چکی۔ آپ تو ازل سے بگڑے ہوئے ہیں۔‘‘

’’یہ اطلاع تمہیں کہاں سے ملی تھی۔۔۔؟ میں تو اس سے بالکل بے خبر ہوں۔‘‘

’’آپ کی بے خبری کا تو یہ عالم ہے کہ آپ کو خود اپنی خبر نہیں ہوتی۔‘‘

’’غالب کا ایک شعر ہے :

ہم وہاں ہیں جہاں سے ہم کو خود اپنی خبر نہیں آتی!‘‘

’’غالب جائے جہنم میں۔۔۔اس وقت تو آپ مجھ پر غالب ہیں۔‘‘

’’لاحول ولا۔ میں تو جھڑ وس ہو چکا ہوں۔ ازل سے بگڑا ہوا ہوں۔‘‘

’’آپ میری ہر بات کا مذاق اڑاتے ہیں۔‘‘

’’میں یہ جرأت کیسے کرسکتا ہوں مجھ میں اتنی طاقت ہے نہ مجال۔۔۔لیکن میں کیا پوچھ سکتا ہوں کہ آج آپ کی ناراضی کا باعث کیا ہے؟‘‘

’’میری ناراضی کا باعث کیا ہو سکتا ہے، یہی کہ آپ۔۔۔‘‘

’’کیا؟‘‘

’’آپ خود سوچیے۔ بڑے سمجھدار ہیں۔ کیا آپ کو معلوم نہیں؟‘‘

’’میں نے تم سے وعدہ کیا تھا کہ تمہارے کانوں کے لیے ’ٹوپس‘ لے کر آؤں گا۔ مگر میں جس دکان میں گیا وہاں مجھے دل پسند ٹوپس نہ ملے۔تم نے مجھ سے کہا تھا کہ لٹھے کا ایک تھان لے کر آؤ۔ میں نے شہر بھر میں ہر جگہ کوشش کی مگر نا کام رہا۔تمہارے ریشمی کپڑے جو لانڈری میں دھلنے کے لیے گئے تھے، میں ان کو وصول کرنے گیا۔ مگر لانڈری والے نے کہا کہ اس کے دھوبی بیمار ہیں، اس لیے دو دن انتظار کیجیے۔تمہاری گھڑی جو خراب ہو گئی تھی، اس کے متعلق بھی میں نے پوچھا۔ گھڑی ساز نے کہا کہ اس کا ایک پرزہ بنانا پڑے گا جو وہ بنا رہا ہے۔‘‘

’’آپ بہانے بنانا خوب جانتے ہیں۔‘‘

’’خدا کی قسم سچ کہہ رہا ہوں۔۔۔تمہاری قمیضیں کل درزی سے آجائیں گی، اس کو میں نے بہت ڈانٹا کہ تم نے اتنی دیر کیوں کر دی۔اس نے کہا، حضور کل لے جایئے گا۔‘‘

’’قمیضیں جائیں بھاڑ میں۔‘‘

’’وہ کیوں؟‘‘

’’آپ کو تو کچھ ہوش ہی نہیں۔‘‘

’’میں کیا بے ہوش رہتا ہوں۔۔۔تمہیں جو کہنا ہے کہہ ڈالو۔ اتنی لمبی چوڑی تمہید کی کیا ضرورت تھی؟‘‘

’’ضرورت اس لیے تھی کہ آپ پر کچھ اثر نہ ہوتا۔۔۔اگر میں نے ایک جملے میں اپنا مدعا بیان کیا ہوتا۔‘‘

’’تو از راہِ کرم اب تم ایک جملے میں اپنا مدعا بیان کر دو تا کہ میری خلاصی ہو۔‘‘

’’میری داڑھ اتنی تکلیف دے رہی ہے۔۔۔کئی مرتبہ سے آپ سے کہہ چکی ہوں۔۔۔کسی ڈاکٹر کے پاس لے چلیے مجھے، مگر۔۔۔‘‘

’’ابھی چلو! داڑھ کیا، تم چاہو تو میں سب دانت نکلوا دوں گا۔‘‘

ٹھنڈا گوشت

اِیشر سنگھ جو نہی ہوٹل کے کمرے میں داخل ہوا، کلونت کور پلنگ پر سے اٹھی۔ اپنی تیز تیز آنکھوں سے اس کی طرف گھور کے دیکھا اور دروازے کی چٹخنی بند کر دی۔ رات کے بارہ بج چکے تھے، شہر کا مضافات ایک عجیب پُراَسرار خاموشی میں غرق تھا۔

کلونت کور پلنگ پر آلتی پالتی مار کر بیٹھ گئی۔ اِیشر سنگھ جو غالباً اپنے پراگندہ خیالات کے الجھے ہوئے دھاگے کھول رہا، ہاتھ میں کرپان لیے ایک کونے میں کھڑا تھا۔ چند لمحات اِسی طرح خاموشی میں گزر گئے۔ کلونت کور کو تھوڑی دیر کے بعد اپنا آسن پسند نہ آیا، اور وہ دونوں ٹانگیں پلنگ سے نیچے لٹکا کر ہلانے لگی۔ اِیشر سنگھ پھر بھی کچھ نہ بولا۔

کلونت کور بھرے بھرے ہاتھ پیروں والی عورت تھی۔ چوڑے چکلے کولھے، تھل تھل کرنے والے گوشت سے بھر پور کچھ بہت ہی زیادہ اوپر کو اٹھا ہوا سینہ، تیز آنکھیں، بالائی ہونٹ پر بالوں کا سرمئی غبار، ٹھوڑی کی ساخت سے پتہ چلتا تھا کہ بڑے دھڑلّے کی عورت ہے۔

اِیشر سنگھ گو سر نیوڑھائے ایک کونے میں چپ چاپ کھڑا تھا۔ سر پر اُس کی کَس کر باندھی ہوئی پگڑی ڈھیلی ہو رہی تھی۔ اس کے ہاتھ جو کرپان تھامے ہوئے تھے، تھوڑے تھوڑے لَرزاں تھے، مگر اس کے قد و قامت اور خد و خال سے پتہ چلتا تھا کہ کلونت کور جیسی عورت کے لیے موزوں ترین مرد ہے۔

چند اور لمحات جب اِسی طرح خاموشی سے گزر گئے تو کلونت کور جھلک پڑی۔ لیکن تیز تیز آنکھوں کو نچا کر وہ صرف اس قدر کہہ سکی، ''اِیشر سیّاں۔'' اِیشر سنگھ نے گردن اٹھا کر کلونت کور کی طرف دیکھا، مگر اس کی نگاہوں کی گولیوں کی تاب نہ لا کر منہ دوسری طرف موڑ لیا۔ کلونت کور چلّائی، ''اِیشر پر سے

اٹھ کر اس کی جانب جاتے ہوئے بولی، ''کہاں رہے تم اتنے دن؟''

اِیشر سنگھ نے خشک ہونٹوں پر زبان پھیری۔ ''مجھے معلوم نہیں۔''

کلونت کور بھنّا گئی۔ ''یہ بھی کوئی مویا جواب ہے؟''

اِیشر سنگھ نے کرپان ایک طرف پھینک دی اور پلنگ پر لیٹ گیا۔ ایسا معلوم ہوتا تھا کہ وہ کئی دنوں کا بیمار ہے۔ کلونت کور نے پلنگ کی طرف دیکھا۔ جواب اِیشر سنگھ سے لبالب بھرا تھا۔ اس کے دل میں ہمدردی کا جذبہ پیدا ہو گیا۔ چنانچہ اس کے ماتھے پر ہاتھ رکھ کر اس نے بڑے پیار سے پوچھا، ''جانی کیا ہوا ہے تمہیں؟''

اِیشر سنگھ چھت کی طرف دیکھ رہا تھا۔ اس سے نگاہیں ہٹا کر اس نے کلونت کور کے مانوس چہرے کو ٹٹولنا شروع کیا۔ ''کلونت''

آواز میں درد تھا۔ کلونت کور ساری کی ساری سمٹ کر اپنے بالائی ہونٹ میں آ گئی۔ ''ہاں جانی'' کہہ کر وہ اس کو دانتوں سے کاٹنے لگی۔

اِیشر سنگھ نے پگڑی اتار دی۔ کلونت کور کی طرف سہارا لینے والی نگاہوں سے دیکھا، اُس کے گوشت بھرے کولھے پر زور سے دھپّا مارا اور سَر کو جھٹکا دے کر اپنے آپ سے کہا، ''یہ کڑی یا دماغ ہی خراب ہے۔'' جھٹکا دینے سے اُس کے کیس کُھل گئے۔ کلونت کور نے انگلیوں سے اُن میں کنگھی کرنے لگی۔ ایسا کرتے ہوئے اس نے بڑے پیار سے پوچھا، ''اِیشر سیّاں، کہاں رہے تم اتنے دن؟''

''بَری کی ماں کے گھر'' اِیشر سنگھ نے کلونت کور کو گھور کے دیکھا اور دفعتاً دونوں ہاتھوں سے اس کے ابھرے ہوئے سینے کو مَسلنے لگا۔

''قسم واہگورو کی بڑی جان دار عورت ہے۔''

کلونت کور نے ایک ادا کے ساتھ اِیشر سنگھ کے ہاتھ ایک طرف جھٹک دیے اور پوچھا، ''تمہیں میری قسم بتاؤ، کہاں رہے۔۔۔؟ شہر گئے تھے؟''

اِیشر سنگھ نے ایک ہی لپیٹ میں اپنے بالوں کا جوڑا بناتے ہوئے جواب دیا، ''نہیں۔''

کلونت کور چِڑ گئی۔ ''نہیں تم ضرور شہر گئے تھے۔۔۔ اور تم نے بہت سارا روپیہ لوٹا ہے جو مجھ سے چھپا رہے ہو۔''

''وہ اپنے باپ کا تخم نہ ہو جو تم سے جھوٹ بولے۔''

کلونت کور تھوڑی دیر کے لیے خاموش ہو گئی، لیکن فوراً ہی بھڑک اٹھی، ''لیکن میری سمجھ میں نہیں آتا،

اس رات تمہیں کیا ہوا۔۔۔؟ اچھے بھلے میرے ساتھ لیٹے تھے، مجھے تم نے وہ تمام گہنے پہنا رکھے تھے جو تم شہر سے لوٹ کر لائے تھے ۔ میری جھپیاں لے رہے تھے، پر جانے ایک دم تمہیں کیا ہوا، اٹھے اور کپڑے پہن کر باہر نکل گئے۔''

اِیشر سنگھ کا رنگ زرد ہو گیا۔ کلونت کور نے یہ تبدیلی دیکھتے ہی کہا، ''دیکھا کیسے رنگ نیلا پڑ گیا۔۔۔ اِیشر سیّاں، قسم واہگورو کی، ضرور کچھ دال میں کالا ہے؟''

''تیری جان کی قسم کچھ بھی نہیں۔''

اِیشر سنگھ کی آواز بے جان تھی۔ کلونت کور کا شُبہ اور زیادہ مضبوط ہو گیا۔ بالائی ہونٹ بھینچ کر اُس نے ایک ایک لفظ پر زور دیتے ہوئے کہا، ''اِیشر سیّاں، کیا بات ہے ۔ تم وہ نہیں ہو جو آج سے آٹھ روز پہلے تھے؟''

اِیشر سنگھ ایک دم اُٹھ بیٹھا، جیسے کسی نے اُس پر حملہ کیا تھا۔ کلونت کور کو اپنے تنو مَند بازوؤں میں سمیٹ کر اُس نے پوری قوت کے ساتھ اُسے بھنبھوڑنا شروع کر دیا۔ ''جانی میں وہی ہوں۔۔۔ گھٹ گھٹ پا جھپیاں، تیری نکلے ہڈاں دی گرمی۔۔۔''

کلونت کور نے مزاحمت نہ کی، لیکن وہ شکایت کرتی رہی۔ ''تمہیں اُس رات ہو کیا گیا تھا؟''

''برے کی ماں کا وہ ہو گیا تھا۔''

''بتاؤ گے نہیں؟''

''کوئی بات ہو تو بتاؤں۔''

''مجھے اپنے ہاتھوں سے جلاؤ اگر جھوٹ بولو۔''

اِیشر سنگھ نے اپنے بازو اس کی گردن میں ڈال دیئے اور ہونٹ اس کے ہونٹوں میں گاڑ دیئے۔ مُونچھوں کے بال کلونت کور کے نتھنوں میں گھسے تو اُسے چھینک آ گئی۔ دونوں ہنسنے لگے ۔ اِیشر سنگھ نے اپنی صدری اتار دی اور کلونت کور کو شہوَت بھری نظروں سے دیکھ کر کہا، ''آ جاؤ، ایک بازی تاش کی ہو جائے!''

کلونت کور کے بالائی ہونٹ پر پسینے کی ننھی ننھی بوندیں پھوٹ آئیں، ایک ادا کے ساتھ اُس نے اپنی آنکھوں کی پتلیاں گھمائیں اور کہا، ''چل دفان ہو۔''

اِیشر سنگھ نے اُس کے بھرے ہوئے گولھے پر زور سے چٹکی بھری۔ کلونت کور تڑپ کر ایک طرف ہٹ گئی، ''نہ کر اِیشر سیّاں، میرے درد ہوتا ہے۔'' اِیشر سنگھ نے آگے بڑھ کر کلونت کور کا بالائی ہونٹ

اپنے دانتوں تلے دبالیا اور کچکچانے لگا۔کلونت کور بالکل پگھل گئی۔ اِیشرسنگھ نے اپنا گرتہ اُتارکے پھینک دیا اور کہا، ''لو، پھر ہو جائے تُرپ چال۔ ۔ ۔ ۔''

کلونت کور کا بالائی ہونٹ کپکپانے لگا، اِیشرسنگھ نے دونوں ہاتھوں سے کلونت کور کی قمیض کا گھیرا پکڑا اور جس طرح بکرے کی کھال اُتارتے ہیں، اُسی طرح اُس کو اُتار کر ایک طرف رکھ دیا، پھر اُس نے گھور کے اُس کے ننگے بدن کو دیکھا اور زور سے اُس کے بازو پر چٹکی بھرتے ہوئے کہا، ''کلونت، قسم واہگورو کی، بڑی کراری عورت ہے تُو۔'' کلونت کور اپنے بازو پر اُبھرتے ہوئے لال دھبّے کو دیکھنے لگی، ''بڑا ظالم ہے تو اِیشر سیّاں۔''

اِیشرسنگھ اپنی گھنی کالی مونچھوں میں مسکرایا، ''ہونے دے آج ظلم؟'' اور یہ کہہ کر اُس نے مزید ظلم ڈھانے شروع کیے۔ کلونت کور کا بالائی ہونٹ دانتوں تلے کچکچایا۔ کان کی لووں کو کاٹا، اُبھرے ہوئے سینے کو بھنبھوڑا، بھرے ہوئے گُٹھوں پر آواز پیدا کرنے والے چانٹے مارے۔ گالوں کے منہ بھر بھر کے بوسے لیے۔ چُوس چُوس کر اُس کا سارا سینہ تھوکوں سے لتھیڑ دیا۔کلونت کور تیز آنچ پر چڑھی ہوئی ہانڈی کی طرح اُبلنے لگی۔

لیکن اِیشرسنگھ ان تمام حیلوں کے باوجود خود میں حرارت پیدا نہ کر سکا۔ جِتنے گُر اور جِتنے داؤ اُسے یاد تھے، سب کے سب اُس نے پِٹ جانے والے پہلوان کی طرح استعمال کر دیے، پر کوئی کارگر نہ ہوا۔کلونت کور نے، جس کے بدن کے سارے تار تَن کر خود بخود بج رہے تھے، غیرضروری چھیڑ چھاڑ سے تنگ آ کر کہا، ''اِیشر سیّاں، کافی پھینٹ چکا ہے، اب پتّا پھینک!''

یہ سنتے ہی اِیشرسنگھ کے ہاتھ سے جیسے تاش کی ساری گڈی نیچے پھسل گئی۔ ہانپتا ہوا وہ کلونت کور کے پہلو میں لیٹ گیا اور اُس کے ماتھے پر سرد پسینے کے لیپ ہونے لگے۔کلونت کور نے اُسے گرمانے کی بہت کوشش کی۔ مگر ناکام رہی، اب تک سب کچھ منہ سے کہے بغیر ہوتا رہا تھا لیکن جب کلونت کور کے مُنتظِرہ عمل اَعضا کو سخت نا امیدی ہوئی تو وہ جھلّا کر پلنگ سے نیچے اتر گئی۔ سامنے کھونٹی پر چادر پڑی تھی، اُس کو اتار کر اُس نے جلدی جلدی اوڑھ کر اور نتھنے پھلا کر، پھِرے ہوئے لہجے میں کہا۔ ''اِیشر سیّاں، وہ کون حرام زادی ہے، جس کے پاس تو اِتنے دن رہ کر آیا ہے ۔جس نے تجھے نچوڑ ڈالا ہے؟'' اِیشرسنگھ پلنگ پر لیٹا ہانپتا رہا اور اُس نے کوئی جواب نہ دیا۔

کلونت کور غصّے سے اُبلنے لگی۔ ''میں پوچھتی ہوں۔ ۔ ۔کون ہے چُڈو؟ کون ہے وہ اُلفّتی۔ ۔ ۔

کون ہے وہ چور پتّا؟،،

اِیشر سنگھ نے تھکے ہوئے لہجے میں جواب دیا، ،، کوئی بھی نہیں کلونت، کوئی بھی نہیں۔،،

کلونت کور نے اپنے بھرے ہوئے گولھوں پر ہاتھ رکھ کر ایک عزم کے ساتھ کہا، ،،اِیشر سیّاں، میں آج جھوٹ سچ جان کے رہوں گی۔۔۔ کھاواہگورو جی کی قسم۔۔۔ کیا اس کی تہہ میں کوئی عورت نہیں؟،،

اِیشر سنگھ نے کچھ کہنا چاہا، مگر کلونت کور نے اس کی اجازت نہ دی۔ ،، قسم کھانے سے پہلے سوچ لے کہ میں سردار نہال سنگھ کی بیٹی ہوں۔۔۔ تکابوٹی کر دوں گی، اگر تُونے جھوٹ بولا۔۔۔ لے کھاواہگورو جی کی قسم۔۔۔ کیا اِس کی تہہ میں کوئی عورت نہیں؟،،

اِیشر سنگھ نے بڑے دُکھ کے ساتھ اَثبات میں سَر ہلایا، کلونت کور بالکل دِوانی ہو گئی۔ لپک کر کونے میں سے کرپان اٹھائی، مِیان کو کیلے کے چھلکے کی طرح اُتار کر ایک طرف پھینکا اور اِیشر سنگھ پر وار کر دیا۔ آن کی آن میں لہو کے فوارے چھوٹ پڑے۔ کلونت کور کی اِس سے بھی تسلی نہ ہوئی تو اس نے وحشی بلیوں کی طرح اِیشر سنگھ کے کیس نوچنے شروع کر دیے۔ ساتھ ہی ساتھ وہ اپنی نامعلوم سَوٹ کو موٹی موٹی گالیاں دیتی رہی۔ اِیشر سنگھ نے تھوڑی دیر کے بعد نقّاہت بھری التجا کی، ،، جانے دے اب کلونت! جانے دے۔۔،،

آواز میں بلا کا درد تھا، کلونت کور پیچھے ہٹ گئی۔

خون، اِیشر سنگھ کے گلے سے اُڑ اُڑ کر اُس کی مونچھوں پر گِر رہا تھا، اُس نے اپنے لَرزاں ہونٹ کھولے اور کلونت کور کی طرف شُکرِیے اور گلے کی ملی جلی نگاہوں سے دیکھا۔ ،،میری جان! تم نے بہت جلدی کی۔۔۔ لیکن جو ہوا ٹھیک ہے۔،،

کلونت کور کا حسد پھر بھڑکا۔ ،، مگر وہ کون ہے تمہاری ماں؟،،

لہو، اِیشر سنگھ کی زبان تک پہنچ گیا، جب اُس نے اِس کا ذائقہ چکھا تو اُس کے بدن پر جُھرجُھری سی دوڑ گئی۔

،،اور مَیں۔۔۔اور مَیں۔۔۔بھینی یا چھ آدمیوں کو قتل کر چُکا ہوں۔۔۔ اِسی کرپان سے۔۔۔،،

کلونت کور کے دماغ میں صرف دوسری عورت تھی۔ ،،میں پوچھتی ہوں، کون ہے وہ حرام زادی؟،،

اِیشر سنگھ کی آنکھیں دُھندلا رہی تھیں، ایک ہلکی سی چمک اُن میں پیدا ہوئی اور اُس نے کلونت کور سے کہا، ،، گالی نہ دے اُس بَھڑوی کو۔،،

کلونت چلّائی، ''میں پوچھتی ہوں، وہ ہے کون؟''

اِیشرسنگھ کے گلے میں آواز رندھ گئی۔ ''بتاتا ہوں۔'' یہ کہہ کر اُس نے اپنی گردن پر ہاتھ پھیرا اور اُس پر اپنا جیتا جیتا خون دیکھ کر مسکرایا۔ ''انسان ماں یا بھی ایک عجیب چیز ہے۔''

کلونت کور اُس کے جواب کی منتظر تھی۔ ''اِیشر سیّاں، تُو مطلب کی بات کر۔''

اِیشرسنگھ کی مسکراہٹ اُس کی لہو بھری مونچھوں میں اور زیادہ پھیل گئی۔ ''مطلب ہی کی بات کر رہا ہوں۔ ۔ گلا چرا ہے ماں یا میرا۔ ۔ ۔ اب دھیرے دھیرے ہی ساری بات بتاؤں گا۔''

اور جب وہ بات بتانے لگا تو اُس کے ماتھے پر ٹھنڈے پسینے کے لیپ ہونے لگے ۔

'' کلونت! میری جان۔ ۔ میں تمہیں نہیں بتا سکتا، میرے ساتھ کیا ہوا۔ ۔ ؟ انسان گُڑی یا بھی ایک عجیب چیز ہے ۔ ۔ شہر میں لوٹ مچی تو سب کی طرح میَں نے بھی اُس میں حصہ لیا۔ ۔ ۔ گہنے پاتے اور روپے پیسے جو بھی ہاتھ لگے وہ میَں نے تمہیں دے دیئے۔ ۔ لیکن ایک بات تمہیں نہ بتائی۔''

اِیشرسنگھ نے گھاؤ میں درد محسوس کیا اور کراہنے لگا۔ کلونت کور نے اُس کی طرف توجہ نہ دی۔ اور بڑی بے رحمی سے پوچھا۔ '' کون سی بات؟''

اِیشرسنگھ نے مونچھوں پر جمتے ہوئے لہو کو پھونک کے ذریعے سے اُڑاتے ہوئے کہا، '' جس مکان پر۔ ۔ میَں نے دھاوا بولا تھا۔ ۔ ۔ اُس میں سات۔ ۔ ۔ اُس میں سات آدمی تھے ۔ ۔ ۔ چھ میَں نے ۔ ۔ قتل کر دیئے ۔ ۔ ۔ اِسی کرپان سے جس سے تُو نے مجھے ۔ ۔ ۔ چھوڑ اِسے ۔ ۔ ۔ سُن ۔ ۔ ۔ ایک لڑکی تھی بہت سُندر ۔ ۔ ۔ اُس کو اُٹھا، میَں اپنے ساتھ لے آیا۔''

کلونت کور، خاموش سنتی رہی۔ اِیشرسنگھ نے ایک بار پھر پھونک مار کے مونچھوں پر سے لہو اُڑایا۔ '' کلونت جانی، میَں تم سے کیا کہوں، کتنی سُندر تھی۔ ۔ ۔ میَں اُسے بھی مار ڈالتا، پر میَں نے کہا، ''نہیں، اِیشر سیّاں، کلونت کور کے تُو ہر روز مزے لیتا ہے، یہ میوہ بھی چکھ دیکھ۔''

کلونت کور نے صرف اس قدر کہا، ''ہوں ۔ ۔ ۔ !''

'' اور میَں اُسے کندھے پر ڈال کر چل دیا۔ ۔ ۔ راستے میں ۔ ۔ کیا کہہ رہا تھا میَں؟ ۔ ۔ ۔ ہاں راستے میں ۔ ۔ نہر کی پٹری کے پاس، تھوہڑ کی جھاڑیوں تلے میَں نے اُسے لِٹا دیا۔ ۔ ۔ پہلے سوچا کہ پھینٹوں، لیکن پھر خیال آیا کہ نہیں ۔ ۔ ۔ '' یہ کہتے کہتے اِیشرسنگھ کی زبان سُوکھ گئی۔

کلونت کور نے تھوک نگل کر اپنا حَلق تر کیا اور پوچھا، '' پھر کیا ہوا؟''

اِیشر سنگھ کے حَلَق سے بُمشکل یہ الفاظ نکلے، ''مَیں نے ۔ ۔ ۔ مَیں نے پتّا پھینکا ۔ ۔ لیکن ۔ ۔ ۔ لیکن ۔ ۔''، اُس کی آواز ڈوب گئی۔

کلونت کور نے اسے جھنجھوڑا: ''پھر کیا ہوا؟''

اِیشر سنگھ نے اپنی بند ہوتی ہوئی آنکھیں کھولیں اور کلونت کور کے جسم کی طرف دیکھا، جس کی بوٹی بوٹی تِھرَک رہی تھی۔ ''وہ ۔ ۔ ۔ وہ مَری ہُوئی تھی ۔ ۔ ۔ لاش تھی ۔ ۔ ۔ بِالکل ٹھنڈا گوشت ۔ ۔ جانی! مجھے اپنا ہاتھ دے ۔ ۔ ۔''

کلونت کور نے اپنا ہاتھ اِیشر سنگھ کے ہاتھ پر رکھا، جو برف سے بھی زیادہ ٹھنڈا تھا۔

ٹوبہ ٹیک سنگھ

بٹوارے کے دو تین سال بعد پاکستان اور ہندوستان کی حکومتوں کو خیال آیا کہ اخلاقی قیدیوں کی طرح پاگلوں کا تبادلہ بھی ہونا چاہیے یعنی جو مسلمان پاگل، ہندوستان کے پاگل خانوں میں ہیں اُنہیں پاکستان پہنچا دیا جائے اور جو ہندو اور سکھ، پاکستان کے پاگل خانوں میں ہیں اُنہیں ہندوستان کے حوالے کر دیا جائے۔

معلوم نہیں یہ بات معقول تھی یا غیرمعقول، بہرحال دانش مندوں کے فیصلے کے مطابق اِدھر اُدھر اُونچی سطح کی کانفرنسیں ہوئیں اور بالآخر ایک دن پاگلوں کے تبادلے کے لیے مُقرّر ہو گیا۔ اچھی طرح چھان بین کی گئی۔ وہ مسلمان پاگل جن کے لَواحقین ہندوستان ہی میں تھے، وہیں رہنے دیے گئے تھے۔ جو باقی تھے، اُن کو سَر حد پر روانہ کر دیا گیا۔ یہاں پاکستان میں چونکہ قریب قریب تمام ہندو، سکھ جا چکے تھے اس لیے کسی کو رکھنے رکھانے کا سوال ہی نہ پیدا ہوا۔ جتنے ہندو، سکھ پاگل تھے سب کے سب پولیس کی حفاظت میں بارڈر پر پہنچا دیے گئے۔

اُدھر کا معلوم نہیں، لیکن اِدھر لاہور کے پاگل خانے میں جب اِس تبادلے کی خبر پہنچی تو بڑی دلچسپ چہ میگوئیاں ہونے لگیں۔ ایک مسلمان پاگل جو بارہ برس سے ہر روز باقاعدگی کے ساتھ 'زمیندار' پڑھتا تھا، اُس سے جب اُس کے ایک دوست نے پوچھا، ''مولبی ساب! یہ پاکستان کیا ہوتا ہے؟'' تو اس نے بڑے غور و فکر کے بعد جواب دیا، ''ہندوستان میں ایک ایسی جگہ ہے جہاں اُسترے بنتے ہیں۔'' یہ جواب سُن کر اُس کا دوست مطمئن ہو گیا۔

اسی طرح ایک سکھ پاگل نے ایک دوسرے سکھ پاگل سے پوچھا، ''سردار جی ہمیں ہندوستان کیوں بھیجا جا رہا ہے ۔۔ ہمیں تو وہاں کی بولی نہیں آتی۔''

دوسرا مسکرایا، ''مجھے تو ہندوستوڑوں کی بولی آتی ہے ۔ ۔ ۔ ہندوستانی بڑے شیطانی، اکڑ اکڑ پھرتے ہیں۔''

ایک دن نہاتے نہاتے ایک مسلمان پاگل نے ''پاکستان زندہ باد'' کا نعرہ اس زور سے بلند کیا کہ فرش پر پھسل کر گرا اور بے ہوش ہو گیا۔

بعض پاگل ایسے بھی تھے جو پاگل نہیں تھے۔ اُن میں اکثریت ایسے قاتلوں کی تھی جن کے رشتہ داروں نے افسروں کو دے دِلا کر، پاگل خانے بھجوا دیا تھا کہ پھانسی کے پھندے سے بچ جائیں۔ یہ کچھ کچھ سمجھتے تھے کہ ہندوستان کیوں تقسیم ہوا ہے اور یہ پاکستان کیا ہے۔ لیکن صحیح واقعات سے وہ بھی بے خبر تھے۔ اخباروں سے کچھ پتا نہیں چلتا تھا اور پہرہ دار سپاہی اُن پڑھ اور جاہل تھے۔ اُن کی گفتگووں سے بھی وہ کوئی نتیجہ بر آمد نہیں کر سکتے تھے۔ اُن کو صرف اتنا معلوم تھا کہ ایک آدمی محمد علی جناح ہے جس کو قائدِ اعظم کہتے ہیں۔ اُس نے مسلمانوں کے لیے ایک علیحدہ ملک بنایا ہے جس کا نام پاکستان ہے۔ ۔ ۔ ۔ یہ کہاں ہے، اِس کا محلِّ وقوع کیا ہے، اِس کے متعلق وہ کچھ نہیں جانتے تھے۔ یہی وجہ ہے کہ پاگل خانے میں وہ سب پاگل جن کا دماغ پوری طرح ماؤف نہیں ہوا تھا، اِس مخمصے میں گرفتار تھے کہ وہ پاکستان میں ہیں یا ہندوستان میں۔ ۔ ۔ اگر ہندوستان میں ہیں تو پاکستان کہاں ہے؟ اگر وہ پاکستان میں ہیں تو یہ کیسے ہو سکتا ہے کہ وہ کچھ عرصہ پہلے یہیں رہتے ہوئے بھی ہندوستان میں تھے۔

ایک پاگل تو پاکستان اور ہندوستان، اور ہندوستان اور پاکستان کے چکر میں کچھ ایسا گرفتار ہوا کہ اور زیادہ پاگل ہو گیا۔ جھاڑو دیتے دیتے ایک دن درخت پر چڑھ گیا اور ٹہنی پر بیٹھ کر دو گھنٹے مسلسل تقریر کرتا رہا جو پاکستان اور ہندوستان کے نازک مسئلے پر تھی۔ سپاہیوں نے اُسے نیچے اُترنے کو کہا تو وہ اور اوپر چڑھ گیا۔ ڈرایا دھمکایا گیا تو اس نے کہا، ''مَیں ہندوستان میں رہنا چاہتا ہوں نہ پاکستان میں۔ ۔ ۔ مَیں اِس درخت پر ہی رہوں گا۔''

بڑی مشکلوں کے بعد جب اُس کا دورہ سرد پڑا تو وہ نیچے اُترا اور اپنے ہندو سکھ دوستوں سے گلے مل مل کر رونے لگا۔ اِس خیال سے اُس کا دل بھر آیا تھا کہ وہ اُسے چھوڑ کر ہندوستان چلے جائیں گے۔

ایک ایم۔ سی۔ ایس۔ پاس ریڈیو انجنیئر میں، جو مسلمان تھا اور دوسرے پاگلوں سے بالکل الگ تھلگ، باغ کی ایک خاص روش پر، سارا دن خاموش ٹہلتا رہتا تھا، یہ تبدیلی نمودار ہوئی کہ اُس نے تمام کپڑے اُتار کر دفعدار کے حوالے کر دیئے اور ننگ دھڑنگ سارے باغ میں چلنا پھرنا شروع کر دیا۔

چنیوٹ کے ایک موٹے مسلمان پاگل نے جو مسلم لیگ کا سرگرم کارکن رہ چکا تھا اور دن میں پندرہ سولہ مرتبہ نہایا کرتا تھا، یک لخت یہ عادت ترک کر دی۔ اس کا نام محمد علی تھا۔ چنانچہ اُس نے ایک دن اپنے جنگلے میں اعلان کر دیا کہ وہ قائداعظم محمد علی جناح ہے ۔ اُس کی دیکھا دیکھی ایک سکھ پاگل ماسٹر تارا سنگھ بن گیا۔ قریب تھا کہ اُس جنگلے میں خون خرابہ ہو جائے مگر دونوں کو خطرناک پاگل قرار دے کر علیحدہ علیحدہ بند کر دیا گیا۔

لاہور کا ایک نوجوان ہندو وکیل تھا جو محبت میں ناکام ہو کر پاگل ہو گیا تھا۔ جب اُس نے سنا کہ امرتسر ہندوستان میں چلا گیا ہے تو اُسے بہت دکھ ہوا۔ اِسی شہر کی ایک ہندو لڑکی سے اُسے محبت ہوئی تھی۔ گو اُس نے اِس وکیل کو ٹھکرا دیا تھا، مگر دیوانگی کی حالت میں بھی وہ اُس کو نہیں بھولا تھا۔ چنانچہ وہ اُن تمام ہندو اور مسلم لیڈروں کو گالیاں دیتا تھا جنہوں نے مِل مِلا کر ہندوستان کے دو ٹکڑے کر دیے ۔ ۔ ۔ اُس کی محبوبہ ہندوستانی بن گئی اور وہ پاکستانی۔

جب تبادلے کی بات شروع ہوئی تو وکیل کو کئی پاگلوں نے سمجھایا کہ وہ دل بُرا نہ کرے، اُس کو ہندوستان بھیج دیا جائے گا۔ اُس ہندوستان میں جہاں اُس کی محبوبہ رہتی ہے ۔ مگر وہ لاہور چھوڑنا نہیں چاہتا تھا اِس لیے کہ اُس کا خیال تھا کہ امرتسر میں اُس کی پریکٹس نہیں چلے گی۔

یورپین وارڈ میں اینگلو اِنڈین پاگل تھے۔ اُن کو جب معلوم ہوا کہ ہندوستان کو آزاد کر کے انگریز چلے گئے ہیں تو اُن کو بہت صدمہ ہوا۔ وہ چھپ چھپ کر گھنٹوں آپس میں اِس اہم مسئلے پر گفتگو کرتے رہتے کہ پاگل خانے میں اب اُن کی حیثیت کِس قِسم کی ہو گی۔ یورپین وارڈ رہے گا یا اُڑا دیا جائے گا۔ بریک فاسٹ ملا کرے گا یا نہیں۔ کیا انہیں ڈبل روٹی کے بجائے بلڈی اِنڈین چپاتی تو زہر مار نہیں کرنا پڑے گی۔

ایک سکھ تھا جس کو پاگل خانے میں داخل ہوئے پندرہ برس ہو چکے تھے۔ ہر وقت اس کی زبان سے یہ عجیب وغریب الفاظ سننے میں آتے تھے ۔ '' اوپڑ دی گڑ گڑ دی انیکس دی بے دھیانا دی مَنگ دی دال آف دی لالٹین۔'' دن کو سوتا تھا نہ رات کو۔ پہریداروں کا یہ کہنا تھا کہ پندرہ برس کے طویل عرصے میں وہ ایک لحظے کے لیے بھی نہیں سویا۔ لیٹا بھی نہیں تھا۔ البتہ کبھی کبھی کسی دیوار کے ساتھ ٹیک لگا لیتا تھا۔ ہر وقت کھڑا رہنے سے اُس کے پاؤں سُوج گئے تھے۔ پِنڈلیاں بھی پھول گئی تھیں، مگر اِس جسمانی تکلیف کے باوجود لیٹ کر آرام نہیں کرتا تھا۔ ہندوستان، پاکستان اور پاگلوں کے تبادلے کے متعلق جب کبھی پاگل خانے میں گفتگو ہوتی تھی وہ غور سے سنتا تھا۔ کوئی اُس سے پوچھتا کہ اُس کا کیا خیال ہے تو

وہ بڑی سنجیدگی سے جواب دیتا، ''اوپڑدی گڑگڑ دی اینکس دی بے دھیانا دی منگ دی وال آف دی پاکستان گورنمنٹ۔''

لیکن بعد میں ''آف دی پاکستان گورنمنٹ''، کی جگہ ''آف دی ٹوبہ ٹیک سنگھ گورنمنٹ''، نے لے لی اور اُس نے دوسرے پاگلوں سے پوچھنا شروع کیا کہ ٹوبہ ٹیک سنگھ کہاں ہے جہاں کا وہ رہنے والا ہے۔ لیکن کسی کو بھی معلوم نہیں تھا کہ وہ پاکستان میں ہے یا ہندوستان میں۔ جو بتانے کی کوشش کرتے تھے، خود اِس اُلجھاؤ میں گرفتار ہو جاتے تھے کہ سیالکوٹ پہلے ہندوستان میں ہوتا تھا پر اب سنا ہے کہ پاکستان میں ہے، کیا پتہ ہے کہ لاہور جو اب پاکستان میں ہے کل ہندوستان میں چلا جائے۔ یا سارا ہندوستان ہی پاکستان بن جائے اور یہ بھی کون سینے پر ہاتھ رکھ کر کہہ سکتا تھا کہ ہندوستان اور پاکستان دونوں کسی دن سرے سے غائب ہی ہو جائیں۔

اُس سکھ پاگل کے کیس چھدرے ہو کر بہت مختصر رہ گئے تھے۔ چونکہ بہت کم نہاتا تھا، اِس لیے داڑھی اور سر کے بال آپس میں جم گئے تھے، جس کے باعث اُس کی شکل بڑی بھیانک ہو گئی تھی۔ مگر آدمی بے ضرر تھا۔ پندرہ برسوں میں اُس نے کبھی کسی سے جھگڑا فساد نہیں کیا تھا۔ پاگل خانے کے جو پُرانے ملازم تھے، وہ اس کے متعلق جانتے تھے کہ ٹوبہ ٹیک سنگھ میں اس کی کئی زمینیں تھیں۔ اچھا کھاتا پیتا زمیندار تھا کہ اچانک دماغ الٹ گیا۔

اُس کے رشتہ دارلوہے کی موٹی موٹی زنجیروں میں اسے باندھ کر لائے اور پاگل خانے میں داخل کرا گئے۔ مہینے میں ایک بار ملاقات کے لیے یہ لوگ آتے تھے اور اُس کی خیریت دریافت کر کے چلے جاتے تھے۔ ایک مُدت تک یہ سلسلہ جاری رہا۔ پر جب پاکستان، ہندوستان کی گڑبڑ شروع ہوئی تو اُن کا آنا بند ہو گیا۔ اُس کا نام بِشن سنگھ تھا مگر سب اُسے ٹوبہ ٹیک سنگھ کہتے تھے۔ اُس کو یہ قطعاً معلوم نہیں تھا کہ دن کون سا ہے، مہینہ کون سا ہے یا کتنے سال بیت چکے ہیں۔ لیکن ہر مہینے جب اُس کے عزیز و اَقارِب اُس سے ملنے کے لیے آتے تھے تو اُسے اپنے آپ پتہ چل جاتا تھا۔ چنانچہ وہ دفعدار سے کہتا کہ اُس کی ملاقات آ رہی ہے۔ اُس دن وہ اچھی طرح نہاتا، بدن پر خوب صابن گھستا اور سر میں تیل لگا کر کنگھا کرتا، اپنے کپڑے جو وہ کبھی استعمال نہیں کرتا تھا، نکلوا کے پہنتا اور یوں سج کر ملنے والوں کے پاس جاتا۔ وہ اُس سے کچھ پوچھتے تو وہ خاموش رہتا یا کبھی کبھی ''اوپڑدی گڑدی اینکس دی بے دھیانا دی منگ دی وال آف دی لالٹین''، کہہ دیتا۔

اُس کی ایک لڑکی تھی جو ہر مہینے ایک انگلی بڑھتی بڑھتی پندرہ برسوں میں جوان ہوگئی تھی۔ بِشن سنگھ اُس کو پہچانتا ہی نہیں تھا۔ وہ بچی تھی جب بھی اپنے باپ کو دیکھ کر روتی تھی، جوان ہوئی تب بھی اس کی آنکھوں سے آنسو بہتے تھے۔

پاکستان اور ہندوستان کا قصہ شروع ہوا تو اُس نے دوسرے پاگلوں سے پوچھنا شروع کیا کہ طوبہ ٹیک سنگھ کہاں ہے۔ جب اطمینان بخش جواب نہ ملا تو اس کی کرید دن بدن بڑھتی گئی۔ اب ملاقات بھی نہیں آتی تھی۔ پہلے تو اُسے اپنے آپ پتہ چل جاتا تھا کہ ملنے والے آ رہے ہیں، پر اب جیسے اُس کے دل کی آواز بھی بند ہوگئی تھی جو اُسے اُن کی آمد کی خبر دے دیا کرتی تھی۔

اُس کی بڑی خواہش تھی کہ وہ لوگ جو اُس سے ہمدردی کا اظہار کرتے تھے اور اُس کے لیے پھل، مٹھائیاں اور کپڑے لاتے تھے۔ وہ اگر ان سے پوچھتا کہ طوبہ ٹیک سنگھ کہاں ہے؟ تو وہ اسے یقیناً بتا دیتے کہ پاکستان میں ہے یا ہندوستان میں کیونکہ اُس کا خیال تھا کہ وہ طوبہ ٹیک سنگھ ہی سے آتے ہیں، جہاں اس کی زمینیں ہیں۔

پاگل خانے میں ایک پاگل ایسا بھی تھا جو خود کو خدا کہتا تھا۔ اُس سے جب ایک روز بِشن سنگھ نے پوچھا کہ طوبہ ٹیک سنگھ پاکستان میں ہے یا ہندوستان میں تو اُس نے حسبِ عادت قہقہہ لگایا اور کہا، ''وہ پاکستان میں ہے نہ ہندوستان میں۔ اس لیے کہ ہم نے ابھی تک حکم نہیں دیا۔''

بِشن سنگھ نے اُس خدا سے کئی مرتبہ منت سماجت سے کہا کہ وہ حکم دے دے تاکہ جھنجھٹ ختم ہو، مگر وہ بہت مصروف تھا اس لیے کہ اسے اور بے شمار حکم دینے تھے۔ ایک دن تنگ آ کر وہ اس پر برس پڑا، ''اوپڑ دی گڑ گڑ دی اینیکس دی بے دھیانا دی منگ دی دال آف دی واہے گورو جی دا خالصہ اینڈ واہے گورو جی کی فتح۔۔۔ جو بولے سو نہال، ست سری اکال۔''

اس کا شاید یہ مطلب تھا کہ تم مسلمان کے خدا ہو۔۔۔ سکھوں کے خدا ہوتے تو ضرور میری سنتے۔

تبادلے سے کچھ دن پہلے طوبہ ٹیک سنگھ کا ایک مسلمان جو اُس کا دوست تھا، ملاقات کے لیے آیا۔ پہلے وہ کبھی نہیں آیا تھا۔ جب بِشن سنگھ نے اُسے دیکھا تو ایک طرف ہٹ گیا اور واپس جانے لگا، مگر سپاہیوں نے اُسے روکا، ''یہ تم سے ملنے آیا ہے۔۔۔ تمہارا دوست فضل دین ہے۔''

بِشن سنگھ نے فضل دین کو ایک نظر دیکھا اور کچھ بڑبڑانے لگا۔ فضل دین نے آگے بڑھ کر اس کے کندھے پر ہاتھ رکھا، ''میں بہت دنوں سے سوچ رہا تھا کہ تم سے ملوں لیکن فرصت ہی نہ ملی۔۔۔ تمہارے سب

آدمی خیریت سے ہندوستان چلے گئے۔۔۔مجھ سے جتنی مدد ہوسکی، میں نے کی۔۔۔تمہاری بیٹی روپ کور۔۔۔،، وہ کچھ کہتے کہتے رُک گیا۔ بِشن سنگھ کچھ یاد کرنے لگا۔ ،،بیٹی روپ کور!،، فضل دین نے رُک رُک کر کہا، ،،ہاں۔۔۔وہ۔۔۔وہ بھی ٹھیک ٹھاک ہے۔۔۔اُن کے ساتھ ہی چلی گئی۔،،

بِشن سنگھ خاموش رہا۔ فضل دین نے کہنا شروع کیا، ،،انہوں نے مجھ سے کہا تھا کہ تمہاری خیر خیریت پوچھتا رہوں۔۔۔اب مَیں نے سنا ہے کہ تم ہندوستان جا رہے ہو۔۔۔بھائی بلبیر سنگھ اور بھائی ودھاوا سنگھ سے میرا سلام کہنا۔۔۔اور بہن امرت کور سے بھی۔۔۔بھائی بلبیر سے کہنا فضل دین راضی خوشی ہے۔۔۔دو بھوری بھینسیں جو وہ چھوڑ گئے تھے، اُن میں سے ایک نے کٹا دیا ہے۔۔۔اور دوسری کے کٹی ہوئی تھی پر وہ چھ دن کی ہو کے مر گئی۔۔۔اور۔۔۔اور میرے لائق جو خدمت ہو کہنا، مَیں ہر وقت تیار ہوں۔۔۔اور یہ تمہارے لیے تھوڑے سے مرونڈے لایا ہوں۔،،

بِشن سنگھ نے مرونڈوں کی پوٹلی لے کر پاس کھڑے سپاہی کے حوالے کر دی اور فضل دین سے پوچھا، ،،ٹوبہ ٹیک سنگھ کہاں ہے؟،، فضل دین نے قدرے حیرت سے کہا، ،،کہاں ہے۔۔۔وہیں ہے جہاں تھا۔،، بِشن سنگھ نے پھر پوچھا، ،،پاکستان میں یا ہندوستان میں؟،،

،،ہندوستان میں۔۔۔نہیں نہیں، پاکستان میں۔،، فضل دین بوکھلا سا گیا۔

بِشن سنگھ بڑبڑاتا ہوا چلا گیا۔ ،،اوپڑ دی گڑ گڑ دی انیکس دی بے دھیانا دی منگ دی دال آف دی پاکستان اینڈ ہندوستان آف دی درفٹے منہ۔،،

تبادلے کی تیاریاں مکمل ہو چکی تھیں۔ اِدھر سے اُدھر اور اُدھر سے اِدھر آنے والے پاگلوں کی فہرستیں پہنچ گئی تھیں اور تبادلے کا دن بھی مقرر ہو چکا تھا۔ سخت سردیاں تھیں، جب لاہور کے پاگل خانے سے ہندو سکھ پاگلوں سے بھری ہوئی لاریاں پولیس کے محافظ دستے کے ساتھ روانہ ہوئیں متعلقہ افسر بھی ہمراہ تھے۔ واہگہ کے بارڈر پر طرفین کے سپرنٹنڈنٹ ایک دوسرے سے ملے اور ابتدائی کارروائی ختم ہونے کے بعد تبادلہ شروع ہو گیا جو رات بھر جاری رہا۔

پاگلوں کو لاریوں سے نکالنا اور ان کو دوسرے افسروں کے حوالے کرنا بڑا کٹھن کام تھا۔ بعض تو باہر نکلتے ہی نہیں تھے۔۔۔جو نکلنے پر رضامند ہوئے تھے، ان کو سنبھالنا مشکل ہو جاتا تھا کیونکہ اِدھر اُدھر بھاگ اٹھتے تھے، جو ننگے تھے، اُن کو کپڑے پہنائے جاتے وہ پھاڑ کر اپنے تن سے جدا کر دیتے۔ کوئی گالیاں بک رہا ہے۔۔۔کوئی گا رہا ہے۔ آپس میں لڑ جھگڑ رہے ہیں۔ رو رہے ہیں، بِلک رہے ہیں۔ کان پڑی

آواز سنائی نہیں دیتی تھی۔ پاگل عورتوں کا شور و غوغا الگ تھا اور سردی اتنی کڑاکے کی تھی کہ دانت سے دانت بج رہے تھے۔

پاگلوں کی اکثریت اِس تبادلے کے حق میں نہیں تھی، اِس لیے کہ اُن کی سمجھ میں نہیں آتا تھا کہ انہیں اپنی جگہ سے اکھاڑ کر کہاں پھینکا جا رہا ہے۔ وہ چند جو کچھ سوچ سمجھ سکتے تھے۔ ’’پاکستان زندہ باد‘‘ اور ’’پاکستان مردہ باد‘‘ کے نعرے لگا رہے تھے۔ دو تین مرتبہ فساد ہوتے ہوتے بچا کیونکہ بعض مسلمانوں اور سکھوں کو یہ نعرہ سن کر طیش آ گیا تھا۔

جب بِشن سنگھ کی باری آئی اور واہگہ کے اُس پار متعلقہ افسر اُس کا نام رجسٹر میں درج کرنے لگا تو اُس نے پوچھا، ’’ٹوبہ ٹیک سنگھ کہاں ہے ۔ ۔ ۔ پاکستان میں یا ہندوستان میں؟‘‘

متعلقہ افسر ہنسا، ’’پاکستان میں۔‘‘

یہ سن کر بِشن سنگھ اُچھل کر ایک طرف ہٹا اور دوڑ کر اپنے باقی ماندہ ساتھیوں کے پاس پہنچ گیا۔

پاکستانی سپاہیوں نے اُسے پکڑ لیا اور دوسری طرف لے جانے لگے، مگر اُس نے چلنے سے انکار کر دیا، ’’ٹوبہ ٹیک سنگھ یہاں ہے ۔ ۔ ۔‘‘ اور زور زور سے چلّانے لگا، ’’اوپڑ دی گڑ گڑ دی انیکس دی بے دھیانا دی مُنگ دی دال آف ٹوبہ ٹیک سنگھ اینڈ پاکستان۔‘‘

اُسے بہت سمجھایا گیا کہ دیکھو اب ٹوبہ ٹیک سنگھ ہندوستان میں چلا گیا ہے ۔ ۔ ۔ اگر نہیں گیا تو اسے فوراً وہاں بھیج دیا جائے گا، مگر وہ نہ مانا۔ جب اُس کو زبردستی دوسری طرف لے جانے کی کوشش کی گئی تو وہ درمیان میں ایک جگہ اِس انداز میں اپنی سوجی ہوئی ٹانگوں پر کھڑا ہو گیا جیسے اب اُسے کوئی طاقت وہاں سے نہیں ہلا سکے گی۔

آدمی چونکہ بے ضرر تھا اِس لیے اُس سے مزید زبردستی نہ کی گئی۔ اُس کو وہیں کھڑے رہنے دیا گیا اور تبادلے کا باقی کام ہوتا رہا۔

سورج نکلنے سے پہلے ساکِت و صامِت بِشن سنگھ کے حلق سے ایک فلک شگاف چیخ نکلی۔ اِدھر اُدھر سے کئی افسر دوڑے آئے اور دیکھا کہ وہ آدمی جو پندرہ برس تک دن رات اپنی ٹانگوں پر کھڑا رہا تھا، اوندھے منہ لیٹا ہے۔ اُدھر خاردار تاروں کے پیچھے ہندوستان تھا۔ ۔ ۔ اِدھر ویسے ہی تاروں کے پیچھے پاکستان۔ درمیان میں زمین کے اُس ٹکڑے پر جس کا کوئی نام نہیں تھا، ٹوبہ ٹیک سنگھ پڑا تھا۔

ٹوٹو

میں سوچ رہا تھا:

دنیا کی سب سے پہلی عورت جب ماں بنی تو کائنات کا ردِعمل کیا تھا؟ دنیا کے سب سے پہلے مرد نے کیا آسمانوں کی طرف تمتماتی آنکھوں سے دیکھ کر دنیا کی سب سے پہلی زبان میں بڑے فخر کے ساتھ یہ نہیں کہا تھا، ''میں بھی خالق ہوں۔''

ٹیلی فون کی گھنٹی بجنا شروع ہوئی۔ میرے آوارہ خیالات کا سلسلہ ٹوٹ گیا۔ بالکنی سے اٹھ کر اندر کمرے میں آیا۔ ٹیلی فون ضدی بچے کی طرح چلائے جا رہا تھا۔ ٹیلی فون بڑی مفید چیز ہے، مگر مجھے اس سے نفرت ہے، اس لیے کہ یہ بے وقت بجنے لگتا ہے۔۔۔ چنانچہ بہت ہی بددلی سے میں نے ریسیور اٹھایا اور نمبر بتایا، ''فور فور فائیو سیون۔''

دوسرے سرے سے ہیلو ہیلو شروع ہوئی۔ میں جھنجھلا گیا، ''کون ہے؟''

جواب ملا، ''آیا۔''

میں نے آیاؤں کے طرزِ گفتگو میں پوچھا، ''کس کو مانگتا ہے؟''

''میم صاحب ہے؟''

''ہے۔۔۔ ٹھہرو۔''

ٹیلی فون کا ریسیور ایک طرف رکھ کر میں نے اپنی بیوی کو جو غالباً اندر سو رہی تھی، آواز دی، ''میم صاحب۔۔۔ میم صاحب۔''

آواز سن کر میری بیوی اٹھی اور جمائیاں لیتی ہوئی آئی، ''یہ کیا مذاق ہے۔۔۔ میم صاحب، میم صاحب!''

میں نے مسکرا کر کہا، ''میم صاحب ٹھیک ہے ۔۔۔ یاد ہے، تم نے اپنی پہلی آیا سے کہا تھا کہ مجھے میم صاحب کے بدلے بیگم صاحبہ کہا کرو تو اس نے بیگم صاحبہ کو بینگن صاحبہ بنا دیا تھا۔''

ایک مسکراتی ہوئی جمائی لے کر میری بیوی نے پوچھا، ''کون ہے؟''

''دریافت کر لو۔''

میری بیوی نے ٹیلی فون اٹھایا اور ہیلو ہیلو شروع کر دیا۔۔۔ میں باہر بالکنی میں چلا گیا۔۔۔ عورتیں ٹیلی فون کے معاملے میں بہت لمبی ہوتی ہیں۔ چنانچہ پندرہ بیس منٹ تک ہیلو ہیلو ہوتا رہا۔

میں سوچ رہا تھا۔

ٹیلی فون پر ہر دو تین الفاظ کے بعد ہیلو کیوں کہا جاتا ہے؟

کیا اس ہلو ہلو کے عقب میں احساس کمتری تو نہیں ۔۔۔؟ بار بار ہلو صرف اسے کرنی چاہیے جسے اس بات کا اندیشہ ہو کہ اس کی مہمل گفتگو سے تنگ آ کر سننے والا ٹیلی فون چھوڑ دے گا۔۔۔ یا ہو سکتا ہے یہ محض عادت ہو۔

دفعتاً میری بیوی گھبرائی ہوئی آئی، ''سعادت صاحب، اس دفعہ معاملہ بہت ہی سیریس معلوم ہوتا ہے۔''

''کون سا معاملہ؟''

معاملے کی نوعیت بتائے بغیر میری بیوی نے کہنا شروع کر دیا، ''بات بڑھتے بڑھتے طلاق تک پہنچ گئی ہے ۔۔۔ پاگل پن کی بھی کوئی حد ہوتی ہے ۔۔۔ میں شرط لگانے کے لیے تیار ہوں کہ بات کچھ بھی نہیں ہو گی۔ بس پھسری کا بھگندر بنا ہو گا۔۔۔ دونوں سر پھرے ہیں۔''

''اجی حضرت کون؟''

''میں نے بتایا نہیں آپ کو ۔۔۔؟ اوہ ۔۔۔ ٹیلی فون، طاہرہ کا تھا!''

''طاہرہ ۔۔۔ کون طاہرہ؟''

''مسز یزدانی۔''

''اوہ!'' میں سارا معاملہ سمجھ گیا، ''کوئی نیا جھگڑا ہوا ہے؟''

''نیا اور بہت بڑا ۔۔۔ جائیے یزدانی آپ سے بات کرنا چاہتے ہیں۔''

''مجھ سے کیا بات کرنا چاہتا ہے؟''

''معلوم نہیں ۔۔۔ طاہرہ سے ٹیلی فون چھین کر مجھ سے فقط یہ کہا۔ بھابی جان، ذرا منٹو صاحب کو بلائیے!''

''خواہ مخواہ میرا مغز چاٹے گا۔'' یہ کہہ کر میں اٹھا اور ٹیلی فون پر یزدانی سے مخاطب ہوا۔
اس نے صرف اتنا کہا، ''معاملہ بے حد نازک ہو گیا ہے۔۔تم اور بھابی جان ٹیکسی میں فوراً یہاں آ جاؤ۔''
میں اور میری بیوی جلدی جلدی کپڑے تبدیل کر کے یزدانی کی طرف روانہ ہو گئے۔۔۔ راستے میں ہم دونوں نے یزدانی اور طاہرہ کے متعلق بے شمار باتیں کیں۔

طاہرہ ایک مشہور عشق پیشہ موسیقار کی خوبصورت لڑکی تھی۔ عطا یزدانی ایک پٹھان آر ڈی سی کالڑ تھی کا تھا۔ پہلے شاعری شروع کی، پھر ڈراما نگاری، اس کے بعد آہستہ آہستہ فلمی کہانیاں لکھنے لگا۔۔۔ طاہرہ کا باپ اپنے آٹھویں عشق میں مشغول تھا اور عطا یزدانی علامہ مشرقی کی خاکسار تحریک کے لیے ''بیلچہ'' نامی ڈراما لکھنے میں۔۔۔۔
ایک شام پریڈ کرتے ہوئے عطا یزدانی کی آنکھیں طاہرہ کی آنکھوں سے چار ہوئیں۔ ساری رات جاگ کر اس نے ایک خط لکھا اور طاہرہ تک پہنچا دیا۔۔۔ چند ماہ تک دونوں میں نامہ و پیام جاری رہا اور آخر کار دونوں کی شادی بغیر کسی حیل حجت ہو گئی۔ عطا یزدانی کو اس بات کا افسوس تھا کہ ان کا عشق ڈرامے سے محروم رہا۔

طاہرہ بھی طبعاً ڈراما پسند تھی۔۔۔ عشق اور شادی سے پہلے سہیلیوں کے ساتھ باہر شوپنگ کو جاتی تو ان کے لیے مصیبت بن جاتی۔۔۔ گنجے آدمی کو دیکھتے ہی اس کے ہاتھوں میں کھجلی شروع ہو جاتی، ''میں اس کے سر پر ایک دھول تو ضرور جماؤں گی، چاہے تم کچھ ہی کرو۔''
ذہین تھی۔۔۔ ایک دفعہ اس کے پاس کوئی پیٹی کوٹ نہیں تھا۔ اس نے کمر کے گرد ازار بند باندھا اور اس میں ساری اڑس کر سہیلیوں کے ساتھ چل دی۔

کیا طاہرہ واقعی عطا یزدانی کے عشق میں مبتلا ہوئی تھی؟ اس کے متعلق وثوق کے ساتھ کچھ نہیں کہا جا سکتا تھا۔ یزدانی کا پہلا عشقیہ خط ملنے پر اس کا ردِ عمل غالباً یہ تھا کہ کھیل دلچسپ ہے کیا ہرج ہے، کھیل لیا جائے۔ شادی پر بھی اس کا ردِ عمل کچھ اسی قسم کا تھا۔ یوں تو مضبوط کردار کی لڑکی تھی، یعنی جہاں تک با عصمت ہونے کا تعلق ہے، لیکن تھی کھلنڈری۔ اور یہ جو آئے دن اس کا اپنے شوہر کے ساتھ لڑائی جھگڑا ہوتا تھا، میں سمجھتا ہوں ایک کھیل ہی تھا۔ لیکن جب ہم وہاں پہنچے اور حالات دیکھے تو معلوم ہوا کہ یہ کھیل بڑی خطرناک صورت اختیار کر گیا تھا۔

ہمارے داخل ہوتے ہی وہ شور بر پا ہوا کہ کچھ سمجھ میں نہ آیا۔ طاہرہ اور یزدانی دونوں اونچے اونچے سروں میں بولنے لگے۔ گلے، شکوے، طعنے مہنے ۔۔۔۔۔ پرانے مردوں پر نئی لاشیں، نئی لاشوں پر پرانے مردے

۔۔۔جب دونوں تھک گئے تو آہستہ آہستہ لڑائی کی نوک پلک نکلنے لگی۔

طاہرہ کو شکایت تھی کہ عطا اسٹوڈیو کی ایک واہیات ایکٹرس کو ٹیکسیوں میں لیے لیے پھرتا ہے۔

یزدان کی کا بیان تھا کہ یہ سراسر بہتان ہے۔

طاہرہ قرآن اٹھانے کے لیے تیار تھی کہ عطا کا اس ایکٹرس سے ناجائز تعلق ہے۔ جب وہ صاف انکاری ہوا تو طاہرہ نے بڑی تیزی کے ساتھ کہا، '' کتنے پارسا بنتے ہو۔۔۔ یہ آیا جو کھڑی ہے، کیا تم نے اسے چومنے کی کوشش نہیں کی تھی۔۔۔ وہ تو میں اوپر سے آ گئی۔۔۔''

یزدانی گرجا، '' بکواس بند کرو۔''

اس کے بعد پھر وہی شور برپا ہو گیا۔ میں نے سمجھایا میری بیوی نے سمجھایا مگر کوئی اثر نہ ہوا۔ عطا کو تو میں نے ڈانٹا بھی، '' زیادتی سراسر تمہاری ہے۔۔۔ معافی مانگو اور یہ قصہ ختم کرو۔'' عطا نے بڑی سنجیدگی کے ساتھ میری طرف دیکھا، '' سعادت، یہ قصہ یوں ختم نہیں ہو گا۔۔۔ میرے متعلق یہ عورت بہت کچھ کہہ چکی ہے، لیکن میں نے اس کے متعلق ایک لفظ بھی منہ سے نہیں نکالا۔۔۔ عنایت کو جانتے ہو تم؟''

'' عنایت؟''

'' پلے بیک سنگر۔۔۔ اس کے باپ کا شاگرد!''

'' ہاں ہاں''

'' اول درجے کا چھٹا ہوا بدمعاش ہے۔۔۔ مگر یہ عورت ہر روز اسے یہاں بلاتی ہے۔۔۔ بہانہ یہ ہے کہ۔۔۔''

طاہرہ نے اس کی بات کاٹ دی، '' بہانہ وہانہ کچھ نہیں۔۔۔ بولو، تم کیا کہنا چاہتے ہو؟''

عطا نے انتہائی نفرت کے ساتھ کہا، '' کچھ نہیں۔''

طاہرہ نے اپنے ماتھے پر بالوں کی جھالر ایک طرف ہٹائی، '' عنایت میرا چاہنے والا ہے۔۔۔ بس!''

عطا نے گالی دی۔۔۔ عنایت کو موٹی اور طاہرہ کو چھوٹی۔۔۔ پھر شور برپا ہو گیا۔

ایک بار پھر وہی کچھ دہرایا گیا۔ جو پہلے کئی بار کہا جا چکا تھا۔۔۔ میں نے اور میری بیوی نے بہت ثالثی کی مگر نتیجہ وہی صفر۔ مجھے ایسا محسوس ہوتا تھا جیسے عطا اور طاہرہ دونوں اپنے جھگڑے سے مطمئن نہیں۔ لڑائی کے شعلے ایک دم بھڑکتے تھے اور کوئی مرئی نتیجہ پیدا کیے بغیر ٹھنڈے ہو جاتے تھے۔ پھر بھڑک اٹھے جاتے تھے، لیکن ہوتا ہوتا کچھ نہیں تھا۔

میں بہت دیر تک سوچتا رہا کہ عطا اور طاہرہ چاہتے کیا ہیں مگر کسی نتیجے پر نہ پہنچ سکا۔۔۔ مجھے بڑی الجھن ہو رہی تھی۔ دو گھنٹے سے بک بک اور جھک جھک جاری تھی۔ لیکن انجام خدا معلوم کہاں بھٹک رہا تھا۔ تنگ آ کر میں نے کہا، ''بھئی، اگر تم دونوں کی آپس میں نہیں نبھ سکتی تو بہتر یہی ہے کہ علیحدہ ہو جاؤ۔''

طاہرہ خاموش رہی، لیکن عطا نے چند لمحات غور کرنے کے بعد کہا، ''علیحدگی نہیں۔۔۔ طلاق!''

طاہرہ چلائی، ''طلاق، طلاق، طلاق۔۔۔ دیتے کیوں نہیں طلاق۔۔۔ میں کب تمہارے پاؤں پڑی ہوں کہ طلاق نہ دو۔''

عطا نے بڑے مضبوط لہجے میں کہا، ''دے دوں گا اور بہت جلد۔''

طاہرہ نے اپنے ماتھے پر سے بالوں کی جھالر ایک طرف ہٹائی، ''آج ہی دو۔''

عطا اٹھ کر ٹیلی فون کی طرف بڑھا، ''میں قاضی سے بات کرتا ہوں۔''

جب میں نے دیکھا کہ معاملہ بگڑ رہا ہے تو اٹھ کر عطا کو روکا، ''بے وقوف نہ بنو۔۔۔ بیٹھو آرام سے!''

طاہرہ نے کہا، ''نہیں بھائی جان، آپ مت روکیے۔''

میری بیوی نے طاہرہ کو ڈانٹا، ''بکواس بند کرو۔''

''یہ بکواس صرف طلاق ہی سے بند ہو گی۔'' یہ کہہ کر طاہرہ ٹانگ ہلانے لگی۔

''سن لیا تم نے؟'' عطا مجھ سے مخاطب ہو کر پھر ٹیلی فون کی طرف بڑھا، لیکن درمیان میں کھڑا ہو گیا۔ طاہرہ میری بیوی سے مخاطب ہوئی، ''مجھے طلاق دے کر اس چھڈو ایکٹرس سے بیاہ رچائے گا۔''

عطا نے طاہرہ سے پوچھا، ''اور تو؟''

طاہرہ نے ماتھے پر بالوں کے پسینے میں بھیگی ہوئی جھالر ہاتھ سے اوپر کی، ''میں۔۔۔ تمہارے اس یوسفِ ثانی عنایت خان سے!''

''بس اب پانی سر سے گزر چکا ہے۔۔۔ حد ہو گئی ہے۔۔۔ تم ہٹ جاؤ ایک طرف۔'' عطا نے ڈائرکٹری اٹھائی اور نمبر دیکھنے لگا۔ جب وہ ٹیلی فون کرنے لگا تو میں نے اسے روکنا مناسب نہ سمجھا۔ اس نے ایک دو مرتبہ ڈائل کیا لیکن نمبر نہ ملا۔ مجھے موقع ملا تو میں نے اسے پرزور الفاظ میں کہا کہ اپنے ارادے سے باز رہے۔ میری بیوی نے بھی اس سے درخواست کی مگر وہ نہ مانا۔ اس پر طاہرہ نے کہا، ''صفیہ، تم کچھ نہ کہو۔۔۔ اس آدمی کے پہلو میں دل نہیں پتھر ہے۔۔۔ میں تمہیں وہ خط دکھاؤں گی جو شادی سے پہلے اس نے مجھے لکھے تھے۔۔۔ اس وقت میں اس کے دل کا قرار اس کی آنکھوں کا نور تھی۔ میری زبان سے

نکلا ہوا صرف ایک لفظ اس کے تنِ مردہ میں جان ڈالنے کے لیے کافی تھا۔۔۔میرے چہرے کی صرف ایک جھلک دیکھ کر یہ بخوشی مرنے کے لیے تیار تھا۔۔۔لیکن آج اسے میری ذرہ برابر پروا نہیں۔''

عطا نے ایک بار پھر نمبر ملانے کی کوشش کی۔

طاہرہ بولتی رہی، ''میرے باپ کی موسیقی سے بھی اسے عشق تھا۔۔۔اس کو فخر تھا کہ اتنا بڑا آرٹسٹ مجھے اپنی دامادی میں قبول کر رہا ہے۔۔۔شادی کی منظوری حاصل کرنے کے لیے اس نے ان کے پاؤں تک دابے، پر آج اسے ان کا کوئی خیال نہیں۔''

عطا ڈائل گھماتا رہا۔

طاہرہ مجھ سے مخاطب ہوئی، ''آپ کو یہ بھائی کہتا ہے، آپ کی عزت کرتا ہے۔۔۔کہتا تھا جو کچھ بھائی جان کہیں گے میں مانوں گا۔۔۔لیکن آپ دیکھ ہی رہے ہیں۔۔۔ٹیلی فون کر رہا ہے قاضی کو۔۔۔مجھے طلاق دینے کے لیے۔''

میں نے ٹیلی فون ایک طرف ہٹا دیا، ''عطا، اب چھوڑو بھی۔''

''نہیں''، یہ کہہ کر اس نے ٹیلی فون اپنی طرف گھسیٹ لیا۔

طاہرہ بولی، ''جانے دیجیے بھائی جان۔۔۔اس کے دل میں میرا کیا، ٹوٹو کا بھی کچھ خیال نہیں!''

عطا تیزی سے پلٹا، ''نام نہ لو ٹوٹو کا!''

طاہرہ نے نتھنے پھلا کر کہا، ''کیوں نام نہ لوں اس کا؟''

عطا نے ریسیور رکھ دیا، ''وہ میرا ہے!''

طاہرہ اٹھ کھڑی ہوئی، ''جب میں تمہاری نہیں ہوں تو وہ کیسے تمہارا ہو سکتا ہے۔۔۔تم تو اس کا نام بھی نہیں لے سکتے۔''

عطا نے کچھ دیر سوچا، ''میں سب بندوبست کر لوں گا۔''

طاہرہ کے چہرے پر ایک دم زردی چھا گئی، ''ٹوٹو کو چھین لو گے مجھ سے؟''

عطا نے بڑے مضبوط لہجے میں جواب دیا، ''ہاں۔''

''ظالم۔''

طاہرہ کے منہ سے ایک چیخ نکلی۔ بے ہوش کر گرنے والی ہی تھی کہ میری بیوی نے اسے تھام لیا۔۔۔عطا پریشان ہو گیا۔ پانی کے چھینٹے۔ یو ڈی کلون۔ اسملنگ سالٹ۔ ڈاکٹروں کو ٹیلی فون۔۔۔اپنے بال نوچ

ڈالے، قمیض پھاڑ ڈالی۔۔۔طاہرہ ہوش میں آئی تو وہ اس کا ہاتھ اپنے ہاتھ میں لے کر تھپکنے لگا، ''جانم ٹوٹو تمہارا ہے۔۔۔ٹوٹو تمہارا ہے۔''

طاہرہ نے رونا شروع کر دیا، ''نہیں وہ تمہارا ہے۔''

عطا نے طاہرہ کی آنسوؤں بھری آنکھوں کو چوم نا شروع کر دیا، ''میں تمہارا ہوں، تم میری ہو۔۔۔ٹوٹو تمہارا بھی ہے، میرا بھی ہے۔''

میں نے اپنی بیوی سے اشارہ کیا۔ وہ باہر نکلی تو میں بھی تھوڑی دیر کے بعد چل دیا۔۔۔ٹیکسی کھڑی تھی، ہم دونوں بیٹھ گئے۔ میری بیوی مسکرا رہی تھی۔ میں نے اس سے پوچھا، ''یہ یہ ٹوٹو کون ہے؟''

میری بیوی کھلکھلا کر ہنس پڑی، ''ان کا لڑکا۔''

میں نے حیرت سے پوچھا، ''لڑکا؟''

میری بیوی نے اثبات میں سر ہلا دیا۔

میں نے اور زیادہ حیرت سے پوچھا، ''کب پیدا ہوا تھا۔۔۔میرا مطلب ہے۔۔۔''

''ابھی پیدا نہیں ہوا۔۔۔چوتھے مہینے میں ہے۔''

چوتھے مہینے، یعنی اس واقعے کے چار مہینے بعد، میں باہر بالکنی میں بالکل خالی الذہن بیٹھا تھا کہ ٹیلی فون کی گھنٹی بجنا شروع ہوئی۔ بڑی بے دلی سے اٹھنے والا تھا کہ آواز بند ہو گئی۔ تھوڑی دیر کے بعد میری بیوی آئی۔ میں نے اس سے پوچھا، ''کون تھا؟''

''یزدانی صاحب۔''

''کوئی نئی لڑائی تھی؟''

''نہیں۔۔۔طاہرہ کے لڑکی ہوئی ہے۔۔۔مری ہوئی۔'' یہ کہہ کر وہ روتی ہوئی اندر چلی گئی۔

میں سوچنے لگا، ''اگر اب طاہرہ اور عطا کا جھگڑا ہوا تو اسے کون ٹوٹو چکائے گا؟''

ٹیٹوال کا کتا

کئی دن سے طرفین اپنے اپنے مورچے پر جمے ہوئے تھے۔ دن میں ادھر اور ادھر سے دس بارہ فائر کیے جاتے جن کی آواز کے ساتھ کوئی انسانی چیخ بلند نہیں ہوتی تھی۔ موسم بہت خوش گوار تھا۔ ہوا خود رو پھولوں کی مہک میں بسی ہوئی تھی۔ پہاڑیوں کی اونچائیوں اور ڈھلوانوں پر جنگ سے بے خبر قدرت اپنے مقررہ اشغال میں مصروف تھی۔ پرندے اسی طرح چہچہاتے تھے۔ پھول اسی طرح کھل رہے تھے اور شہد کی سست رو مکھیاں اسی پرانے ڈھنگ سے ان پر اونگھ اونگھ کر رس چوستی تھیں۔

جب پہاڑیوں میں کسی فائر کی آواز گونجتی تو چہچہاتے ہوئے پرندے چونک کر اڑنے لگتے، جیسے کسی کا ہاتھ ساز کے غلط تار سے جا ٹکرایا ہے اور ان کی سماعت کو صدمہ پہنچانے کا موجب ہوا ہے۔ ستمبر کا انجام اکتوبر کے آغاز سے بڑے گلابی انداز میں بغل گیر ہو رہا تھا۔ ایسا لگتا تھا کہ موسم سرما اور گرما میں صلح صفائی ہو رہی ہے۔ نیلے نیلے آسمان پر دھنکی ہوئی روئی ایسے پتلے پتلے اور ہلکے ہلکے بادلیوں تیرتے تھے جیسے اپنے سفید بجروں میں تفریح کر رہے ہیں۔

پہاڑی مورچوں میں دونوں طرف کے سپاہی کئی دن سے بڑی کوفت محسوس کر رہے تھے کہ کوئی فیصلہ کن بات کیوں وقوع پذیر نہیں ہوتی۔ اکتا کر ان کا جی چاہتا تھا کہ موقع بے موقع ایک دوسرے کو شعر سنائیں۔ کوئی نہ سنے تو ایسے ہی گنگناتے رہیں۔ پتھریلی زمین پر اوندھے یا سیدھے لیٹے رہتے تھے اور جب حکم ملتا تھا ایک دو فائر کر دیتے تھے۔

دونوں کے مورچے بڑی محفوظ جگہ تھے۔ گولیاں پوری رفتار سے آتی تھیں اور پتھروں کی ڈھال کے ساتھ ٹکرا کر ہیں چت ہو جاتی تھیں۔ دونوں پہاڑیاں جن پر یہ مورچے تھے، قریب قریب ایک قد کی تھیں۔

درمیان میں چھوٹی سی سبز پوش وادی تھی جس کے سینے پر ایک نالہ موٹے سانپ کی طرح لوٹتا رہتا تھا۔ ہوائی جہازوں کا کوئی خطرہ نہیں تھا۔ توپیں ان کے پاس تھیں نہ اُن کے پاس، اس لیے دونوں طرف بے خوف و خطر آگ جلائی جاتی تھیں۔ ان سے دھویں اٹھتے اور ہواؤں میں گھل مل جاتے۔ رات کو چونکہ بالکل خاموشی ہوتی تھی، اس لیے کبھی کبھی دونوں مورچوں کے سپاہیوں کو ایک دوسرے کی کسی بات پر لگائے ہوئے قہقہے سنائی دے جاتے تھے۔ کبھی کوئی لہر میں آکے گانے لگتا تو اس کی آواز رات کے سناٹے کو جگا دیتی۔ ایک کے پیچھے ایک بازگشت صدائیں گونجتیں تو ایسا لگتا کہ پہاڑیاں آموختہ دہرا رہی ہیں۔

چائے کا دور ختم ہو چکا تھا۔ پتھروں کے چولہے میں چیڑ کے ہلکے پھلکے کوئلے قریب قریب سرد ہو چکے تھے۔ آسمان صاف تھا۔ موسم میں خنکی تھی۔ ہوا میں پھولوں کی مہک نہیں تھی جیسے رات کو انہوں نے اپنے عطر دان بند کر لیے تھے، البتہ چیڑ کے پسینے یعنی بروزے کی بو تھی مگر یہ کچھ ایسی ناگوار نہیں تھی۔ سب کمبل اوڑھے سو رہے تھے، مگر کچھ اس طرح کہ ہلکے سے اشارے پر اٹھ کر لڑنے مرنے کے لیے تیار ہو سکتے تھے۔ جمعدار ہرنام سنگھ خود پہرے پر تھا۔ اس کی راسکوپ گھڑی میں دو بجے تو اس نے گنڈا سنگھ کو جگایا اور پہرے پر متعین کر دیا۔ اس کا جی چاہتا تھا کہ سو جائے، پر جب لیٹا تو آنکھوں سے نیند کو اتنا دور پایا جتنے کہ آسمان کے ستارے تھے۔ جمعدار ہرنام سنگھ چت لیٹا ان کی طرف دیکھتا رہا۔۔۔اور گنگنانے لگا۔

جُتّی لینی آں ستاریاں والی۔۔۔ستاریاں والی۔۔۔وے ہرنام سنگھا

ہو یارا، بھاویں تیری مہیں وک جائے

اور ہرنام سنگھ کو آسمان پر ہر طرف ستاروں والے جوتے بکھرے نظر آئے۔ جو جھلمل جھلمل کر رہے تھے،

جتی لے دوؤں ستاریاں والی۔۔۔ستاریاں والی۔۔۔نی ہرنام کورے

ہو نارے، بھاویں میری مہیں وک جائے

یہ گا کر وہ مسکرایا، پھر یہ سوچ کر کہ نیند نہیں آئے گی، اس نے اٹھ کر سب کو جگا دیا۔ نار کے ذکر نے اس کے دماغ میں ہلچل پیدا کر دی تھی۔ وہ چاہتا تھا کہ اوٹ پٹانگ گفتگو ہو، جس سے اس بولی کی ہرنام کوری کی کیفیت پیدا ہو جائے۔ چنانچہ باتیں شروع ہوئیں مگر اکھڑی اکھڑی رہیں۔ بنتا سنگھ جوان سب میں کم عمر اور خوش آواز تھا، ایک طرف ہٹ کر بیٹھ گیا۔ باقی اپنی بظاہر پرلطف باتیں کرتے اور جمائیاں لیتے رہے۔ تھوڑی دیر کے بعد بنتا سنگھ نے ایک دم اپنی پرسوز آواز میں ہیر گانا شروع کر دی۔

ہیر آکھیا جو گیا جھوٹھ بولیس، کون روٹھڑے یار مناؤ ندائی

ایسا کوئی نہ ملیا میں ڈھونڈ تھکی جیہڑا گیاں نوں موڑ لیا وَ ندائی

اک بازی تو کانگ نے کونج کھوئی دیکھاں چپ ہے کہ کر لاوَ ندائی

دکھاں والیاں نوں گلاں سکھدیاں نی قصے جو رجہان سناوَ ندائی

پھر تھوڑے وقفے کے بعد اس نے ہیر کی ان باتوں کا جواب رانجھے کی زبان میں گایا،

جیہڑے بازتوں کانگ نے کونج کھوئی صبر شکر کر باز فنا ہویا

اینویں حال ہے اس فقیر دانی دھن مال گیا تے تباہ ہویا

کریں صدق تے کم معلوم ہووے تیرا رب رسول گواہ ہویا

دنیا چھڈ اد اسیاں پہن لیاں سید وارثوں ہن وارث شاہ ہویا

بتا سنگھ نے جس طرح ایک دم گانا شروع کیا تھا، اسی طرح وہ ایک دم خاموش ہوگیا۔ ایسا معلوم ہوتا تھا کہ خاکستری پہاڑیوں نے بھی اداسیاں پہن لی ہیں۔ جمعدار ہرنام سنگھ نے تھوڑی دیر کے بعد کسی غیر مرئی چیز کو موٹی سی گالی دی اور لیٹ گیا۔ دفعتاً رات کے آخری پہر کی اس اداس فضا میں کتے کے بھونکنے کی آواز آئی۔ سب چونک پڑے۔ آواز قریب سے آئی تھی۔ صوبیدار ہرنام سنگھ نے بیٹھ کر کہا، ''یہ کہاں سے آ گیا بھونکو؟''، کتا پھر بھونکا۔ اب اس کی آواز اور بھی نزدیک سے آئی تھی۔ چند لمحات کے بعد دور جھاڑیوں میں آہٹ ہوئی۔ بتا سنگھ اٹھا اور اس کی طرف بڑھا۔ جب واپس آیا تو اس کے ساتھ ایک آوارہ سا کتا تھا جس کی دم ہل رہی تھی۔ وہ مسکرایا، ''جمعدار صاحب! میں ہو کمز، ادھر بولا تو کہنے لگا، میں ہوں چپڑ جھن جھن!''

سب ہنسنے لگے۔ جمعدار ہرنام سنگھ نے کتے کو پکارا، ''ادھر آ چپڑ جھن جھن۔''

کتا دم ہلاتا ہرنام سنگھ کے پاس چلا گیا اور یہ سمجھ کر کہ شاید کوئی کھانے کی چیز پھینکی گئی ہے، زمین کے پتھر سونگھنے لگا۔ جمعدار ہرنام سنگھ نے تھیلا کھول کر ایک بسکٹ نکالا اور اس کی طرف پھینکا۔ کتے نے اسے سونگھ کر منہ کھولا، لیکن ہرنام سنگھ نے لپک کر اسے اٹھا لیا، ''ٹھہر۔ کہیں پاکستانی تو نہیں!''، سب ہنسنے لگے۔ سردار بتا سنگھ نے آگے بڑھ کر کتے کی پیٹھ پر ہاتھ پھیرا اور جمعدار ہرنام سنگھ سے کہا، ''نہیں جمعدار صاحب، چپڑ جھن جھن ہندوستانی ہے۔''

جمعدار ہرنام سنگھ ہنسا اور کتے سے مخاطب ہوا، ''نشانی دکھائیے؟''، کتا دم ہلانے لگا۔

ہرنام سنگھ ذرا کھل کے ہنسا، ''یہ کوئی نشانی نہیں، دم تو سارے کتے ہلاتے ہیں۔''

بنتا سنگھ نے کتے کی لرزاں دم پکڑ لی، ''شرنارتھی ہے بے چارہ!''

جمعدار ہرنام سنگھ نے بسکٹ پھینکا جو کتے نے فوراً دبوچ لیا۔ایک جوان نے اپنے بوٹ کی ایڑھی سے زمین کھودتے ہوئے کہا، ''اب کتوں کو بھی یا تو ہندوستانی ہونا پڑے گا یا پاکستانی!''جمعدار نے اپنے تھیلے سے ایک بسکٹ نکالا اور پھینکا، ''پاکستانیوں کی طرح پاکستانی کتے بھی گولی سے اڑا دیئے جائیں گے!''

ایک نے زور سے نعرہ بلند کیا، ''ہندوستان زندہ باد!''کتا جو بسکٹ اٹھانے کے لیے آگے بڑھا تھا ڈر کے پیچھے ہٹ گیا۔اس کی دم ٹانگوں کے اندر گھس گئی۔جمعدار ہرنام سنگھ ہنسا، ''اپنے نعرے سے کیوں ڈرتا ہے چڑ جُھن جُھن۔۔۔کھا۔۔۔لے ایک اور لے''۔اس نے تھیلے سے ایک اور بسکٹ نکال کر اسے دیا۔

باتوں باتوں میں صبح ہو گئی۔سورج ابھی نکلنے کا ارادہ ہی کر رہا تھا کہ چار سو اجالا ہو گیا۔جس طرح بٹن دبانے سے ایک دم بجلی کی روشنی ہوتی ہے۔اسی طرح سورج کی شعاعیں دیکھتے ہی دیکھتے ہی اس پہاڑی علاقے میں پھیل گئی جس کا نام ٹیٹوال تھا۔اس علاقے میں کافی دیر سے لڑائی جاری تھی۔ایک ایک پہاڑی کے لیے درجنوں جوانوں کی جان جاتی تھی، پھر بھی قبضہ غیر یقینی ہوتا تھا۔آج یہ پہاڑی ان کے پاس ہے، کل دشمن کے پاس، پرسوں پھر ان کے قبضے میں اس سے دوسرے روز وہ پھر دوسروں کے پاس چلی جاتی تھی۔

صوبیدار ہرنام سنگھ نے دوربین لگا کر آس پاس کا جائزہ لیا۔سامنے پہاڑی سے دھواں اٹھ رہا تھا۔اس کا یہ مطلب تھا کہ چائے وغیرہ تیار ہو رہی ہے، اِدھر بھی ناشتے کی فکر ہو رہی ہی تھی۔آگ سلگائی جا رہی تھی۔اُدھر والوں کو بھی یقیناً اِدھر سے دھواں اٹھتا دکھائی دے رہا تھا۔ناشتے پر سب جوانوں نے تھوڑا تھوڑا کتے کو دیا جس کو اس نے خوب پیٹ بھر کے کھایا۔سب اس سے دلچسپی لے رہے تھے جیسے وہ اس کو اپنا دوست بنانا چاہتے ہیں۔اس کے آنے سے کافی چہل پہل ہو گئی تھی۔ہر ایک اس کو تھوڑے تھوڑے وقفے کے بعد پچکار کر ''چڑ جُھن جُھن'' کے نام سے پکارتا اور اسے پیار کرتا۔

شام کے قریب دوسری طرف پاکستانی مورچے میں صوبیدار ہمت خان اپنی بڑی بڑی مونچھوں کو جن سے بے شمار کہانیاں وابستہ تھیں، مروڑے دے کر ٹیٹوال کے نقشے کا بغور مطالعہ کر رہا تھا۔اس کے ساتھ ہی وائرلیس آپریٹر بیٹھا تھا اور صوبیدار ہمت خان کے لیے پلاٹون کمانڈر سے ہدایات وصول کر رہا تھا۔کچھ دور ایک پتھر سے ٹیک لگائے اور اپنی بندوق لیے بشیر ہولے ہولے گنگنا رہا تھا۔

چن کِتھے گوائی آئی رات وے۔۔۔چن کِتھے گوائی آئی

بشیر نے مزے میں آ کر ذرا اونچی آواز کی تو صوبیدار ہمت خان کی کڑک بلند ہوئی، ''اوئے کہاں رہا ہے تورات بھر؟''، بشیر نے سوالیہ نظروں سے ہمت خان کو دیکھنا شروع کیا۔ جو بشیر کے بجائے کسی اور سے مخاطب تھا۔ ''بتا اوئے۔''، بشیر نے دیکھا۔ کچھ فاصلے پر وہ آوارہ کتا بیٹھا تھا جو کچھ دن ہوئے ان کے مورچے میں بن بلائے مہمان کی طرح آیا تھا اور وہیں ٹک گیا تھا۔ بشیر مسکرایا اور کتے سے مخاطب ہو کر بولا، ''چن کتھے گوائی آئی رات وے ۔۔۔ چن کتھے گوائی آئی؟ کتے نے زور سے دم ہلانا شروع کر دی جس سے پتھریلی زمین پر جھاڑو سی پھرنے لگی۔

صوبیدار ہمت خاں نے ایک کنکر اٹھا کر کتے کی طرف پھینکا، ''سالے کو دم ہلانے کے سوا اور کچھ نہیں آتا!''، بشیر نے ایک دم کتے کی طرف غور سے دیکھا، ''اس کی گردن میں کیا ہے؟''، یہ کہہ کر وہ اٹھا، مگر اس سے پہلے ایک اور جوان نے کتے کو پکڑ کر اس کی گردن میں بندھی ہوئی رسی اتاری۔ اس میں کتے کا ایک ٹکڑا پرویا ہوا تھا جس پر کچھ لکھا تھا صوبیدار ہمت خان نے یہ ٹکڑا لیا اور اپنے جوانوں سے پوچھا، ''لنڈرے ہیں، جانتا ہے تم میں سے کوئی پڑھنا۔''، بشیر نے آگے بڑھ کر کتے کا ٹکڑا لیا، ''ہاں ۔۔۔ کچھ کچھ پڑھ لیتا ہوں۔''، اور اس نے بڑی مشکل سے حرف جوڑ جوڑ کر یہ پڑھا،

''چپ ۔۔۔ چڑ ۔۔۔ جُھن جُھن ۔۔۔ چڑ جُھن جُھن ۔۔۔ یہ کیا ہوا؟''

صوبیدار ہمت خاں نے اپنی بڑی بڑی تاریخی مونچھوں کو زبردست مروڑ دیا، ''کوڈ ورڈ ہو گا کوئی۔'' پھر اس نے بشیر سے پوچھا، ''کچھ اور لکھا ہے بشیرے؟''، بشیر نے جو حرف شناسی میں مشغول تھا، جواب دیا، ''جی ہاں ۔۔۔ یہ ۔۔۔ ہند ۔۔۔ ہند ۔۔۔ ہندوستانی ۔۔۔ یہ ہندوستانی کتا ہے!'' صوبیدار ہمت خاں نے سوچنا شروع کیا۔ ''مطلب کیا ہوا اس کا؟ کیا پڑھا تھا تم نے ۔۔۔ چڑ؟''، بشیر نے جواب دیا، ''چڑ جُھن جُھن!''

ایک جوان نے بڑے عاقلانہ انداز میں کہا، ''جو بات ہے اسی میں ہے۔''، صوبیدار ہمت خان کو یہ بات معقول معلوم ہوئی، ''ہاں کچھ ایسا لگتا ہے۔''، بشیر نے کتے پر لکھی ہوئی عبارت پڑھی، ''چڑ جُھن جُھن ۔۔۔ یہ ہندوستانی کتا ہے!'' صوبیدار ہمت خان نے وائرلیس سیٹ لیا اور کانوں پر ہیڈ فون جما کر پلاٹون کمانڈر سے خود اس کتے کے بارے میں بات چیت کی۔ وہ کیسے آیا تھا۔ کس طرح ان کے پاس کئی دن پڑا رہا، پھر ایکا ایکی غائب ہو گیا اور رات بھر غائب رہا۔ اب آیا ہے تو اس کے گلے میں رسی نظر آئی جس میں کتے کا ایک ٹکڑا تھا۔ اس پر جو عبارت لکھی تھی وہ اس نے تین چار مرتبہ دہرا کر پلاٹون کمانڈر کو سنائی

مگر کوئی نتیجہ برآمد نہ ہوا۔

بشیر الگ کتے کے پاس بیٹھ کر اسے کبھی پچکار کر، کبھی ڈرا دھمکا کر پوچھتا رہا کہ وہ رات کہاں غائب رہا تھا اور اس کے گلے میں وہ رسی اور گتے کا ٹکڑا اس نے باندھا تھا مگر کوئی خاطر خواہ جواب نہ ملا۔ وہ جو سوال کرتا اس کے جواب میں کتا اپنی دم ہلا دیتا۔ آخر غصے میں آ کر بشیر نے اسے پکڑ لیا اور زور سے جھٹکا دیا۔ کتا تکلیف کے باعث چاؤں چاؤں کرنے لگا۔ وائرلیس سے فارغ ہو کر صوبیدار ہمت خان نے کچھ دیر نقشے کا بغور مطالعہ کیا پھر فیصلہ کن انداز میں اٹھا اور سگریٹ کی ڈبیا کا ڈھکنا کھول کر بشیر کو دیا۔ ''بشیرے، لکھ اس پر گورمکھی میں ۔۔۔ان کیڑے مکوڑوں میں ۔۔۔''

بشیر نے سگریٹ کی ڈبیا کا گتا لیا اور پوچھا، ''کیا لکھوں صوبیدار صاحب؟'' صوبیدار ہمت خان نے مونچھوں کو مروڑے دے کر سوچنا شروع کیا، ''لکھ دے ۔۔۔بس لکھ دے! '' یہ کہہ کر اس نے جیب سے پنسل نکال کر بشیر کو دی، ''کیا لکھنا چاہیے؟۔'' بشیر پنسل کے منہ کو لب لگا کر سوچنے لگا۔ پھر ایک دم سوالیہ انداز میں بولا، ''سپٹرن سُن؟''، لیکن فوراً ہی مطمئن ہو کر اس نے فیصلہ کن لہجے میں کہا، ''ٹھیک ہے ۔۔۔چپڑ جھن جھن کا جواب سپٹرن سُن ہی ہو سکتا ہے ۔۔۔کیا یاد رکھیں گے اپنی ماں کے سگڑے ۔۔۔'' بشیر نے پنسل سگریٹ کی ڈبیا پر جمائی۔ ''سپٹرن سن؟''

''سولہ آنے ۔۔۔لکھ ۔۔۔سب ۔۔۔سپٹر ۔۔۔سن سن! '' یہ کہہ کر صوبیدار ہمت خان نے زور کا قہقہہ لگایا، ''اور آگے لکھ ۔۔۔یہ پاکستانی کتا ہے! '' صوبیدار ہمت خان نے گتا بشیر کے ہاتھ سے لیا۔ پنسل سے اس میں ایک طرف چھید کیا اور رسی میں پرو کر کتے کی طرف بڑھا، '' لے جا، یہ اپنی اولاد کے پاس! '' یہ سن کر سب خوب ہنسے صوبیدار ہمت خان نے کتے کے گلے میں رسی باندھ دی۔ وہ اس دوران میں اپنی دم ہلاتا رہا۔ اس کے بعد صوبیدار نے اسے کچھ کھانے کو دیا اور بڑے ناصحانہ انداز میں کہا۔ ''دیکھو دوست غداری مت کرنا ۔۔۔یاد رکھو غدار کی سزا موت ہوتی ہے! ''

کتا دم ہلاتا رہا۔ جب وہ اچھی طرح کھا چکا تو صوبیدار ہمت خان نے رسی سے پکڑ کر اس پہاڑی کی اکلوتی پگڈنڈی کی طرف پھیرا اور کہا، ''جاؤ ۔۔۔ہمارا خط دشمنوں تک پہنچا دو ۔۔۔مگر دیکھو واپس آ جانا ۔۔۔یہ تمہارے افسر کا حکم ہے سمجھے؟'' کتے نے اپنی دم ہلائی اور آہستہ آہستہ پگڈنڈی پر جو بل کھاتی ہوئی نیچے پہاڑی کے دامن میں جاتی تھی، چلنے لگا صوبیدار ہمت خان نے اپنی بندوق اٹھائی اور ہوا میں ایک فائر کیا۔ فائر اور اس کی بازگشت دوسری طرف ہندوستانیوں کے مورچے میں سنی گئی۔ اس کا مطلب ان کی سمجھ میں

نہ آیا۔ جمعدار ہرنام سنگھ نہیں معلوم کس بات پر چڑ چڑا ہو رہا تھا، یہ آواز سن کر اور بھی چڑ چڑا ہو گیا۔ اس نے فائر کا حکم دے دیا۔ آدھے گھنٹے تک چنانچہ دونوں مورچوں سے گولیوں کی بے کار بارش ہوتی رہی۔ جب اس شغل سے اکتا گیا تو جمعدار ہرنام سنگھ نے فائر بند کرا دیا اور داڑھی میں کنگھا کرنا شروع کر دیا۔ اس سے فارغ ہو کر اس نے جالی کے اندر سارے بال بڑے سلیقے سے جمائے اور بنتا سنگھ سے پوچھا، ''اوئے بنتاں سیاں! چڑ جُھن جُھن کہاں گیا؟''

بنتا سنگھ نے چیڑ کی خشک لکڑی سے بروزہ اپنے ناخنوں سے جدا کرتے ہوئے کہا، ''مجھے نہیں معلوم۔''
''کتے کو گھی ہضم نہیں ہوا؟'' ہرنام سنگھ نے کہا۔ بنتا سنگھ اس محاورے کا مطلب نہ سمجھا، ''ہم نے تو اسے گھی کی کوئی چیز نہیں کھلائی تھی۔'' یہ سن کر جمعدار ہرنام سنگھ بڑے زور سے ہنسا، ''اوئے ان پڑھ! تیرے ساتھ تو بات کرنا پچانویں کا گھاٹا ہے!''

اتنے میں وہ سپاہی جو پہرے پر تھا اور دوربین لگائے اِدھر سے اُدھر دیکھ رہا تھا، ایک دم چلایا، ''وہ۔۔۔وہ آ رہا ہے!'' سب چونک پڑے۔ جمعدار ہرنام سنگھ نے پوچھا، ''کون؟'' پہرے کے سپاہی نے کہا، ''کیا نام تھا اس کا۔۔۔؟ چڑ جُھن جُھن!''

''چڑ جُھن جُھن؟'' یہ کہہ کر جمعدار ہرنام سنگھ اٹھا۔ ''کیا کر رہا ہے؟'' پہرے کے سپاہی نے جواب دیا، ''آ رہا ہے۔'' جمعدار ہرنام سنگھ نے دوربین اس کے ہاتھ میں لی اور دیکھنا شروع کیا۔ ''ادھر ہی آ رہا ہے۔۔۔ رسی بندھی ہوئی ہے گلے میں۔۔۔ لیکن۔۔۔ یہ تو اُدھر سے آ رہا ہے دشمن کے مورچے سے۔'' یہ کہہ کر اس نے کتے کی ماں کو بہت بڑی گالی دی۔ اس کے بعد اس نے بندوق اٹھائی اور رشست باندھ کر فائر کیا۔ نشانہ چوک گیا۔ گولی کتے سے کچھ فاصلے پر پتھروں کی کرچیں اڑاتی زمین میں دفن ہو گئی۔ وہ سہم کر رک گیا۔

دوسرے مورچے میں صوبیدار ہمت خاں نے دوربین میں سے دیکھا کہ کتا پگڈنڈی پر کھڑا ہے۔ ایک اور فائر ہوا تو وہ دم دبا کر الٹی طرف بھاگا۔ صوبیدار ہمت خاں کے مورچے کی طرف۔ وہ زور سے پکارا، ''بہادر ڈرا نہیں کرتے۔۔۔ چل واپس۔'' اور اس نے ڈرانے کے لیے ایک فائر کیا۔ کتا رک گیا۔ ادھر سے جمعدار ہرنام سنگھ نے بندوق چلائی۔ گولی کتے کے کان سے سنسناتی ہوئی گزر گئی۔ اس نے اچھل کر زور زور سے دونوں کان پھر پھرانے شروع کیے۔ ادھر سے صوبیدار ہمت خاں نے دوسرا فائر کیا جو اس کے اگلے پنجوں کے پاس پتھروں میں پیوست ہو گیا۔ بوکھلا کر کبھی وہ ادھر دوڑا، کبھی ادھر۔ اس کی اس

بوکھلاہٹ سے ہمت خاں اور ہرنام دونوں مسرور ہوئے اور خوب قہقہے لگاتے رہے۔ کتے نے جمعدار ہرنام سنگھ کے مورچے کی طرف بھاگنا شروع کیا۔ اس نے یہ دیکھا تو بڑے تاؤ میں آ کر موٹی سی گالی دی اور اچھی طرح شِست باندھ کر فائر کیا۔ گولی کتے کی ٹانگ میں لگی۔ ایک فلک شگاف چیخ بلند ہوئی۔ اس نے اپنا رخ بدلا۔ لنگڑا لنگڑا کر صوبیدار ہمت خاں کے مورچے کی طرف دوڑنے لگا تو ادھر سے بھی فائر ہوا، مگر وہ صرف ڈرانے کے لیے کیا گیا تھا۔ ہمت خاں فائر کرتے کرتے ہی چلایا، ''بہادر پرواہ نہیں کیا کرتے زخموں کی۔۔۔۔ کھیل جاؤ اپنی جان پر۔۔۔ جاؤ۔۔۔ جاؤ!''

کتا فائر سے گھبرا کر مڑا۔ ایک ٹانگ اس کی بالکل بے کار ہو گئی تھی۔ باقی تین ٹانگوں کی مدد سے اس نے خود کو چند قدم دوسری جانب گھسیٹا کہ جمعدار ہرنام سنگھ نے نشانہ تاک کر گولی چلائی جس نے اسے وہیں ڈھیر کر دیا۔

صوبیدار ہمت خاں نے افسوس کے ساتھ کہا، ''چچ چچ۔۔ شہید ہو گیا بے چارہ!''

جمعدار ہرنام سنگھ نے بندوق کی گرم گرم نالی اپنے ہاتھ میں لی اور کہا، ''وہی موت مرا جو کتے کی ہوتی ہے!''

ٹیڑھی لکیر

اگر سٹرک سیدھی ہو۔۔۔۔ بالکل سیدھی، تو اُس پر اُس کے قدم منّوں بھاری ہو جاتے تھے۔ وہ کہا کرتا تھا، ''یہ زندگی کے خلاف ہے۔ جو پیچ در پیچ راستوں سے بھری ہے۔'' جب ہم دونوں باہر سیر کو نکلتے تو اِس دوران میں وہ کبھی سیدھے راستے پر نہ چلتا۔ اسے باغ کا وہ کونا بہت پسند تھا جہاں لہراتی ہوئی روشیں بنی ہوئی تھیں۔

ایک بار اس نے اپنی ٹانگوں کو سینے کے ساتھ جوڑ کر، بڑے دلکش انداز میں مجھ سے کہا تھا، ''عباس، اگر مجھے اور کوئی کام نہ ہو تو بخدا میں اپنی ساری زندگی کشمیر کی پہاڑی سڑکوں پر چڑھنے اترنے میں گزار دوں۔۔۔ کیا پیچ ہیں۔۔۔ ابھی تم مجھے نظر آ رہے ہو اور ایک موڑ مڑنے کے بعد میری نظروں سے اوجھل ہو جاتے ہو۔۔۔ کتنی پُر اَسرار چیز ہے۔۔۔۔ سیدھے راستے پر تم ہر آنے والی چیز دیکھ سکتے ہو، مگر یہاں آنے والی چیزیں تمہاری آنکھوں کے سامنے بالکل اچانک آ جائیں گی۔۔۔ موت کی طرح اچانک۔۔۔۔ اِس میں کتنا مزا ہے!''

وہ ایک دُبلا پتلا نوجوان تھا۔ بے حد دُبلا تھا۔ اس کو ایک نظر دیکھنے سے اکثر اوقات معلوم ہوتا کہ ہسپتال کے کسی بستر سے کوئی زرد رُو بیمار اٹھ کر چلا آیا ہے۔ اس کی عمر بمشکل بائیس برس کے قریب ہو گی۔ مگر بعض اوقات وہ اس سے بہت زیادہ عمر کا معلوم ہوتا تھا۔ اور عجیب بات ہے کہ کبھی کبھی اس کو دیکھ کر میں یہ خیال کرنے لگتا کہ وہ بچہ بن گیا ہے۔ اُس میں ایکا ایکی اِس قدر تبدیلی ہو جایا کرتی تھی کہ مجھے اپنی نگاہوں کی صحت پر شبہ ہونے لگ جاتا تھا۔

آخری ملاقات سے دس روز پہلے جب وہ مجھے بازار میں ملا تو مَیں اُسے دیکھ کر حیران رہ گیا۔ وہ ہاتھ میں

ایک بڑا سیب لیے اسے دانتوں سے کاٹ کر کھا رہا تھا۔ اس کا چہرہ بچوں کی مانند ایک ناقابلِ بیان خوشی کے باعث تمتمایا ہوا تھا۔ اس کا چہرہ گواہی دے رہا تھا کہ سیب بہت لذیذ ہے۔ سیب کے رس سے بھرے ہوئے ہاتھوں کو بچوں کے مانند اپنی پتلون سے صاف کر کے اس نے میرا ہاتھ بڑے جوش سے دبایا اور کہا، ''عباس، وہ دو آنے مانگتا تھا، مگر میں نے بھی ایک ہی آنے میں خریدا۔''

اس کے ہونٹ ظفر مندانہ ہنسی کے باعث تھرتھرانے لگے، پھر اس نے جیب سے ایک چیز نکالی اور میرے ہاتھ میں دے کر کہا، ''تم نے لٹّو تو بہت دیکھے ہوں گے۔ پر ایسا لٹّو کبھی دیکھنے میں نہ آیا ہو گا۔۔۔ اوپر کا بٹن دباؤ۔۔۔ دباؤ۔۔۔ ارے دباؤ!'' میں سخت متحیّر ہو رہا تھا لیکن اس نے میری طرف دیکھے بغیر لٹّو کا بٹن دبا دیا جو میری ہتھیلی پر سے اچھل کر سٹرک پر لنگرانے لگا۔۔۔ اس پر خوشی کے مارے میرے دوست نے اچھلنا شروع کر دیا۔

''دیکھو، عباس، دیکھو، اس کا ناچ۔'' میں نے لٹّو کی طرف دیکھا جو میرے سر کی مانند گھوم رہا تھا۔ ہمارے ارد گرد بہت سے آدمی جمع ہو گئے تھے۔ شاید وہ یہ سمجھ رہے تھے کہ میرا دوست دوائیاں بیچے گا۔ ''لٹّو اٹھاؤ اور چلیں۔۔۔ لوگ ہمارا تماشہ دیکھنے کے لیے جمع ہو رہے ہیں!''

میرے لہجے میں شاید تھوڑی سی تیزی تھی کیوں کہ اس کی ساری خوشی ماند پڑ گئی اور اس کے چہرے کی تمتماہٹ غائب ہو گئی۔ وہ اٹھا اور اس نے میری طرف کچھ اس انداز سے دیکھا کہ مجھے ایسا معلوم ہوا جیسے ایک ننھا سا بچہ رونی صورت بنا کر کہہ رہا ہے: میں نے تو کوئی بری بات نہیں کی پھر مجھے کیوں جھڑکا گیا ہے؟ اس نے لٹّو وہیں سٹرک پر چھوڑ دیا اور میرے ساتھ چل پڑا۔ گھر تک میں نے اور اس نے کوئی بات نہ کی۔ گلی کے نکڑ پر پہنچ کر میں نے اس کی طرف دیکھا۔۔۔ اِس قلیل عرصے میں اس کے چہرے پر انقلاب پیدا ہو گیا تھا۔ وہ مجھے ایک فکر زدہ بوڑھا نظر آیا۔

میں نے پوچھا، ''کیا سوچ رہے ہو؟''

اس نے جواب دیا، ''میں یہ سوچ رہا ہوں۔۔۔ اگر خدا کو انسان کی زندگی بسر کرنی پڑ جائے تو کیا ہو؟''

وہ اسی قسم کی بے ڈھنگی باتیں سوچا کرتا تھا۔ بعض لوگ یہ سمجھتے تھے کہ وہ اپنے آپ کو نرالا ظاہر کرنے کے لیے ایسے خیالات کا اظہار کرتا ہے مگر یہ بات غلط تھی۔ دراصل اس کی طبیعت کا رجحان ہی ایسی چیزوں کی طرف رہتا تھا جو کسی اور دماغ میں نہیں آتی تھیں۔

آپ یقین نہیں کریں گے۔ مگر اس کو اپنے جسم پر رستا ہوا زخم بہت پسند تھا۔ وہ کہا کرتا تھا: اگر میرے جسم

پر ہمیشہ کے لیے کوئی زخم بن جائے تو کتنا اچھا ہو۔۔۔ مجھے درد میں بڑا مزا آتا ہے۔ مجھے اچھی طرح یاد ہے کہ اسکول میں ایک روز اس نے میرے سامنے اپنے بازو کو استرے کے تیز بلیڈ سے زخمی کیا صرف اِس لیے کہ کچھ روز اُس میں درد ہوتا رہے۔ ٹیکا اس نے کبھی اس خیال سے نہیں لگوایا تھا کہ اُس سے ہیضے، پلیگ یا ملیریا کا خوف نہیں رہتا۔ اس کی ہمیشہ یہ خواہش ہوتی تھی کہ دو تین روز اس کا بدن بخار کے باعث تپتار ہے۔ چنانچہ جب کبھی وہ بخار کو دعوت دیا کرتا تھا تو مجھ سے کہا کرتا تھا۔ ''عباس، میرے گھر میں ایک مہمان آنے والا ہے۔ اس لیے تین روز تک مجھے فرصت نہیں ملے گی۔''

ایک روز میں نے اس سے پوچھا کہ، ''تم آئے دن ٹیکا کیوں لگواتے ہو؟'' اس نے جواب دیا، ''عباس، مَیں تمہیں بتا نہیں سکتا کہ ٹیکا لگوانے سے جو بخار چڑھتا ہے اس میں کتنی شاعری ہوتی ہے۔۔۔ جب جوڑ جوڑ میں درد ہوتا ہے اور اعضاء شِکنی ہوتی ہے تو بخدا ایسا معلوم ہوتا ہے۔ کہ تم کسی نہایت ہی ضدی آدمی کو سمجھانے کی کوشش کر رہے ہو۔۔۔ اور پھر بخار بڑھ جانے سے جو خواب آتے ہیں۔ واللہ، کس قدر بے ربط ہوتے ہیں۔۔۔ بالکل ہماری زندگی کی مانند۔۔۔! ابھی تم یہ دیکھتے ہو کہ تمہاری شادی کسی نہایت حسین عورت سے ہو رہی ہے، دوسرے لمحے یہی عورت تمہاری آغوش میں ایک قوی ہیکل پہلوان بن جاتی ہے۔''

میں اس کی ان عجیب و غریب باتوں کا عادی ہو گیا تھا، لیکن اس کے باوجود ایک روز مجھے اُس کے دماغی توازن پر شبہ ہونے لگا۔ گزشتہ مئی میں میں نے اس سے اپنے استاد کا تعارف کرایا جس کی مَیں بے حد عزت کرتا تھا۔ ڈاکٹر شاکر نے اس کا ہاتھ بڑی گرم جوشی سے دبایا اور کہا، ''مَیں آپ سے مل کر بہت خوش ہوا ہوں۔''

''اس کے برعکس مجھے آپ سے مل کر کوئی خوشی نہیں ہوئی،'' یہ میرے دوست کا جواب تھا جس نے مجھے بے حد شرمندہ کیا، آپ قیاس فرمائیے کہ اُس وقت میری کیا حالت ہوئی ہو گی۔ شرم کے مارے میں اپنے استاد کے سامنے گڑا جا رہا تھا اور وہ بڑے اطمینان سے سگریٹ کے کش لگا کر، ہال میں ایک تصویر کی طرف دیکھ رہا تھا۔ ڈاکٹر شاکر نے میرے دوست کی اس حرکت کو برا سمجھا اور تلخی میں مجھ سے بڑے تیز لہجے میں کہا، ''معلوم ہوتا ہے تمہارے دوست کا دماغ ٹھکانے نہیں۔'' میں نے اس کی طرف سے خود معذرت طلب کی اور معاملہ رفع دفع ہو گیا، میں واقعی بے حد شرمندہ تھا کہ ڈاکٹر شاکر کو میری وجہ سے ایسا سخت فقرہ سننا پڑا۔

شام کو میں اپنے دوست کے پاس گیا، اس ارادے کے ساتھ کہ اُس سے اچھی طرح پرس باز کروں گا اور

اپنے دل کی بھڑاس اس نکالوں گا۔ وہ مجھے لائبریری کے باہر ملا۔ میں نے چھوٹتے ہی اس سے کہا، ''تم نے آج ڈاکٹر شاکر کی بہت بے عزتی کی۔۔۔ معلوم ہوتا ہے تم نے مجلسی آداب کو خیر باد کہہ دیا ہے۔'' وہ مسکرایا، ''ارے چھوڑو اس قصّے کو۔۔۔ آؤ کوئی اور کام کی بات کریں۔''

یہ سن کر میں اس پر برس پڑا۔ خاموشی سے میری تمام باتیں سن کر اس نے صاف صاف کہہ دیا ''اگر مجھ سے مل کر کسی شخص کو خوشی حاصل ہوتی ہے تو ضروری نہیں کہ اس سے مل کر مجھے بھی خوشی حاصل ہو۔۔۔ اور پھر پہلی ملاقات پر صرف ہاتھ ملانے سے میں نے اس کے دل میں خوشی پیدا کر دی۔۔۔ میری سمجھ میں نہیں آتا۔۔۔ تمہارے ڈاکٹر صاحب نے اس روز پچیس آدمیوں سے تعارف کیا۔ اور ہر شخص سے انہوں نے یہی کہا تھا کہ آپ سے مل کر مجھے بڑی مسرت حاصل ہوئی ہے۔ کیا یہ ممکن ہے کہ ہر شخص ایک ہی قسم کے تاثرات پیدا کرے۔۔۔ تم مجھ سے فضول باتیں نہ کرو۔۔۔ آؤ اندر چلیں!''

میں ایک سحر زدہ آدمی کی طرح اس کے ساتھ ہو لیا۔ اور لائبریری کے اندر جا کر اپنا سب نامناسب غصہ بھول گیا۔ بلکہ یہ سوچنے لگا کہ میرے دوست نے جو کچھ کہا تھا، صحیح ہے۔ لیکن فوراً ہی میرے دل میں ایک حسد سا پیدا ہوا کہ اس شخص میں اتنی قوت کیوں ہے کہ وہ اپنے خیالات کا اظہار بے دھڑک کر دیتا ہے۔ پچھلے دنوں میرے ایک افسر کی دادی مر گئی تھی۔ اور مجھے اس کے سامنے مجبوراً اپنے اور پر غم کی کیفیت طاری کرنی پڑی تھی۔ اور اس سے اپنی مرضی کے خلاف دس پندرہ منٹ تک افسوس ظاہر کرنا پڑا تھا۔ اس کی دادی سے مجھے کوئی دلچسپی نہ تھی۔ اس کی موت کی خبر نے میرے دل پر کوئی اثر نہ کیا تھا لیکن اس کے باوجود مجھے نقلی جذبات تیار کرنے پڑے تھے۔ اس کا صاف مطلب یہ تھا کہ میرا کریکٹر اپنے دوست کے مقابلے میں بہت کمزور ہے، اس خیال ہی نے میرے دل میں حسد کی چنگاری پیدا کی تھی۔ اور میں اپنے حلق میں ایک ناقابل برداشت تلخی محسوس کرنے لگا تھا۔ لیکن یہ ایک وقتی اور ہنگامی جذبہ تھا جو ہوا کے ایک تیز جھونکے کے ماند آیا اور گزر گیا۔ میں بعد میں اس پر بھی نادم ہوا۔

مجھے اس سے بے حد محبت تھی۔ لیکن اس محبت میں غیر ارادی طور پر کبھی کبھی نفرت کی جھلک بھی نظر آتی تھی۔ ایک روز میں نے اس کی صاف گوئی سے متاثر ہو کر کہا تھا، ''یہ کیا بات ہے کہ بعض اوقات میں تم سے نفرت کرنے لگتا ہوں۔'' اور اس نے مجھے یہ جواب دے کر مطمئن کر دیا تھا، ''تمہارا جو دل میری محبت سے بھرا ہوا ہے، ایک ہی چیز کو بار بار دیکھ کر کبھی کبھی تنگ بھی آ جاتا ہے۔ اور کسی دوسری شے کی خواہش کرنے لگ جاتا ہے۔۔۔ اور پھر اگر تم مجھ سے کبھی کبھی نفرت نہ کرو تو مجھ سے ہمیشہ محبت بھی نہیں کر سکتے۔۔۔''

انسان اسی قسم کی الجھنوں کا مجموعہ ہے۔''

میں اور وہ اپنے وطن سے بہت دور تھے۔ ایک ایسے بڑے شہر میں جہاں زندگی تاریک قبرسی معلوم ہوتی ہے۔ مگر اسے کبھی ان گلیوں کی یاد نہ ستاتی تھی۔ جہاں اس نے اپنا بچپن اور اپنے شباب کا زمانہ آغاز گزارا تھا۔ ایسا معلوم ہوتا تھا کہ وہ اسی شہر میں پیدا ہوا ہے۔ میرے چہرے سے ہر شخص یہ معلوم کر سکتا ہے کہ میں غریبُ الوطن ہوں۔ مگر میرا دوست اِن جذبات سے یکسر عاری ہے۔ وہ کہا کرتا ہے: وطن کی یاد بہت بڑی کمزوری ہے ایک جگہ سے خود کو چِپکا دینا ایسا ہی ہے جیسے ایک آزادی پسند سانڈ کو کھونٹے کے ساتھ باندھ دیا جائے۔

اس قسم کے خیالات کے مالک کی جو ہر شے کو ٹیڑھی عینک سے دیکھتا ہو اور مُرّوّجَہ رُسوم کے خلاف چلتا ہو، باقاعدہ نکاح خوانی ہو، یعنی پرانی رُسوم کے مطابق اس کا عقد عمل میں آئے تو کیا آپ کو تعجب نہ ہو گا۔۔۔؟ مجھے یقین ہے کہ ضرور ہو گا۔

ایک روز شام کو جب وہ میرے پاس آیا اور بڑے سنجیدہ انداز میں اس نے مجھے اپنے نکاح کی خبر سنائی تو آپ یقین کریں، میری حیرت کی کوئی انتہا نہ رہی۔ اُس حیرت کا باعث یہ چیز نہ تھی کہ وہ شادی کر رہا ہے۔ نہیں، مجھے تعجب اس بات پر تھا کہ اُس نے لڑکی کی بغیر دیکھے، پرانے خطوط کے مطابق نکاح کی رسم میں شامل ہونا قبول کیسے کر لیا؟ جب کہ وہ ہمیشہ ان مولویوں کا مضحکہ اڑایا کرتا تھا جو لڑکی اور لڑکے کو رشتہ ازدواج میں باندھتے ہیں۔ وہ کہا کرتا تھا، ''یہ مولوی مجھے بڈھے اور گنٹھیا کے مارے پہلوان معلوم ہوتے ہیں۔ جو اپنے اکھاڑے میں چھوٹے چھوٹے لڑکوں کی کشتیاں دیکھ کر اپنی حرص پوری کرتے ہیں۔''

اور پھر وہ شادی یا نکاح پر لوگوں کے جمگھٹے کا بھی تو قائل نہ تھا مگر۔۔۔ اس کا نکاح پڑھا گیا۔ میری آنکھوں کے سامنے مولوی نے۔۔۔ اس مولوی نے جس سے اس کو سخت چِڑ تھی اور جس کو وہ بوڑھا طوطا کہا کرتا تھا، اُس کا نکاح پڑھا۔ چھوہارے بانٹے گئے۔ اور میں ساری کارروائی یوں دیکھ رہا تھا گویا سوتے میں کوئی سپنا دیکھ رہا ہوں۔

نکاح ہو گیا۔ دوسرے لفظوں میں انہونی بات ہو گئی اور جو تعجب مجھے پہلے پیدا ہوا تھا بعد میں بھی برقرار رہا۔ مگر میں نے اس کے متعلق اپنے دوست سے ذکر نہ کیا۔ اس خیال سے کہ شاید اسے ناگوار گزرے۔ لیکن دل ہی دل میں اس بات پر خوش تھا کہ آخر کار اُسے اِس دائرے میں لوٹنا پڑا۔ جس میں دوسرے زندگی بسر کر رہے ہیں۔

نکاح کر کے میرا دوست اپنے اصولوں کے ٹیڑھے مینار سے بہت برحج طری پھسلا تھا اور اُس گڑھے میں سر کے بل آ گرا تھا جس کو وہ بے حد غلیظ کہا کرتا تھا۔ جب میں نے یہ سوچا تو میرے جی میں آئی کہ اپنے کج رفتار دوست کے پاس جاؤں اور اتنا ہنسوں، اتنا ہنسوں کہ پیٹ میں بَل پڑ جائیں۔ مگر جس روز میرے دل میں یہ خواہش پیدا ہوئی اسی روز وہ دو پہر کو میرے گھر آیا۔

نکاح کو تین مہینے گزر گئے تھے اور اِس دوران میں وہ ہمیشہ اداس اداس رہتا تھا۔ اس کا چہرہ چمک رہا تھا۔ اور ناک جو چند روز پہلے بَھدّی نیام کے اندر چھی ہوئی تلوار کا نقشہ پیش کرتی تھی، اس پر سب سے نمایاں نظر آ رہی تھی۔ وہ میرے کمرے میں داخل ہوا اور سگریٹ سلگا کر میرے پاس بیٹھ گیا۔ اس کے ہونٹوں کے اختتامی کونے کپکپا رہے تھے۔ ظاہر تھا کہ وہ مجھے کوئی بڑی اہم بات سنانے والا ہے۔ میں ہمہ تن گوش ہو گیا۔ اُس نے سگریٹ کے دھوئیں سے چھلّا بنایا اور اس میں اپنی انگلی گاڑتے ہوئے مجھ سے کہا، ''عباس! میں کل یہاں سے جا رہا ہوں۔''

''جا رہے ہو؟'' میری حیرت کی کوئی انتہا نہ رہی۔

''میں کل یہاں سے جا رہا ہوں۔ شاید ہمیشہ کے لیے۔ میں اس خبر سے تمہیں مطلع کرنے کے لیے نہ آتا۔ مگر مجھے تم سے کچھ روپے لینا ہیں جو تم نے مجھ سے قرض لے رکھے ہیں۔۔۔ کیا تمہیں یاد ہے؟''

میں نے جواب دیا، ''یاد ہے، پر تم جا کہاں رہے ہو۔۔۔؟ اور پھر ہمیشہ کے لیے۔۔۔؟''

''بات یہ ہے کہ مجھے اپنی بیوی سے عشق ہو گیا ہے اور کل رات میں اسے بھگا کر اپنے ساتھ لیے جا رہا ہوں۔۔۔ وہ تیار ہو گئی ہے!''

یہ سن کر مجھے اس قدر حیرت ہوئی کہ میں بیوقوفوں کی ماند ہنسنے لگا اور دیر تک ہنستا رہا۔ وہ اپنی منکوحہ بیوی کو جسے وہ جب چاہتا انگلی پکڑ کر اپنے ساتھ لا سکتا تھا، اغوا کر کے لیے جا رہا تھا۔۔۔ بھگا کر لے جا رہا تھا۔ جیسے جیسے۔۔۔ میں کیا کہوں کہ اُس وقت میں نے کیا سوچا۔۔۔ دراصل میں کچھ سوچنے کے قابل ہی نہ رہا تھا۔ مجھے ہنستا دیکھ کر اس نے ملامت بھری نظروں سے میری طرف دیکھا۔ ''عباس! یہ ہنسنے کا موقع نہیں۔ کل رات وہ اپنے مکان کے ساتھ والے باغ میں میرا انتظار کرے گی، اور مجھے سفر کے لیے کچھ روپیہ فراہم کر کے اس کے پاس ضرور پہنچنا چاہیے۔ وہ کیا کہے گی اگر میں اپنے وعدے پر قائم نہ رہا۔۔۔۔ تمہیں کیا معلوم، میں نے کن کن مشکلوں کے بعد رسائی حاصل کر کے اس کو اس بات پر آمادہ کیا ہے!''

میں نے پھر ہنسنا چاہا مگر اس کو غایت درجہ سنجیدہ و متین دیکھ کر میری ہنسی دب گئی اور مجھے قطعی طور پر معلوم

ہو گیا کہ وہ واقعی اپنی منکوحہ بیوی کو بھگا کر لے جا رہا ہے۔ کہاں۔۔۔؟ یہ مجھے معلوم نہ تھا۔ میں زیادہ تفصیل میں نہ گیا۔ اور اسے وہ روپے ادا کر دیئے جو میں نے عرصہ ہوا اس سے قرض لیے تھے۔ اور یہ سمجھ کر ابھی تک نہ دیئے تھے کہ وہ نہ لے گا۔ مگر اس نے خاموشی سے نوٹ گن کر اپنی جیب میں ڈالے اور بغیر ہاتھ ملائے رخصت ہونے ہی والا تھا کہ میں نے آگے بڑھ کر اس سے کہا، ”تم جا رہے ہو۔۔۔ لیکن مجھے بُھلانا نہ دینا!“

میری آنکھوں میں آنسو آ گئے مگر اس کی آنکھیں بالکل خشک تھیں۔

”میں کوشش کروں گا۔“ یہ کہہ کر وہ چلا گیا۔ میں بہت دیر تک جہاں کھڑا تھا بُت بنا رہا۔

جب اُدھر اس کے سسرال والوں کو پتہ چلا کہ ان کی لڑکی رات رات میں کہیں غائب ہو گئی ہے تو ایک ہیجان بر پا ہو گیا۔ ایک ہفتے تک انہوں نے اسے اِدھر اُدھر تلاش کیا اور کسی کو اس واقعہ کی خبر تک نہ ہونے دی۔ مگر بعد میں لڑکی کے بھائی کو میرے پاس آنا پڑا۔ اور مجھے اپنا ہمراز بنا کر اسے ساری رام کہانی سنانی پڑی۔ وہ بے چارے یہ خیال کر رہے تھے کہ لڑکی کسی اور آدمی کے ساتھ بھاگ گئی ہے اور لڑکی کا بھائی میرے پاس اس غرض سے آیا تھا کہ ان کی طرف سے میں اپنے دوست کو اس تلخ واقعے سے آگاہ کروں۔ وہ بیچارہ شرم کے مارے زمین میں گڑا جا رہا تھا۔

جب میں نے اس کو اصل واقعہ سے آگاہ کیا تو حیرت کے باعث اس کی آنکھیں کھلی کی کھلی رہ گئیں۔ اس بات سے تو اسے بہت ڈھارس ہوئی کہ اس کی بہن کسی غیر مرد کے ساتھ نہیں گئی بلکہ اپنے شوہر کے پاس ہے۔ لیکن اس کی سمجھ میں نہیں آتا تھا کہ میرے دوست نے یہ فضول اور نازیبا حرکت کیوں کی؟

”بیوی اسی کی تھی جب چاہتا لے جاتا۔ مگر اس حرکت سے تو یہ معلوم ہوتا ہے جیسے۔۔۔ جیسے۔۔۔“ وہ کوئی مثال پیش نہ کر سکا اور میں بھی اسے کوئی اطمینان دہ جواب نہ دے سکا۔

کل صبح کی ڈاک سے مجھے اس کا خط ملا جس کو میں نے کانپتے ہوئے ہاتھوں سے کھولا۔ لفافے میں ایک کاغذ تھا جس پر ایک ٹیڑھی لکیر کھینچی ہوئی تھی۔۔۔ خالی لفافہ ایک طرف رکھ کر میں اس عُمود کی طرف دیکھنے لگا۔۔۔ جو میں نے بورڈ پر چپکے ہوئے کاغذ پر گرایا تھا۔

جان محمد

میرے دوست جان محمد نے، جب میں بیمار تھا، میری بڑی خدمت کی۔ میں تین مہینے ہسپتال میں رہا۔اس دوران میں وہ باقاعدہ شام کو آتا رہا، بعض اوقات جب میرے نو کر علیل ہوتے تو وہ رات کو بھی وہیں ٹھہرتا تا کہ میری خبر گیری میں کوئی کوتاہی نہ ہو۔ جان محمد بہت مخلص دوست ہے، میں قریب قریب بیس روز تک بیہوش رہا تھا، اس دوران میں وہ آتا۔۔۔ لیکن مجھے اس کا علم نہیں تھا، جب مجھے ہوش آیا تو معلوم ہوا کہ وہ بہت پریشان تھا، روتا بھی تھا، اس لیے کہ میری حالت بہت نازک تھی۔

جب میں اس قابل ہو گیا کہ بات چیت کر سکوں تو اس نے مجھ سے پوچھا، ''آپ کو تھکاوٹ تو محسوس نہیں ہوتی۔'' میرے اعضا بالکل مفلوج ہو چکے تھے، معلوم نہیں کتنی دیر ہو گئی تھی مجھے بستر پر پڑے ہوئے۔ میں نے اس سے کہا، ''جان محمد! میرا انگ انگ دکھتا ہے۔'' اس نے فوراً میری بیوی سے کہا، ''کل زیتون کا تیل منگوا دیجیے۔ میں صبح آ کے مالش کر دیا کروں گا۔''

زیتون کا تیل آ گیا اور جان محمد بھی۔ اس نے میرے سارے بدن پر مالش کی، قریب قریب آدھ گھنٹہ اس کا اس مشقت میں صرف ہوا، مجھے بڑی راحت محسوس ہوئی۔

اس کے بعد اس کا معمول ہو گیا کہ ہر روز دفتر جانے سے پہلے ہسپتال میں آتا اور میرے بدن پر مالش کرتا۔۔۔ مجھے راحت ضرور ہوتی تھی لیکن وہ اس زور سے اپنے ہاتھ سے میری ہڈیاں تک دکھنے لگتیں۔ چنانچہ میں اس سے اکثر بڑے درشت لہجے میں کہتا، ''جان محمد! تم تو میری جان لے لو گے۔'' یہ سن کر وہ مسکرا دیتا، ''منٹو صاحب! آپ تو بڑے سخت جان ہیں۔۔۔ اس مٹھی چاپی سے گھبرا گئے؟'' میں خاموش ہو جاتا، اس لیے کہ اس کی مٹھی چاپی میں کوئی جارحانہ چیز نہیں تھی بلکہ سرتا پا خلوص تھا۔ تین مہینے

ہسپتال میں کاٹنے کے بعد گھر آ گیا۔۔۔ جان محمد بدستور ہر روز آتا رہا۔ میری اس کی دوستی اتفاقاً ہو گئی تھی۔ ایک روز میں گھر میں بیٹھا تھا کہ ایک ناٹے قد کے چھوٹی چھوٹی موچھوں والے جوان سال مرد نے دروازے پر دستک دی۔ میں نے جب اس کو اندر کمرے میں داخل کیا تو اس نے مجھے بتایا کہ وہ میرا مدّاح ہے۔ ''منٹو صاحب۔۔۔ میں نے آپ کو صرف اس لیے تکلیف دی ہے کہ میں آپ کو ایک نظر دیکھنا چاہتا تھا۔۔۔ میں نے قریب قریب آپ کی سب تصانیف پڑھی ہیں۔''

میں نے اس کا مناسب و موزوں الفاظ میں رسمی طور پر شکریہ ادا کیا تو اس کو بڑی حیرت ہوئی، ''منٹو صاحب! آپ تو رسوم و قیود کے قائل ہی نہیں، پھر یہ تکلّف کیوں؟'' میں نے کہا، ''نووارِدوں سے بعض اوقات یہ تکلف برتنا ہی پڑتا ہے۔'' جان محمد کی مہین موچھوں پر مسکراہٹ نمودار ہوئی، ''مجھ سے آپ یہ تکلّف نہ برتیے۔'' چنانچہ یہ تکلف فوراً دور ہو گیا۔ اس کے بعد جان محمد نے ہر روز میرے گھر آنا شروع کر دیا۔ شام کو وہ جب دفتر سے فارغ ہوتا تو سیدھا میرے یہاں چلا آتا۔

میری عادت ہے کہ میں کسی دوست کا حسب نسب دریافت نہیں کرتا، اس لیے کہ میں اس کی کوئی ضرورت نہیں سمجھتا۔۔۔ میں تو کسی سے ملوں تو اس سے اس کا نام بھی نہیں پوچھتا۔ یہ تمہید کافی لمبی ہو گئی، حالانکہ میں اختصار پسند ہوں۔۔۔ جان محمد دیر تک میرے یہاں آتا رہا، اس کی معلومات خاصی اچھی تھیں۔ ادب سے بھی اسے خاصا شغف ہے مگر میں نے یہ بات خاص طور پر نوٹ کی کہ وہ زندگی سے کسی قدر بیزار ہے۔ مجھے زندگی سے پیار ہے لیکن اس کو اس سے کوئی رغبت نہیں تھی، ہم دونوں جب باتیں کرتے تو وہ کہتا، ''منٹو صاحب! آپ میرے لباس کو دیکھتے ہیں، یہ شلوار اور قمیض جو میلی کچیلی ہے۔ آپ یقیناً نفرت کی نگاہوں سے دیکھتے ہوں گے۔۔۔ مگر مجھے اچھے لباس کی کوئی خواہش نہیں۔۔۔ مجھے کسی خوبصورت چیز کی خواہش نہیں۔''

میں نے اس سے پوچھا، ''کیوں؟''۔۔ ''بس۔۔۔ میرے اندر یہ حس ہی نہیں رہی۔۔۔ میں ننگے فرش پر سوتا ہوں۔۔۔ نہایت واہیات ہوٹلوں میں کھانا کھاتا ہوں۔۔۔ یہ دیکھیے۔۔۔ میرے ناخن اتنے بڑھے ہوئے ہیں۔۔۔ ان میں کتنا میل بھرا ہوا ہے۔۔۔ میرے پاؤں ملاحظہ فرمائیے۔۔۔ ایسا نہیں لگتا کہ کیچڑ میں لتھڑے ہوئے ہیں۔۔۔ مگر مجھے ان غلاظتوں کی کچھ پروا نہیں۔'' میں نے اس کی غلاظتوں کے متعلق اس سے کچھ نہ کہا ورنہ حقیقت یہ ہے کہ ہر وقت میلا کچیلا رہتا تھا۔ اس کو صفائی کے متعلق خیال ہی نہیں آتا تھا۔

ایک دن حسبِ معمول جب وہ شام کو میرے پاس آیا تو میں نے محسوس کیا کہ اس کی طبیعت مضمحل ہے۔ میں نے اس سے پوچھا، ''کیوں جان محمد! کیا بات ہے آج تھکے تھکے سے معلوم ہوتے ہو؟'' اس نے اپنی جیب سے ' بگلے' کی ڈبیا نکالی اور ایک سگریٹ سلگا کر جواب دیا، ''تھکاوٹ ہو ہی جاتی ہے ۔ ۔ ۔ کوئی خاص بات نہیں۔'' اس کے بعد ہم دیر تک غالب کی شاعری پر گفتگو کرتے رہے۔ اس کو یہ فارسی کا شعر بہت پسند آیا۔

مابنوویم بدیں مرتبہ راضی غالب
شعر خود خواہش آں کرد کہ گرد و فن ما

ہم غالب کی شاعری پر تبصرہ کر رہے تھے کہ اتنے میں ہمارے ایک ہمسائے کی لڑکی میری بیوی سے ملنے چلی آئی۔ چونکہ وہ پردہ نہیں کرتی تھی اس لیے وہ ہمارے درمیان بیٹھ گئی۔ جان محمد نے آنکھیں جھکا لیں اور خاموش ہو گیا۔ اس لڑکی کا نام شمیم تھا۔ دیر تک وہ بیٹھی میری بیوی اور مجھ سے باتیں کرتی رہی، لیکن اس دوران میں جان محمد اسی طرح آنکھیں جھکائے خاموش رہا۔ کچھ اس طرح کہ اسے کوئی پہچان نہ لے۔

اس کے بعد دوسرے دن رات کے دس بجے میرے دروازے پر دستک ہوئی، نو کرا و پرسور ہاتھا، میں نے دروازہ کھولا تو دیکھا کہ جان محمد ہے۔ نہایت خستہ حالت میں۔ میں بہت پریشان ہوا اور اس سے پوچھا، '' کیوں جان محمد ۔ ۔ ۔ خیریت تو ہے؟'' اس کے ہونٹوں پر عجیب سی مسکراہٹ پیدا ہوئی، جس سے میں بالکل نا آشنا تھا، ''خیریت ہے ۔ ۔ ۔ مجھے نیند نہیں آ رہی تھی ۔ ۔ ۔ اس لیے میں آپ کے پاس چلا آیا۔'' مجھے سخت نیند آ رہی تھی، مگر جان محمد ایسے مخلص دوست کے لیے میں اسے قربان کرنے کے لیے تیار تھا، مگر جب اس نے اوٹ پٹانگ باتیں شروع کیں تو مجھے وحشت ہونے لگی ۔ ۔ ۔ اس کا دماغ غیر متوازن تھا، کبھی وہ آسمان کی بات کرتا، کبھی زمین کی۔ میری سمجھ میں نہیں آتا تھا کہ اچانک اسے ہو کیا گیا۔ ایک دن پہلے جب وہ مجھ سے ملا تو وہ اچھا بھلا تھا۔ ایک دم اس میں اتنی تبدیلی کیسے پیدا ہو گئی؟ ساری رات اس نے مجھے جگائے رکھا۔ آخر صبح میں نے اس کو غسل کرنے کے لیے کہا۔ اپنے کپڑے اسے پہننے کے لیے دیئے کہ اس کے میلے چکٹ تھے۔ پھر اس کو لاریوں کے اڈے پر لے گیا کہ وہ سیالکوٹ اپنے والدین کے پاس چلا جائے۔ غلطی میں نے یہ کی کہ اس کو لاری میں نہ بٹھایا۔ کرایہ وغیرہ میں نے اسے دے دیا تھا۔ میں مطمئن تھا کہ وہ اپنے گھر چلا جائے گا، مگر اسی دن رات کے تین بجے دروازے پر بڑے زور سے دستک ہوئی۔ میں باہر صحن میں سو رہا تھا۔ ہڑبڑا کر اٹھا، سوچا کہ شاید کوئی تار آیا ہو۔ دروازہ کھولا تو سامنے جان

محمد۔۔۔میرے اوسان خطا ہو گئے۔

میں نے اس سے پوچھا کہ وہ سیالکوٹ کیوں نہیں گیا۔اس نے اس سوال کا کوئی معقول جواب نہ دیا۔اس کا دماغ پہلے سے زیادہ غیر متوازن تھا۔فرش پر لیٹ کر اپنی کنپٹیوں پر زور زور سے گھونسے مارنے لگا۔ میری سمجھ میں نہیں آتا تھا، کیا کروں۔وہ یقیناً جنون کی حد تک پہنچ چکا تھا۔میں نے سوچا، پیار محبت سے کام لینا چاہیے، چنانچہ بہت دیر تک میں اس کا سر سہلاتا رہا۔اس کے بعد اس سے پوچھا، ''جان محمد تمہیں کیا تکلیف ہے؟''اس نے کوئی جواب نہ دیا اور فرش پر میری بچیوں کے جو ماربل پڑے ہوئے تھے، ان سے کھیلنے لگا۔اس کے بعد اس نے ہر ماربل کو سجدہ کیا اور رونے لگا۔

میں نے پھر اس سے بڑی محبت سے پوچھا، ''جان محمد! یہ تمہیں کیا ہو گیا ہے؟''اس کی آنکھیں سرخ انگارہ تھیں جیسے کئی دنوں سے شراب کے نشے میں دھت ہے۔اس نے مجھے ان آنکھوں سے دیکھا اور پوچھا، ''تم اتنے بڑے نفسیات نگار بنتے ہو۔۔۔کیا یہ نہیں جان سکتے کہ مجھے کیا ہو گیا ہے؟''

''میں اپنی کم مائیگی تسلیم کرتا ہوں۔۔۔اب تم خود بتا دو۔''

جان محمد مسکرایا، ''مجھے شمیم ہو گیا ہے۔''۔ ''کیا مطلب؟''

''اب بھی مطلب پوچھتے ہیں آپ؟''

میں نے اس سے کہا، ''بھئی شمیم کوئی بیماری تو نہیں۔''

جان محمد ہنسا، ''بہت بڑی بیماری ہے منٹو صاحب۔۔۔یہ کئی لوگوں کو ہو چکی ہے۔ان میں سے میں بھی ایک ہوں۔پہلے ڈلہوزی میں ہوتی تھی۔۔۔اب یہاں لاہور چلی آئی ہے۔''

میں سمجھ گیا۔۔۔جان محمد کئی برس ڈلہوزی میں رہ چکا تھا اور شمیم بھی، لیکن میں نے اس سے کہا، ''میں ابھی تک نہیں سمجھا۔تم اب سو جاؤ۔۔۔چلو آؤ۔۔۔اندر صوفے پر لیٹ جاؤ۔خبردار جو تم نے شور مچایا۔''

وہ اندر چلا آیا اور صوفے پر لیٹ گیا۔۔۔میں صبح جلدی اٹھنے کا عادی ہوں۔ساڑھے چار بجے کے قریب اٹھا تو دیکھا کہ جان محمد غائب ہے۔سات بجے پتہ چلا کہ شمیم بھی اپنے فلیٹ میں نہیں ہے۔۔۔کہیں غائب ہو گئی۔

جانکی

پونا میں ریسوں کا موسم شروع ہونے والا تھا کہ پشاور سے عزیز نے لکھا کہ میں اپنی ایک جان پہچان کی عورت جانکی کو تمہارے پاس بھیج رہا ہوں، اس کو یا تو پونہ میں یا بمبئی کی کسی فلم کمپنی میں ملازمت کرا دو۔ تمہاری واقفیت کافی ہے، امید ہے تمہیں زیادہ دِقّت نہیں ہو گی۔

دِقّت کا تو اتنا زیادہ سوال نہیں تھا لیکن مصیبت یہ تھی کہ میں نے ایسا کام کبھی کیا ہی نہیں تھا۔ فلم کمپنیوں میں اکثر وہی آدمی عورتیں لے کر آتے ہیں جنہیں ان کی کمائی کھانی ہوتی ہے۔ ظاہر ہے کہ میں بہت گھبرایا لیکن پھر میں نے سوچا عزیز اتنا پرانا دوست ہے، جانے کس یقین کے ساتھ بھیجا ہے، اس کو مایوس نہیں کرنا چاہیے۔ یہ سوچ کر بھی ایک گونہ تسکین ہوئی کہ عورت کے لیے اگر وہ جوان ہو، ہر فلم کمپنی کے دروازے کھلے ہیں۔ اتنی تردد کی بات ہی کیا ہے، میری مدد کے بغیر ہی اسے کسی نہ کسی فلم کمپنی میں جگہ مل جائے گی۔

خط ملنے کے چوتھے روز وہ پونا پہنچ گئی۔ کتنا لمبا سفر طے کر کے آئی تھی، پشاور سے بمبئی اور بمبئی سے پونہ۔۔۔۔۔ پلیٹ فارم پر چونکہ اس کو مجھے پہچاننا تھا، اس لیے گاڑی آنے پر میں نے ایک سرے سے ڈبوں کے پاس سے گزرنا شروع کیا۔ مجھے زیادہ دور نہ چلنا پڑا کیونکہ سیکنڈ کلاس کے ڈبے سے ایک متوسط قد کی عورت جس کے ہاتھ میں میری تصویر تھی، اتری۔ میری طرف وہ پیٹھ کر کے کھڑی ہو گئی اور ایڑیاں اونچی کر کے مجھے ہجوم میں تلاش کرنے لگی۔ میں نے قریب جا کر کہا، ''جسے آپ ڈھونڈ رہی ہیں وہ غالباً میں ہی ہوں۔'' وہ پلٹی، ''اوہ، آپ!'' ایک نظر میری تصویر کی طرف دیکھا اور بڑے بے تکلف انداز میں کہا، ''سعادت صاحب، سفر بہت ہی لمبا تھا۔ بمبئی میں فرنٹیر میل سے اتر کر اس گاڑی کے انتظار میں جو وقت کا ٹنا پڑا اس نے طبیعت صاف کر دی۔''

میں نے کہا، ''اسباب کہاں ہے آپ کا؟''

''لاتی ہوں۔'' یہ کہہ کر وہ ڈبے کے اندر داخل ہوئی۔ دوسوٹ کیس اور ایک بستر نکالا۔ میں نے قلی بلوایا۔ اسٹیشن سے باہر نکلتے ہوئے اس نے مجھ سے کہا، ''میں ہوٹل میں ٹھہروں گی۔'' میں نے اسٹیشن کے سامنے ہی اس کے لیے ایک کمرے کا بندوبست کر دیا۔ اسے غسل وسل کر کے کپڑے تبدیل کرنے تھے اور آرام کرنا تھا، اس لیے میں نے اسے اپنا ایڈریس دیا اور یہ کہہ کر کہ صبح دس بجے مجھ سے ملے، ہوٹل سے چل دیا۔

صبح ساڑھے دس بجے وہ پربھات نگر، جہاں میں ایک دوست کے یہاں ٹھہرا ہوا تھا، آئی۔ جگہ تلاش کرتے ہوئے اسے دیر ہو گئی تھی۔ میرا دوست اس چھوٹے سے فلیٹ میں، جو نیا نیا تھا موجود نہیں تھا۔ میں رات دیر تک لکھنے کا کام کرنے کے باعث صبح دیر سے جاگا تھا، اس لیے ساڑھے دس بجے نہا دھو کر چائے پی رہا تھا کہ وہ اچانک اندر داخل ہوئی۔

پلیٹ فارم پر اور ہوٹل میں تھکاوٹ کے باوجود وہ جان دار عورت تھی مگر جوں ہی وہ اس کمرے میں جہاں میں، صرف بنیان اور پاجامہ پہنے چائے پی رہا تھا داخل ہوئی تو اس کی طرف دیکھ کر مجھے ایسا لگا جیسے کوئی بہت ہی پریشان اور خستہ حال عورت مجھ سے ملنے آئی ہے۔ جب میں نے اسے پلیٹ فارم پر دیکھا تھا تو وہ زندگی سے بھرپور تھی لیکن جب پربھات نگر کے نمبر گیارہ فلیٹ میں آئی تو مجھے محسوس ہوا کہ یا تو اس نے خیرات میں اپنا دس پندرہ اونس خون دے دیا ہے یا اس کا اسقاط ہو گیا ہے۔

جیسا کہ میں آپ سے کہہ چکا ہوں، گھر میں اور کوئی موجود نہیں تھا، سوائے ایک بے وقوف نوکر کے۔ میرے دوست کا گھر جس میں ایک فلمی کہانی لکھنے کے لیے میں ٹھہرا ہوا تھا، بالکل سنسان تھا اور مجید ایک ایسا نوکر تھا جس کی موجودگی ویرانی میں اضافہ کرتی تھی۔ میں نے چائے کی ایک پیالی بنا کر جانکی کو دی اور کہا، ''ہوٹل سے تو آپ ناشتا کر کے آئی ہوں گی، پھر بھی شوق فرمایئے!''

اس نے اضطراب سے اپنے ہونٹ کاٹتے ہوئے چائے کی پیالی اٹھائی اور پینا شروع کی۔ اس کی داہنی ٹانگ بڑے زور سے ہل رہی تھی۔ اس کے ہونٹوں کی کپکپاہٹ سے مجھے معلوم ہوا کہ وہ مجھ سے کچھ کہنا چاہتی ہے لیکن ہچکچاتی ہے۔ میں نے سوچا شاید ہوٹل میں رات کو کسی مسافر نے اسے چھیڑا ہے چنانچہ میں نے کہا، ''آپ کو کوئی تکلیف تو نہیں ہوئی ہوٹل میں؟''

''جی ۔۔۔؟ جی نہیں!''

میں یہ مختصر جواب سن کر خاموش رہا۔ چائے ختم ہوئی تو میں نے سوچا اب کوئی بات کرنی چاہیے۔ چنانچہ میں نے پوچھا، ''عزیز صاحب کیسے ہیں؟'' اس نے میرے سوال کا جواب نہ دیا۔ چائے کی پیالی تپائی پر رکھ کر اٹھ کھڑی ہوئی اور لفظوں کو جلدی جلدی ادا کرکے کہا، ''منٹو صاحب آپ کسی اچھے ڈاکٹر کو جانتے ہیں؟'' میں نے جواب دیا، ''پونا میں تو میں کسی کو نہیں جانتا۔''

''اوہ!''

میں نے پوچھا، ''کیوں، بیمار ہیں آپ؟''

''جی ہاں۔'' وہ کرسی پر بیٹھ گئی۔

میں نے دریافت کیا، ''کیا تکلیف ہے؟''

اس کے تیکھے ہونٹ جو مسکراتے وقت سکڑ جاتے تھے یا سکیڑ لیے جاتے تھے تھے واہوئے۔ اس نے کچھ کہنا چاہا لیکن کہہ نہ سکی اور اٹھ کھڑی ہوئی پھر میز سے سگریٹ کا ڈبہ اٹھایا اور ایک سگریٹ سلگا کر کہا، ''معاف کیجیے گا میں سگریٹ پیا کرتی ہوں۔'' مجھے بعد میں معلوم ہوا کہ وہ صرف سگریٹ پیا ہی نہیں کرتی بلکہ پھونکا کرتی تھی۔ بالکل مردوں کی طرح سگریٹ انگلیوں میں دبا کر وہ زور زور سے کش لیتی اور ایک دن میں تقریباً پچھتر سگریٹوں کا دھواں کھینچتی تھی۔

میں نے کہا، ''آپ بتاتی کیوں نہیں کہ آپ کو تکلیف کیا ہے؟''

اس نے کنواری لڑکیوں کی طرح جھنجھلا کر اپنا ایک پاؤں فرش پر مارا۔ ''ہائے اللہ! میں کیسے بتاؤں آپ کو'' یہ کہہ کر وہ مسکرائی۔ مسکراتے ہوئے تیکھے ہونٹوں کی محراب میں سے مجھے اس کے دانت نظر آئے جو غیرمعمولی طور پر صاف اور چمکیلے تھے۔ وہ بیٹھ گئی اور میری آنکھوں میں اپنی ڈگمگاتی آنکھوں کو نہ ڈالنے کی کوشش کرتے ہوئے اس نے کہا، ''بات یہ ہے کہ پندرہ بیس دن اوپر ہو گئے ہیں اور مجھے ڈر ہے کہ۔۔۔'' پہلے تو میں مطلب نہ سمجھا لیکن جب وہ بولتے بولتے رک گئی تو میں کسی قدر سمجھ گیا۔ ''ایسا اکثر ہوتا ہے۔''

اس نے زور سے کش لیا اور مردوں کی طرح زور سے دھویں کو باہر نکالتے ہوئے کہا، ''نہیں۔۔ یہاں معاملہ کچھ اور ہے۔ مجھے ڈر ہے کہ کہیں کچھ ٹھہر نہ گیا ہو۔''

میں نے کہا، ''اوہ!''

اس نے سگریٹ کا آخری کش لے کر اس کی گردن چائے کی طشتری میں دبائی، ''اگر ایسا ہو گیا ہے تو بڑی مصیبت ہوگی۔ ایک دفعہ پشاور میں ایسی ہی گڑ بڑ ہو گئی تھی۔ لیکن عزیز صاحب اپنے ایک حکیم دوست

سے ایسی دوا لائے تھے جس سے چند دن ہی میں سب صاف ہو گیا تھا۔''

میں نے پوچھا، ''آپ کو بچے پسند نہیں؟''

وہ مسکرائی، ''پسند ہیں۔۔۔لیکن کون پالتا پھرے۔''

میں نے کہا، ''آپ کو معلوم ہے اس طرح بچے ضائع کرنا جرم ہے۔''

وہ ایک دم سنجیدہ ہو گئی۔۔۔پھر اس نے حیرت بھرے لہجے میں کہا، ''مجھ سے عزیز صاحب نے بھی یہی کہا تھا۔ لیکن سعادت صاحب میں پوچھتی ہوں اس میں جرم کی کون سی بات ہے۔ اپنی ہی تو چیز ہے اور ان قانون بنانے والوں کو یہ بھی معلوم ہے کہ بچہ ضائع کراتے ہوئے تکلیف کتنی ہوتی ہے۔۔۔بڑا جرم ہے!''

میں بے اختیار ہنس پڑا، ''عجیب و غریب عورت ہو تم جانکی!''

جانکی نے بھی ہنسنا شروع کر دیا، ''عزیز صاحب بھی یہی کہا کرتے تھے۔''

ہنستے ہوئے اس کی آنکھوں میں آنسو آ گئے۔ میرا مشاہدہ ہے جو آدمی پرخلوص ہو، ہنستے ہوئے اس کی آنکھوں میں آنسو ضرور آ جاتے ہیں۔ اس نے اپنا بیگ کھول کر رومال نکالا اور آنکھیں خشک کر کے بھولے بچوں کے انداز میں پوچھا، ''سعادت صاحب! بتائیے، کیا میری باتیں دلچسپ ہوتی ہیں؟''

میں نے کہا، ''بہت۔''

''جھوٹ!''

''اس کا ثبوت؟''

اس نے سگریٹ سلگانا شروع کر دیا، ''بھی شاید ایسا ہو، میں تو اتنا جانتی ہوں کہ کچھ کچھ بے وقوف ہوں۔ زیادہ کھاتی ہوں، زیادہ بولتی ہوں، زیادہ ہنستی ہوں۔ اب آپ ہی دیکھیے نا، زیادہ کھانے سے میرا پیٹ کتنا بڑھ گیا ہے۔ عزیز صاحب ہمیشہ کہتے رہے جانکی کم کھایا کرو پر میں نے ان کی ایک نہ سنی۔ سعادت صاحب! بات یہ ہے کہ میں کم کھاؤں تو ہر وقت ایسا لگتا ہے کہ میں کسی سے کوئی بات کہنا بھول گئی ہوں۔''

اس نے پھر ہنسنا شروع کیا۔ میں بھی اس کے ساتھ شریک ہو گیا۔ اس کی ہنسی بالکل الگ قسم کی تھی۔ بیچ بیچ میں گھنگھرو سے بجتے تھے۔

پھر وہ اسقاطِ حمل کے متعلق باتیں شروع کرنے ہی والی تھی کہ میرا دوست، جس کے یہاں میں ٹھہرا ہوا تھا، آ گیا۔ میں نے جانکی سے اس کا تعارف کرایا اور بتایا کہ وہ فلم لائن میں آنے کا شوق رکھتی ہے۔ میرا دوست اسے اسٹوڈیو لے گیا کیونکہ اس کو یقین تھا کہ وہ ڈائریکٹر جس کے ساتھ وہ بحیثیت اسسٹنٹ کے

کام کر رہا تھا، اپنی نئے فلم میں جانکی کو ایک خاص رول کے لیے ضرور لے لے گا۔ پونا میں جتنے سٹوڈیو تھے، میں نے سب میں مختلف ذرائع سے جانکی کے لیے کوشش کی۔ کسی نے اس کا ساؤنڈ ٹسٹ لیا، کسی نے کیمرا ٹسٹ۔ ایک فلم کمپنی میں اس کو مختلف قسم کے لباس پہنا کر دیکھا گیا مگر نتیجہ کچھ نہ نکلا۔ ایک تو جانکی ویسے ہی دن او پر ہو جانے کے باعث پریشان تھی، چار پانچ روز متواتر جب اسے مختلف فلم کمپنیوں کے اکتا دینے والے ماحول میں بے نتیجہ گزارنے پڑے تو وہ اور زیادہ پریشان ہو گئی۔ بچہ ضائع کرنے کے لیے وہ ہر روز بیس بیس گرین کونین کھاتی تھی۔ اس سے بھی اس کی طبیعت پر گرانی سی رہتی تھی۔ عزیز صاحب کے دن پشاور میں اس کے بغیر کیسے گزرتے ہیں، اس کے متعلق بھی اس کو ہر وقت فکر رہتی تھی۔ پونا پہنچتے ہی اس نے ایک تار بھیجا تھا۔ اس کے بعد وہ بلاناغہ ہر روز ایک خط لکھ رہی تھی۔ ہر خط میں یہ تاکید ہوتی تھی کہ وہ اپنی صحت کا خیال رکھیں اور دوا باقاعدگی کے ساتھ پیتے رہیں۔

عزیز صاحب کو کیا بیماری تھی، اس کا مجھے علم نہیں۔۔۔ لیکن جانکی سے مجھے اتنا معلوم ہوا کہ عزیز صاحب کو چونکہ اس سے محبت ہے، اس لیے وہ فوراً اس کا کہنا مان لیتے ہیں گھر میں کئی بار بیوی سے ان کا جھگڑا ہوا کہ وہ دوا نہیں پیتے لیکن جانکی سے اس معاملے میں انہوں نے کبھی چوں بھی نہ کی۔

شروع شروع میں میرا خیال تھا کہ جانکی عزیز کے متعلق جو اتنی فکر مند رہتی ہے، محض بکواس ہے، بناوٹ ہے۔ لیکن آہستہ آہستہ میں نے اس کی بے تکلف باتوں سے محسوس کیا کہ اسے حقیقتاً عزیز کا خیال ہے۔ اس کا جب بھی خط آیا، جانکی پڑھ کر ضرور روئی۔

فلم کمپنیوں کے طواف کا کوئی نتیجہ نہ نکلا۔ لیکن ایک روز جانکی کو یہ معلوم کر کے بہت خوشی ہوئی کہ اس کا اندیشہ غلط تھا۔ دن واقعی او پر ہو گئے تھے لیکن وہ بات جس کا اسے کھٹکا تھا، نہیں تھی۔

جانکی کو پونا آئے بیس روز ہو چلے تھے۔ عزیز کو وہ خط پر خط لکھ رہی تھی۔ اس کی طرف سے بھی لمبے لمبے محبت نامے آتے تھے۔ ایک خط میں عزیز نے مجھ سے کہا تھا کہ پونا میں اگر جانکی کے لیے کچھ نہیں ہوتا تو میں بمبے میں کوشش کروں کیونکہ وہاں بے شمار اسٹوڈیو ہیں۔ بات معقول تھی لیکن سینیریو لکھنے میں مصروف تھا، اس لیے جانکی کے ساتھ بمبے جانا بہت مشکل تھا، لیکن میں نے پونا سے اپنے دوست سعید کو جو ایک فلم میں ہیرو کا پارٹ ادا کر رہا تھا، ٹیلی فون کیا۔ اتفاق سے وہ اس وقت اسٹوڈیو میں موجود نہ تھا۔ آفس میں نرائن کھڑا تھا۔ اسے جب معلوم ہوا کہ میں پونا سے بول رہا ہوں تو ٹیلی فون لے لیا اور زور سے چلایا، ''ہلو منٹو۔۔۔ نرائن اسپیکنگ فرام دس اینڈ۔۔۔ کہو کیا بات ہے؟ سعید اس وقت اسٹوڈیو میں

نہیں ہے۔ گھر میں بیٹھا رضیہ سے آخری حساب کتاب کر رہا ہے۔''

میں نے پوچھا، ''کیا مطلب؟'' نرائن نے ادھر سے جواب دیا، کھٹ پٹ ہو گئی ہے ان میں، اصل میں رضیہ نے ایک اور آدمی سے ٹانکا ملا لیا ہے۔'' میں نے کہا، ''لیکن یہ حساب کتاب کیسا ہو رہا ہے؟''

نرائن بولا، ''بڑا کمینہ ہے یار، سعید۔۔۔ اس سے کپڑے لے رہا ہے جو اس نے خرید کر دیے تھے۔ خیر چھوڑو اس بات کو، بتاؤ بات کیا ہے؟''

میں نے اس سے کہا، ''بات یہ ہے کہ پشاور سے میرے ایک عزیز نے ایک عورت یہاں بھیجی ہے جسے فلموں میں کام کرنے کا شوق ہے۔''

جانکی میرے پاس ہی کھڑی تھی۔ مجھے احساس ہوا کہ میں نے مناسب و موزوں لفظوں میں اپنا مدعا بیان نہیں کیا۔ میں تصحیح کرنے ہی والا تھا کہ نرائن کی بلند آواز کانوں کے اندر گھسی، ''عورت! پشاور کی عورت۔ خو، بیجو اس کو جلدی۔ خو، ہم بھی قصور کا پٹھان ہے۔ میں نے کہا، ''بکواس نہ کرو نرائن! سنو، کل دکن کوئن سے میں انہیں بھی بھیج رہا ہوں۔ سعید یا تم کوئی بھی اسے اسٹیشن پر لینے کے لیے آ جانا، کل دکن کوئن سے۔ یاد رہے۔''

نرائن کی آواز آئی، ''پر ہم اسے پہچانیں گے کیسے؟''

میں نے جواب دیا، ''وہ خود تمہیں پہچان لے گی۔۔۔ لیکن دیکھو کوشش کر کے اسے کسی نہ کسی جگہ ضرور رکھوا دینا۔''

تین منٹ گزر گئے۔ میں نے ٹیلی فون بند کیا اور جانکی سے کہا، ''کل دکن کوئن سے تم بھی چلی جانا۔ سعید اور نرائن دونوں کی تصویریں دکھاتا ہوں۔ لمبے تڑنگے خوبصورت جوان ہیں۔ تمہیں پہچاننے میں دِقّت نہیں ہو گی۔'' میں نے البم میں جانکی کو سعید اور نرائن کے مختلف فوٹو دکھائے۔ دیر تک وہ انہیں دیکھتی رہی۔ میں نے نوٹ کیا کہ سعید کا فوٹو اس نے زیادہ غور سے دیکھا۔ البم ایک طرف رکھ کر میری آنکھوں میں آنکھیں نہ ڈالنے کی ڈگمگاتی کوشش کرتے ہوئے اس نے مجھ سے پوچھا، ''دونوں کیسے آدمی ہیں؟''

''کیا مطلب؟''

''مطلب یہ کہ دونوں کیسے آدمی ہیں۔۔۔؟ میں نے سنا ہے کہ فلموں میں اکثر آدمی برے ہوتے ہیں۔'' اس کے لہجے میں ایک ٹوہ لینے والی سنجیدگی تھی۔ میں نے کہا، ''یہ تو درست ہے لیکن فلموں میں نیک آدمیوں کی ضرورت ہی کہاں ہوتی ہے!''

’’کیوں؟‘‘

’’دنیا میں دو قسم کے انسان ہیں۔ ایک قسم ان انسانوں کی ہے جو اپنے زخموں سے درد کا اندازہ کرتے ہیں۔ دوسری قسم ان کی ہے جو دوسروں کے زخم دیکھ کر درد کا اندازہ کرتے ہیں۔ تمہارا خیال کیا ہے، کون سی قسم کے انسان زخم کے درد اور اس کی تہ کی جلن کو صحیح طور پر محسوس کرتے ہیں۔‘‘

اس نے کچھ دیر سوچنے کے بعد جواب دیا، ’’وہ جن کے زخم لگے ہوتے ہیں۔‘‘ میں نے کہا، ’’بالکل درست۔ فلموں میں اصل کی اچھی نقل وہی اتار سکتا ہے جسے اصل سے واقفیت ہو۔ ناکام محبت ہو۔ ناکام محبت میں دل کیسے ٹوٹتا ہے، یہ ناکام محبت ہی اچھی طرح بتا سکتا ہے۔ وہ عورت جو پانچ وقت جانماز بچھا کر نماز پڑھتی ہے اور عشق و محبت کو سور کے برابر سمجھتی ہے، کیمرے کے سامنے کسی مرد کے ساتھ اظہارِ محبت کیا خاک کرے گی!‘‘

اس نے پھر سوچا، ’’اس کا مطلب یہ ہوا کہ فلم لائن میں داخل ہونے سے پہلے عورت کو سب چیزیں جاننی چاہئیں۔‘‘ میں نے کہا، ’’یہ ضروری نہیں۔ فلم لائن میں آ کر بھی وہ چیزیں جان سکتی ہے۔‘‘ اس نے میری بات پر غور نہ کیا اور جو پہلا سوال کیا تھا، پھر اسے دہرایا۔ ’’سعید صاحب اور نرائن صاحب کیسے آدمی ہیں؟‘‘

’’تم تفصیل سے پوچھنا چاہتی ہو؟‘‘

’’تفصیل سے آپ کا کیا مطلب؟‘‘

’’یہ کہ دونوں میں سے آپ کے لیے کون بہتر رہے گا!‘‘

جانکی کو میری یہ بات ناگوار گزری۔

’’کیسی باتیں کرتے ہیں آپ؟‘‘

’’جیسی تم چاہتی ہو۔‘‘

’’ہٹائیے بھی۔‘‘ یہ کہہ وہ مسکرائی۔ ’’میں اب آپ سے کچھ نہیں پوچھوں گی۔‘‘ میں نے مسکراتے ہوئے کہا، ’’جب پوچھو گی تو میں نرائن کی سفارش کروں گا۔‘‘

’’کیوں؟‘‘

’’اس لیے کہ وہ سعید کے مقابلے میں بہتر انسان ہے۔‘‘

میرا اب بھی یہی خیال ہے۔ سعید شاعر ہے، ایک بہت بے رحم قسم کا شاعر۔ مرغی پکڑے گا تو ذبح کرنے کی بجائے اس کی گردن مروڑ دے گا۔ گردن مروڑ کر اس کے پر نوچے گا۔ پر نوچنے کے بعد اس کی یخنی نکالے گا۔ یخنی پی کر اور ہڈیاں چبا کر وہ بڑے آرام اور سکون سے ایک کونے میں بیٹھ کر اس کی مرغی کی

موت پر ایک نظم لکھے گا جو اس کے آنسوؤں میں بھیگی ہوگی۔

شراب پیے گا تو کبھی بہکے گا نہیں؛ مجھے اس سے بہت تکلیف ہوتی ہے کیونکہ شراب کا مطلب ہی فوت ہو جاتا ہے۔ صبح بہت آہستہ آہستہ بستر پر سے اُٹھے گا۔ نوکر چائے کی پیالی بنا کر لائے گا۔ اگر رات کی بچی ہوئی رم سرہانے پڑی ہے تو اسے چائے میں انڈیل لے گا اور اس مکسچر کو ایک ایک گھونٹ کر کے ایسے پیے گا جیسے اس میں ذائقے کی کوئی حس ہی نہیں۔

بدن پر کوئی پھوڑا نکلا ہے؛ خطرناک شکل اختیار کر گیا ہے، مگر مجال ہے جو وہ اس کی طرف متوجہ ہو۔ پیپ نکل رہی ہے، گل سڑ گیا ہے، ناسور بننے کا خطرہ ہے، لیکن سعید کبھی کسی ڈاکٹر کے پاس نہیں جائے گا۔ آپ اس سے کچھ کہیں گے تو یہ جواب ملے گا، ''اکثر اوقات بیماریاں انسان کی جزو بدن ہو جاتی ہیں۔ جب مجھے یہ زخم تکلیف نہیں دیتا تو علاج کی کیا ضرورت ہے۔'' اور یہ کہتے ہوئے وہ زخم کی طرف اس طرح دیکھے گا جیسے کوئی اچھا شعر نظر آ گیا ہے۔

ایکٹنگ وہ ساری عمر نہیں کر سکے گا، اس لیے کہ وہ لطیف جذبات سے قریب قریب عاری ہے۔ میں نے اسے ایک فلم میں دیکھا جو ہیروئن کے گانوں کے باعث بہت مقبول ہوا تھا۔ ایک جگہ اسے اپنی محبوبہ کا ہاتھ اپنے ہاتھ میں لے کر محبت کا اظہار کرنا تھا۔ خدا کی قسم اس نے ہیروئن کا ہاتھ کچھ اس طرح اپنے ہاتھ میں لیا جیسے کتے کا پنجہ پکڑا جاتا ہے۔ میں اس سے کئی بار کہہ چکا ہوں ایکٹر بننے کا خیال اپنے دماغ سے نکال دو، اچھے شاعر ہو، گھر بیٹھو اور نظمیں لکھا کرو۔ مگر اس کے دماغ پر ابھی تک ایکٹنگ کی دھن سوار ہے۔ نزائن مجھے بہت پسند ہے۔ اسٹوڈیو کی زندگی کے جو اصول اس نے اپنے لیے وضع کر رکھے ہیں، مجھے اچھے لگتے ہیں۔

(۱) ایکٹر جب تک ایکٹر ہے، اسے شادی نہیں کرنی چاہیے۔ شادی کر لے تو فوراً فلم کو طلاق دے کر دودھ دہی کی دکان کھول لے۔ اگر مشہور ایکٹر رہا تو کافی آمدنی ہو جایا کرے گی۔

(۲) کوئی ایکٹرس تمہیں بَھیّا یا بھائی صاحب کہے تو فوراً اس کے کان میں کہو، آپ کی انگیا کا سائز کیا ہے۔

(۳) کسی ایکٹرس پر اگر تمہاری طبیعت آ گئی ہے تو تمہیدیں باندھنے میں وقت ضائع نہ کرو۔ اس سے تخلیے میں ملو اور کہو کہ میں بھی منہ میں زبان رکھتا ہوں، اس کا یقین نہ آئے تو پوری جیب باہر نکال کر دکھا دو۔

(۴) اگر کوئی ایکٹرس تمہارے حصے میں آ جائے تو اس کی آمدنی میں سے ایک پیسہ بھی نہ لو۔ ایکٹرسوں کے

شوہروں اور بھائیوں کے لیے یہ پیسہ حلال ہے۔

(۵)اس بات کا خیال رکھنا کہ ایکٹرس کے بطن سے تمہاری کوئی اولاد نہ ہو۔سورج ملنے کے بعد البتہ تم اس کی اولاد پیدا کر سکتے ہو۔

(۶) یاد رکھو کہ ایکٹر کی بھی عاقبت ہوتی ہے۔اسے ریزر اور کنگھی سے سنوارنے کے بجائے کبھی کبھی غیر مہذب طریقے سے بھی سنوارنے کی کوشش کیا کرو، مثال کے طور پر کوئی نیک کام کر کے۔

(۷)اسٹوڈیو میں سب سے زیادہ احترام پٹھان چوکیدار کا کرو۔ صبح اسٹوڈیو میں آتے وقت اسے سلام کرنے سے تمہیں فائدہ ہو گا۔ یہاں نہیں تو دوسری دنیا میں، جہاں فلم کمپنیاں نہیں ہوں گی۔

(۸) شراب اور ایکٹرس کی عادت ہرگز نہ ڈالو۔ بہت ممکن ہے کہ کسی روز کانگریس گورنمنٹ لہر میں آ کر یہ دونوں چیزیں ممنوع قرار دے دے۔

(۹) سوداگر، مسلمان سوداگر ہو سکتا ہے۔ لیکن ایکٹر ہندو ایکٹر، یا مسلم ایکٹر نہیں ہو سکتا۔

(۱۰) جھوٹ نہ بولو۔

یہ سب باتیں ''نرائن کے دس احکام''، کے عنوان تلے اس نے اپنی ایک نوٹ بک میں لکھ رکھی ہیں جن سے اس کے کیریکٹر کا بخوبی اندازہ ہو سکتا ہے۔ لوگ کہتے ہیں کہ وہ ان سب پر عمل نہیں کرتا۔ مگر یہ حقیقت نہیں۔سعید اور نرائن کے متعلق جو میرے خیالات تھے۔ میں نے جانکی کے پوچھے بغیر اشارتاً بتا دیئے اور آخر میں اس سے صاف لفظوں میں کہہ دیا کہ اگر تم اس لائن میں آ گئیں تو کسی نہ کسی مرد کا سہارا تمہیں لینا ہی پڑے گا۔ نرائن کے متعلق میرا خیال ہے کہ اچھا دوست ثابت ہو گا۔

میرا مشورہ اس نے سن لیا اور بے بسے چلی گئی۔ دوسرے روز خوش خوش واپس آئی کیونکہ نرائن نے اپنے اسٹوڈیو میں ایک سال کے لیے پانچ سو روپے ماہوار پر اسے ملازم کرا دیا تھا۔ یہ ملازمت اسے کیسی ملی، دیر تک اس کے متعلق باتیں ہوئیں۔ جب اور کچھ سننے کو نہ رہا تو میں نے اس سے پوچھا، ''سعید اور نرائن، دونوں سے تمہاری ملاقات ہوئی، ان میں سے کس کو تم نے زیادہ پسند کیا؟''

جانکی کے ہونٹوں پر ہلکی مسکراہٹ پیدا ہوئی۔لغزش بھری نگاہوں سے مجھے دیکھتے ہوئے اس نے کہا، ''سعید صاحب کو۔'' یہ کہہ کر وہ ایک دم سنجیدہ ہو گئی، ''سعادت صاحب، آپ نے کیوں اتنے پُل باندھے تھے نرائن کی تعریفوں کے؟''

میں نے پوچھا، '' کیوں؟''

''بڑا ہی واہیات آدمی ہے۔شام کو باہر کرسیاں بچھا کر سعید صاحب اور وہ شراب پینے کے لیے بیٹھے تو باتوں باتوں میں میَں نے نرائن بھیا کہا۔ اپنا منہ میرے کان کے پاس لا کر پوچھا۔ ''تمھاری انگیا کا سائز کیا ہے۔۔۔؟ بھگوان جانتا ہے میرے تن بدن میں تو آگ ہی لگ گئی۔۔۔کیسا لچر آدمی ہے۔'' جانکی کے ماتھے پر پسینہ آ گیا۔

میَں زور زور سے ہنسنے لگا۔

اس نے تیزی سے کہا، ''آپ کیوں ہنس رہے ہیں؟''

''اس کی بیوقوفی پر۔'' یہ کہہ کر میَں نے ہنسنا بند کر دیا۔

تھوڑی دیر نرائن کو برا بھلا کہنے کے بعد جانکی نے عزیز کے متعلق فکرمند لہجے میں باتیں شروع کر دیں۔ کئی دنوں سے اس کا خط نہیں آیا تھا۔اس لیے طرح طرح کے خیال اسے ستا رہے تھے۔ کہیں انھیں پھر زکام نہ ہو گیا ہو۔اندھا دھند سائیکل چلاتے ہیں، کہیں حادثہ ہی نہ ہو گیا ہو۔ پونا ہی نہ آ رہے ہوں، کیونکہ جانکی کو رخصت کرتے وقت انھوں نے کہا تھا ایک روز میں چپ چاپ تمھارے پاس چلا آؤں گا۔

باتیں کرنے کے بعد اس کا تردد کم ہوا تو اس نے عزیز کی تعریفیں شروع کر دیں۔ گھر میں بچوں کا بہت خیال رکھتے ہیں۔ ہر روز صبح ان کو ورزش کراتے ہیں اور نہلا دھلا کر اسکول چھوڑنے جاتے ہیں۔ بیوی بالکل پھوہڑ ہے،اس لیے رشتہ داروں سے سارا رکھ رکھاؤ خود انھیں کو کرنا پڑتا ہے۔ ایک دفعہ جانکی کو ٹائی فائڈ ہو گیا تھا تو بیس دن تک متواتر نرسوں کی طرح اس کی تیمارداری کرتے رہے وغیرہ وغیرہ۔

دوسرے روز مناسب و موزوں الفاظ میں میرا شکریہ ادا کرنے کے بعد وہ بمبئی چلی گئی۔ جہاں اس کے لیے ایک نئی اور چمکیلی دنیا کے دروازے کھل گئے تھے۔

پونا میں مجھے تقریباً دو مہینے کہانی کا منظر نامہ تیار کرنے میں لگے۔ حق الخدمت وصول کر کے میں نے بمبئی کا رخ کیا جہاں مجھے ایک نیا کونٹریکٹ مل رہا تھا۔ میں صبح پانچ بجے کے قریب اندھیری پہنچا جہاں ایک معمولی بنگلے میں سعید اور نرائن دونوں اکٹھے رہتے تھے۔ برآمدے میں داخل ہوا تو دروازہ بند پایا۔ میں نے سوچا سو رہے ہوں گے، تکلیف نہیں دینا چاہیے۔ پچھلی طرف ایک دروازہ ہے جو نوکروں کے لیے اکثر کھلا رہتا ہے، میَں اس میں سے اندر داخل ہوا۔ باورچی خانہ اور ساتھ والا کمرہ جس میں کھانا کھایا جاتا ہے، حسبِ معمول بے حد غلیظ تھے۔ سامنے والا کمرہ مہمانوں کے لیے مخصوص تھا۔ میں نے اس کا دروازہ کھولا اور اندر داخل ہوا۔ کمرے میں دو پلنگ تھے۔ ایک پر سعید اور اس کے ساتھ کوئی اور لحاف اوڑھے سو رہا تھا۔

مجھے سخت نیند آ رہی تھی۔ دوسرے پلنگ پر میں کپڑے اتارے بغیر لیٹ گیا۔ پائنتی پر کمبل پڑا تھا۔ یہ میں نے ٹانگوں پر ڈال لیا۔ سونے کا ارادہ ہی کر رہا تھا کہ سعید کے پیچھے سے ایک چوڑیوں والا ہاتھ نکلا اور پلنگ کے پاس رکھی ہوئی کرسی کی طرف بڑھنے لگا۔ کرسی پر لٹھے کی سفید شلوار لٹک رہی تھی۔ میں اٹھ کر بیٹھ گیا۔ سعید کے ساتھ جانکی لیٹی تھی۔ میں نے کرسی پر سے شلوار اٹھائی اور اس کی طرف پھینک دی۔

نرائن کے کمرے میں جاکر میں نے اسے جگایا۔ رات کے دو بجے اس کی شوٹنگ ختم ہوئی تھی، مجھے افسوس ہوا کہ خواہ مخواہ اس غریب کو جگایا۔ لیکن وہ مجھ سے باتیں کرنا چاہتا تھا۔ کسی خاص موضوع پر نہیں۔ مجھے اچانک دیکھ کر بقول اس کے وہ کچھ بے ہودہ بکواس کرنا چاہتا تھا، چنانچہ صبح نو بجے تک ہم بے ہودہ بکواس میں مشغول رہے جس میں بار بار جانکی کا بھی ذکر آیا۔

جب میں نے انگیا والی بات چھیڑی تو نرائن بہت ہنسا۔ ہنستے ہنستے اس نے کہا، ''سب سے مزے دار بات تو یہ ہے کہ جب میں نے اس کے کان کے ساتھ منہ لگا کر پوچھا۔ تمہاری انگیا کا سائز کیا ہے تو اس نے بتا دیا؛ کہا، ''چوبیس۔''

''اس کے بعد اچانک اسے میرے سوال کی بیہودگی کا احساس ہوا۔ مجھے کوسنا شروع کر دیا۔ بالکل بچی ہے۔ جب کبھی مجھ سے مڈبھیڑ ہوتی ہے تو سینے پر دوپٹہ رکھ لیتی ہے۔ لیکن منٹو! بڑی وفادار عورت ہے۔''

میں نے پوچھا، ''یہ تم نے کیسے جانا؟''

نرائن مسکرایا، ''عورت، جو ایک بالکل اجنبی آدمی کو اپنی انگیا کا صحیح سائز بتا دے، دھوکے باز ہرگز نہیں ہو سکتی۔''

عجیب و غریب منطق تھی۔ لیکن نرائن نے مجھے بڑی بڑی سنجیدگی سے یقین دلایا کہ جانکی بڑی پرخلوص عورت ہے۔ اس نے کہا، ''منٹو تمہیں معلوم نہیں سعید کی کتنی خدمت کر رہی ہے۔ ایسے انسان کی خبر گیری جو پرلے درجے کا بے پروا ہو، آسان کام نہیں۔ لیکن یہ میں جانتا ہوں کہ جانکی اس مشکل کو بڑی آسانی سے نبھا رہی ہے۔ عورت ہونے کے ساتھ ساتھ وہ ایک پرخلوص اور ایماندار آیا بھی ہے۔ صبح اٹھ کر اس خر ذات کو جگانے میں آدھا گھنٹہ صرف کرتی ہے۔ اس کے دانت صاف کراتی ہے، کپڑے پہناتی ہے، ناشتہ کراتی ہے اور رات کو جب وہ رم پی کر بستر پر لیٹتا ہے تو سب دروازے بند کر کے اس کے ساتھ لیٹ جاتی ہے۔۔۔ اور جب اسٹوڈیو میں کسی سے ملتی ہے تو صرف سعید کی باتیں کرتی ہے۔ سعید صاحب بڑے

اچھے آدمی ہیں۔سعید صاحب بہت اچھا گاتے ہیں۔سعید صاحب کا وزن بڑھ گیا ہے۔سعید صاحب کا پل اور ویار ہو گیا ہے۔سعید صاحب کے لیے پشاور سے پوٹھوہاری سینڈل منگوائی ہے۔سعید صاحب کے سر میں ہلکا ہلکا درد ہے ۔ایسپرول دینے جا رہی ہوں۔سعید صاحب نے آج مجھ پر ایک شعر کہا۔اور جب مجھ سے مڈبھیڑ ہوتی ہے تو انگیا والی بات یاد کر کے تیوری چڑھا لیتی ہے۔، ،

میں تقریباً دس دن سعید اور نرائن کا مہمان رہا۔اس دوران میں سعید نے جانکی کے متعلق مجھ سے کوئی بات نہیں کی۔شاید اس لیے کہ ان کا معاملہ کافی پرانا ہو چکا تھا۔ جانکی سے البتہ کافی باتیں ہوئیں۔وہ سعید سے بہت خوش تھی لیکن اس کی بے پروا طبعیت کا بہت گلہ تھا، ''سعادت صاحب! اپنی صحت کا بالکل ہی خیال نہیں رکھتے۔ بہت بے پروا ہیں۔ہر وقت سوچنا جو ہوا،اس لیے کسی بات کا خیال ہی نہیں رہتا۔ آپ ہنسیں گے، لیکن مجھے ہر روز ان سے پوچھنا پڑتا ہے کہ آپ سنڈاس گئے تھے یا نہیں؟''

نرائن نے مجھ سے جو کچھ کہا تھا، ٹھیک نکلا۔ جانکی ہر وقت سعید کی خبر گیری میں منہمک رہتی تھی۔ میں دس دن اندھیری کے بنگلے میں رہا۔ان دس دنوں میں جانکی کی بے لوث خدمت نے مجھے بہت متاثر کیا۔لیکن یہ خیال بار بار آتا رہا کہ عزیز کا کیا ہوا۔ جانکی کو اس کا بھی تو بہت خیال رہتا تھا۔ کیا سعید کو پا کر وہ اس کو بھول چکی تھی۔

میں نے اس سوال کا جواب جانکی ہی سے پوچھ لیا ہوتا اگر میں کچھ دن اور وہاں ٹھہرتا۔جس کمپنی سے میرا کونٹریکٹ ہونے والا تھا۔اس کے مالک سے میری کسی بات پر چخ ہو گئی اور میں دماغی تکدر دور کرنے کے لیے پونا چلا گیا۔ دو ہی دن گزرے ہوں گے کہ بمبے سے عزیز کا تار آیا کہ میں آ رہا ہوں۔ پانچ چھ گھنٹے کے بعد وہ میرے پاس تھا۔اور دوسرے روز سویرے میرے جانکی میرے کمرے پر دستک دے رہی تھی۔ عزیز اور جانکی جب ایک دوسرے سے ملے تو انہوں نے دیر سے بچھڑے ہوئے عاشق معشوق کی سرگرمی ظاہر نہ کی۔میرے اور عزیز کے تعلقات شروع سے بہت سنجیدہ اور متین رہے ہیں، شاید اسی وجہ سے وہ دونوں معتدل رہے۔

عزیز کا خیال تھا ہوٹل میں اٹھ جائے لیکن میرا دوست جس کے یہاں میں ٹھہرا تھا،آؤٹ ڈور شوٹنگ کے لیے کولہاپور گیا تھا۔اس لیے میں نے عزیز اور جانکی کو اپنے پاس ہی رکھا۔ تین کمرے تھے۔ایک میں جانکی سو سکتی تھی، دوسرے میں عزیز۔ یوں تو مجھے ان دونوں کو ایک ہی کمرہ دینا چاہیے تھا لیکن عزیز سے میری اتنی بے تکلفی نہیں تھی۔اس کے علاوہ اس نے جانکی سے اپنے تعلق کو مجھ پر ظاہر بھی نہیں کیا تھا۔

رات کو دونوں سینما دیکھنے چلے گئے۔ میں ساتھ نہ گیا، اس لیے کہ میں فلم کے لیے ایک نئی کہانی شروع کرنا چاہتا تھا۔ دو بجے تک میں جاگتا رہا۔ اس کے بعد سو گیا۔ ایک چابی میں نے عزیز کو دے دی تھی۔ اس لیے مجھے ان کی طرف سے اطمینان تھا۔

رات کو میں چاہے بہت دیر تک کام کروں، ساڑھے تین اور چار بجے کے درمیان ایک دفعہ ضرور جاگتا ہوں اور اٹھ کر پانی پیتا ہوں۔ حسبِ عادت اس رات کو بھی غلطی میں پانی پینے کے لیے اٹھا۔ اتفاق سے جو کمرہ میرا تھا، یعنی جس میں میں نے اپنا بستر جمایا ہوا تھا، عزیز کے پاس تھا اور اس میں میری صراحی پڑی تھی۔ اگر مجھے شدت کی پیاس نہ لگی ہوتی تو عزیز کو تکلیف نہ دیتا۔ لیکن زیادہ وہسکی پینے کے باعث میرا حلق بالکل خشک ہو رہا تھا، اس لیے مجھے دستک دینی پڑی۔ تھوڑی دیر بعد دروازہ کھلا۔ جانکی نے آنکھیں ملتے ملتے دروازہ کھولا اور کہا، ''سعید صاحب!'' اور جب مجھے دیکھا تو ایک ہلکی سی ''اوہ'' اس کے منہ سے نکل گئی۔ اندر کے پلنگ پر عزیز سو رہا تھا۔ میں بے اختیار مسکرایا۔ جانکی بھی مسکرائی اور اس کے تیکھے ہونٹ ایک کونے کی طرف سکٹر گئے۔ میں نے پانی کی صراحی لی اور چلا آیا۔

صبح اٹھا تو کمرے میں دھواں جمع تھا۔ باورچی خانے میں جا کر دیکھا تو جانکی کاغذ جلا جلا کر عزیز کے غسل کے لیے پانی گرم کر رہی تھی۔ آنکھوں سے پانی بہہ رہا تھا۔ مجھے دیکھ کر مسکرائی اور انگیٹھی میں پھونکیں مارتی ہوئی کہنے لگی، ''عزیز صاحب ٹھنڈے پانی سے نہائیں تو انہیں زکام ہو جاتا ہے۔ میں نہیں تھی پشاور میں تو ایک مہینہ بیمار رہے، اور رہتے بھی کیوں نہیں جب دوا پینی ہی چھوڑ دی تھی۔۔۔۔ آپ نے دیکھا نہیں کتنے دبلے ہو گئے ہیں۔''

اور عزیز نہا دھو کر جب کسی کام کی غرض سے باہر گیا تو جانکی نے مجھ سے سعید کے نام تار لکھنے کے لیے کہا، ''مجھے کل یہاں پہنچتے ہی انہیں تار بھیجنا چاہیے تھا۔ کتنی غلطی ہوئی مجھ سے۔ انہیں بہت تشویش ہو رہی ہو گی۔'' اس نے مجھ سے تار کا مضمون بنوایا جس میں اپنی بخیریت پہنچنے کی اطلاع تو تھی لیکن سعید کی خیریت دریافت کرنے کا اضطراب زیادہ تھا۔ انجکشن لگوانے کی تاکید بھی تھی۔

چار روز گزر گئے۔ سعید کو جانکی نے پانچ تار روانہ کیے پر اس کی طرف سے کوئی جواب نہ آیا۔ میں جانے کا ارادہ کر رہی تھی کہ اچانک شام کو عزیز کی طبیعت خراب ہو گئی۔ مجھ سے سعید کے نام ایک اور تار لکھوا کر وہ ساری رات عزیز کی تیمار داری میں مصروف رہی۔ معمولی بخار تھا لیکن جانکی کو بے حد تشویش تھی۔ میرا خیال ہے اس تشویش میں سعید کی خاموشی کا پیدا کردہ وہ اضطراب بھی شامل تھا۔ وہ مجھ سے اس دوران

میں کئی بار کہہ چکی تھی، ''سعادت صاحب میرا خیال ہے سعید صاحب ضرور بیمار ہیں ورنہ وہ میرے تاروں اور خطوط کا جواب ضرور لکھتے۔''

پانچویں روز شام کو، عزیز کی موجودگی میں سعید کا تار آیا جس میں لکھا تھا میں بہت بیمار ہوں فوراً چلی آؤ۔ تار آنے سے پہلے جانکی میری کسی بات پر بے تحاشا ہنس رہی تھی۔ لیکن جب اس نے سعید کی بیماری کی خبر سنی تو ایک دم خاموش ہوگئی۔ عزیز کو یہ خاموشی بہت ناگوار معلوم ہوئی کیونکہ جب اس نے جانکی کو مخاطب کیا تو اس کے لہجے میں تیزی تھی۔ میں اٹھ کر چلا گیا۔

شام کو جب واپس آیا تو جانکی اور عزیز کچھ اس طرح علیحدہ علیحدہ بیٹھے تھے جیسے ان میں کافی جھگڑا ہو چکا ہے۔ جانکی کے گالوں پر آنسوؤں کا میل کا جب کمرے میں داخل ہوا تو اِدھر اُدھر کی باتوں کے بعد جانکی نے اپنا ہینڈ بیگ اٹھایا اور عزیز سے کہا، ''میں جاتی ہوں، لیکن بہت جلد واپس آ جاؤں گی۔'' پھر مجھ سے مخاطب ہوئی، ''سعادت صاحب ان کا خیال رکھیے، ابھی تک بخار دور نہیں ہوا۔''

میں اسٹیشن تک اس کے ساتھ گیا۔ بلیک مارکیٹ سے ٹکٹ خرید کر اسے گاڑی پر بٹھایا اور گھر چلا آیا۔ عزیز کو ہلکا ہلکا بخار تھا۔ ہم دونوں دیر تک باتیں کرتے رہے لیکن جانکی کا ذکر نہ آیا۔

تیسرے روز صبح ساڑھے پانچ بجے کے قریب مجھے باہر کا دروازہ کھلنے کی آواز آئی۔ اس کے بعد جانکی کی جلدی جلدی لفظوں کو اوپر تلے کرتی ہوئی وہ عزیز سے پوچھ رہی تھی کہ اس کی طبیعت اب کیسی ہے اور کیا اس کی غیر موجودگی میں اس نے باقاعدہ دوائی لی تھی یا نہیں۔ عزیز کی آواز میرے کانوں تک نہ پہنچی لیکن آدھ گھنٹے بعد جب کہ نیند سے میری آنکھیں مندر رہی تھیں، عزیز کی خفگی آمیز باتوں کا باد باد شور سنائی دیا۔ سمجھ میں تو کچھ نہ آیا لیکن اتنا پتہ چل گیا کہ وہ جانکی سے اپنی ناراضی کا اظہار کر رہا تھا۔

صبح دس بجے عزیز نے ٹھنڈے پانی سے غسل کیا اور جانکی کا گرم کیا ہوا پانی ویسے ہی غسل خانے میں پڑا رہا۔ جب میں نے جانکی سے اس بات کا ذکر کیا تو اس کی آنکھوں میں آنسو آ گئے۔ نہا دھو کر عزیز باہر چلا گیا۔

جانکی کمرے میں پلنگ پر لیٹی رہی۔ سہ پہر کو تین بجے کے قریب جب میں اس کے پاس گیا تو معلوم ہوا کہ اسے بہت تیز بخار ہے۔ ڈاکٹر بلانے کے لیے باہر نکلا تو عزیز اکے میں اسباب رکھوا رہا تھا۔ میں نے پوچھا، '' کہاں جا رہے ہو۔'' تو اس نے میرے ساتھ ہاتھ ملایا اور کہا، بسے! انشاء اللہ پھر ملاقات ہو گی۔'' یہ کہہ کر وہ اکے میں بیٹھا اور چلا گیا۔ مجھے یہ بتانے کا موقع ہی نہ ملا کہ جانکی کو بہت تیز بخار ہے۔

ڈاکٹر نے جانکی کو اچھی طرح دیکھا اور مجھے بتایا کہ اسے برونکائٹس ہے، اگر احتیاط نہ برتی تو نمونیا ہونے

کا خطرہ ہے۔ ڈاکٹر نسخہ دے کر چلا گیا تو جانکی نے عزیز کے بارے میں پوچھا۔ پہلے تو میں نے سوچا کہ اسے نہ بتاؤں لیکن چھپانے سے کوئی فائدہ نہیں تھا، اس لیے میں نے کہہ دیا کہ چلا گیا ہے۔ یہ سن کر اسے بہت صدمہ ہوا۔ دیر تک وہ تکیے میں سر دے کر روتی رہی۔

دوسرے روز صبح گیارہ بجے کے قریب جب کہ جانکی کا بخار ایک ڈگری ہلکا تھا اور طبیعت بھی کسی قدر درست تھی، بمبے سے سعید کا تار آیا جس میں بڑے درشت لفظوں میں لکھا تھا، ''یاد رہے کہ تم نے اپنا وعدہ پورا نہیں کیا۔'' میں نے بہت منع کرتا رہا لیکن وہ تیز بخار ہی میں پونا ایکسپریس سے بمبے روانہ ہو گئی۔

پانچ چھ دنوں کے بعد نرائن کا تار آیا، ''ایک ضروری کام ہے، فوراً بمبے چلے آؤ۔'' میرا خیال تھا کہ کسی پروڈیوسر سے اس نے میرے کونٹریکٹ کی بات کی ہو گی، لیکن بمبے پہنچ کر معلوم ہوا کہ جانکی کی حالت بہت نازک ہے۔ برونکائٹس بگڑ کر نمونیا میں تبدیل ہو گیا تھا۔ اس کے علاوہ جب وہ پونا سے بمبے پہنچی تھی تو اندھیری جانے کے لیے چلتی ٹرین میں چڑھنے کی کوشش کرتے ہوئے گر پڑی تھی جس کے باعث اس کی دونوں رانیں بہت بری طرح چھل گئی تھیں۔

جانکی نے اس جسمانی تکلیف کو بڑی بہادری سے برداشت کیا۔ لیکن جب وہ اندھیری پہنچی اور سعید نے اس کے بندھے ہوئے اسباب کی طرف اشارہ کر کے کہا، ''مہربانی کر کے یہاں سے چلی جاؤ'' تو اسے بہت روحانی تکلیف ہوئی۔ نرائن نے مجھے بتایا، ''سعید کے منہ سے یہ برف جیسے ٹھنڈے لفظ سن کر وہ ایک لحظے کے لیے بالکل پتھر ہو گئی۔ میرا خیال ہے اس نے تھوڑی دیر کے بعد یہ ضرور سوچا ہو گا میں گاڑی کے نیچے آ کر کیوں نہ مر گئی۔ سعادت تم کچھ بھی کہو مگر سعید عورتوں سے جیسا سلوک کرتا ہے بہت ہی نامردانہ ہے۔ بے چاری کو بخار تھا۔ چلتی ریل سے گر پڑی تھی اور وہ بھی اس خرزات کے پاس جلدی پہنچنے کے باعث۔۔۔ لیکن اس نے ان باتوں کا خیال ہی نہ کیا اور ایک بار پھر اس سے کہا۔ مہربانی کر کے یہاں سے چلی جاؤ۔۔۔ اس کے لہجے میں منٹو، کسی جذبے کا اظہار نہیں تھا۔ بس ایسا تھا جیسے لائنو ٹائپ مشین سے اخبار کی ایک سطر ڈھل کر باہر نکل آئے۔ مجھے بہت دکھ ہوا، چج نانچہ میں وہاں سے اٹھ کر چلا گیا۔ شام کو جب واپس آیا تو جانکی موجود نہیں تھی لیکن سعید پلنگ پر بیٹھا، رم کا گلاس سامنے رکھے ایک نظم لکھنے میں مصروف تھا۔

میں نے اس سے کوئی بات نہ کی اور اپنے کمرے میں چلا گیا دوسرے روز اسٹوڈیو سے معلوم ہوا کہ جانکی ایک اسٹرا لڑکی کے گھر خطرناک حالت میں پڑی ہے۔ میں نے اسٹوڈیو کے مالک سے بات کی اور اسے

ہسپتال بھجوا دیا۔ کل سے وہیں ہے، بتاؤ اب کیا کیا جائے۔ میں تو اسے دیکھنے جا نہیں سکتا اس لیے کہ وہ مجھ سے نفرت کرتی ہے۔۔۔ تم جاؤ اور دیکھ کر آؤ کس حالت میں ہے؟''

میں ہسپتال گیا تو اس نے سب سے پہلے عزیز اور سعید کے متعلق پوچھا۔ جو سلوک ان دونوں نے اس کے ساتھ کیا تھا، اس کے بعد اس کے پر خلوص استفسار نے مجھے بہت بہت متاثر کیا۔ اس کی حالت نازک تھی۔ ڈاکٹروں نے مجھے بتایا کہ دونوں پھیپھڑوں پر ورم ہے اور جان کا خطرہ ہے لیکن مجھے حیرت ہے کہ جانکی اتنی بڑی تکلیف مردانہ وار برداشت کر رہی تھی۔ ہسپتال سے لوٹا اور اسٹوڈیو میں نرائن کو تلاش کیا تو معلوم ہوا وہ صبح ہی سے غائب ہے۔ شام کو جب وہ گھر واپس آیا تو اس نے مجھے تین چھوٹی چھوٹی شیشیاں دکھائیں جن کا منہ ربڑ سے بند تھا، ''جانتے ہو یہ کیا ہے؟''

میں نے کہا، ''معلوم نہیں، انجکشن سے لگتے ہیں۔''

نرائن مسکرایا، ''انجکشن ہی ہیں لیکن پنسلین کے۔''

مجھے سخت حیرت ہوئی کیونکہ پنسلین اس وقت بہت ہی قلیل مقدار میں تیار ہوتی تھی۔ امریکہ اور انگلستان میں جتنی بنتی ہے، تھوڑی تھوڑی ملٹری ہسپتالوں میں تقسیم کردی جاتی تھی۔ چنانچہ میں نے نرائن سے پوچھا، ''یہ تو بالکل نایاب چیز ہے، تمہیں کیسے مل گئی؟'' اس نے مسکرا کر جواب دیا، ''بچپن میں گھر کی تجوری کھول کر روپے چرانا میرے بائیں ہاتھ کا کام تھا۔ آج دائیں ہاتھ سے ملٹری ہوسپٹل کا ریفریجریٹر کھول کر میں نے یہ تین بلب چرائے ہیں۔۔۔ چلو جلدی کرو جانکی کو ہسپتال سے ہوٹل میں لے چلیں۔''

ٹیکسی لے کر میں ہسپتال گیا اور جانکی کو اس ہوٹل میں لے گیا جس میں نرائن دو کمروں کا پہلے ہی بندوبست کر چکا تھا۔ جانکی نے مجھ سے کئی بار نحیف آواز میں پوچھا کہ میں اسے ہوٹل میں کیوں لایا ہوں۔ ہر بار میں نے یہی جواب دیا، ''تمہیں معلوم ہو جائے گا۔'' اور جب اسے معلوم ہوا، یعنی جب نرائن سرنج ہاتھ میں لیے اسے ٹیکہ لگانے کے لیے اس کمرے میں آیا تو نفرت سے ایک طرف اس نے منہ پھیر لیا اور مجھ سے کہا، ''سعادت صاحب، اس سے کہیے چلا جائے یہاں سے۔''

نرائن مسکرایا، ''جان من غصہ تھوک دو۔ یہاں تمہاری جان کا سوال ہے۔'' جانکی کو طیش آ گیا۔ نقاہت کے باوجود اٹھ کر بیٹھ گئی، ''سعادت صاحب، میں جاتی ہوں یا آپ اس حرام خور کو نکالیے باہر۔'' نرائن نے دھکا دے کر اسے لٹا دیا اور مسکراتے ہوئے کہا، ''یہ حرام زادہ تمہیں انجکشن لگا کر ہی رہے گا۔۔۔ خبردار جو تم نے مزاحمت کی۔'' یہ کہہ کر اس نے ایک ہاتھ سے مضبوطی کے ساتھ جانکی کا بازو پکڑا، سرنج

مجھے دے کر اس نے اسپرٹ میں روئی بھگوئی اور اس کا ڈنٹر صاف کیا۔اس کے بعد روئی مجھے دے کر اس نے سرنج کی سوئی اس کے بازو کی مچھلی میں داخل کر دی وہ چیخی، لیکن پنسلین اس کے جسم میں جا چکی تھی۔ جب نرائن نے جانکی کا بازو اپنی مضبوط گرفت سے علیحدہ کیا تو اس نے رونا شروع کر دیا۔نرائن نے اس کی بالکل پروانہ کی اور اسپرٹ لگی روئی سے انجکشن والا حصّہ پونچھ کر دوسرے کمرے میں چلا گیا۔

پہلا انجکشن رات کے نو بجے دیا تھا۔ دوسرا تین گھنٹے بعد دینا تھا۔نرائن نے مجھے بتایا اگر تین کے ساڑھے تین گھنٹے ہو گئے تو پنسلین کا اثر بالکل زائل ہو جائے گا۔ چنانچہ وہ جاگتا رہا، تقریباً ساڑھے گیارہ بجے اس نے اسٹو و جلایا، سرنج ابالی اور اس میں دوا بھری۔ جانکی خرخراہٹ بھرے سانس لے رہی تھی۔ آنکھیں بند تھیں۔ نرائن نے دوسرے بازو کو اسپرٹ سے صاف کیا اور سرنج کی سوئی اندر کھبو دی۔ جانکی کے ہونٹوں سے تِلی سی چیخ نکلی۔ نرائن نے دوا جسم کے اندر بھیج کر سوئی باہر نکالی اور اسپرٹ سے انجکشن والی جگہ صاف کرتے ہوئے مجھ سے کہا، ''اب تیسرا تین بجے۔''

مجھے معلوم نہیں اس نے تیسرا اور چوتھا انجکشن کب دیا۔ لیکن جب بیدار ہوا تو اسٹو و جلنے کی آواز آرہی تھی اور نرائن ہوٹل کے بیرے سے برف کے لیے کہہ رہا تھا کیونکہ اسے پنسلین کو ٹھنڈا رکھنا تھا۔نو بجے پانچواں انجکشن دینے کے لیے جب ہم دونوں جانکی کے کمرے میں گئے تو وہ آنکھیں کھولے لیٹی تھی۔ اس نے نفرت بھری نگاہوں سے نرائن کی دیکھا لیکن منہ سے کچھ نہ کہا۔نرائن مسکرایا، ''کیوں جان من! کیا حال ہے؟''

جانکی خاموش رہی۔

نرائن اس کے پاس کھڑا ہو گیا، ''یہ انجکشن جو میں تمہیں دے رہا ہوں عشق کے انجکشن نہیں۔تمہارا نمونیہ دور کرنے کے انجکشن ہیں جو میں نے ملٹری ہوسپٹل سے بڑی صفائی کے ساتھ چرائے ہیں۔۔۔لو، اب ذرا الٹی لیٹ جاؤ اور کولھے پر سے شلوار کو ذرا نیچے کھسکا دو۔۔۔ کبھی لیا ہے یہاں انجکشن؟'' یہ کہہ کر اس نے جانکی کے کولھے پر ایک جگہ گوشت کے اندر انگلی کھبوئی جانکی کی آنکھوں میں مرعوب سی نفرت پیدا ہوئی۔ جب اس نے کروٹ بدلی تو نرائن نے کہا، ''شاباش!'' پیشتر اس کے کہ جانکی کوئی مزاحمت کرے نرائن نے ایک ہاتھ سے اس کی شلوار نیچے کھسکائی اور مجھ سے کہا، ''اسپرٹ لگاؤ!'' جانکی نے ٹانگیں چلانا شروع کیں تو نرائن نے کہا، ''جانکی! ٹانگیں ونگیں مت چلاؤ۔۔۔ میں انجکشن لگا کے رہوں گا۔'' غرضیکہ پانچواں انجکشن دے دیا گیا۔ پندرہ اور باقی تھے جو نرائن کو ہر تین گھنٹے کے بعد دینے تھے

اور یہ پینتالیس گھنٹے کا کام تھا۔

پانچ انجکشن سے گو جانکی کو بظاہر کوئی نمایاں فائدہ نہیں پہنچا تھا لیکن نرائن کو پنسلین کے اعجاز کا یقین تھا اور اسے پوری پوری امید تھی کہ وہ بچ جائے گی۔ ہم دونوں بہت دیر تک اس نئی دوا کے متعلق باتیں کرتے رہے۔ گیارہ بجے کے قریب نرائن کا نوکر میرے نام ایک تار لے کر آیا۔ پونا سے تھا۔ ایک فلم کمپنی نے مجھے فوراً بلایا تھا اس لیے مجھے جانا پڑا۔

دس پندرہ دنوں کے بعد کمپنی ہی کے کام سے میں بمبئی آیا۔ کام ختم کر کے جب میں اندھیری پہنچا تو سعید سے معلوم ہوا کہ نرائن ابھی تک ہوٹل ہی میں ہے۔ ہوٹل بہت دور، شہر میں تھا اس لیے رات میں وہیں اندھیری میں رہا۔

صبح آٹھ بجے وہاں پہنچا تو نرائن کے کمرے کا دروازہ کھلا تھا۔ اندر داخل ہوا تو کمرہ خالی پایا۔ دوسرے کمرے کا دروازہ کھولا تو ایک دم آنکھوں کے سامنے کچھ ہوا۔ جانکی مجھے دیکھتے ہی لحاف کے اندر گھس گئی۔ اور نرائن جو اس کے ساتھ لیٹا تھا، مجھے واپس جاتے دیکھ کر کہا، ''آؤ منٹو آؤ۔۔۔۔ میں ہمیشہ دروازہ بند کرنا بھول جاتا ہوں۔۔۔۔ آؤ یار۔۔۔۔ بیٹھو اس کرسی پر، لیکن یہ جانکی کی شلوار دے دینا۔''

جاؤ حنیف جاؤ

چودھری غلام عباس کی تازہ ترین تقریر پر تبادلہ خیالات ہو رہا تھا۔ ٹی ہاؤس کی فضا وہاں کی چائے کی طرح گرم تھی۔ سب اس بات پر متفق تھے کہ ہم کشمیر لے کر رہیں گے، اور یہ کہ ڈوگرہ راج کا فی الفور خاتمہ ہونا چاہیے۔ سب کے سب مجاہد تھے۔ لڑائی کے فن سے نابلد تھے، مگر میدان جنگ میں جانے کے لیے سر بکف تھے۔ ان کا خیال تھا کہ اگر ایک دم ہلہ بول دیا جائے تو یوں چٹکیوں میں کشمیر سر ہو جائے گا، پھر ڈاکٹر گراہموں کی کوئی ضرورت نہ رہے گی، نہ یو این او میں ہر چھٹے مہینے گڑ گڑانا پڑے گا۔

ان مجاہدوں میں، میں بھی تھا۔ مصیبت یہ ہے کہ پنڈت جواہر لال نہرو کی طرح میں بھی کشمیری ہوں، اس لیے کشمیر میری زبردست کمزوری ہے۔ چنانچہ میں نے باقی مجاہدوں کی ہاں میں ہاں ملائی اور آخر میں طے یہ ہوا کہ جب لڑائی شروع ہو تو ہم سب اس میں شامل ہوں اور صف اول میں نظر آئیں۔

حنیف نے یوں تو کافی گرم جوشی کا اظہار کیا، مگر میں نے محسوس کیا کہ وہ افسردہ سا ہے۔ میں نے بہت سوچا مگر مجھے اس افسردگی کی کوئی وجہ معلوم نہ ہو سکی۔

چائے پی کر باقی سب چلے گئے، لیکن میں اور حنیف بیٹھے رہے۔ اب ٹی ہاؤس قریب قریب خالی تھا۔۔۔ ہم سے بہت دور ایک کونے میں دو لڑکے ناشتا کر رہے تھے۔

حنیف کو ایک عرصے سے جانتا تھا۔ مجھ سے قریب دس برس چھوٹا تھا۔ بی اے پاس کرنے کے بعد سوچ رہا تھا کہ اردو کا ایم۔اے کروں یا انگریزی کا۔ کبھی کبھی اس کے دماغ پر یہ سنک بھی سوار ہو جاتی کہ ہٹاؤ پڑھائی کو، سیاحی کرنی چاہیے۔

میں نے حنیف کو غور سے دیکھا۔ وہ ایش ٹرے میں سے ماچس کی جلی ہوئی تیلیاں اٹھا اٹھا کر ان کے ٹکڑے

ٹکڑے کر رہا تھا۔ جیسا کہ میں پہلے کہہ چکا ہوں، وہ افسردہ تھا۔ اس وقت بھی اس کے چہرے پر وہی افسردگی چھائی ہوئی تھی۔ میں نے سوچا موقع اچھا ہے، اس سے دریافت کرنا چاہیے۔ چنانچہ میں نے اس سے کہا۔ ''تم خاموش کیوں ہو؟''

حنیف نے اپنا جھکا ہوا سر اٹھایا۔ ماچس کی تیلی کے ٹکڑے کر کے ایک طرف پھینکے اور جواب دیا۔ ''ایسے ہی۔''

میں نے سگریٹ سلگایا۔ ''ایسے ہی، تو ٹھیک جواب نہیں۔ ہر چیز کی کوئی نہ کوئی وجہ ضرور ہوتی ہے ۔۔ تم غالباً کسی بیتے ہوئے واقعات کے متعلق سوچ رہے ہو!''

حنیف نے اثبات میں سر ہلایا۔ ''ہاں!''

''اور وہ واقعہ کشمیر کی سرزمین سے تعلق رکھتا ہے۔''

حنیف چونکا۔ ''آپ نے کیسے جانا؟''

میں نے مسکرا کر کہا۔ ''شرلک ہومز ہوں میں بھی ۔۔ ارے بھی کشمیر کی باتیں جو ہو رہی تھیں ۔۔ جب تم نے مان لیا کہ سوچ رہے ہو ۔۔ کسی بیتے ہوئے واقعے کے متعلق سوچ رہے ہو تو میں فوراً اس نتیجے پر پہنچ گیا کہ اس بیتے ہوئے واقعے کا تعلق کشمیر کے سوا اور کسی سرزمین سے نہیں ہو سکتا۔۔ کیا وہاں کوئی رومان لڑا تھا تمہارا؟''

''رومان ۔۔ معلوم نہیں ۔۔ جانے کیا تھا؟ بہر حال، کچھ نہ کچھ ہوا تھا جس کی یاد اب تک باقی ہے۔''

میری خواہش تھی کہ میں حنیف سے اس کی داستان سنوں۔ ''اگر کوئی امر مانع نہ ہو تو کیا تم مجھے بتا سکتے ہو کہ وہ کچھ نہ کچھ کیا تھا؟''

حنیف نے مجھ سے سگریٹ مانگ کر سلگایا اور کہا۔ ''منٹو صاحب! کوئی خاص دلچسپ واقعہ نہیں ۔۔ لیکن اگر آپ خاموشی سے سنتے رہیں گے اور مجھے ٹوکیں گے نہیں تو میں آج سے تین برس پہلے جو کچھ ہوا، آپ کو من و عن بتا دوں گا۔۔ میں افسانہ گو نہیں ۔۔ پھر بھی میں کوشش کروں گا۔''

میں نے وعدہ کیا کہ میں اس کے تسلسل کو نہیں توڑوں گا۔ اصل میں وہ اب دل و دماغ کی گہرائیوں میں ڈوب کر اپنی داستان بیان کرنا چاہتا تھا۔

حنیف نے تھوڑے توقف کے بعد کہنا شروع کیا۔ ''منٹو صاحب! آج سے دو برس پہلے کی بات ہے جب کہ بٹوارہ کسی کے وہم و گمان میں بھی نہیں تھا۔ گرمیوں کا موسم تھا۔ میری طبیعت اداس تھی۔ معلوم نہیں

کیوں۔۔۔میرا خیال ہے کہ ہر کنوارا نوجوان اس قسم کے موسم میں ضرور اداسی محسوس کرتا ہے۔۔۔خیر۔۔۔میں نے ایک روز کشمیر جانے کا ارادہ کر لیا۔ مختصر سا سامان لیا اور لاریوں کے اڈے پر جا پہنچا۔ لاری جب کہ ڈے پہنچی تو میرا ارادہ بدل گیا۔ میں نے سوچا سری نگر میں کیا دھرا ہے، بیسیوں مرتبہ دیکھ چکا ہوں۔۔۔اگلے اسٹیشن بٹوت پر اتر جاؤں گا۔ سنا ہے بڑا صحت افزا مقام ہے۔ تپ دق کے مریض یہیں آتے ہیں اور صحت یاب ہو کر جاتے ہیں۔۔۔چنانچہ میں بٹوت اتر گیا اور وہاں ایک ہوٹل میں ٹھہر گیا۔۔۔ہوٹل بس ایک ہی واجبی سا تھا۔ بہر حال، ٹھیک تھا۔۔۔مجھے بٹوت پسند آ گیا۔ صبح چڑھائی کی سیر کو نکل جاتا۔۔۔واپس آ کر خالص مکھن اور ڈبل روٹی کا ناشتا کرتا اور لیٹ کر کسی کتاب کے مطالعے میں مصروف ہو جاتا۔

دن اس صحت افزا فضا میں بڑی اچھی طرح گزر رہے تھے۔۔۔اس پاس جتنے دکاندار تھے سب میرے دوست بن گئے تھے، خاص طور پر سردار لہنا سنگھ جو درزیوں کا کام کرتا تھا۔ میں اس کی دکان پر گھنٹوں بیٹھا رہتا تھا۔ عشق و محبت کے افسانے سننے اور سنانے کا اسے قریب قریب خبط تھا۔ مشین چلتی رہتی تھی اور وہ یا تو کوئی داستان عشق سنتا رہتا تھا یا سناتا رہتا تھا۔

اس کو بٹوت سے متعلق ہر چیز کا علم تھا۔ کون کس سے عشق لڑا رہا ہے۔ کس کس کی آپس میں کھٹ پٹ ہوئی۔ کون کون سی لونڈیا پر پرزے نکال رہی ہے۔۔۔ایسی تمام باتیں اس کی جیب میں ٹھنسی رہتی تھیں۔ شام کو میں اور وہ اترائی کی طرف سیر کو جاتے تھے اور بانہال کے درے تک پہنچ کر پھر آہستہ آہستہ واپس چلے آتے تھے۔۔۔ہوٹل سے اترائی کی طرف پہلے موڑ پر سٹرک کے دائنے ہاتھ کی مٹی کے بنے ہوئے کوارٹر سے تھے۔۔۔میں نے ایک دن سردار سے پوچھا کہ یہ کوارٹر کیا رہائش کے لیے ہیں؟ یہ میں نے اس لیے دریافت کیا تھا کہ مجھے وہ پسند آ گئے تھے۔۔۔سردار جی نے مجھے بتایا کہ ہاں، رہائش ہی کے لیے ہیں۔ آج کل اس میں سرگودھے کے ایک ریلوے بابو ٹھہرے ہوئے ہیں۔ ان کی دھرم پتنی بیمار ہے۔۔۔میں سمجھ گیا کہ دق ہو گی۔۔۔خدا معلوم میں دق سے اتنا کیوں ڈرتا ہوں۔۔۔اس کے بعد جب کبھی میں ادھر سے گزرا، ناک اور منہ پر رومال رکھ کے گزرا۔ میں داستان کو طویل نہیں کرنا چاہتا۔

قصہ مختصر یہ کہ ریلوے بابو جن کا نام کندن لال تھا، سے میری دوستی ہو گئی اور میں نے محسوس کیا کہ وہ اسے اپنی بیمار بیوی کی کوئی پروا نہیں۔ وہ اس فرض کو محض ایک فرض سمجھ کر ادا کر رہا ہے۔ وہ اس کے پاس بہت کم جاتا تھا اور دوسرے کوارٹر میں رہتا تھا جس میں وہ دن میں تین مرتبہ فائل چھڑکتا تھا۔۔۔مریضہ کی دیکھ بھال اس کی چھوٹی بہن سمتری کرتی تھی۔ دن رات یہ لڑکی جس کی عمر بمشکل چودہ برس کی ہو گی اپنی

بہن کی خدمت میں مصروف رہتی تھی۔

میں نے سمتری کو پہلی مرتبہ مگو نالے پر دیکھا۔۔۔ میلے کپڑوں کا بڑا انبار پاس رکھے وہ نالے کے پانی سے غالباً شلوار دھو رہی تھی کہ میں پاس سے گزرا۔ آہٹ سن کر وہ چونکی۔ مجھے دیکھ کر اس نے ہاتھ جوڑ کر نمستے کیا۔ میں نے اس کا جواب دیا اور اس سے پوچھا۔ ۔ تم مجھے جانتی ہو؟۔ ۔ ۔ ۔ ۔ سمتری نے باریک آواز میں کہا۔ ۔ جی ہاں۔ ۔ آپ بابو جی کے دوست ہیں۔ ۔ میں نے ایسا محسوس کیا کہ مظلومیت جو سکڑ کر سمتری کی شکل اختیار کر گئی ہے ۔ میرا جی چاہتا تھا کہ اس سے باتیں کروں اور کچھ کپڑے دھو ڈالوں تا کہ اس کا کچھ بوجھ ہلکا ہو جائے ۔ مگر پہلی ملاقات میں ایسی بے تکلفی نامناسب تھی ۔

دوسری ملاقات بھی اسی نالے پر ہوئی۔ وہ کپڑوں پر صابن لگا رہی تھی تو میں نے اس کو نمستے کی اور چھوٹی چھوٹی بیٹیوں کے بستر پر اس کے پاس ہی بیٹھ گیا۔ وہ کسی قدر گھبرائی لیکن باتیں جب شروع ہوئیں تو اس کی گھبراہٹ دور ہو گئی اور اتنی بے تکلف ہو گئی کہ اس نے مجھے اپنے گھر کے تمام معاملات سنانے شروع کر دیے ۔

بابو جی یعنی کندن لال سے اس کی بڑی بہن کی شادی ہوئے پانچ برس ہو چلے تھے ۔ پہلے برس میں بابو جی کا سلوک اپنی بیوی سے ٹھیک رہا، لیکن جب رشوت کے الزام میں وہ نوکری سے معطل ہوا تو اس نے اپنی بیوی کا زیور بیچنا چاہا۔۔۔ زیور پچ کر وہ جوا کھیلنا چاہتا تھا کہ دگنے روپے ہو جائیں گے ۔ بیوی نہ مانی۔ نتیجہ اس کا یہ ہوا کہ اس نے اس کو مارنا پیٹنا شروع کر دیا۔ سارا دن ایک تنگ و تاریک کوٹھری میں بند رکھتا اور کھانے کو کچھ نہ دیتا۔ اس نے مہینوں ایسا کیا۔ آخر ایک دن عاجز آ کر اس کی بیوی نے اپنے زیور اس کے حوالے کر دیے۔ لیکن زیور لے کر وہ ایسا غائب ہوا کہ چھ مہینے تک اس کی شکل نظر نہ آئی۔ اس دوران میں سمتری کی بہن فاقہ کشی کرتی رہی۔ وہ اگر چاہتی تو اپنے میکے جا سکتی تھی۔ اس کا باپ مالدار تھا اور اس سے بہت پیار کرتا تھا، مگر اس نے مناسب نہ سمجھا۔ نتیجہ اس کا یہ ہوا کہ اس کو دق ہو گئی۔ کندن لال چھ مہینے کے بعد اچانک گھر آیا تو اس کی بیوی بستر پر پڑی تھی۔ ۔ ۔ کندن لال اب نوکری پر بحال ہو چکا تھا۔ ۔ ۔ جب اس سے پوچھا گیا کہ وہ اتنی دیر کہاں رہا تو وہ گول کر گیا۔

سمتری کی بہن نے اس سے زیوروں کے بارے میں نہیں پوچھا۔ اس کا پتی گھر واپس آ گیا تھا، وہ بہت خوش تھی کہ بھگوان نے اس کی سن لی۔ ۔ ۔ اس کی صحت کسی قدر بہتر ہو گئی، مگر یہ، ان کے آنے سے جو آ جاتی ہے منہ پر رونق، والا معاملہ تھا۔ ایک مہینے کے بعد اس کی حالت اور بھی زیادہ خراب ہو گئی۔ ۔ ۔ اس

اثناء میں سمتری کے ماں باپ کو پتہ چل گیا۔ وہ فوراً وہاں پہنچے اور کندن لال کو مجبور کیا کہ وہ اپنی بیوی کو فوراً کسی پہاڑ پر لے جائے۔ خرچ وغیرہ کا ذمہ انہوں نے کہا، ہمارا ہے۔۔۔ کندن لال نے کہا چلو سیر ہی سہی، سمتری کو دل بہلاوے کے لیے ساتھ لیا اور بٹوت پہنچ گیا۔

یہاں وہ اپنی بیوی کی قطعاً دیکھ بھال نہیں کرتا تھا۔۔۔ سارا دن باہر تاش کھیلتا رہتا۔ سمتری پرہیزی کھانا پکاتی تھی، اس لیے وہ صبح شام ہوٹل سے کھانا کھاتا۔ ہر مہینے سسرال لکھ دیتا کہ خرچ زیادہ ہو رہا ہے، چنانچہ وہاں سے رقم میں اضافہ کر دیا جاتا۔

میں داستان لمبی نہیں کرنا چاہتا۔۔۔ سمتری سے میری ملاقات اب ہر روز ہونے لگی۔ نالے پر وہ جگہ جہاں وہ کپڑے دھوتی تھی۔ بڑی ٹھنڈی تھی۔۔۔ نالے کا پانی بھی ٹھنڈا تھا۔

سیب کے درخت کی چھاؤں بہت پیاری تھی اور گول گول بٹیاں، جی چاہتا تھا کہ سارا دن انہیں اٹھا اٹھا کر نالے کے شفاف پانی میں پھینکتا رہوں۔۔۔ یہ تھوڑی سی بھونڈی شاعری میں نے اس لیے کی ہے کہ مجھے سمتری سے محبت ہو گئی تھی، اور مجھے یہ معلوم تھا کہ اس نے اسے قبول کر لیا ہے۔۔۔ چنانچہ ایک دن جذبات سے مغلوب ہو کر میں نے اسے اپنے سینے کے ساتھ لگا لیا۔ اس کے ہونٹوں پر اپنے ہونٹ رکھ دیے اور آنکھیں بند کر لیں۔ سیب کے درختوں میں چڑیاں چہچہا رہی تھیں اور مگو نالے کا پانی گنگناتا ہوا بہہ رہا تھا۔

وہ خوبصورت تھی، گو دبلی تھی مگر اس طور پر کہ غور کرنے پر آدمی اس نتیجے پر پہنچتا تھا کہ اسے دبلی ہی ہونا چاہیے تھا۔ اگر وہ ذرا موٹی ہوتی تو اتنی خطرناک طور پر خوبصورت نہ ہوتی۔۔۔ اس کی آنکھیں غزالی تھیں۔ جن میں قدرتی سرمہ لگا رہتا تھا۔۔۔ ٹھمکا سا قد۔۔۔ گھنے سیاہ بال جو اس کی کمر تک آتے تھے۔۔۔ چھوٹا سا کنوارا جوبن۔۔۔ منٹو صاحب! میں اس کی محبت میں سرتا پا غرق ہو گیا۔

ایک دن جب وہ اپنی محبت کا اظہار کر رہی تھی، میں نے وہ بات جو بڑے دنوں سے میرے دل میں کانٹے کی طرح چبھ رہی تھی، اس سے کہی کہ دیکھو سمتری! میں مسلمان ہوں، تم ہندو۔۔۔ بتاؤ انجام کیا ہو گا۔ ۔۔ میں کوئی اوباش نہیں کہ تمہیں خراب کر کے چلتا بنوں۔ میں تمہیں اپنا جیون ساتھی بنانا چاہتا ہوں۔۔۔ سمتری نے میرے گلے میں بانہیں ڈالیں اور بڑے مضبوط لہجے میں کہا حنیف! میں مسلمان ہو جاؤں گی۔ میرے سینے کا بوجھ اتر گیا۔۔۔ طے ہوا کہ جونہی اس کی بہن اچھی ہو گی، وہ میرے ساتھ چل دے گی۔ ۔۔ اس کی بہن کو کہاں اچھا ہونا تھا۔ کندن لال نے مجھے بتایا کہ وہ اس کی موت کا منتظر ہے۔۔۔ یہ بات ٹھیک

بھی تھی، گو اس طرح سوچنا اور اس کا علاج کرنا کچھ مناسب نہیں تھا۔ بہر حال، حقیقت سامنے تھی۔ کم بخت مرض ہی ایسا تھا کہ بچنا محال تھا۔

سمتری کی بہن کی طبیعت دن بدن گرتی گئی۔ ۔ ۔ کندن لال کو کوئی پروا نہیں تھی۔ ۔ ۔ چونکہ اب سسرال سے روپے زیادہ آنے لگے تھے اور خرچ کم ہو گیا تھا یا خود کم کر دیا گیا تھا، اس نے ڈالے بنگلے جا کر شراب پینا شروع کر دی اور سمتری سے چھیڑ چھاڑ کرنے لگا۔

منٹو صاحب! جب میں نے یہ سنا تو میری آنکھوں میں خون اتر آیا۔ اتنی جرأت نہیں تھی ورنہ میں بیچ سڑک کے اس کی مرمت جوتوں سے کرتا۔ ۔ ۔ میں نے سمتری کو اپنے سینے سے لگایا۔ اس کے آنسو پونچھے اور دوسری باتیں شروع کر دیں جو پیار محبت کی تھیں۔

ایک دن میں صبح سویرے نکلا۔ جب ان کوارٹروں کے پاس پہنچا تو میں نے محسوس کیا کہ سمتری کی بہن اللہ کو پیاری ہو چکی ہے، چنانچہ میں نے دروازے کے پاس کھڑے ہو کر کندن لال کو آواز دی۔ میرا خیال درست تھا۔ بے چاری نے رات گیارہ بجے آخری سانس لیا تھا۔ کندن لال نے مجھ سے کہا کہ میں تھوڑی دیر وہاں کھڑا رہوں تا کہ وہ کریا کرم کے لیے بندوبست کر آئے۔ ۔ ۔ وہ چلا گیا۔ تھوڑی دیر کے بعد مجھے سمتری کا خیال آیا۔ ۔ ۔ وہ کہاں تھی۔ جس کمرے میں اس کی بہن کی لاش تھی، بالکل خاموش تھا۔ ۔ ۔ میں ساتھ والے کوارٹر کی طرف بڑھا۔ اندر جھانک کر دیکھا۔ سمتری چارپائی پر گٹھری بنی لیٹی تھی۔ میں اندر چلا گیا۔ اس کا کندھا ہلا کر میں نے کہا، سمتری! سمتری ۔ ۔ ۔ اس نے کوئی جواب نہ دیا۔ ۔ ۔ میں نے دیکھا کہ اس کی شلوار بڑے بڑے دھبوں سے بھری ہوئی ہے ۔ ۔ ۔ میں نے پھر اس کا کندھا ہلایا مگر وہ خاموش رہی۔ ۔ ۔ میں نے بڑے پیار سے پوچھا، کیا بات ہے سمتری ۔ ۔ ۔ سمتری نے رونا شروع کر دیا۔ میں اس کے پاس بیٹھ گیا۔ کیا بات ہے سمتری ۔ ۔ ۔ سمتری سسکیوں بھری آواز میں بولی۔ ۔ ۔ جاؤ، حنیف ۔ ۔ ۔ جاؤ ۔ ۔ ۔ میں نے کہا، ک یوں ۔ ۔ ۔ افسوس ہے کہ تمہاری بہن کا انتقال ہو گیا ہے، مگر تم تو اپنی جان ہلکان نہ کرو۔ اس نے اٹک اٹک کر کہا۔ ۔ ۔ اس کے حلق سے آواز نہیں نکلتی تھی۔ ۔ ۔ وہ مر گئی ہے، پر میں اس کا غم نہیں کر سکتی ۔ ۔ ۔ میں خود مر چکی ہوں ۔ ۔ ۔ اس کا مطلب نہیں سمجھا۔ ۔ ۔ تم کیوں مرو ۔ ۔ ۔ تمہیں تو میرا جیون ساتھی بننا ہے ۔ یہ سن کر وہ دھاڑیں مار کر رونے لگی۔ ۔ ۔ جاؤ حنیف جاؤ ۔ ۔ ۔ میں اب کسی کام کی نہیں رہی۔ ۔ ۔ کل رات ۔ ۔ ۔ کل رات بابو جی نے میرا خاتمہ کر دیا۔ ۔ ۔ میں چیخی ۔ ۔ ۔ ادھر دوسرے سے کوارٹر سے جیجی چیخی اور مر گئی۔ ۔ ۔ وہ سمجھ گئی تھی۔ ۔ ۔ ہائے

،کاش! میں نہ چیخی ہوتی۔ وہ مجھے کیا بچا سکتی تھی۔۔۔جاؤ، حنیف جاؤ۔۔۔یہ کہہ کر وہ اٹھی، دیوانہ وار میرا بازو پکڑا اور گھسیٹتی باہر لے گئی۔ پھر دوڑ کر کواٹر میں داخل ہوئی اور دروازہ بند کر دیا۔۔۔تھوڑی دیر کے بعد وہ حرامزادہ کندن لال آیا۔ اس کے ساتھ چار پانچ آدمی تھے خدا کی قسم! اکیلا ہوتا تو میں پتھر مار مار کر اسے جہنم واصل کر دیتا۔۔۔بس یہ ہے میری کہانی۔۔۔سمتری کی کہانی، جس کے یہ الفاظ ہر وقت میرے کانوں میں گونجتے رہتے ہیں، جاؤ حنیف جاؤ۔۔۔کس قدر دکھ ہے ان تین لفظوں میں۔۔۔

حنیف کی آنکھوں میں آنسو تیر رہے تھے۔ میں نے اس سے پوچھا۔ ''جو ہونا تھا، وہ تو ہو گیا تھا۔۔۔تم نے سمتری کو قبول کیوں نہ کیا؟''

حنیف نے آنکھیں جھکالیں۔۔۔خود کو ایک موٹی گالی دے کر اس نے کہا۔ ''کمزوری۔۔۔مرد عموماً ایسے معاملوں میں بڑا کمزور ہوتا ہے۔۔۔لعنت ہے اس پر۔۔۔''

جسم اور روح

مجیب نے اچانک مجھ سے سوال کیا، ''کیا تم اس آدمی کو جانتے ہو؟''

گفتگو کا موضوع یہ تھا کہ دنیا میں ایسے کئی اشخاص موجود ہیں جو ایک منٹ کے اندر اندر لاکھوں اور کروڑوں کو ضرب دے سکتے ہیں، ان کی تقسیم کر سکتے ہیں۔ آنے پائی کا حساب چشم زدن میں آپ کو بتا سکتے ہیں۔ اس گفتگو کے دوران میں مغنی یہ کہہ رہا تھا، ''انگلستان میں ایک آدمی ہے جو ایک نظر دیکھ لینے کے بعد فوراً بتا دیتا ہے کہ اس قطعہ زمین کا طول و عرض کیا ہے۔ رقبہ کتنا ہے۔ اس نے اپنے ایک بیان میں کہا تھا کہ وہ اپنی اس خداداد صلاحیت سے تنگ آ گیا ہے۔ وہ جب بھی کہیں باہر، کھلے کھیتوں میں نکلتا ہے تو ان کی ہریالی اور ان کا حسن اس کی نگاہوں سے اوجھل ہو جاتا ہے اور وہ اس قطعہ زمین کی پیمائش اپنی آنکھوں کے ذریعے شروع کر دیتا ہے۔ ایک منٹ کے اندر وہ اندازہ کر لیتا ہے کہ یہ زمین کا یہ ٹکڑا کتنا رقبہ رکھتا ہے، اس کی لمبائی کتنی ہے چوڑائی کتنی ہے، پھر اسے مجبوراً اپنے اندازے کا امتحان لینا پڑتا ہے۔ فیتر سٹیپ کے ذریعے سے اس خطۂ زمین کو ماپتا اور وہ اس کے اندازے کے عین مطابق نکلتا۔ اگر اس کا اندازہ غلط ہوتا تو اسے بہت تسکین ہوتی۔ بعض اوقات فاتح اپنی شکست سے بھی ایسی لذت محسوس کرتا ہے جو اسے فتح سے نہیں ملتی۔ اصل میں شکست دوسری شان دار فتح کا پیش خیمہ ہوتی ہے۔

میں نے مغنی سے کہا، ''تم درست کہتے ہو۔ دنیا میں ہر قسم کے عجائبات موجود ہیں۔''

میں کچھ اور کہنا چاہتا تھا کہ مجیب نے جو اس گفتگو کے دوران کافی پی رہا تھا، اچانک مجھ سے سوال کیا، ''کیا تم اس آدمی کو جانتے ہو؟''

میں سوچنے لگا کہ مجیب کس آدمی کے متعلق مجھ سے پوچھ رہا ہے، حامد۔ نہیں، وہ آدمی نہیں میرا دوست

ہے۔

عباس، اس کے متعلق کچھ کہنے سننے کی ضرورت ہی محسوس نہیں ہو سکتی تھی۔شبیر، اس میں کوئی غیر معمولی بات نہیں تھی۔ آخر یہ کس آدمی کا حوالہ دیا گیا تھا۔

میں نے مجیب سے کہا، ''تم کس آدمی کا حوالہ دے رہے ہو؟''

مجیب مسکرایا، ''تمہارا حافظہ بہت کمزور ہے۔''

''بھئی، میرا حافظہ تو بچپن سے ہی کمزور رہا ہے۔تم پہیلیوں میں باتیں نہ کرو۔۔۔ بتاؤ وہ کون آدمی ہے جس سے تم میرا تعارف کرانا چاہتے ہو۔''

مجیب کی مسکراہٹ میں اب ایک طرح کا اسرار تھا، ''بوجھ لو!''

''میں کیا بوجھوں گا جب کہ وہ آدمی تمہارے پیٹ میں ہے۔''

عارف، اصغر اور مسعود بے اختیار ہنس پڑے۔عارف نے مجھ سے مخاطب ہو کر کہا، ''وہ آدمی اگر مجیب کے پیٹ میں ہے تو آپ کو اس کی پیدائش کا انتظار کرنا پڑے گا۔''

میں نے مجیب کی طرف ایک نظر دیکھا اور عارف سے مخاطب ہوا، ''میں اپنی ساری عمر اس مہدی کی ولادت کا انتظار نہیں کر سکتا ہوں۔''

مسعود نے اپنے سگریٹ کو ایش ٹرے کے قبرستان میں دفن کرتے ہوئے کہا، ''دیکھیے صاحبان! ہمیں اپنے دوست مسٹر نجیب کی بات کا مذاق نہیں اڑانا چاہیے۔'' یہ کہہ کر وہ مجیب سے مخاطب ہوا، ''مجیب صاحب فرمائیے آپ کو کیا کہنا ہے ۔۔۔ہم سب بڑے غور سے سنیں گے۔''

مجیب تھوڑی دیر خاموش رہا۔اس کے بعد اپنا بجھا ہوا چرٹ سلگا کر بولا، ''معذرت چاہتا ہوں کہ میں نے اس آدمی کے متعلق آپ سے پوچھا جسے آپ جانتے نہیں۔''

میں نے کہا، ''مجیب تم کیسی باتیں کرتے ہو، بہر حال، تم اس آدمی کو جانتے ہو۔۔۔؟''

مجیب نے بڑے وثوق کے ساتھ کہا، ''بہت اچھی طرح ۔۔۔جب ہم دونوں برما میں تھے تو دن رات اکٹھے رہتے تھے۔عجیب و غریب آدمی تھا۔''

مسعود نے پوچھا، ''کس لحاظ سے؟''

مجیب نے جواب دیا، ''ہر لحاظ سے ۔۔۔اس جیسا آدمی آپ نے اپنی زندگی میں کبھی نہیں دیکھا ہو گا۔''

میں نے کہا، ''بھئی مجیب اب بتا بھی دو وہ کون حضرت تھے؟''

''بس حضرت ہی تھے۔''

عارف مسکرایا، چلو قصہ ختم ہوا۔۔۔وہ حضرت تھے، اور بس۔۔۔''

مسعود یہ جاننے کے لیے بیتاب تھا کہ وہ حضرت کون تھا، ''بھئی مجیب، تمہاری ہر بات نرالی ہوتی ہے۔تم بتاتے کیوں نہیں ہو کہ وہ کون آدمی تھا جس کا ذکر تم نے اچانک چھیڑ دیا!''

مجیب طبعاً خاموشی پسند تھا۔اس کے دوست احباب ہمیشہ اس کی طبیعت سے نالاں رہتے۔۔۔لیکن اس کی باتیں بڑی تلی ہوتی تھیں۔تھوڑی دیر خاموش رہنے کے بعد اس نے کہا، ''معذرت خواہ ہوں کہ میں نے خواہ مخواہ آپ کو اس مخمصے میں گرفتار کر دیا۔۔۔بات دراصل یہ ہے کہ جب یہ گفتگو شروع ہوئی تو میں کھو گیا۔ مجھے وہ زمانہ یاد آ گیا جس کو میں کبھی نہیں بھول سکتا۔''

میں نے پوچھا، ''وہ ایسا زمانہ کون سا تھا؟''

مجیب نے ایک لمبی کہانی بیان کرنا شروع کر دی، ''اگر آپ سمجھتے ہوں کہ اس زمانے سے میری زندگی کے کسی رومان کا تعلق ہے تو میں آپ سے کہوں گا کہ آپ کم فہم ہیں۔''

میں نے مجیب سے کہا، ''ہم تو آپ کے فیصلے کے منتظر ہیں۔اگر آپ سمجھتے ہیں کہ آپ کم فہم ہیں تو ٹھیک ہے۔لیکن وہ آدمی۔''

مجیب مسکرایا، ''وہ آدمی آدمی تھا۔۔۔لیکن اس میں خدا نے بہت سی قوتیں بخشی تھیں۔''

مسعود نے پوچھا، ''مثال کے طور پر۔۔۔''

''مثال کے طور پر یہ کہ وہ ایک نظر دیکھنے کے بعد بتا سکتا تھا کہ آپ نے کس رنگ کا سوٹ پہنا تھا، ٹائی کیسی تھی، آپ کی ناک ٹیڑھی تھی یا سیدھی۔۔۔آپ کے کس گال پر کہاں اور کس جگہ تل تھا، آپ کے ناخن کیسے ہیں، آپ کی داہنی آنکھ کے نیچے زخم کا نشان ہے، آپ کی بھنویں منڈی ہوئی ہیں، موزے فلاں ساخت کے پہنے ہوئے تھے، قمیض پوپلین کی تھی مگر گھر میں دھلی ہوئی۔''

یہ سن کر میں نے واقعتاً محسوس کیا کہ جس شخص کا ذکر مجیب کر رہا ہے، عجیب و غریب ہستی کا مالک ہے۔چنانچہ میں نے اس سے کہا، ''بڑا معرکہ خیز آدمی تھا۔''

''جی ہاں، بلکہ اس سے بھی کچھ زیادہ۔۔۔اس کو اس بات کا زعم تھا کہ اگر وہ کوئی منظر، کوئی مرد، کوئی عورت صرف ایک نظر دیکھ لے تو اسے من و عن اپنے الفاظ میں بیان کر سکتا ہے جو کبھی غلط نہیں ہوں گے۔ اور اس میں کوئی شک نہیں کہ اس کا اندازہ، ہمیشہ درست ثابت ہوتا تھا۔''

میں نے پوچھا، ''کیا یہ واقعی درست تھا۔''

''سوفیصد۔۔۔''،''ایک مرتبہ میں نے اس سے بازار میں پوچھا، ''یہ لڑکی جو ابھی ہمارے پاس سے گزری ہے، کیا تم اس کے متعلق بھی تفصیلات بیان کر سکتے ہو؟''

میں اس لڑکی سے ایک گھنٹہ پہلے مل چکا تھا۔ وہ ہمارے ہمسائے مسٹر لوجوائے کی بیٹی تھی۔ اور میری بیوی سے سلائی کے مستعار لینے آئی تھی۔ میں نے اسے غور سے دیکھا، اس لیے بغرض امتحان میں نے مجیب سے یہ سوال کیا تھا۔

مجیب مسکرایا، ''تم میرا امتحان لینا چاہتے ہو؟''

''نہیں۔۔نہیں۔۔یہ بات نہیں۔۔میں۔۔میں۔۔میں۔۔''

''نہیں تم میرا امتحان لینا چاہتے ہو۔ خیر سنو! وہ لڑکی جو ابھی ابھی ہمارے پاس سے گزری ہے اور جسے میں اچھی طرح نہیں دیکھ سکا، مگر لباس کے متعلق کچھ کہنا فضول ہے، اس لیے کہ ہر وہ شخص جس کی آنکھیں سلامت ہوں اور ہوش و حواس درست ہوں کہہ سکتا ہے کہ وہ کس قسم کا تھا۔ ویسے ایک چیز جو مجھے اس میں خاص طور پر دکھائی دی، وہ اس کے دائیں ہاتھ کی چھنگلیا تھی۔ اس میں کسی قدر خم ہے، بائیں ہاتھ کے انگوٹھے کا ناخن مضروب تھا۔ اس کے لپ اسٹک لگے ہونٹوں سے یہ معلوم ہوتا ہے کہ وہ آرائش کے فن سے محض کوری ہے۔''

مجھے بڑی حیرت ہوئی کہ اس نے ایک معمولی سی نظر میں یہ سب چیزیں کیسے بھانپ لیں۔۔ میں ابھی اس حیرت میں غرق تھا کہ مجیب نے اپنا سلسلۂ کلام جاری رکھتے ہوئے کہا، ''اس میں جو خاص چیز مجھے نظر آئی وہ اس کے دائیں گال کا داغ تھا۔۔۔ غالباً کسی پھوڑے کا ہے۔''

مجیب کا کہنا درست تھا۔۔۔ میں نے اس سے پوچھا، ''یہ سب باتیں جو تم اتنے وثوق سے کہتے ہو، تمہیں کیونکر معلوم ہو جاتی ہیں؟''

مجیب مسکرایا، ''میں اس کے متعلق کچھ کہہ نہیں سکتا۔ اس لیے کہ میں سمجھتا ہوں ہر آدمی کو صاحبِ نظر ہونا چاہیے۔ صاحبِ نظر سے میری مراد ہر اس شخص سے ہے جو ایک ہی نظر میں دوسرے آدمی کے تمام خدو خال دیکھ لے۔''

میں نے اس سے پوچھا، ''خدو خال دیکھنے سے کیا ہوتا ہے؟''

''بہت کچھ ہوتا ہے۔۔۔ خدو خال ہی تو انسان کا صحیح کردار بیان کرتے ہیں۔''

’’کرتے ہوں گے۔ میں تمھارے اس نظریے سے متفق نہیں ہوں۔‘‘

’’نہ ہو۔۔۔مگر میرا نظریہ یہ اپنی جگہ قائم رہے گا۔‘‘

’’رہے۔۔۔مجھے اس پر کیا اعتراض ہوسکتا ہے۔ بہر حال، میں یہ کہے بغیر نہیں رہ سکتا کہ انسان غلطی کا پتلا ہے۔۔۔ہوسکتا ہے تم غلطی پر ہو۔‘‘

’’یار، غلطیاں درستیوں سے زیادہ دلچسپ ہوتی ہیں۔‘‘

’’یہ تمھارا عجیب فلسفہ ہے۔‘‘

’’فلسفہ گائے کا گوبر ہے۔‘‘

’’اور گوبر؟‘‘

مجیب مسکرایا، ’’وہ۔۔۔وہ۔۔۔اپلا کہہ لیجیے، جو ایندھن کے کام آتا ہے۔‘‘

ہمیں معلوم ہوا کہ مجیب ایک لڑکی کے عشق میں گرفتار ہو گیا ہے۔ پہلی ہی نگاہ میں اس نے اس کے جسم کے ہر خد و خال کا صحیح جائزہ لے لیا تھا۔ وہ لڑکی کی بہت متاثر ہوئی جب اسے معلوم ہوا کہ دنیا میں ایسے آدمی بھی موجود ہیں جو صرف ایک نظر میں سب چیزیں دیکھ جاتے ہیں تو وہ مجیب سے شادی کرنے کے لیے رضامند ہو گئی۔ ان کی شادی ہو گئی۔۔۔دلہن نے کیسے کپڑے پہنے تھے، اس کی دائیں کلائی میں کس ڈیزائن کی دست کچھی تھی۔۔۔اس میں کتنے نگینے تھے۔۔۔یہ سب تفصیلات اس نے ہمیں بتائیں۔

ان تفصیلات کا خلاصہ یہ ہے کہ ان دونوں میں طلاق ہو گئی۔

جنٹل مینوں کا برش

یہ غالباً آج سے بیس برس پیچھے کی بات ہے۔ میری عمر یہی کوئی بائیس برس کے قریب ہوگی، یا شاید اس سے دو برس کم۔ کیونکہ تاریخوں اور سنوں کے معاملے میں میرا حافظہ بالکل صفر ہے۔ میری دوستی کا حلقہ ان نوجوان پر مشتمل تھا جو عمر میں مجھ سے کافی بڑے تھے۔

حفیظ پینٹر کی دکان میں جو بجلی والے چوک سے بائیں ہاتھ ہال بازار کے پاس ہی واقع تھی، ہم سب بیٹھتے اور گھنٹوں گپ بازی ہوتی رہتی۔ میں پڑھائی وڑھائی قریب چھوڑ چکا تھا۔ اسی طرح مبارک اپنی ملازمت پر لات مار کر امرتسر واپس چلا آیا تھا۔ وہ کسی ریاست میں ملازم تھا۔ حفیظ پینٹر کی اپنے باپ سے چخ ہو گئی تھی، اس لیے اس نے علیحدہ ایک بڑی دکان لے لی جس میں کچھ عرصہ پہلے ایک کیمونسٹ سکھ کی دکان تھی، جو گراموفون ڈیلر تھا۔ خیر دین کی مسجد سے ملحقہ دکان ہال بازار میں تھی مگر اچھے موقع پر تھی۔ یعنی عین ہال بازار کے وسط میں اور مسجد کے زیر سایہ، خرابات مروجہ اصولوں کے ماتحت ہونی ہی چاہیے۔ اس لیے وہ اسے بہت پسند آ گئی تھی۔ ادھر اذان ہوتی تو ادھر ریکارڈ بجتے۔ لیکن کوئی دنگا فساد اس بات پر وہاں کبھی نہ ہوا۔ البتہ چھوٹی چھوٹی باتوں پر سینکڑوں خون ہوتے رہتے۔

امرد پرستی غنڈوں، رنڈی بازی پر، گنڈوں کی دو مخالف پارٹیوں پر، ایسے مسلم مسلم اور مسلم ہندو فساد عام تھے۔ جو ایک دو دن اپنی دھاک بٹھا کر جھاگ کے مانند غائب ہو جاتے۔ گرمی کی پہلی پہلی بھڑوں کے مانند جو اپنے ارد گرد جالا تن لیتی ہیں اور بظاہر بالکل مردہ ہو جاتی ہیں۔ لیکن معلوم نہیں پھر موافق موسم آنے پر زندہ ہو جاتی ہیں، اور بے قصور آدمیوں کو کاٹنے کے شغل میں مصروف ہو جاتی ہیں۔

امرتسر ایک عجیب و غریب شہر ہے۔ یہاں ہر ایک قسم کی شے اس زمانے میں پائی جاتی تھی۔ بھگنوں کی لڑائی

سے لے کر گورنمنٹ سے پنجہ کشی کرنے تک۔ لوگ بھی بھانت بھانت کے تھے۔ لالے جو اپنی بزازی کی دکانوں پر پادتے رہتے اور کچھ ایسے من چلے بھی تھے جو چھوٹے چھوٹے پٹاخے بنا کر چلاتے تھے کہ لوگوں کے دل ایک لحظے کے لیے دہل جاتے۔ دہشت پسند بھی تھے اور امن پسند بھی۔ نمازی اور پرہیز گار بھی تھے اور اول درجے کے اوباش اور گناہ گار بھی۔ مسجدیں تھیں اور مندر بھی۔ ان میں گناہ کے کام بھی ہوتے تھے اور ثواب کے بھی۔

غرضیکہ انسانی زندگی کے یہ سب دھارے ساتھ ساتھ متواتر بہا کرتے تھے۔۔۔ کئی سیاسی تحریکیں ہوئیں۔ کئی غنڈوں کا آپس میں کشت و خون ہوا۔ مسلمانوں اور قادیانیوں میں کئی مبارلے ہوئے، جن میں بڑے بڑے جغادری علمائے کرام نے حصہ لیا۔ قحط پڑے، وبائیں آئیں۔ جلیاں والا کا تاریخی حادثہ ہوا، ہزاروں انسان، جن میں مسلمان، سکھ، ہندو سب شامل تھے، موت کے گھاٹ اتارے گئے، لیکن امرتسر جوں کا توں رہا۔

حفیظ پینٹر کی دکان پر یوں تو دنیا بھر کے سیاسی، مجلسی اور معاشی مسائل پر تبادلہ خیالات اور بحث ہوتی رہتی، مگر بڑے بڑے خام انداز میں۔ اصل میں وہ سب کے سب آرٹسٹ تھے۔ گو نیم رس۔۔۔ ان کو دراصل موسیقی سے شغف تھا۔ کوئی طبلے کی جوڑی اٹھا لیتا، کوئی ستار، کوئی سارنگی اور کوئی تانبورہ ہاتھ میں لے کر میاں کی ٹوڈی، مالکونس یا بھاگیری کا الاپ شروع کر دیتا۔

یہاں بھانگ بھی گھوٹی جاتی، چرس بھرے سگریٹ بھی پیے جاتے، شراب کے دور اکثر چلتے۔ اس لیے کہ دن اتنا بڑا بے باک نہیں تھا۔ ساڑھے آٹھ روپے میں ایک پوری بوتل بڑھیا سے بڑھیا سکاچ وہسکی کی آ جاتی تھی۔ حفیظ شام کو اپنی دکان کے بھاری بھر کم کواڑ بند کر دیتا اور ہم چٹائیوں پر بیٹھ کر اس مشروب سے آہستہ آہستہ لطف اندوز ہوتے۔ پھر آدھی رات کو جب آس پاس کی ساری دکانیں بند ہوتیں، ہم موسیقی کا دور شروع کر دیتے۔

یہاں قریب قریب سب گویّے، بڑے اور چھوٹے فن کا مظاہرہ کر چکے تھے۔ اس لیے کہ زندہ دل نوجوانوں کی محفل تھی۔ بھکڑ بازی بھی ہوتی تو کوئی برا نہ مانتا تھا۔

ایک دن میں صبح دس بجے کے قریب حفیظ پینٹر کی دکان کے سامنے سے گزر رہا تھا۔ اس لیے کہ مجھے ذرا آگے چل کر ایک کیمسٹ کی دکان سے اپنے کان کے لیے دوا لینی تھی کہ حفیظ نے برش کان میں اڑس کر مجھے با آواز بلند پکارا اور اسی کان میں اڑے ہوئے برش کو نکال کر اس سے مجھے اشارہ کیا، جس کا یہ مطلب تھا کہ میں اس کی بات سنتا جاؤں۔

میں اس کی دکان کے تھڑے کے پاس کھڑا ہو گیا، اور اس سے پوچھا، ''کیا بات ہے حفیظ صاحب؟''

حفیظ نے برش پھر کان میں اڑس لیا اور جواب دیا، ''بات یہ ہے میری جان کہ آج تو کل کا گانا ہو گا۔ اس کے ساتھ مچھر خان اور بسے خان بھی ہوں گے۔۔۔ وہ معاملہ بھی ہو گا۔۔۔ چھ بجے سے پہلے پہلے ہی آ جانا۔۔۔ میں نے تمام دوستوں کو اطلاع دے دی ہے۔ تو کل کو میں نے سنا تو نہیں لیکن نئے خیال کے لوگ اسے بہت پسند کر رہے ہیں۔ نوجوان ہے۔۔ کہتے ہیں کہ خان صاحب عاشق کے مانند بے ڈار گاتا ہے اور حق ادا کرتا ہے۔''

میں بہت خوش ہوا، ''آؤں گا اور ضرور آؤں گا۔ مگر یہ مچھر خان کیا بلا ہے۔۔۔ کیا تم اسے کسی مچھر دانی کے اندر بٹھاؤ گے؟''

حفیظ پینٹر کھلکھلا کر ہنسا، ''ارے نہیں یار، اس کی عادت ہے کہ جب کوئی تان لیتا ہے اور واپس سم پر آتا ہے اور بڑے زور سے اپنی رانوں پر دو ہتڑ مارتا ہے۔۔۔ اس لیے اس کا نام مچھر خان پڑ گیا ہے۔ جیسے وہ گا نہیں رہا، بلکہ اپنے بدن پر کاٹنے والے مچھر مار رہا ہے۔''

میں نے اس سے کہا، ''چلو، اس کا تماشا بھی دیکھ لیں گے۔۔۔ پر اگر اس نے آج رات کوئی مچھر نہ مارا تو یہ طے ہے کہ تمہارے آرٹ اسٹوڈیو سے وہ زندہ باہر نہیں نکلے گا۔''

حفیظ کھلکھلا کر ہنسا، کان میں سے اڑسا ہوا برش نکالا اور سائن بورڈ پینٹ کرنے لگا، ''جاؤ یار جاؤ۔۔ میرا وقت ہرج کر رہے ہو۔۔۔ مجھے یہ کام وقت پر مکمل کرنا ہے۔''

میں وہاں سے چلا گیا۔۔۔ کیمسٹ کی دکان سے دوائی لی۔ باہر نکلا تو شیخ صاحب جو وہاں کے بہت بڑے رئیس تھے، ان سے دو آدمی دکان کے پاس کھڑے باتیں کر رہے تھے۔ میں نے شیخ صاحب کو سلام کیا۔۔۔ انہوں نے جیسا کہ ان کی عادت تھی، چھڑی بجلی کے کھمبے کے ساتھ ماری۔ جب آواز پیدا ہوئی تو ان کا اطمینان ہو گیا تو وہ مجھ سے مخاطب ہوئے۔ ''کہو بھئی سعادت کیا حال ہے۔''

میں نے عرض کی، ''جناب کی دُعا سے سب ٹھیک ہے۔''

جن دو آدمیوں سے شیخ صاحب باتیں کر رہے تھے، وہ سیاہ فام تھے، لیکن اچکن کارنگ ان کے رنگ سے کہیں زیادہ کالا۔

دبلا پتلا، لیکن چہرے کے نقش تیکھے۔ شیخ صاحب چلنے لگے تو اس آبنوسی گوشت پوست کے ٹکڑے نے تیزی سے بڑھ کر شیخ صاحب کے کوٹ کی پیٹھ جھاڑنی شروع کی، بڑی نفاست سے، شیخ صاحب نے گرما

کر اس سے پوچھا، ''کیا بات تھی؟''

اس آبنوسی آدمی نے بڑی تیلی آواز میں جواب دیا، ''چند بال تھے اور تھوڑی سی گرد۔''

شیخ صاحب نے اس کا شکریہ ادا کیا اور کہا، ''اچھا تم کل صبح گھر پہ آنا'' اور وہ پھر بجلی کے کھمبے کو اپنی چھڑی سے بجاتے ہوئے غالباً کمپنی باغ کی طرف نکل گئے۔

ایک دن میں نے پھر اسے دیکھا۔ اپنے کٹڑے کے بازار میں وہ دو لالوں کی مصاحبی میں مصروف تھا۔ اس نے صاف ستھرے کوٹوں پر سے کئی مرتبہ غیر مرئی چیزیں جدا کیں۔ اس دن بھی وہ اپنی کالی اچکن پہنے تھا۔ حالانکہ کالے کپڑے پر گرد و غبار فوراً نمایاں ہوتا ہے، مگر میں نے غور سے دیکھا، کہ اس پر ایسی کوئی چیز بھی نہیں تھی۔ میرا خیال ہے وہ جنٹل مینوں کے برش کے علاوہ اپنا برش خود بھی تھا۔

مجھے راستے میں ایک دوست مل گیا۔ میں نے اس سے پوچھا، ''یہ آبنوسی آدمی کون ہے؟''

اس نے حیرت سے پوچھا، ''کون سا آبنوسی آدمی۔ ۔ ۔ بن مانس سنے تھے، مگر آبنوسی کہاں سے تم نے گھڑ لیا۔''

میں نے اس سے ذرا تیز لہجے میں کہا، ''ارے یہ آدمی جو ہمارے آگے آگے جا رہا ہے۔ ۔ ۔ چغد ہو پرلے درجے کے۔ کیا اتنا بھی نہیں جانتے کہ آبنوس ایک لکڑی ہوتی ہے۔''

''تو کیا یہ لکڑی ہے جو چل پھر رہی ہے؟''

''ابے نہیں۔ ۔ ۔ آبنوس کا رنگ کالا ہوتا ہے، چونکہ اس نے کالی اچکن پہنی ہے اور رنگ بھی اس کا خدا کے فضل و کرم سے خاصا کالا ہے، تو میں نے اسے آبنوسی کہہ دیا۔''

میرا دوست ہنسا، ''ارے، تم اسے نہیں جانتے، اس کا نام جنٹل مینوں کا برش ہے۔''

''اتنا تو میں جانتا ہوں۔''

''تو اس سے زیادہ تم اور کیا جاننا چاہتے ہو؟''

میں نے چِڑ کر کہا، ''یہی کہ اس کا محل وقوع کیا ہے۔ ۔ ۔ اس کا پیشہ کیا ہے؟''

میرا دوست مسکرایا، ''یہ ذات کا رُبابی ہے، جو دربار صاحب میں چوکی کرتے ہیں۔ ۔ ۔ مگر یہ وہاں نہیں جاتا۔ ۔ ۔''

''کیوں؟''

''بس اس کو امیروں کی صحبت حاصل ہے۔ ان ہی میں اٹھتا بیٹھتا ہے، اور ان کے کوٹوں پر برش کرتا

رہتا ہے ۔ ''

میں نے اس سے پوچھا، '' کھاتا پیتا کہاں سے ہے؟ ''

جواب ملا، '' جن کی مصاحب داری کرتا ہے ۔ ۔ اس کے علاوہ گاتا بہت اچھا ہے ۔ ''

میں نے پوچھا، '' تم نے کبھی سنا ہے اس کو؟ ''

'' نہیں، البتہ تعریف بہت سنی ہے ۔ ''

ہم باتوں میں مشغول پیچھے رہ گئے اور وہ جنٹل مینوں کا آبنوسی برش ان دو لالوں کے کوٹ جھاڑتا بہت دور نکل گیا۔

تھوڑی دیر کے بعد میرا دوست بھی مجھ سے جدا ہو گیا۔ اس کو کوئی ضروری کام تھا ورنہ میں اس شخص کے متعلق کچھ اور معلومات حاصل کرتا۔

اتفاق سے مجھے اپنے بہنوئی (جو امرتسر کے آنریری مجسٹریٹ تھے اور خدا معلوم کیا کیا تھے) کے ساتھ ایک تقریب پر جانا پڑا۔ اب مجھے اچھی طرح یاد نہیں کہ وہ تقریب تھی جو نئے ڈپٹی کمشنر کے تقرر کے سلسلے میں تھی۔ وہ شخص وہی کالی اچکن پہنے معزز او ر رئیس لوگوں کے ارد گرد چکر لگا رہا تھا۔ اس نے بلامبالغہ آدھے گھنٹے کے اندر اندر چن چن کر کئی رؤسا کے کوٹ صاف کیے۔ اپنی پتلی پتلی انگلیوں سے کسی کے کالر پر سے اس نے بال اٹھائے، کس کے کوٹ کی پیٹھ پر سے ۔ ۔ ۔ بعضوں کے کوٹوں کو، جب اس کی سمجھ میں نہ آیا وہ گرد اپنے رومال سے جھاڑ دی اور ہر ایک سے شکریہ وصول کیا۔

بڑی جرأت سے کام لے کر وہ ڈپٹی کمشنر بہادر کے پاس بھی جا پہنچا، اور اس کی پتلون صاف کر دی۔ وہ انگریز تھا۔ اس نے جنٹل مینوں کے برش کا تہہ دل سے شکریہ ادا کیا۔

اس کے بعد ایک رات جب کہ ہلکی ہلکی بوندا باندی ہو رہی تھی اور حفیظ پینٹر کی دکان میں ہم معشوق علی فوٹو گرافر سے اس کا گانا سن کر محظوظ ہو رہے تھے، اور ساتھ ساتھ وہسکی بھی پی رہے تھے، کہ اچانک دکان کا پھاٹک نما دروازہ کھلا اور جنٹل مینوں کا برش نمودار ہوا۔ اس نے ہم سب سے مخاطب ہو کر کہا، '' میں ادھر سے گزر رہا تھا کہ گانے کی آواز سنائی دی ۔ ۔ ۔ ماشاء اللہ بڑی سریلی تھی ۔ ۔ ۔ ہے تو یہ تہذیب کے خلاف کہ میں بن بلائے چلا آیا ۔ ۔ ۔ اگر آپ کی اجازت ہو تو کیا تھوڑی دیر کے لیے آپ کی محفل میں شریک ہو سکتا ہوں۔ ''

حفیظ پینٹر اور معشوق علی فوٹو گرافر بیک وقت بولے، '' ہاں، ہاں تشریف رکھیے ۔ ''

مبارک نے کہا، ''سر آنکھوں پر۔۔۔ یہاں میرے پاس بیٹھیے۔۔۔ آپ تو خود بڑے معرکے کے گانے والے ہیں۔۔۔ کچھ نوش فرمائیے گا۔''

مبارک کی مراد وہسکی سے تھی، مگر جنٹل مینوں کے برش نے بڑی شائستگی سے کہا، ''جی نہیں۔۔۔ میں اس نعمت سے محروم ہوں۔''

سب کے اصرار پر اس نے گانا شروع کیا۔ میاں کی ٹوڈی تھی جو اس نے ایسی خوش الحانی سے گائی کہ مزے آ گئے۔ اس کے بعد اس نے اجازت چاہی۔۔۔ سب نشے میں چور تھے، اس لیے ان کو یہ خبر نہیں تھی کہ باہر زوروں کی بارش ہو رہی ہے۔۔۔ لیکن جب جنٹل مینوں کے برش نے دروازہ کھولا تو اس نے کہا، ''حضور، باہر بہت بارش ہو رہی ہے، کیسے جائیے گا۔''

آبنوسی برش کے ہونٹوں پر مسکراہٹ نمودار ہوئی۔ ''آپ فکر نہ کریں، ابھی لالہ جگت نارائن کمبل والے کی گاڑی مجھے لینے کے لیے آ جائے گی۔۔۔ آپ اپنا شغل جاری رکھیے۔۔۔ شکریہ!''

یہ کہہ کر اس نے دکان کا پھاٹک نما دروازہ بند کر دیا۔

ایک گھنٹے کے بعد بارش تھمی تو محفل برخاست کر دی گئی۔۔۔ باہر نکل کر ہم نے دیکھا کہ کوئی آدمی بدرو میں اوندھے گرا پڑا ہے۔۔۔ میں نے غور سے دیکھا تو چلایا، ''ارے یہ تو وہی جنٹل مینوں کا برش ہے۔''

حفیظ نے لڑکھڑاتے ہوئے لہجے میں کہا، ''جنٹل مینوں کی ایسی تیسی۔۔۔ چلو اپنے اپنے گھر۔''

سب نے اس فیصلے پر صاد کیا۔۔۔ جب وہ چلے گئے تو تھوڑی دیر کے بعد وہ شخص جو بے داغ کالی اچکن پہنتا تھا اور رؤسا کے کوٹ صاف کیا کرتا ہے، ہوش میں آیا۔۔۔ اس کی اچکن کیچڑ سے اٹی ہوئی تھی، مگر اسے صاف کرنے والا کوئی نہیں تھا۔

جھمکے

سُنار کی اُنگلیاں جھمکوں کو برش سے پالش کر رہی ہیں جھمکے چمکنے لگتے ہیں سُنار کے پاس ہی ایک آدمی بیٹھا ہے جھمکوں کی چمک دیکھ کر اس کی آنکھیں تمتما اُٹھتی ہیں بڑی بے تابی سے وہ اپنے ہاتھ ان جھمکوں کی طرف بڑھاتا ہے اور سُنار کہتا ہے، ''بس اب رہنے دو مجھے''، سُنار اپنے گاہک کو اپنی ٹوٹی ہوئی عینک میں سے دیکھتا ہے اور مسکرا کر کہتا ہے، ''چھ مہینے سے الماری میں بنے پڑے تھے آج آئے ہو تو کہتے ہو کہ ہاتھوں پر سرسوں جماؤں۔''

گاہک جس کا نام چرنجی ہے کچھ شرمندہ ہو کر کہتا ہے، ''کیا بتاؤں لالہ کروڑی مل۔ اتنی رقم جمع ہونے میں آتی ہی نہیں تھی تم سے الگ شرمندہ جورو سے الگ شرمندہ عجب آفت میں جان پھنسی ہوئی تھی۔ جانے اس سونے میں کیا کشش ہے کہ عورتیں اس پر جان دیتی ہیں۔''

سُنار پالش کرنے کے بعد جھمکے بڑی صفائی سے کاغذ میں لپیٹتا ہے اور چرنجی کے ہاتھوں میں رکھ دیتا ہے۔ چرنجی کاغذ کھول کر جھمکے نکالتا ہے جب وہ جھُم جھُم کرتے ہیں تو وہ مسکراتا ہے۔ بھئی کیا کاریگری کی ہے لالہ کروڑی مل۔ دیکھے گی تو پھڑک اُٹھے گی۔ یہ کہہ کر وہ جلدی جلدی اپنی جیب سے کچھ نوٹ نکالتا ہے اور سُنار سے یہ کہہ کر ''کھرے کر لو بھائی''، دکان سے باہر نکلتا ہے۔

دکان کے باہر ایک تانگہ کھڑا ہے گھوڑا ہنہناتا ہے تو چرنجی اس کی پیٹھ پر تھپکی دیتا ہے، ''تمھیں بھی دو جھمکے بنوا دوں گا میری جان فکر مت کرو''، یہ کہہ کر وہ خوش خوش گھوڑے کی باگیں تھامتا ہے، ''چل میری جان ہوا سے باتیں کر کے دکھا دے۔''

چرنجی خوش خوش اپنے طویلے پہنچتا ہے دھیمے دھیمے سروں میں کوئی گیت گنگناتا اور یوُں اپنی خوشی کا اظہار

کرتا وہ گھوڑے کو تھپکی دیتا اور کہتا ہے،

''ابھی چھٹی نہیں ملے گی میری جان تیری مالکن یہ جھمکے پہن کر کیا باغ کی سیر کو نہیں جائے گی۔''

چرنجی جلدی جلدی گھر کا زینہ طے کرتا ہے اور زور سے آواز دیتا ہے۔ مُنی مُنی ایک چھوٹی سی لڑکی بھاگتی ہوئی اندر سے نکلتی ہے اور چرنجی کے ساتھ لپٹ جاتی ہے چرنجی جھمکے نکال کر اس کی کان کی لووں کے ساتھ لگاتا ہے اور کہتا ہے، ''ماں کہاں ہے تیری۔ جواب کا انتظار کیے بغیر وہ گھر کے سارے کمروں میں ہاتھ میں جھمکے لیے پھرتا ہے مُنی کی ماں۔ مُنی کی ماں کہتا۔ لڑکی اس کے پیچھے پیچھے بھاگتی ہے ۔۔

۔۔'' مُنی ماں کہاں ہے تیری۔ لڑکی جواب دیتی ہے، وہاں گئی ہے : لڑکی کا اشارہ سامنے بلڈنگ کی طرف تھا۔ چرنجی اُدھر دیکھتا ہے کھڑکی کے شیشوں میں سے ایک مرد اور ایک عورت کا سایہ نظر آتا ہے مرد عورت کے کانوں میں بُندے پہنا رہا ہے لمبے لمبے بُندے یہ منظر دیکھ کر چرنجی کے منہ سے دبی ہوئی چیخ سی نکلتی ہے وہ دونوں ہاتھوں سے اپنی ننھی بچی کو اُٹھا کر سینے کے ساتھ بھینچ لیتا ہے اور اس کی آنکھوں پر ہاتھ رکھ دیتا ہے جیسے وہ نہیں چاہتا کہ اس کی بچی اس خوف ناک سائے کو دیکھے سینے کے ساتھ اس طرح اپنی بچی کو بھینچے وہ آہستہ آہستہ نیچے اُترتا ہے وہ جھمکے جو وہ اپنے ساتھ لایا تھا اس کے ہاتھوں سے فرش پر گر پڑتے ہیں۔ نیچے طویلے میں آ کر وہ اپنی بچی کو جو کہ سخت پریشان ہو رہی ہے تانگے میں بٹھاتا ہے اور خود گھوڑے کی باگیں تھام کر تانگے کو باہر نکالتا ہے۔

چرنجی بالکل خاموش ہے جیسے اسے سانپ سُونگھ گیا ہے اُس کی ننھی بچی سہمے ہوئے لہجے میں بار بار پوچھتی ہے، ''ماتا جی کے جھمکے کہاں ہیں پِتا جی۔۔۔ ماتا جی کے جھمکے کہاں ہیں پِتا جی؟''

چرنجی کی بیوی اپنے گھر واپس آ گئی ہے اور ایک آئینہ سامنے رکھے اپنے پسندیدہ جھمکوں کو نظروں سے دیکھ رہی ہے اور گا رہی ہے۔ آئینہ دیکھتے دیکھتے وہ اپنی بچی کو آواز دیتی ہے مُنی ادھر آ تجھے ایک چیز دکھاؤں۔۔۔ کوئی جواب نہیں ملتا کہاں چلی گئی تو۔ یہ کہہ کر وہ اُٹھتی ہے اور اِدھر اُدھر اُسے ڈھونڈتی ہے جب وہ نہیں ملتی تو باہر نکلتی ہے سیڑھیوں کے اختتامی سرے پر جو چبوترا سا بنا ہے اس پر کھلے ہوئے کاغذ میں دو جھمکے دکھائی دیتے ہیں چرنجی کی بیوی ان کو اُٹھاتی ہے ایک دم اسے خوف ناک حقیقت کا احساس ہوتا ہے۔ ان جھمکوں کو مٹھی میں بھینچ کر وہ چیختی ہے۔ اسے معلوم ہو گیا ہے سب کچھ معلوم ہو گیا ہے دیوانوں کی طرح دوڑی دوڑی اندر جاتی ہے سب کمروں میں پاگلوں کی طرح چکراتی ہے اور مُنی کو آوازیں دیتی ہے جب اس کے دماغ کا طوفان کچھ کم ہوتا ہے تو وہ وہیں بیٹھ جاتی ہے جہاں پہلے بیٹھی تھی۔ سامنے اس کے

سامنے آئینہ پڑا ہے اس میں وہ غیر ارادی طور پر اپنی شکل دیکھتی ہے۔ چرنجی کی بیوی جب اپنی شکل اس زاویے میں دیکھتی ہے تو اس سے متنفر ہو کر آئینہ اُٹھاتی ہے اور زمین پر پٹک دیتی ہے آئینہ چکنا چور ہو جاتا ہے اور وہ آہستہ آہستہ قدم اُٹھاتی باہر نکلتی ہے ۔

سامنے والی بلڈنگ کا ایک کمرہ ۔۔۔ یہ کمرہ پُر تکلف طریقے سے سجا ہوا ہے ایک لڑکی اور ایک لڑکا جن کی عُمر میں تقریباً دو برس کا فرق ہے لڑکی چھ برس کی اور لڑکا آٹھ برس کا ہے دونوں اپنے باپ کے پاس بیٹھے ہیں اور اس سے کھیل رہے ہیں اتنے میں دروازے پر ہولے ہولے دستک ہوتی ہے پہلی بار جب دستک ہوتی ہے تو بچوں کا باپ نہیں سنتا۔ جب دوسری بار پھر ہوتی ہے تو وہ چونکتا ہے بچوں کی طرف دیکھتا ہے پھر ان کی آیا کی طرف اور کہتا ہے ان کو باہر لے جاؤ۔ کوئی میرا ملنے والا آیا ہے' جلدی جلدی بچوں کو نکال کر دروازہ بند کرتا ہے دوسرے دروازے کی طرف بڑھتا ہے جب دروازہ کھلتا ہے تو چرنجی کی بیوی اندر داخل ہوتی ہے اس کو دیکھ کر بچوں کے باپ کو سخت حیرت ہوتی ہے۔ وہ اس سے کہتا ہے، ''تم تو کہہ رہی تھیں مجھے جلدی گھر جانا ہے اب واپس کیسے آ گئیں۔'' چرنجی کی بیوی کچھ جواب نہیں دیتی۔ ساکت جامد کھڑی رہتی ہے اُس کو خاموش دیکھ کر وہ پھر اُس سے پوچھتا ہے، ''وہ ابھی تک واپس نہیں آیا۔'' چرنجی کی بیوی کچھ جواب نہیں دیتی وہ پھر اس سے سوال کرتا ہے۔ جھمکے پسند نہیں آئے۔؟ چرنجی کی بیوی کے ہونٹ کھلتے ہیں۔ پھیکی سی مسکراہٹ کے ساتھ کہتی ہے کیوں نہیں آئے۔ بہت پسند آئے۔ کیا اور لا دوں گے مجھے؟ بچوں کا باپ مسکراتا ہے جتنے کہو' بس یہی بات تھی۔۔۔ ''بڑے تلخ لہجے میں چرنجی کی بیوی کہتی ہے بس یہی بات تھی لیکن مجھے صرف جھمکے ہی نہیں چاہیئیں ناک کے لیے کیل۔ ہاتھوں کے لیے کنگنیاں کڑے گلے کے لیے ہار' ماتھے کے لیے جھومر پاؤں کے لیے پازیب مجھے اتنے زیور چاہیئیں کہ میرا باپ ان کے بوجھ تلے دب جائے اپنی عصمت کا زیور تو اُتار چکی ہُوں اب یہ گہنے نہ پہنوں گی تو لوگ کیا کہیں گے۔'' بچوں کا باپ یہ گفتگو سن کر سخت متحیر ہوتا ہے اس کی سمجھ میں کچھ نہیں آتا وہ چرنجی کی بیوی سے کہتا ہے۔ یہ تو کیا بہکی بہکی باتیں کر رہی ہے۔ چرنجی کی بیوی جواب دیتی ہے۔ بہکی پہلے تھی اب تو ہوش کی باتیں کر رہی ہوں سنو۔ میں تمہارے پاس اس لیے آئی ہوں کہ وہ چلا گیا ہے میری بچی کو بھی ساتھ لے گیا ہے اُسے سب کچھ معلوم ہو چکا ہے اب وہ کبھی واپس نہیں آئے گا جس طرح میری لٹی ہوئی آبرو واپس نہیں آئے گی۔۔۔ بولو مجھے پناہ دیتے ہو۔۔۔ میں تمہیں اس پاپ کا واسطہ دے کر التجا کرتی ہوں کہ جو تم نے اور میں نے مل کر لیا ہے کہ مجھے پناہ دو۔۔۔ بچوں کا باپ چرنجی کی بیوی کی سب

التجائیں سنتا ہے مگر وہ کیسے اس عورت کو پناہ دے سکتا ہے جس نے اپنے آپ کو جھمکے کے بدلے بیچا۔ ایک سودا تھا جو ختم ہو گیا چرنجی کی بیوی کو یہ سُن کر بہت صدمہ ہوتا ہے ناکام اور مایوس ہو کر وہ چلی جاتی ہے۔ چرنجی اب ایک نئے گھر میں ہے رات کا وقت ہے۔ وہ اپنی بچی مُنی کو سُلانے کی کوشش کرتا ہے مگر وہ نہیں سوتی بار بار اپنی ماں کے بارے میں پوچھتی ہے چرنجی اس کو ٹالنے کی کوشش کرتا ہے مگر بچی کی معصوم باتیں اُسے پریشان کر دیتی ہیں آخر میں گھبرا کر اُس کے منہ سے یہ نکلتا ہے، ''مُنی تمہاری ماتا جی مر گئی ہیں راستہ بھول کر وہ ایسی جگہ چلی گئی ہیں جہاں سے واپس آنا بڑا مشکل ہوتا ہے۔'' دروازہ کھلتا ہے۔ چرنجی فوراً مُنی کا چہرہ کمبل سے ڈھانپ دیتا ہے چرنجی کی بیوی داخل ہوتی ہے چرنجی اُٹھتا ہے اور اسے باہر دھکیل کر اپنے پیچھے دروازہ بند کر دیتا ہے۔ ''چلی جاؤ یہاں سے ۔۔۔'' وہ اُس سے کہتا ہے چرنجی کی بیوی جواب دیتی ہے، ''چلی جاتی ہوں میری بچی مجھے دیدو'' چرنجی غصے اور نفرت بھرے لہجے میں اُس سے کہتا ہے وہ عورت جو مرد کی بیوی نہیں بن سکتی اولاد کی ماں کیسے ہو سکتی ہے اپنے پاپ بھرے سینے پر ہاتھ رکھ کر کہو کیا تمہیں مُنی کی ماں کہلانے کا حق حاصل ہے کیا اس دن کے بعد جب تم نے یہ جھمکے لے کر ایک غیر مرد کو ہاتھ لگانے دیا تم اپنی اولاد کے سر پر شفقت کا ہاتھ پھیر سکتی ہو کیا تمہاری ماتا اُس دن جل کر راکھ نہیں ہو گئی تھی جب تمہارے قدم ڈگمگائے تھے اپنی بچی لینے آئی ہو وہ جھمکے پہن کر جنہوں نے تمہاری زندگی کے سب سے قیمتی زیور کو اُتار کر گندی موری میں پھینک دیا ہے۔ میں یہ پوچھتا ہوں جب یہ جھمکے ملتے ہیں تو تمہارے کانوں میں یہ آواز نہیں آتی کہ نہ تم ماں رہی ہو نہ بیوی۔ جاؤ تمہاری مانگ سیندور سے اور تمہاری گود اولاد سے ہمیشہ خالی رہے گی۔۔۔ جن قدموں سے آئی ہو انہی قدموں سے واپس چلی جاؤ۔ چرنجی اپنی بیوی کی التجاؤں کو ٹھکرا دیتا ہے تو وہ چلی جاتی ہے افسردہ اور خاموش۔

تانگے کا پہیہ گھوم رہا ہے یہ بتانے کے لیے کہ وقت گزر رہا ہے اور کئی سال بیت رہے ہیں تانگے کا پہیہ مڑتا ہے اور بڑے دروازے میں داخل ہوتا ہے یہ دروازہ گورنمنٹ کالج کا ہے جس میں کئی لڑکے اور لڑکیاں گزر رہی ہیں تانگہ کالج کے کمپاؤنڈ میں ٹھہرتا ہے چرنجی اب کافی بڈھا ہو چکا ہے۔تقریباً آدھے بال سفید ہیں۔اس کی ننھی بچی اب جوان ہے تانگے کی پچھلی نشست پر سے جب اُٹھتی ہے تو چرنجی اس کو بہت نصیحتیں کرتا ہے۔ بڑے صاحب کو ہاتھ جوڑ کر نمستے کہنا جو سوال پوچھیں ان کا ٹھیک ٹھیک جواب دینا۔وغیرہ وغیرہ لڑکی اپنے باپ کی ان باتوں سے پریشان ہو جاتی ہے اور اچھا اچھا کہتی وہاں سے چلتی ہے لیکن فوراً ہی چرنجی اس کو روکتا ہے اور جیب سے برفی نکال کر اس کو دیتا ہے اور کہتا ہے۔ پہلا دن ہے منہ میٹھا کر لو زبردستی

وہ اپنی لڑکی کے ہاتھ میں برفی رکھ دیتا ہے۔

سامنے کالج کے برآمدے میں دو تین لڑکے کھڑے ہیں جو آنے جانے والے لڑکوں اور لڑکیوں کو گھور رہے ہیں جب کرشنا کماری (چرنجی کی بیٹی) برآمدے کی طرف آتی ہے تو ایک لڑکا جس کا نام جگدیش ہے اپنے ساتھی کی پسلیوں میں کہنی سے ٹھونکا دیتا ہے اور کہتا ہے۔

’’لو بھئی ایک فرسٹ کلاس چیز آئی ہے۔ طبیعت صاف ہو جائے گی تمہاری۔‘‘ یہ کہہ کر جب وہ کرشنا کماری کی طرف اشارہ کرتا ہے تو اُس کے دوست سب اُدھر متوجہ ہوتے ہیں مگر انہیں بجائے ایک دیہاتی لڑکا نظر آتا ہے جو بڑا انہماک سے اپنے فارم کا مطالعہ کرتا ہوا ان کی طرف چلا آ رہا ہے سب لڑکے اس دیہاتی کو دیکھ کر ہنستے ہیں اور کہتے ہیں۔ بھئی کیا چیز ہے طبیعت واقعی صاف ہو گئی۔ کرشنا کماری اس دوران میں ایک طرف ہو گئی تھی۔ یہ دیہاتی لڑکا جس کا نام کرشن کمار ہے کالج کے اِن پرانے شریر طالب علموں کی طرف بڑھتا ہے وہ جگدیش سے بڑے سادہ لہجے میں پوچھتا ہے کیا آپ بتا سکتے ہیں کہ مجھے کہاں جانا ہے جگدیش ذرا پیچھے ہٹ کر اسے بڑے پیار سے دیکھتا ہے اور کہتا ہے چڑیا گھر۔‘‘ کرشن کمار اسی طرح سادہ لوحی سے جواب دیتا ہے جی نہیں چڑیا گھر میں کل جاؤں گا میں یہاں داخل ہونے آیا ہوں۔ سب لڑکے بے چارے کرشن کمار کا مذاق اُڑاتے ہیں اُسے چھیڑتے ہیں اتنے میں ایک لڑکی کرشنا کماری کو ساتھ لیے ان لڑکوں کے پاس آتی ہے اور ان میں سے ایک لڑکے کو جس کا نام ستیش ہے مخاطب کر کے کہتی ہے ستیش میرا پیریڈ خالی نہیں تم انہیں بتا دو کہ کہاں داخلہ ہو رہا ہے کرشنا کماری کا فارم ستیش کو دے کر وہ تیز قدمی سے چلی جاتی ہے ستیش فارم دیکھتا ہے اور کہتا ہے آپ کا نام کرشنا کماری ہے۔ کرشن کمار بول اُٹھتا ہے جی نہیں میرا نام کرشن کمار ہے سب ہنستے ہیں ستیش کرشن کمار کا فارم بھی لے لیتا ہے اور دونوں سے کہتا ہے آیئے کمار اور کماری صاحبہ میں آپ کو راستہ بتا دوں سب چلتے ہیں۔

اس کمرے کے باہر جہاں جہاں داخلہ ہو رہا ہے ستیش ٹھہر جاتا ہے اور ایک فارم کرشن کمار اور دوسرا کرشنا کو دے کر کہتا ہے، ’’اندر چلے جائیں۔‘‘

کرشن کماری اور کرشنا کمار دونوں اندر داخل ہوتے ہیں کرشن کمار ایک میز کی طرف بڑھتا ہے کرشنا کماری دوسرے میز کی طرف اِدھر کرشنا کماری کا انٹرویو شروع ہوتا ہے اُدھر کرشن کمار کا۔ کرشن کماری کا نام پڑھ کر پروفیسر کہتا ہے آپ کبڈی کھیلتے ہیں۔ کشتی لڑتے ہیں، گولہ پھینکتے ہیں۔

اِدھر دوسرا پروفیسر کرشن کمار سے کہتا ہے، ’’آپ کو کشیدہ کاری اور سلائی کے کام کا شوق ہے۔‘‘

کرش کمار اور کرشنا حیران رہ جاتے ہیں کرشن کماری پروفیسر سے کہتی ہے۔ جی نہیں مجھے تو کشیدہ کاری کروشیے اور سلائیوں کا شوق ہے اُدھر کرشن کمار پریشان ہو کر پروفیسر سے کہتا ہے۔ جی نہیں تو مجھے تو کبڈی کھیلنے گولہ پھینکنے اور کشتی لڑنے کا شوق ہے دونوں کے فارم تبدیل ہو گئے تھے ہال میں قہقہے بلند ہوتے ہیں ہال کی کھڑکیوں کے باہر جگدیش اور ستیش اور ان کی پارٹی کھڑی یہ سب تماشا دیکھتی رہتی ہے۔

بازار میں تانگہ کھڑا ہے چرنجی اس کو صاف کر رہا ہے اتنے میں ایک پٹھان آتا ہے اور چرنجی سے ان دو سو روپوں کا تقاضا شروع کر دیتا ہے جو اُس نے قرض لے رکھے ہیں پٹھان روز روز کے وعدوں سے تنگ آیا ہوا ہے چنانچہ وہ چرنجی سے بڑے دُرشت لہجے میں باتیں کرتا ہے چرنجی پٹھان سے معافی مانگتا ہے اور کہتا ہے کہ وہ بہت جلد اس کا قرضہ ادا کر دے گا پٹھان چرنجی سے کہتا ہے کہ وہ تانگہ گھوڑا بیچ کر قرض ادا کر دے گا اس سے چرنجی کو صدمہ ہوتا ہے تانگہ گھوڑا وہ کبھی بیچنے کے لیے تیار نہیں اس لیے کہ وہ اسے بہت عزیز ہے اتنے میں کرشنا کماری کی آواز آتی ہے، ''پتا جی'' میری کتابیں آپ ساتھ لے گئے ہیں نا۔۔ چرنجی اپنی لڑکی کو جواب دیتا ہے۔ ہاں بیٹی لے آیا ہوں اپنے ساتھ ۔۔ یہ کہہ کر وہ پٹھان کی ٹھوڑی کو ہاتھ لگاتا ہے اور کہتا ہے خان میری عزت تمہارے ہاتھ میں ہے میری لڑکی کے سامنے اپنے روپوں کا تقاضا نہ کرنا ۔۔ خان کا دل کچھ پسیجتا ہے چنانچہ جب کرشن کماری آتی ہے اور تانگے میں بیٹھتی ہے تو چرنجی سے کچھ نہیں کہتا خان کو سلام کر کے چرنجی تانگہ چلاتا ہے۔

دیہاتی لڑکے کرشن کمار کا مذاق اُڑایا جا رہا ہے، جگدیش نے اس کے پرانی وضح کے کوٹ کے ساتھ فرسٹ ایئر فول کی چٹ لگا کر رکھی ہے جدھر سے وہ بے چارہ گزرتا ہے لڑکے اُس کی طرف دیکھ کر ہنستے ہیں کرشن کمار جب سب کو ہنستے دیکھتا ہے تو خود بھی ہنسنا شروع کر دیتا ہے۔

اس دوران میں چرنجی کا تانگہ اور ایک موٹر آتی ہے اس میں سے ستیش اور اس کی بہن آ نکلتی ہے یہ وہ لڑکی ہے جس نے کرشنا کماری کا فارم ستیش کو دیا تھا، کرشن کماری جب ستیش کی بہن نرملا کو دیکھتی ہے تو اُن کو نمستے کرتی ہے، نرملا نمستے کا جواب دیتی ہے اور اپنے بھائی کا تعارف کراتے ہوئے کہتی ہے یہ میرے بھائی ستیش ہیں مگر آپ کی ایک بار پہلے ملاقات ہو چکی ہے ستیش کرشنا کماری کی طرف دیکھ کر مسکراتا ہے اور کہتا ہے آپ کبڈی کھیلتی ہیں، کشتی لڑتی ہیں اور گولہ پھینکتی ہیں، کرشنا کماری اس روز کا واقعہ یاد کر کے شرما جاتی ہے مگر ساتھ ہی ہنس پڑتی ہے تینوں کالج کی طرف بڑھتے ہیں کچھ دُور جاتے ہیں تو ایک شور سنائی دیتا ہے۔ جگدیش اور اُس کے ساتھیوں نے کرشن کمار کو کیچڑ بھرے گڑھے میں دھکا دے کر گرا دیا تھا کیچڑ میں

بے چارہ لت پت ہے لڑکے چھیڑ رہے ہیں جگدیش آگے بڑھ کر اُسے اُٹھانے لگتا ہے تو اُس کا کوٹ پھٹ جاتا ہے کرشن کمار سے اب برداشت نہیں ہو سکتا کیونکہ یہ کوٹ اسے بے حد عزیز ہے یہ اُس کے مرحوم باپ کا تھا جو اُس کی ماں نے سنبھال کر اُس کے لیے رکھا ہوا تھا جب اُس کا کوٹ پھٹ جاتا ہے تو وہ دیوانوں کی طرح اُٹھتا ہے اور جگدیش کو پیٹنا شروع کر دیتا ہے کالج میں جگدیش کی دھاک بیٹھی ہوئی تھی کہ وہ بہت لڑاکا ہے کوئی اس کے مقابل میں نہیں ٹھہر سکتا مگر جب کرشن کمار اسے بری طرح لتاڑتا ہے تو سب لڑکے حیران رہ جاتے ہیں اور جگدیش اور کرشن کمار دونوں کشتی لڑتے لڑتے سٹیج کرشنا کماری اور نرملا کے پاس آ جاتے ہیں تو زبردست گھونسہ مار کر جب کرشن کمار جگدیش کو گراتا ہے تو بے اختیار کرشنا کماری کے منہ سے نکلتا ہے، ''یہ کیا وحشیانہ پن ہے''، کرشن کمار یہ آواز سنتا ہے اور اپنا ہاتھ روک لیتا ہے سٹیج جگدیش کو اُٹھا کر ایک طرف لے جاتا ہے اتنے میں گھنٹی بجتی ہے سب لوگ چلے جاتے ہیں صرف کرشن کمار۔ کرشنا کماری اکیلے رہ جاتے ہیں دونوں چند لمحات خاموش کھڑے رہتے ہیں آخر میں کرشن کمار ندامت بھرے لہجے میں کرشنا کماری سے کہتا ہے، ''مجھے معاف کر دو۔ آئندہ مجھ سے کبھی ایسی وحشیانہ حرکت نہیں ہو گی''، کرشنا کماری اس کی سادگی سے بہت متاثر ہوتی ہے جب وہ اس سے کہتا ہے میں کسی سے کچھ نہیں کہتا لیکن یہ لڑکے میری طرف دیکھ دیکھ کر کیوں ہنستے ہیں۔ کیوں چھیڑتے ہیں کیوں تنگ کرتے ہیں۔ مجھے کیچڑ میں لت پت کر دیا ہے۔ یہ میرا کوٹ پھاڑ دیا ہے۔ جو میرے باپ کا ہے۔ کرشنا کماری اُس سے ہمدردی کرتی ہے اور اُسے بتاتی ہے کہ لڑکے اس کو صرف اس لیے چھیڑتے ہیں کہ اس کا لباس پرانی وضع کا ہے۔ اگر وہ اس طرح کا لباس پہننا شروع کر دے جیسا کہ دوسرے پہنتے ہیں تو اسے کوئی نہیں ستائے گا۔

کرشنا کماری کی باتیں کرشن کمار کے ذہن میں بیٹھ جاتی ہیں جگدیش اور اُس کے ساتھی جھاڑیوں کے پیچھے سے ان دونوں کو باتیں کرتے دیکھ لیتے ہیں۔

ہوسٹل۔۔۔ کرشن کمار اپنے کمرے میں آئینے کے سامنے کھڑا ہے اور سوٹ کا معائنہ کر رہا ہے اس دوران میں وہ ایک گانا گاتا ہے بڑے جذبات بھرے انداز میں، اُس کے گانے سے معلوم ہوتا ہے کہ وہ کسی کے عشق میں گرفتار ہو گیا ہے۔

ساتھ والے کمرے میں جگدیش ڈنٹر پیل رہا ہے اور ڈسیل پھیر رہا ہے جب اُسے گانے کی آواز آتی ہے تو وہ بہت حیران ہوتا ہے۔ دروازہ کھول کر وہ باہر نکلتا ہے اور یہ معلوم کرتا ہے کہ ساتھ والے کمرے میں

کوئی گار ہا ہے وہ باہر نکلتا ہے اور کمرے کے دروازے پر دستک دیتا ہے اندر سے آواز آتی ہے آ جاؤ، ''جگدیش دروازہ کھول کر اندر داخل ہوتا ہے تو کیا دیکھتا ہے کہ کرشن کمار نیا سوٹ پہنے کھڑا ہے جب دونوں کی آنکھیں چار ہوتی ہیں تو کرشن کمار کہتا ہے۔ آپ لڑنے آئے ہیں تو مہربانی کر کے یہاں سے چلے جائیے کیونکہ اب کسی پر ہاتھ نہیں اُٹھاؤں گا۔۔۔ جگدیش مسکراتا ہے اور اپنے تیل لگے بدن کی طرف دیکھتا ہے۔۔۔ نہیں نہیں میں لڑنے نہیں آیا صلح کرنے آیا ہوں۔۔۔ یہ کہہ کر وہ اپنے ہاتھ بڑھاتا ہے جسے کرشن کمار قبول کر لیتا ہے اس کے بعد جگدیش اس کے گانے کی تعریف کرتا ہے اور کہتا ہے دوست ایسا معلوم ہوتا ہے کہ تمہارے دل کو لگی ہے آواز میں بہت درد ہے درد ایسے ہی پیدا نہیں ہوا ضرور کسی کی ترچھی نظر نے تمہیں گھائل کیا ہے۔'' کرشن کمار بہت سادہ لوح ہے فوراً ہی اپنے دل کا راز جگدیش کو بتا دیتا ہے۔

اب تم نے دوست کہا ہے تو تم سے کیا پردہ۔۔۔ اُس لڑکی کرشنا کماری نے ایسی پیاری پیاری باتیں کی ہیں کہ کچھ سمجھ میں نہیں آتا۔ میرے دل کو کیا ہو گیا ہے بڑی شریف اور بڑی ہمدرد لڑکی ہے اُس نے مجھے بتایا کہ تم لوگ مجھے کیوں چھیڑتے ہو اب دیکھ لو اُس کے کہنے پر میں نے تین سوٹ بنوا لیے ہیں۔ جگدیش اس کا ہمراز بن جاتا ہے اور اس سے کہتا ہے تمہیں عشق ہو گیا ہے سمجھے یعنی تمہارا دل جو ہے نا وہ اس لڑکی پر آ گیا ہے اب تمہیں یہ چاہیے کہ تم اس لڑکی پر اپنے عشق کا اظہار کر دو اگر تم نے اپنی محبت کو اپنے پہلو میں دبائے رکھا تو اسے زنگ لگ جائے گا اور دیکھو عورت کو اپنی طرف مائل کرنے کا سب سے آسان طریقہ یہ ہے کہ تم اُسے کوئی تحفہ دو انگوٹھی، بُندے، جھمکے کچھ بھی۔

سادہ لوح کرشن کمار جگدیش کی یہ سب باتیں اپنے پلے باندھ لیتا ہے۔

کالج کے باغیچے میں کرشنا کماری ایک بنچ پر بیٹھی ہے کرشن کمار آہستہ آہستہ اُس کے پاس جاتا ہے جس طرح جگدیش نے کہا تھا اس طرح وہ اس پر اپنے عشق کا اظہار کرتا ہے بڑے خام انداز میں۔۔۔ اس کے بعد وہ اپنی جیب سے ایک چھوٹی سی ڈبیا نکالتا ہے اور کرشنا کماری کو سونے کے جھمکے تحفے کے طور پر پیش کرتا ہے کرشنا کماری یہ ڈبیا غصے میں آ کر ایک طرف پھینک دیتی ہے۔ کرشن کمار کو صدمہ پہنچتا ہے اور حیرت بھی ہوتی ہے چونکہ وہ بے حد سادہ لوح ہے اس لیے وہ ساری بات کرشنا کو بتا دیتا ہے مجھے جگدیش نے کہا تھا کہ دل میں کوئی بات نہیں رکھنی چاہیے، مجھے کئی راتوں سے نیند نہیں آئی ہر وقت تمہارے متعلق سوچتا رہتا ہوں تم نے کیوں مجھ سے ہمدردی کا اظہار کیا تھا اگر میرے دل میں تمہارے لیے محبت پیدا ہوئی ہے تو یہ تمہارا قصور ہے میرا نہیں۔ یہ جھمکے تو میں نے تمہیں دینے ہیں ان سے میری محبت ظاہر

نہیں ہوتی یہ تو مجھ سے جگدیش نے کہا تھا کہ ایسے موقعوں پر تحفہ ضرور دینا چاہیے میں تو اپنی ساری زندگی تمہیں تحفے کے طور پر دینے کے لیے تیار ہوں۔

جب کرشنا کماری کو یہ معلوم ہوتا ہے کہ جگدیش نے اسے بے وقوف بنانے کی کوشش کی تھی اور وہ کرشن کمار کی صاف گوئی سے متاثر ہوتی ہے تو وہ جھمکوں کی ڈبیا اٹھا لیتی ہے اور اپنے پاس رکھ لیتی ہے اور اس سے کہتی ہے مجھے تمہارا یہ تحفہ قبول ہے۔ کرشن کمار بہت خوش ہوتا ہے جھمکے لے کر کرشن کماری کچھ اور کہے سنے بغیر چلی جاتی ہے کرشن کمار چند لمحات خاموش کھڑا رہتا ہے اتنے میں جگدیش اور ستیش دونوں جھاڑیوں کے پیچھے سے نکلتے ہیں اور کرشن کمار کو مبارکباد دیتے ہیں کرشن کمار بہت جھینپتا ہے اس کے ساتھ ہی وہ جگدیش سے کہتا ہے ۔۔۔ '' مگر یار تم نے تو کہا تھا کہ میں یہ بات کسی کو نہیں بتلاؤں گا۔ ''

ستیش کی طرف دیکھ کر وہ پھر کہتا ہے ان کو بھی پتہ لگ گیا ہے جگدیش کرشن کمار کو تسلی دیتا ہے کہ ستیش اپنا آدمی ہے وہ کسی سے کچھ نہیں کہے گا چنانچہ ستیش بھی کرشن کمار کو ہر ممکن تسلی دیتا ہے کہ وہ اس کے عشق کا راز کسی کو نہیں بتائے گا۔

طویلے میں چرنجی ساز پالش کر رہا ہے ۔ تانگے کی پیتل کی چیزیں پالش کر رہا ہے گھوڑے کو مالش کر رہا ہے جب مالش کرتا ہے تو اُس سے پیار و محبت کی باتیں کرتا ہے ۔ دوست تم نے میری بہت خدمت کی ہے اگر تم نہ ہوتے تو جانے زندگی کتنی کٹھن ہو جاتی تم نے اور میں نے دونوں نے مل کر منی کو پڑھایا ہے اتنے میں اس کے دو تین دوست جو تانگے والے ہیں، آتے ہیں ان میں ایک چرنجی سے کہتا ہے یہ تم گھوڑے سے کیا باتیں کر رہے ہو جیسے یہ سب کچھ سمجھتا ہے ۔ چرنجی گھوڑے کی پیٹھ پر تھپکی دیتا ہے اور کہتا ہے انسانوں سے حیوانوں کی دوستی اچھی میرے بھائی۔ انہیں کوئی ورغلا تو نہیں سکتا۔ غلام محمد تیری جان کی قسم سچ کہتا ہوں اس جانور نے میری بڑی خدمت کی ہے تانگے میں اٹھارہ اٹھارہ گھنٹے جوتے رکھا ہے غریب کو۔۔۔ اتنے میں پٹھان آتا ہے چرنجی اس کو سلام کرتا ہے اور اپنے تہبند کے ڈب سے نوٹ نکالتا ہے اور کہتا ہے۔

'' خان صاحب یہ رہے آپ کے سو روپے کھرے کر لیجیے۔ باقی رہے سو اس کا بھی بندوبست ہو جائے گا۔ یہ میرا گھوڑا سلامت رہے۔ ''

یہ کہہ کر وہ بڑے فخر سے اپنے گھوڑے کی طرف دیکھتا ہے پٹھان نوٹ لے کر چلا جاتا ہے اتنے میں ایک تانگے والا چرنجی سے کہتا ہے تم لڑکی کو پڑھانا شروع کر کے خواہ مخواہ ایک جنجال میں پھنس گئے ہو۔ کوئی نہ کوئی قرض خواہ تمہارے پیچھے لگا ہی رہتا ہے۔ چرنجی ہنستا ہے سب سے بڑی قرض خواہ میری بیٹی ہے اس کا

قرض ادا ہو ا ہو تو ایسے لاکھ قرض لینے والے میرے پیچھے پھرتے ہیں مجھے کوئی پروانہ نہیں تم میں سے کوئی افیم کا نشہ کرتا ہے کوئی شراب کا مجھے ایک بھی ایک نشہ ہے جب میں دیکھتا ہوں کہ میری لڑکی دولت مند آدمیوں کی لڑکیوں کی طرح پڑھ رہی ہے تو میرا دل و دماغ ایک عجیب نشے سے جھومنے لگتا ہے عورت کو ضرور تعلیم حاصل کرنی چاہیے میرے بھائی اس کے قدم مضبوط ہو جاتے ہیں ۔۔۔ یہ کہہ کر وہ گھوڑے کو تھپکی دیتا ہے اور خوش خوش باہر نکلتا ہے تا کہ گھر جائے ۔

اندر آئینہ سامنے رکھے کرشنا کماری اپنے کانوں میں کرشن کمار کے دیئے ہوئے جھمکے پہنے بیٹھی ہے اور انہیں پسندیدہ نظروں سے دیکھ رہی ہے گیت گا رہی ہے اور جیسے بے خودی سی ہو رہی ہے جھمکے اسے بہت پسند آئے ہیں اس پسندیدگی کا اظہار اُس کی ہر حرکت سے معلوم ہوتا ہے ۔

چرنجی آتا ہے گھر کے اندر داخل ہوتے ہی وہ گانے کی آواز سنتا ہے ۔

کرشنا کماری بدستور گانے میں مشغول ہے ۔۔۔ دفعتاً پاگلوں کی طرح چرنجی اندر داخل ہوتا ہے کرشن کماری ایک دم گانا بند کر کے دونوں ہاتھوں سے اپنے کانوں کو ڈھانپ لیتی ہے چرنجی آگے بڑھتا ہے زور سے کرشنا کماری کے دونوں ہاتھ نیچے جھٹک دیتا ہے ۔ قریب ہے کہ جھمکوں کو اس کے کانوں سے نوچ لے ۔ کرشن کماری خوفزدہ ہو کر پیچھے ہٹتی ہے چرنجی پاگلوں کی طرح اُس کی طرف بڑھتا ہے اور چلانا شروع کر دیتا ہے ،'' کہاں سے لیے ہیں تو نے جھمکے ۔۔۔ کہاں سے لیے ہیں یہ جھمکے ۔۔۔ '' وہ اس قدر زور سے چلاتا ہے کہ ایک دم اسے چکر آ جاتا ہے ۔ جذبات سے اس کی آنکھوں کے آگے اندھیرا سا چھا جاتا ہے اس کی بلند آواز بالکل دھیمی ہو جاتی ہے کہاں سے لیے ہیں یہ جھمکے ۔ سر کو دونوں ہاتھوں میں تھام کر وہ چار پائی پر بیٹھ جاتا ہے اس کی لڑکی فوراً اٹھ کر لے کر جھلنا شروع کر دیتی ہے ۔

چند لمحات کی خاموشی کے بعد وہ ایک گلاس پانی مانگتا ہے ۔ کرشن کماری اس کو پانی پلاتی ہے پانی پینے کے بعد وہ کرشنا کماری سے پھر پوچھتا ہے منی یہ جھمکے تو نے کہاں سے لیے ہیں کرشنا کماری تھوڑے سے توقف کے بعد ذرا حکمت سے جھوٹ بولتے ہوئے جواب دیتی ہے ،'' کالج کی ایک سہیلی نے دیئے ہیں ۔'' چرنجی اپنی لڑکی کی آنکھوں میں آنکھیں ڈال کر دیکھتا ہے اور کہتا ہے اپنی سہیلی کو واپس دے آؤ ۔ لڑکی پوچھتی ہے کیوں پتا جی چرنجی جواب دیتا ہے ۔ تمہاری ماں کو یہ زیور پسند نہیں تھا یہ کہہ کر وہ اُٹھتا ہے اور بیماروں کی طرح قدم اٹھاتا باہر چلا جاتا ہے اُس کی لڑکی اُس سے پوچھتی ہے ،'' کھانا نہیں کھائیں گے آپ؟ '' چرنجی جواب دیتا ہے ۔۔۔ '' نہیں ۔''

باہر نکل کر چرنجی گھوڑے کی باگیں تھامتا ہے۔ اور تانگہ چلاتا ہے اور (گھوڑے کو) مخاطب کر کے اُس سے کہتا ہے آج میری لڑکی نے پہلی بار جھوٹ بولا ہے اور افسردگی کے عالم میں وہ تانگے پر کئی بازاروں کے چکر لگاتا ہے حتیٰ کہ رات ہو جاتی ہے۔

ایک نیم روشن بازار میں سے اُس کا تانگہ گزر رہا ہے اچانک ایک عورت چند مردوں کی جھپٹ سے نکل کر تیزی سے چرنجی کے تانگے کی جانب بڑھتی ہے وہ لڑکھڑاتے ہوئے قدموں سے بھاگتی تانگے کی پچھلی نشست پر بیٹھ جاتی ہے یہ عورت شراب کے نشے میں چور ہے۔ زیورات سے لدی ہوئی ہے تانگے میں بیٹھتے ہی وہ چرنجی سے باتیں شروع کر دیتی ہے، ''مجھے چھیڑتے تھے اُلو کے پٹھے پر میں دام لیے بغیر کسی کو ہاتھ لگانے دیتی ہوں...کیوں تانگے والے تمہارا کیا خیال ہے۔ دنیا میں پیسہ ہی تو ہے تم کچھ بولتے نہیں۔ مجھے یاد آیا میرا اپنی ایک تانگے والا ہی تھا پر اُس کے پاس اتنے پیسے بھی نہ تھے کہ مجھے نگورے جھمکے لا دیتا لیکن اب دیکھو میری طرف یہ کڑے' یہ گلوبند' یہ انگوٹھیاں...ایک سے ایک بڑھ کر...یہ کہہ کر وہ درد بھرے انداز میں ہنستی ہے۔ عصمت کا گہنا اتر جائے تو یہ زیور پہننے ہی چاہئیں۔''

چرنجی پہچان لیتا ہے کہ یہ عورت کون ہے اُس کی بیوی تھی جو اس حالت کو پہنچ چکی تھی۔ چرنجی کمبل سے اپنا چہرہ قریب قریب چھپا لیتا ہے اس پر طوائف اُس سے کہتی ہے تم کیوں اپنا چہرہ چھپاتے ہو چھپانا تو مجھے چاہیے یہ چہرہ جس پر کئی پھٹکاریں پڑی ہیں یہ کہہ کر وہ پھر ہنستی ہے تم خاموش کیوں ہو تانگہ روک دو میرا گھر آ گیا ہے چرنجی تانگہ روک دیتا ہے طوائف پائیدان پر پاؤں رکھ کر اُترنے لگتی ہے کہ لڑکھڑا کر گرتی ہے اوندھے منہ چرنجی دوڑ کر اُسے اُٹھاتا ہے طوائف ہنستی ہے گرنے والوں کو اُٹھایا نہیں کرتے میری جان یہ کہہ کر جب وہ گھر کی طرف چلنے لگتی ہے تو لڑکھڑا کر پھر گرتی ہے۔ چرنجی اس کو تھام لیتا ہے اور اُس کو اس کے گھر تک چھوڑ آتا ہے جب چلنے لگتا ہے تو طوائف اس کو کرایہ دیتی ہے چرنجی کرایہ لے لیتا ہے طوائف اس کا بازو پکڑ کر اندر گھسیٹتی ہے، ''آؤ میری جان آؤ...آج کی رات میرے مہمان رہو...میں تم سے ایک پیسہ بھی نہیں لوں گی۔...آؤ شراب کی پوری بوتل پڑی ہے اوپر...آؤ...''

چرنجی تانگے میں بیٹھ کر چلا جاتا ہے۔ طوائف ہنستی ہے اور کہتی ہے بے وقوف کہیں کا...مفت کی قاضی بھی نہیں چھوڑتا۔

چرنجی گھر پہنچتا ہے جب اندر داخل ہوتا ہے تو اُسے رونے کی آواز سنائی دیتی ہے کمرے میں جا کر دیکھتا ہے کہ اس کی لڑکی بستر پر اوندھے منہ لیٹی ہے اور زار زار رو رہی ہے چرنجی اُس کے پاس جاتا ہے اس کے

سر پر ہاتھ پھیرتا ہے اور رونے کا سبب پوچھتا ہے اس کی لڑکی اور زیادہ رونا شروع کر دیتی ہے جب چرنجی دوبارہ اس سے رونے کا سبب پوچھتا ہے تو وہ کہتی ہے مجھے ماں یاد آ رہی ہے اگر وہ آج زندہ ہوتیں تو میں۔۔۔۔۔میں۔۔۔۔۔وہ اس کے آگے کچھ نہیں کہہ سکی اور باپ کے پاؤں پکڑ کر کہتی ہے مجھے معاف کر دیجیے پتا جی میں نے آج آپ سے جھوٹ بولا ہے۔۔۔چرنجی کہتا ہے مجھے معلوم ہے۔اس پر اس کی لڑکی کہتی ہے اگر آج میری ماتا جی ہوتیں تو میں یہ جھوٹ کبھی نہ بولا ہوتا بہت سی باتیں ایسی ہوتی ہیں جو لڑکیاں صرف اپنی ماؤں کو ہی بتا سکتی ہیں۔۔۔چرنجی اپنی لڑکی کو اُٹھاتا ہے اور اپنے پاس بٹھاتا ہے میں تمہاری ماں ہوں۔۔۔ ''بولو کیا بات ہے۔۔۔شرماؤ نہیں۔'' کرشنا کماری جھینپ جاتی ہے اور شرما کر کہتی ہے، ''یہ جھمکے مجھے کالج کے ایک لڑکے نے دیئے ہیں پتا جی۔ وہ بہت ہی اچھا ہے۔'' یہ کہہ کر وہ تیزی سے کمرے سے باہر نکل جاتی ہے سسکیاں لیتی ہوئی۔۔۔چرنجی بستر پر پڑے ہوئے جھمکوں کو اُٹھاتا ہے اور اُن کی طرف دیکھتا ہے۔

چرنجی کا تانگہ کالج کے دروازے میں داخل ہوتا ہے کرشنا کماری اپنی کتابیں لے کر نیچے اُترتی ہے چرنجی اپنی جیب سے جھمکوں کی ڈبیا نکالتا ہے اور لڑکی کو دے کر کہتا ہے اسے آج واپس کر دینا، '' کرشنا کماری ڈبیا لے کر خاموشی سے چلی جاتی ہے آہستہ آہستہ قدم اُٹھاتی وہ کالج کے باغیچے کی طرف بڑھتی ہے۔'' باغیچے میں ایک بینچ پر کرشن کمار بیٹھا ہے اور ایک خط پڑھ رہا ہے کرشنا کماری کو دیکھ کر وہ اُٹھ کھڑا ہوتا ہے اور اس سے باتیں شروع کر دیتا ہے۔ ماتا جی کا خط آیا ہے لو پڑھو۔۔۔نہیں ٹھہرو۔ میں پڑھ کے سناتا ہوں۔۔۔پر تم ہنسنا نہیں، میری ماں بے چاری سیدھی سادی دیہاتی ہے میں نے ان کو تمہاری بات لکھی ہے میں اُن سے کوئی بات چھپا کر نہیں رکھتا سُنو انہوں نے کیا لکھا ہے ۔۔۔بیٹا کمار۔۔۔ایسی کوئی بات نہ کرنا جس سے اس لڑکی کی بدنامی ہو اس کے ماں باپ سے ملو اور کہو جیسی وہ ان کی بیٹی ہے ویسے ہی تم ان کے بیٹے ہو میری طرف سے اُس کو آشیرواد دینا تم جگ جگ جیو۔۔۔اور باقی احوال یہ ہے کہ میں نے خالص گھی کی اپنے ہاتھ سے یہ مٹھائی بنائی ہے جو تمہیں بھیج رہی ہوں اس میں آدھا حصہ تمہاری کرشنا کماری کا ہے۔ کہنا تمہاری ماتا جی نے بھیجا ہے۔ کرشنا کماری دم بخود یہ باتیں سنتی رہتی ہے کرشن کمار اس رو میں باتیں کرتا رہتا ہے اور کرشنا کماری کو موقع ہی نہیں ملتا کہ وہ کچھ کہہ سکے ۔۔۔دیکھا میری ماں کتنی سیدھی سادھی ہے انہوں نے مٹھائی بھیجی ہے بالکل خراب تھی۔ پر میں ساری کی ساری کھا گیا ہوں۔۔۔کیا کرتا اگر نہ کھاتا تو ناراض ہو جاتیں۔ میں بھی بالکل ان جیسا ہوں۔۔۔اگر تم نے اس روز میرا تحفہ قبول نہ کیا ہوتا تو

میرا دل ٹوٹ جاتا جانے میں کیا کر بیٹھتا۔۔۔ کرشنا کماری کچھ کہنا چاہتی ہے مگر اس کی آواز رندھ جاتی ہے جھمکے واپس دینا چاہتی ہے نہیں دے سکتی۔ اُس کی آنکھوں سے آنسو چھلک پڑتے ہیں ایک دم تیزی سے مڑتی ہے اور کرشن کمار کو وہیں چھوڑ کر چلی جاتی ہے۔

کرشنا کماری تیزی سے جا رہی ہے کہ اس کی مڈ بھیٹر جگدیش اور ستیش سے ہوتی ہے دونوں اُس کی طرف غور سے دیکھتے ہیں کیونکہ اس کی آنکھیں آنسوؤں سے لبریز ہیں کرشنا کماری چلی جاتی ہے جگدیش اور ستیش ایک دوسرے کی طرف معنی خیز نظروں سے دیکھتے ہوئے اُس طرف بڑھتے ہیں جدھر کرشن کمار بیٹھا ہے۔ جگدیش اور ستیش دونوں کمار سے ملتے ہیں جگدیش اُس سے کہتا ہے، ''کمار۔۔۔تم نے یہ کیا غضب کر دیا بے چاری رو رہی تھی۔۔۔بھئی یہ رومانس اچھا رہا مارا وارا تو نہیں تم نے۔۔۔۔''

کرشن کمار سادہ لوحی کے ساتھ مسکراتا ہے اور کہتا ہے ایک خاص بات تھی جگدیش نے اُس سے یہ خاص بات دریافت کی تو کرشن کمار کہتا ہے ایک خاص بات تھی۔۔۔جگدیش پھر اُس سے یہ خاص بات دریافت کرتا ہے کرشن کمار کہتا ہے۔بھئی سب باتیں تمھیں نہیں بتا سکتا۔ کہہ دیا یا ایک خاص بات تھی یہ کہہ کر وہ چلا جاتا ہے جگدیش اور ستیش دونوں اکیلے رہ جاتے ہیں دونوں بینچ پر بیٹھ جاتے ہیں اور کرشنا کماری کے متعلق باتیں شروع کر دیتے ہیں جگدیش کہتا ہے میں سمجھتا ہوں کہ فلرٹ ہے اُس کو حاصل کرنے کا سب سے بہتر طریقہ یہ ہے کہ تانگے والے سے بات چیت کی جائے وہ اُس کے سارے بھید جانتا ہو گا باہر ہی باہر معاملہ طے ہو جائے گا اور یہاں کالج میں کسی کو کانوں کان خبر نہ ہو گی۔ ستیش کو یہ بات پسند آتی ہے چنانچہ طے ہوتا ہے کہ جگدیش تانگے والے سے بات چیت کرے۔

چرنجی کالج کے باہر تانگہ لیے پاس ہی پان سگریٹ والے کی دُکان ہے یہاں جگدیش کھڑا ہے پان والے سے پان اور سگریٹ لیتا ہے اور چرنجی کی طرف بڑھتا ہے گھوڑے کو تھپکی دیتا ہے پھر اس کی تعریف کرتا ہے اس طرح وہ چرنجی سے آہستہ آہستہ گفتگو شروع کر دیتا ہے آخر میں وہ باتوں باتوں میں چرنجی سے کہتا ہے، ''استاد ہر عیش کرتے ہو ہر روز ایک پٹھا خاصی لونڈیا اس تانگے میں بٹھا کر لاتے ہو اور لے جاتے ہو۔۔۔اچھا میں نے کہا۔ کچھ ہماری دال گل سکتی ہے اور اُستاد تم جو چاہو تو سب کچھ کر سکتے ہو تمھارے دائیں ہاتھ کا کام ہے ایسا ہی ایک تانگہ گھوڑا بن جائے گا۔ اگر ہمارا کام ہو جائے، چرنجی ہنستا رہتا ہے جگدیش کو اور شہ ملتی ہے ''اماں ہم سب جانتے ہیں کہ لونڈیا ایسی نہیں کہ ہاتھ نہ آ سکے۔ کالج میں اس کا ایک لڑکے سے سلسلہ جاری ہے۔ چرنجی اب کچھ دلچسپی لیتا ہے اور جگدیش سے چند باتیں دریافت کرتا ہے جگدیش

اسے بتاتا ہے کہ اس لڑکی کرشنا کماری پر کالج میں ایک لڑکا جو بہت بدمعاش ہے ڈورے ڈال رہا ہے اور اُس لڑکے سے وہ کانوں کے جھمکے بھی لے چکی ہے۔

یہ سب باتیں بتانے کے بعد جگدیش چرنجی سے کہتا ہے، ''دیکھو اگر اس کو زیوروں کا ہی شوق ہے تو ہم بڑھیا بڑھیا چیز دے سکتے ہیں تم یہ باتیں اپنے طور سے اس کے ساتھ کرنا سمجھے۔ اس قسم کی چند باتیں ہونے کے بعد طے ہوتا ہے کہ جگدیش شام کو کمپنی باغ کے پاس فلاں فلاں مقام پر چرنجی کا انتظار کرے جب لڑکی جھٹ مان جانے والی ہے تو چرنجی سارا معاملہ ٹھیک کر دے گا۔''

اسی روز شام کو جگدیش مقررہ جگہ پر پہنچ جاتا ہے کھمبے کے ساتھ کھڑا سگریٹ پی رہا ہے اتنے میں عین وقت پر چرنجی کا تانگہ سڑک پر نمودار ہوتا ہے چرنجی کھمبے کے پاس اپنا تانگہ روکتا ہے جگدیش بہت خوش ہو کر چرنجی سے کہتا ہے ۔ ۔ ۔ ''بھئی بالکل انگریز ہو ۔ ۔ ۔ ٹھیک وقت پر آئے ہو نہ ایک منٹ اُدھر نہ ایک منٹ ادھر ۔ ۔ ۔ چرنجی مسکراتا ہے اور کہتا ہے، اب آپ وقت ضائع نہ کیجیے اور بیٹھ جائیے تانگے میں میں آپ کو سیدھا راستہ بتا دوں جگدیش خوش خوش تانگے میں بیٹھ جاتا ہے اور چرنجی کو ایک سگریٹ پیش کرتا ہے تانگہ چلتا ہے۔''

جگدیش چرنجی کے ساتھ لڑکی کی باتیں کرتا رہتا ہے تانگہ مختلف سڑکیں طے کرنے کے بعد ایک ویران سی جگہ پر پہنچتا ہے چرنجی باگیں کھینچ کر گھوڑا ٹھہراتا ہے بڑے اطمینان سے اپنا کمبل اور پگڑی اتار کر اگلی نشست پر رکھتا ہے اور آستینیں چڑھا کر جگدیش سے کہتا ہے آیئے آپ کی لڑکی سے ملاقات کرا دوں، ''جگدیش چرنجی کی طرف شک کی نظروں سے دیکھتا ہے مگر چرنجی اس کا بازو پکڑتا ہے اور کھینچ کر جھاڑیوں کے پیچھے لے جاتا ہے چند لمحوں کے بعد جگدیش کا ہیٹ سڑک پر آ گرتا ہے۔''

کالج کا ہوٹل ۔ ۔ ۔ جگدیش کا کمرہ ۔ ۔ ۔ باہر دروازے پر جگدیش کا نام پٹیل کے بورڈ پر لکھا ہوا ہے ستیش آتا ہے اور دروازے پر دستک دیتا ہے دروازہ کھلتا ہے ستیش اندر داخل ہوتا ہے کیا دیکھتا ہے کہ جگدیش کا سر منہ سُوجا ہوا ہے اور کئی پٹیاں اس کے جسم پر بندھی ہیں۔ ستیش اس سے پوچھتا ہے یہ کیا ہوا ہے تمہیں ۔ ۔ ۔ جگدیش اسے کرسی پر بٹھاتا ہے اور سارا قصہ سناتا ہے بھئی یہ تو برسوں کی ورزش کام آ گئی ورنہ بندے کا تو کل کام تمام ہو گیا ہوتا۔ میں نے تانگے والے سے تمام معاملہ طے کر لیا چنانچہ وہ کمپنی باغ میں ملا لڑکی وہاں موجود تھی اُس سے باتیں بھی ہوئیں لیکن وہاں ہمراہ ستیش کے تین چار اور چاہنے والے آ گئے۔ مجھے اُس کے ساتھ دیکھ کر جل ہی تو گئے اُن میں سے ایک نے مجھ پر کوئی ریمارکس کسا۔ لڑکی

میرے ساتھ تھی میں نے دل میں کہا جگدیش یہاں خاموش نہیں رہنا چاہیے۔ چنانچہ میں اُٹھا اور ایک ایسا گھونسہ اُس سالے کی ٹھوڑی کے نیچے جمایا کہ دن کو تارے ہی نظر آ گئے ہوں گے۔ بچہ جی کو' بس پھر کیا تھا۔ باقاعدہ جنگ شروع ہو گئی۔ چاروں مجھ پر پل پڑے مگر سنتیش میں نے بھی وہ ہاتھ دکھائے کہ یاد ہی کرتے ہوں گے ایک ایک کو فرش کر کے رکھ دیا۔ کچھ چوٹیں مجھے بھی آ گئیں ساتھ والے کمرے میں یہ سب باتیں کرشن کمار سنتا ہے کیونکہ دونوں کمروں کے درمیان لکڑی کا ایک پردہ ہے جو اوپر سے خالی ہے سنتیش جگدیش کی سب باتیں سُن کر کہتا ہے اور بھائی ایسے موقعوں پر کون کس کی مدد کرتا ہے تم کیا بچوں ایسی باتیں کرتے ہو اتنے میں جگدیش کے کمرے کا دروازہ کھلتا ہے اور کرشن کمار غصے میں بھرا ہوا داخل ہوتا ہے جگدیش سے کہتا ہے۔۔۔'' تم نے جو کچھ کہا ہے جھوٹ ہے تم ایک شریف لڑکی پر بہتان باندھ رہے ہو۔'' جگدیش سنتا ہے اور کہتا ہے، ''میرا کچھ مرکل گیا ہے اور تم کہتے ہو بہتان باندھ رہا ہوں۔۔یقین نہ ہو تو تانگے والے سے پوچھ لو جو مجھے لے گیا تھا غصے میں آ کر چونکہ اُس کی محبوبہ کی عزت پر حملہ کیا گیا ہے۔'' کرشن کمار زور سے ایک چانٹا جگدیش کے منہ پر مارتا ہے اور کہتا ہے بکواس مت کرو۔۔۔لیکن فوراً ہی اسے اپنی غلطی کا احساس ہوتا ہے، ''مجھے معاف کر دو جگدیش یہ چانٹا تمہارے منہ پر نہیں اس تانگے والے کے منہ پر مارنا چاہیے تھا جو اس کی زندگی تباہ کر رہا ہے۔۔۔یہ کہہ کر چلا جاتا ہے۔''

کرشن کمار اپنے کمرے میں آتا ہے میز پر بیٹھتا ہے کاغذ لے کر خط لکھنا شروع کر دیتا ہے مگر چند سطریں لکھ کر کاغذ پھاڑ دیتا ہے کرسی پر سے اُٹھ کھڑا ہوتا ہے کمرے میں اضطراب کے ساتھ اِدھر اُدھر زور سے ٹہلتا ہے سامنے کھونٹی پر اپنا سوٹ دیکھتا ہے اُسے اُتار کر اپنے پیروں میں روند دیتا ہے کچھ سمجھ میں نہیں آتا۔ تو پلنگ پر اوندھے منہ لیٹ جاتا ہے پھر اُٹھ کر کھڑا ہوتا ہے اور کھڑکی کے پاس جا کر درد بھری دھن میں کوئی گیت گاتا ہے چرنجی کھانا کھا رہا ہے پاس ہی اس کی لڑکی بیٹھی ہے چرنجی منہ میں نوالہ ڈالنے ہی والا تھا کہ اسے کوئی بات یاد آتی ہے چنانچہ وہ اپنی لڑکی سے پوچھتا ہے، ''منی تم نے جھمکے واپس کیے، کرشنا کماری جھوٹ نہیں بولتی'' پتا جی میں اس کو واپس دینے گئی پر دے نہ سکی۔ چرنجی نوالہ وہیں تھال میں رکھ دیتا ہے اور پوچھتا ہے، '' کیوں؟ کرشنا کماری کی آنکھوں میں آنسو آ جاتے ہیں وہ صرف اتنا کہہ سکتی ہے مجھے معلوم نہیں۔ '' چرنجی اُٹھ کھڑا ہوتا ہے اور کھانا کھائے بغیر باہر چلا جاتا ہے۔ ایک آدمی عینک لگائے ڈیسک کے ساتھ بیٹھا ہے چرنجی سے کہتا ہے یہاں انگوٹھا لگاؤ۔ چرنجی اپنا انگوٹھا آگے بڑھا دیتا ہے اس پر وہ آدمی سیاہی لگاتا ہے اور پکڑ کر کاغذ پر جما دیتا ہے انگوٹھا لگانے کے بعد وہ دیک

سے نوٹ نکالتا ہے اور چرنجی کے حوالے کر دیتا ہے چرنجی نوٹ لے کر باہر نکلتا ہے ۔

باہر ایک شیڈ کے نیچے اس کا ایک تانگہ گھوڑا کھڑا ہے چرنجی اپنے انگوٹھے کی سیاہی دیکھتا اس کی جانب بڑھتا ہے ایک ہاتھ میں اس نے نوٹ پکڑے ہوئے ہیں آہستہ آہستہ گھوڑے کے پاس جاتا ہے اور اس کی پیٹھ پر ہاتھ پھیر کر گلوگیر آواز میں کہتا ہے، ''بچ آیا ہوں تجھے دوست۔۔۔ یہ دیکھ اپنی قیمت،'' یہ کہہ کر وہ گھوڑے کے منہ کے آگے اپنا وہ ہاتھ پھیلا دیتا ہے جس میں نوٹ ہیں۔ اُس کی آنکھوں میں آنسو ہیں لوگ اپنا ایمان بیچتے ہیں میں تجھے بچ آیا ہوں تو کہ جو کہ میرا سچا دوست تھا آواز چرنجی کے گلے میں رندھ جاتی ہے تو بول نہیں سکتا تو تیری زبان ہوتی تو میں تیرے منہ سے سُنے بغیر کبھی نہ جاتا کہ چرنجی تو جھوٹا ہے مطلبی ہے ۔ دغاباز ہے جس طرح وقت پڑنے پر لوگ گلے کا کنٹھا اُنگلی کی انگوٹھی بیچ دیتے ہیں اس طرح تو نے مجھے بیچ دیا ہے لعنت ہے تجھ پر یہ کہہ کر وہ اپنا انگوٹھا دیکھتا ہے اور گھوڑے سے کہتا ہے یہ سیاہی دیکھی تم نے اس سودے کی مالک ہے مگر میں تیرے ساتھ ساتھ باتیں کیوں کروں تو اب میرا نہیں مجھے تجھ پر کوئی حق نہیں رہا۔ آخری بار چرنجی منہ پرے کر کے گھوڑے کی پیٹھ پر تھپکی دیتا ہے ۔

رات کا وقت ہے چرنجی کمبل اوڑھے پیدل چلا آ رہا ہے راستے میں ایک تانگے والا تانگہ ٹھہرا کر اس سے پوچھتا ہے، ''آج تانگہ گھوڑا نہیں جوتا چرنجی۔ چرنجی جواب دیتا ہے آج نہیں جوتا۔ میری طبیعت اچھی نہیں تھی۔ یہ کہہ کر وہ چلنا شروع کر دیتا ہے۔ گھر میں چرنجی کی لڑکی کرشنا کماری لالٹین جلائے انتظار کر رہی ہے ۔ کبھی اُٹھتی ہے کبھی بیٹھتی ہے اسے کسی پہلو چین نہیں اتنے میں دروازے پر دستک ہوتی ہے وہ اُٹھ کر دروازہ کھولتی ہے چرنجی اندر داخل ہوتا ہے کرشنا کماری اُس سے پوچھتی ہے پتا جی آج آپ اتنی دیر سے آئے ہیں کہاں چلے گئے تھے۔ چرنجی اپنے کمبل سے ایک پوٹلی نکالتا ہے اور اُسے کھول کر اپنی لڑکی کو دیتا ہے یہ زیور لانے گیا تھا تیرے لیے تجھے شوق ہے جو ان کا اب تو تیرا دل نہیں للچائے گا تو کہے گی تو میں ایسے اور زیور بھی لا دوں گا اپنا بیچ ڈالوں گا تیرے دل میں للچاہٹ پیدا نہ ہونے دوں گا۔ کرشنا کماری کبھی زیوروں کی طرف دیکھتی اور کبھی اپنے باپ کی طرف۔۔۔ آخر میں کہتی ہے کوئی چیز ہے آپ نے یہ گہنے خریدنے کے لیے اگر آپ نے ایسا کیا ہے تو سخت غلطی کی ہے یہ کہتے ہوئے اُس کے ہاتھ سے زیور فرش پر گر پڑتے ہیں پتا جی میں کبھی ان چیزوں کو للچائی ہوئی نظروں سے نہیں دیکھا یہ آپ کو کیسے معلوم ہوا کہ مجھے ان چیزوں کا شوق ہے چرنجی اُس سے کہتا ہے تو نے جھمکے واپس کیوں نہیں کیے۔'' کرشنا کماری کی آنکھوں میں آنسو آجاتے ہیں کاش میری ماں ہوتی اور میری بات سمجھ سکتیں کہ آپ سمجھتے

ہیں کہ میں سونے چاندی کے لیے اپنا بیچ ڈوں گی آپ نے مجھے تعلیم دی ہے میرے قدم مضبوط کیے ہیں پتا جی میں آپ کی بیٹی ہوں آپ نے مجھے اپنا ایمان کیا ہے یہ کہ کر وہ روتی روتی پاس پڑے ہوئے صندوقچے سے جھمکوں کی ڈبیا نکالتی ہے اور اپنے باپ کو دے کر کہتی ہے، ''لیجیے یہ جھمکے جس نے مجھے دیئے تھے اُس ہی کو آپ ہی واپس دے آئیے اگر آپ کہیں گے تو میں اُس کی یاد کو بھی اپنے دل سے نکال کر آپ کے قدموں میں رکھ دوں گی یہ کہہ کر وہ روتی ہوئی دوسرے کمرے میں چلی جاتی ہے۔ چرنجی فرش پر پڑے ہوئے زیوروں کی طرف دیکھنا شروع کر دیتا ہے۔''

کالج کا صدر دروازہ کرشن کمار خاموشی سے دیوار کے ساتھ لگ کر کھڑا ہے اُس کی نظریں دروازہ پر جمی ہوئی ہیں جگدیش اور ستیش آتے ہیں ستیش اس سے پوچھتا ہے بڑی دیر سے یہاں خاموش کھڑے ہو کیا بات ہے۔ کرشن کمار ایک عزم کے ساتھ جواب دیتا ہے اُس بدمعاش تانگے والے کا انتظار کر رہا ہوں آج اُس کو ایسا سبق سکھاؤں گا کہ ساری عُمر یاد رکھے گا۔ جگدیش کرشن کمار کو تانگے والے کے خلاف اور زیادہ مشتعل کرتا ہے دفعتاً سب کی نظریں دروازے کی طرف اُٹھتی ہیں تانگے والا چرنجی کرشنا کماری دونوں پیدل اندر داخل ہوتے ہیں جگدیش یہ دیکھ کر کہتا ہے آج تانگہ کہاں گیا اور کمپاؤنڈ میں داخل ہو کر چرنجی اپنی لڑکی کو کتابیں دیتا ہے کرشنا کماری دُور سے کرشن کمار کو دیکھتی ہے اور اُس کی طرف اشارہ کرتی ہے۔ چرنجی سر ہلا دیتا ہے کرشن کمار کرشنا کماری کا اشارہ دیکھ لیتا ہے کرشنا کماری ایک طرف چلی جاتی ہے کرشن کمار غصے میں بھرا سید ھا تانگے والے کی طرف بڑھتا ہے چرنجی بھی اُس کی طرف آ رہا ہوتا ہے چرنجی کے پاس پہنچ کر کرشن کمار نہ آؤ دیکھانہ تاؤ کھینچ کر ایک چانٹا چرنجی کے منہ پر مارتا ہے اور کہتا ہے کہ اشارے ہو رہے تھے میری طرف کیا مجھے بھی تم اپنے جیسا بدمعاش سمجھتے ہو۔ ایک چانٹا وہ چرنجی کے منہ پر جما دیتا ہے۔ اُلو کے پٹھے۔۔۔ شرم نہیں آتی تجھے پرائی لڑکیوں کو بُرے راستے پر لگاتے ہوئے کیا تیری کوئی لڑکی نہیں جو پیسے کے لالچ میں آ کر بھٹرو ے بنے ہوئے ہو چرنجی کے منہ سے خون بہنا شروع ہو جاتا ہے وہ آگے بڑھتا ہے کرشن کمار یہ سمجھ کر کہ وہ اُسے مارنا چاہتا ہے گھونسے بازی شروع کر دیتا ہے چرنجی اسے اپنے سینے کے ساتھ بھینچ لیتا ہے کرشن کمار گھونسے چلاتا رہتا ہے اتنے میں بہت سے لوگ اکٹھے ہو جاتے ہیں جن میں جگدیش بھی شامل ہے ایک دو پٹیاں ابھی تک اسی کے سر پر بندھی ہوئی ہیں کرشنا کماری چیختی ہوئی آگے بڑھتی ہے اور کرشن کمار سے کہتی ہے، ''کمار۔۔۔ یہ تم کیا کر رہے ہو۔ یہ میرے پتا جی ہیں۔'' کرشن کمار متحیر ہو کر کہتا ہے، ''پتا جی۔ چرنجی کے منہ سے خون جاری ہے وہ مسکراتا ہے ہاں بیٹا میں اس کا پتا ہوں

اور تمہارا بھی یہ کہہ کر وہ کرشن کمار کو سینے سے لگالیتا ہے جیتے رہو۔۔۔میں نے تم سے مار کھائی ہے لیکن اس جوان سے پوچھو کہ وہ جگدیش کی طرف اشارہ کرتا ہے کہ میرے بازوؤں میں کتنا بل ہے جگدیش وہاں سے کھسک جاتا ہے کرشن کمار ندامت بھرے لہجے میں چرنجی سے معافی مانگتا ہے اپنی لڑکی اور کرشن کمار کے سر پر پیار کا ہاتھ پھیر کر چرنجی جیب سے جھمکوں کی ڈبیا نکالتا ہے اور کرشنا کماری کو دے کر کہتا ہے لو اسے اپنے پاس رکھو۔''

شہنائیاں بج رہی ہیں کرشنا کماری اور کرشن کمار کی شادی ہو چکی ہے چرنجی اپنی لڑکی اور کرشن کمار کے سر پر شفقت کا ہاتھ پھیر رہا ہے اپنی لڑکی سے کہتا ہے تم اپنی ماں کو یاد کیا کرتی تھیں تمہیں ماں بھی مل گئی ہے یہ کہہ کر وہ کرشنا کماری کی ماں کی طرف دیکھتا ہے جو ایک سیدھی سادھی دیہاتن ہے وہ مسکراتی ہے اور کرشنا کماری کی طرف ہاتھ بڑھا کر سر پر ہاتھ پھیرتی ہے اور بڑی سادہ لوحی کے ساتھ کہتی ہے بیٹی میں نے تیرے لیے اپنے ہاتھ سے مٹھائی بنا کر بھیجی تھی کیا تو نے کھائی تھی۔ کرشنا کماری ذرا جھینپ کر کہتی ہے کھائی تھی ماتا جی۔۔۔۔ بہت ہی مزے دار تھی۔

ایک تانگے میں چرنجی کی بیوی شراب کے نشے میں دُھت بیٹھی ہے تانگہ چل رہا ہے اُس کے ساتھ ہی ایک مرد بیٹھا ہے۔ چرنجی کی بیوی پان تھوک دیتی ہے بہت بدمزہ ہے۔ اتنے میں تانگہ وہاں پہنچتا ہے جہاں کرشنا کماری اور کرشن کمار کی شادی ہو رہی ہے۔ تانگے والا تانگہ ٹھہرا دیتا ہے اور اپنے گاہک سے کہتا ہے معاف کیجیے گا میں ابھی حاضر ہوا۔ چرنجی کی بیوی پوچھتی ہے کہاں جا رہے ہو تم تانگے والا کہتا ہے چرنجی تانگے والے کی لڑکی کی شادی ہو رہی ہے میں اُسے مبارکباد دے آؤں۔ یوں چٹکیوں میں آیا۔ یہ کہہ کر تانگے والا چلا جاتا ہے۔ چرنجی کی بیوی چند لمحات کے لیے پتھر کی مورتی سی بن جاتی ہے لیکن لڑکھڑاتی ہوئی اُٹھتی ہے اور تانگے سے اُتر کر اُدھر جاتی ہے جہاں سے شہنائیوں کی آواز آتی ہے۔ بارش ہو رہی ہے چرنجی کی بیوی جو شراب کے نشے میں مدہوش ہے لڑکھڑاتے ہوئے قدموں سے شادی منڈل کی طرف بڑھتی ہے بارش ہو رہی ہے باہر تماشائیوں کے ساتھ کھڑے ہو کر وہ دولہا دلہن کو دیکھتی ہے اچھی طرح دیکھنے کے لیے جب وہ آگے بڑھنے کی کوشش کرتی ہے تو ایک آدمی اسے پیچھے ہٹا دیتا ہے اور کہتا ہے اے کیا دیکھ رہی ہے تُو تیری ماں نے کبھی شادی نہیں کی ہو گی۔ چرنجی کی بیوی اس آدمی سے جھگڑنا شروع کر دیتی ہے۔۔۔میں ماں ہوں۔۔۔تو نہیں جانتا میں ماں ہوں۔ سارے تماشائی ہنستے ہیں چرنجی کی بیوی دیکھ رہی ہے کرشنا کماری بھی کسی بات پر ہنس رہی ہے چرنجی کی بیوی کی ماتا جاگ اُٹھتی ہے وہ چلانا شروع کر دیتی ہے مجھے اندر

جانے دو مجھے اندر جانے دو... کچھ گڑ بڑ ہوتی ہے اتنے میں چرنجی باہر نکلتا ہے اور اپنی بیوی کے پاس جاتا ہے اور اُس سے کہتا ہے کیا چاہتی ہو تم۔ چرنجی کی بیوی کہتی ہے میں اپنی لڑکی سے ملنا چاہتی ہوں چرنجی کہتا ہے آؤ میں تمہیں اُس سے ملا دیتا ہوں یہ کہہ کر وہ اُسے ایک طرف لے جاتا ہے جہاں اس کا تانگہ کھڑا ہے چرنجی اسے تانگے تک لے جاتا ہے۔

تانگہ چلا جا رہا۔.. چرنجی کی بیوی شراب کے نشے میں بار بار چرنجی سے پوچھتی ہے مجھے میری بیٹی سے ملاؤ۔ مجھے میری بیٹی سے ملاؤ۔ میں اُس کی ماں ہوں میں اُسے ایک تحفہ دینا چاہتی ہوں۔ چرنجی خاموش رہتا ہے تانگے کی رفتار تیز ہوتی رہتی ہے ایک بار تنگ آ کر وہ چرنجی سے پوچھتی ہے، ''کہاں لے جا رہے ہو مجھے''، چرنجی جواب دیتا ہے جہاں پتی اور پتنی کو جانا چاہیے، گھوڑا سر پٹ دوڑتا ایک کھائی میں گرتا ہے۔ تانگے کے پُرزے اُڑ جاتے ہیں کھائی کے نیچے چرنجی اور اس کی بیوی پڑے ہیں اور دونوں بری طرح زخمی ہوئے ہیں چرنجی مر چکا ہے مگر اُس کی بیوی ابھی زندہ ہے وہ اپنی آنکھیں کھولتی ہے اُسے اپنی جوانی کا وہ دن یاد آتا ہے جب جھمکے پہنے گا رہی تھی۔ وہ جوان ہے اور جھمکے اپنے کانوں میں دیکھ دیکھ کر خوش ہو رہی ہے اور گا رہی ہے اپنی بچی کو آواز دیتی ہے۔اور کہتی ہے مُنی۔..مُنی آ تجھے ایک چیز دیکھاؤں۔.۔اس کی بند مُٹھی کھلتی ہے اُس کی ہتھیلی پر وہی جھمکے نظر آتے ہیں جو چرنجی اس کے لیے لایا تھا۔

جھوٹی کہانی

کچھ عرصے سے اقلیتیں اپنے حقوق کے تحفظ کے لیے بیدار ہو رہی تھیں۔ ان کو خوابِ گراں سے جگانے والی اکثریتیں تھیں جو ایک مدت سے اپنے ذاتی فائدے کے لیے ان پر دباؤ ڈالتی رہی تھیں۔ اس بیداری کی لہر نے کئی انجمنیں پیدا کردی تھیں۔ ہوٹل کے بیروں کی انجمن، حجاموں کی انجمن، کلرکوں کی انجمن، اخبار میں کام کرنے والے صحافیوں کی انجمن۔ ہر اقلیت اپنی انجمن یا تو بنا چکی تھی یا بنا رہی تھی تا کہ اپنے حقوق کی حفاظت کر سکے۔

ایسی ہر انجمن کے قیام پر اخباروں میں تبصرے ہوتے تھے۔ اکثریت کے حمایتی ان کی مخالفت تھے اور اقلیت کے طرف دار موافقت۔ غرضیکہ کچھ عرصے سے ایک خاصا ہنگامہ بر پا تھا جس سے رونق لگی رہتی تھی، مگر ایک روز جب اخباروں میں یہ خبر شائع ہوئی کہ ملک کے دس نمبر یے غنڈوں نے اپنی انجمن قائم کی ہے تو اکثریتیں اور اقلیتیں دونوں سنسنی زدہ ہو گئیں۔ شروع شروع میں تو لوگوں نے خیال کہ یہ پر کی اڑا دی ہے کسی نے۔ پر جب بعد میں اس انجمن نے اپنے اغراض و مقاصد شائع کیے اور ایک باقاعدہ منشور ترتیب دیا تو پتا چلا کہ یہ کوئی مذاق نہیں غنڈے اور بدمعاش واقعی خود کو اس انجمن کے سائے تلے متحد اور منظم کرنے کا پورا پورا تہیہ کر چکے ہیں۔

اس انجمن کی ایک دو میٹنگیں ہو چکی تھیں، ان کی روداد اخباروں میں شائع ہو چکی تھی۔ لوگ پڑھتے اور دم بخود ہو جاتے۔ بعض کہتے کہ بس اب قیامت آنے میں زیادہ دیر باقی نہیں۔ اغراض و مقاصد کی ایک لمبی چوڑی فہرست تھی جس میں یہ کہا گیا تھا کہ غنڈوں اور بدمعاشوں کی یہ انجمن سب سے پہلے تو اس بات پر صدائے احتجاج بلند کرے گی کہ معاشرے میں ان کو نفرت و حقارت کی نظر سے دیکھا جاتا ہے۔ وہ بھی

دوسروں کی طرح بلکہ ان کے مقابلے میں کچھ زیادہ امن پسند شہری ہیں۔ان کو غنڈے اور بدمعاش نہ کہا جائے اس لیے کہ اس سے ان کی ذلیل و توہین ہوتی ہے۔وہ خود اپنے لیے کوئی مناسب اور معزز نام تجویز کر لیتے مگر اس خیال سے کہ اپنے منہ میاں مٹھو کی کہاوت ان پر چسپاں نہ ہو، وہ اس کا فیصلہ عوام و خواص پر چھوڑتے ہیں۔ چوری چکاری، ڈکیتی اور رہزنی، جیب تراشی اور جعل سازی، پتے بازی اور بلیک مارکیٹنگ وغیرہ، افعال قبیحہ کے بجائے فنونِ لطیفہ میں شمار ہونے چاہئیں۔ ان لطیف فنون کے ساتھ اب تک جو برا سلوک روا رکھا گیا ہے اس کی مکمل تلافی اس یونین کا نصب العین ہے۔

ایسے ہی کئی اور اغراض و مقاصد تھے جو سننے اور پڑھنے والوں کو بڑے عجیب و غریب معلوم ہوتے تھے۔ بظاہر ایسا تھا کہ چند بے فکر ظریفوں نے لوگوں کی تفریح کے لیے یہ سب باتیں گڑھی ہیں۔ یہ چٹکلا ہی تو معلوم ہوتا تھا کہ یونین اپنے ممبروں کی قانونی حفاظت کا ذمہ لے لے گی اور ان کی سرگرمیوں کے لیے ساز گار اور خوش گوار فضا پیدا کرنے کے لیے پوری پوری جدوجہد کرے گی۔ وہ حکامِ وقت پر زور دے گی کہ یونین کے ہر رکن پر اس کے مقام اور رتبے کے لحاظ سے مقدمہ چلایا جائے اور سزا دیتے وقت بھی اس کو پیشِ نظر رکھا جائے۔ حکومت لوگوں کو اپنے گھروں میں چوروں کا برقی الارم نہ لگانے دے اس لیے کہ بعض اوقات یہ ہلاکت خیز ثابت ہوتا ہے۔ جس طرح سیاسی قیدیوں کو جیل میں اے اور بی کلاس کی مراعات دی جاتی ہیں، اسی طرح یونین کے ممبروں کو دی جائیں۔ یونین اس بات کا بھی ذمہ لیتی تھی کہ وہ اپنے ممبروں کو ضعیف اور ناکارہ یا کسی حادثے کا شکار ہو جانے کی صورت میں ہر ماہ گزارے کے لیے معقول رقم دے گی۔ جو ممبر کسی خاص شعبے میں مہارت حاصل کرنے کے لیے باہر کے ممالک میں جانا چاہے گا اسے وظیفہ دے گی وغیرہ وغیرہ۔

ظاہر ہے کہ اخباروں میں اس یونین کے قیام پر خوب تبصرہ بازی ہوئی۔ قریب قریب سب اس کے خلاف تھے۔ بعض رجعت پسند کہتے تھے کہ یہ کمیونزم کی انتہائی شکل ہے اور اس کے بانیوں کے ڈانڈے کریملن سے ملاتے تھے۔ حکومت سے چنانچہ بار بار درخواست کی جاتی کہ وہ اس فتنے کو فوراً کچل دے، کیونکہ اگر اس کو ذرا بھی پنپنے کا موقع دیا گیا تو معاشرے میں ایسا زہر پھیلے گا کہ اس کا تریاق ملنا مشکل ہو جائے گا۔ خیال تھا کہ ترقی پسند اس یونین کی طرف داری کریں گے کہ اس میں ایک جدت تھی اور پرانی قدروں سے ہٹ کر اس نے اپنے لیے ایک بالکل نیا راستہ تلاش کیا تھا۔ اور پھر یہ کہ رجعت پسند اسے کمیونسٹوں کی اختراع سمجھتے تھے مگر حیرت یہ کہ اقلیتوں کے یہ سب سے بڑے طرف دار پہلے تو اس معاملے میں خاموش

رہے اور بعد میں دوسروں کے ہم نوا ہو گئے اور اس یونین کی بیخ کنی پر زور دینے لگے۔ اخباروں میں ہنگامہ برپا ہوا تو ملک کے گوشے گوشے میں اس یونین کے قیام کے خلاف جلسے ہونے لگے۔ قریب قریب ہر پارٹی کے نامی وگرامی لیڈروں نے پلیٹ فارم پر آ کر اس ننگِ تہذیب وتمدن جماعت کو ملعون قرار دیا اور کہا کہ یہی وقت ہے جب تمام لوگوں کو اپنے آپس کے جھگڑے چھوڑ کر اس فتنہِ عظیم کا مقابلہ کرنے کے لیے اتحاد، نظم اور یقین محکم کو اپنا موٹو بنا کر ڈٹ جانا چاہیے۔

اس سارے ہنگامے کا جواب یونین کی طرف سے ایک پوسٹر کے ذریعے سے دیا گیا جس میں بڑے اختصار کے ساتھ یہ کہا گیا کہ پریس اکثریت کے ہاتھ میں ہے۔ قانون اس کی پشت پر ہے، مگر انجمن کے حوصلے اور ارادے پست نہیں ہوئے، وہ کوشش کر رہی ہے کہ بہت سی رقم دے کر کچھ اخبار خرید لے اور ان کو اپنے حق میں کر لے۔ یہ پوسٹر ملک کے در و دیوار پر نمودار ہوا تو فوراً بعد کئی شہروں سے بڑی بڑی چوریوں اور ڈکیتیوں کی اطلاعیں وصول ہوئیں۔ اور اس کے چند روز بعد جب ایکا ایکی دو اخباروں نے دبی زبان میں غنڈوں اور بد کاروں اور یونین کے اغراض و مقاصد میں اصلاحی پہلو کرید نا شروع کیا تو لوگ سمجھ گئے کہ پس پردہ کیا ہوا ہے۔

پہلے ان دو اخباروں کی اشاعت ہونے نہ ہونے کے برابر تھی۔ نہایت ہی گھٹیا کاغذ پر چھتے تھے۔ لیکن دیکھتے ہی دیکھتے کچھ ایسی کایا کلپ ہوئی کہ لوگ دنگ رہ گئے۔ سب سے اچھا ایڈیٹوریل اسٹاف ان دو پرچوں کے پاس تھا۔ دفتر میں ایک کے بجائے دو دو ٹیلی پرنٹر تھے۔ تنخواہ مقررہ وقت سے پہلے مل جاتی تھی۔ بونس الگ ملتا تھا۔ گھر کا الاؤنس، ٹانگے کا الاؤنس، سگرٹوں کا الاؤنس، چائے کا الاؤنس، مہنگائی الاؤنس۔ یہ سب الاؤنس مل کر تنخواہ سے دُگنے ہو جاتے تھے۔ جو دُخت رز کے رسیا تھے، ان کو مفت پرمٹ ملتا تھا اور بہترین اسکاچ و ہسکی کنٹرولڈ قیمت پر دستیاب ہوتی تھی۔ عملے کے ہر آدمی سے باقاعدہ کنٹریکٹ کیا گیا تھا جس میں مالک کی طرف سے یہ اقرار تھا کہ اس کے گھر میں کبھی چوری ہوئی، یا اس کی جیب کاٹ لی گئی تو اسے نقصان کے علاوہ ہرجانہ بھی ادا کیا جائے گا۔

ان دو اخباروں کی اشاعت دیکھتے دیکھتے ہزاروں تک پہنچ گئی۔ تعجب ہے کہ پہلے جب ان کی اشاعت کچھ بھی نہیں تھی تو یہ ہر روز کثیر الاشاعت ہونے کے بلند بانگ دعوے کرتے تھے، مگر جب ان کی کایا کلپ ہوئی تو اس معاملے میں بالکل خاموش ہو گئے۔ بیک وقت البتہ ان دونوں اخباروں نے کچھ عرصے کے بعد یہ اعلان چھاپا کہ ہماری اشاعت اس حد تک جا پہنچی ہے کہ اگر ہم نے اس سے تجاوز کیا تو تجارتی نقطۂ

نظر سے نقصان ہی نقصان ہے۔ان کے علمی و ادبی ایڈیشنز میں عجیب و غریب موضوعات پر مضمون شائع ہوتے تھے، یہ چار پانچ تو بڑے ہی سنسنی خیز تھے۔

بلیک مارکیٹ کے فوائد ۔۔۔معاشیات کی روشنی میں معاشرتی اور مجلسی دائرے میں قحبہ خانوں کی اہمیت۔

دروغ گورا حافظہ باشد ۔۔۔ جدید سائنٹفک تحقیق

بچوں میں قتل و غارت گری کے فطری رجحانات ۔۔۔ سیادت پر سیر حاصل تبصرہ

دنیا کے خوف ناک ڈاکو اور تقدیس مذہب

اشتہار بھی کم عجیب و غریب نہیں تھے۔ان میں مشتہر کا نام اور پتا نہیں ہوتا تھا۔سرخیاں دے کر مطلب کی بات مختصر لفظوں میں ادا کر دی جاتی تھی۔ چند سرخیاں ملاحظہ ہوں۔

چوری کے زیورات خریدنے سے پہلے ہمارا نشان ضرور دیکھ لیا کریں۔ جو کھرے مال کی ضمانت ہے۔

بلیک مارکیٹ میں صرف اسی فلم کے ٹکٹ فروخت کیے جاتے ہیں جو تفریح کا بہترین سامان پیش کرتا ہے۔

دودھ میں کن طریقوں سے ملاوٹ کی جاتی ہے۔ رسالہ دودھ کا دودھ کا پانی کا پانی مطالعہ فرمائیے۔

ٹونے، ٹوٹکے، گنڈے اور تعویذ، عملِ ہمزاد اور تسخیرِ محبوب کے جنتر منتر سب جھوٹے ہیں۔خود کو دھوکا دینے کے بجائے معشوق کو دھوکا دیجیے۔

کھانے پینے کی صرف وہ چیزیں خریدیے جن میں ضرر رساں چیزوں کی ملاوٹ نہ ہو۔

ایک الگ کالم میں ''بلیک مارکیٹ کے آج کے بھاؤ'' کے عنوان تلے ان تمام چیزوں کی کنٹرولڈ قیمت درج ہوتی تھی جو صرف بلیک مارکیٹ سے دستیاب ہوتی تھیں۔لوگوں کا کہنا تھا کہ ان قیمتوں میں ایک پائی کی بھی کمی بیشی نہیں ہوتی۔ جو چھپے چھپے چوری، چوری کا خاص نشان لگایا ہوا مال خریدتے تھے انہیں ارزاں قیمت پر سولہ آنے کھرا مال ملتا تھا۔

غنڈوں، چوروں اور بد کاروں کی انجمن جب آہستہ آہستہ نیک نامی حاصل کرنے لگی تو اربابِ بست و کشاد کی تشویش دو چند ہو گئی۔حکومت نے اپنی طرف سے خفیہ طور پر بہت کوشش کی کہ اس کے اڈے کا سراغ لگائے مگر کچھ پتا نہ چلا۔ یونین کی تمام سرگرمیاں زیرِ زمین یعنی انڈر گراؤنڈ تھیں۔اونچی سوسائٹی کے چند اراکین کا خیال تھا کہ پولیس کے بعض بد قماش افسر اس یونین سے ملے ہوئے ہیں بلکہ اس کے باقاعدہ ممبر ہیں اور ہر ماہ اپنی ناجائز ذرائع سے پیدا کی ہوئی آمدنی کا بیشتر حصہ بطور جزیے کے دیتے ہیں۔ یہی وجہ ہے

کہ قانون کا نشتر معاشرے کے اس نہایت ہی مہلک پھوڑے تک نہیں پہنچ سکا۔۔۔ جتنے منہ اتنی باتیں۔ مگر یہ بات قابل غور تھی کہ عوام میں جو اس یونین کے قیام سے بے چینی پھیلی تھی اب بالکل مفقود تھی۔ متوسط طبقہ اس کی سرگرمیوں میں بڑی دلچسپی لے رہا تھا۔ صرف اونچی سوسائٹی تھی جو دن بدن خائف ہوتی جا رہی تھی۔ اس یونین کے خلاف یوں تو آئے دن تقریریں ہوتی تھیں اور جگہ جگہ جلسے منعقد ہوئے تھے، مگر اب وہ پہلا سا جوش و خروش نہیں تھا۔ چنانچہ اس کو ازسرِنو شدید بنانے کے لیے ٹاؤن ہال میں ایک عظیم الشان جلسے کے انعقاد کا اعلان کیا گیا۔ قریب قریب ہر شہر کی معزز ہستیوں کی نمائندگی کے لیے مدعو کیا گیا۔ مقصد اس جلسے کا یہ تھا کہ اتفاقِ رائے سے غنڈوں، شہدوں اور بد کاروں کی اس یونین کے خلاف مذمت کا ووٹ پاس کیا جائے اور عوام النّاس کو ان خوف ناک جراثیم سے کما حقہ آگاہ کیا جائے جو اس کے وجود سے معاشرتی و مجلسی دائرے میں پھیل چکے ہیں اور بڑی سرعت سے پھیل رہے ہیں۔

جلسے کی تیاری پر ہزاروں روپے خرچ کیے گئے۔ مجلس انتظامیہ اور مجلس استقبالیہ نے مندوبین کے آرام و آسائش کے لیے ہر ممکن سہولت مہیا کی۔ کئی اجلاس ہوئے اور بڑے کام یاب رہے۔ ان کی رپورٹ یونین کے پرچوں میں من و عن شائع ہوتی رہی۔ مذمت کے جتنے ووٹ پاس ہوئے بلا تبصرہ چھپتے رہے۔ دونوں اخباروں میں ان کو نمایاں جگہ دی جاتی تھی۔

آخری اجلاس بہت اہم تھا۔ ملک کی تمام مکرم و معظم ہستیاں جمع تھیں۔ امراء و وزراء سب موجود تھے۔ حکومت کے اعلیٰ افسر بھی مدعو تھے۔۔۔ بڑے زور دار الفاظ میں تقریریں ہوئیں اور مذہبی، مجلسی، معاشی، جمالیاتی اور نفسیاتی، غرض کہ ہر ممکن نقطہ نظر سے غنڈوں اور بدمعاشوں کی تنظیم کے خلاف دلائل و براہین پیش کیے گئے اور ثابت کر دیا گیا کہ اس طبقہ اسفل کا وجود حیاتِ انسانی کے حق میں زہرِ قاتل ہے۔ مذمت کا آخری ریزولیشن جو بڑے بااثر الفاظ پر مشتمل تھا، اتفاقِ رائے سے پاس ہوا تو ہال تالیوں کے شور سے گونج اٹھا۔

جب تھوڑا سکون ہوا تو پچھلے بنچوں میں ایک شخص کھڑا ہوا۔ اس نے صدر سے مخاطب ہو کر کہا، ''صاحب صدر، اجازت ہو تو میں کچھ عرض کرنا چاہتا ہوں۔''

سارے ہال کی نگاہیں اس آدمی پر جم گئیں۔ صدر نے بڑی تمکنت سے پوچھا، ''میں پوچھ سکتا ہوں آپ کون ہیں؟'' اس شخص نے جو بڑے سادہ مگر خوش وضع کپڑوں میں ملبوس تھا، تعظیم کے ساتھ کہا، ''ملک و ملت کا ایک ادنیٰ ترین خادم'' اور کورنش بجا لایا۔ صدر نے چشمہ لگا کر اسے غور سے دیکھا اور پوچھا، ''آپ کیا کہنا چاہتے ہیں؟'' اس معمّا نما مرد نے مسکرا کر کہا، ''کہ۔۔۔ ہم بھی منہ میں زبان رکھتے ہیں۔''

اس پر سارے ہال میں چہ میگوئیاں ہونے لگیں۔ ڈائس پر خصوصاً صاحب کے سب معزز زین اور قائدین سوالیہ نشان بن کر ایک دوسرے کی طرف دیکھنے لگے۔

صدر نے اپنی تمکنت کو ذرا اور تمکین بنا کر پوچھا، ''آپ کہنا کیا چاہتے ہیں؟''

''میں ابھی عرض کرتا ہوں۔'' یہ کہہ کر اس نے جیب سے ایک بے داغ سفید رومال نکالا۔ اپنا منہ صاف کیا اور اسے واپس جیب میں رکھ کر بڑے پارلیمانی انداز میں گویا ہوا، ''صاحبِ صدر اور معزز حضرات ۔۔'' ڈائس کے ایک طرف دیکھ کر وہ رک گیا، ''معافی کا طلب گار ہوں۔۔ محترمہ بیگم مرزبان خلافِ معمول آج پچھلے صوفے پر تشریف فرما ہیں۔۔ صاحبِ صدر، خاتون مکرم اور معزز حضرات!''

بیگم مرزبان نے دے نیسٹی بیگ میں سے آئینہ نکال کر اپنا میک اپ دیکھا اور غور سے سننے لگی۔ باقی بھی ہمہ تن گوش تھے۔

''حریفِ مطلب مشکل نہیں فسونِ نیاز
دعا قبول ہو یا رب کہ عمرِ خضر دراز''

کچھ دیر رک کر وہ ایک ادا سے مسکرایا۔ ''حضرت غالب۔۔۔! اس اجلاس میں اور اس سے پہلے مجلسی دائرے کے ایک مفروضہ طبقہ اسفل کے بارے میں جو زہر فشانی کی گئی ہے، آپ کے اس خاکسار نے بڑے غور سے سنی ہے۔'' سارے ہال میں کھسر پھسر ہونے لگی۔ صدر کی ناک کے بانسے پر چشمہ پھسل گیا، ''آپ ہیں کون؟'' سر کے ایک ہلکے سے خم کے ساتھ اس شخص نے جواب دیا، ''ملک و ملت کا ایک ادنٰی خادم۔۔ مجلسی دائرے کے مفروضہ طبقہ اسفل کی جماعت کا ایک رکن جسے اس کی نمائندگی کا فخر حاصل ہے!''

ہال میں کسی نے زور سے ''واہ'' کہا اور تالی بجائی۔ چوروں، اچکوں اور غنڈوں کی یونین کے نمائندے نے سر کو پھر ہلکی سی جنبش دی اور کہنا شروع کیا، ''کیا عرض کروں۔ کچھ کہا نہیں جاتا۔

واں گیا بھی میں تو ان کی گالیوں کا کیا جواب
یاد تھیں جتنی دعائیں صرفِ درباں ہو گئیں

اس اجلاس میں اس جماعت کے خلاف جس کا یہ خاکسار نمائندہ ہے اس قدر گالیاں دی گئی ہیں، اس قدر لعنت ملامت کی گئی ہے کہ صرف اتنا کہنے کو جی چاہتا ہے

لو وہ بھی کہتے ہیں یہ بے ننگ و نام ہے۔''

صاحبِ صدر، محترم بیگم مر زبان اور معزز حضرات!

بیگم مر زبان کی لپ اسٹک مسکرائی۔ بولنے والے نے آنکھیں اور سر جھکا کر تسلیم عرض کیا، ''محترم بیگم مر زبان اور معزز حضرات۔۔۔ میں جانتا ہوں کہ یہاں میری جماعت کا کوئی ہمدرد موجود نہیں۔ آپ میں سے ایک بھی ایسا نہیں جو ہمارا طرف دار ہو۔

دوست گر کوئی نہیں ہے جو کرے چارہ گری

نہ سہی ایک تمنائے دوا ہے تو سہی۔''

ڈائس پر ایک اچکن پوش رئیس گلے میں پان دبا کر بولے، ''مکرر!''

صدر نے جب ان کی طرف سر زنش بھری نظروں سے دیکھا تو وہ خاموش ہو گئے۔

چوروں اور بد کاروں کی یونین کے نمائندے کے پتلے پتلے ہونٹوں پر شفاف مسکراہٹ نمودار ہوئی، ''میں اپنی مختصر تقریر میں جو شعر بھی استعمال کروں گا۔۔۔ حضرت غالب کا ہو گا!'' حضرت غالب کا ہو گا!''

بیگم مر زبان نے بڑے بھولپن سے کہا، ''آپ تو بڑے لائق معلوم ہوتے ہیں۔'' بولنے والا کورنش بجا لایا اور مسکرا کر کہنے لگا،

''سیکھے ہیں مہ رخوں کے لیے ہم مصوری

تقریب کچھ تو بہر ملاقات چاہیے!''

سارا ہال قہقہوں اور تالیوں سے گونج اٹھا۔ بیگم مر زبان نے اٹھ کر صدر کے کان میں کچھ کہا جس نے حاضرین کو چپ رہنے کا حکم دیا۔ خاموشی ہوئی تو چوروں اور لفنگوں کی یونین کے نمائندے پھر بولنا شروع کیا، ''صاحبِ صدر، محترم بیگم مر زبان اور معزز حضرات!

گرچہ ہے کس کس برائی سے دلے با ایں ہمہ

ذکر میرا مجھ سے بہتر ہے کہ اس محفل میں ہے

لیکن سچ پوچھیے تو اس سے تسلی نہیں ہوتی۔ میں تاسف کا اظہار کیے بغیر نہیں رہ سکتا کہ اس طبقے کے ساتھ جس کی نمائندگی میری جماعت کرتی ہے نہایت بے انصافی ہوئی ہے۔ اس کو اب تک بالکل غلط رنگ میں دیکھا جاتا رہا ہے اور یہی کوشش کی جاتی رہی کہ اسے ملعون و مطعون قرار دے کر خارج از سماج کر دیا جائے۔ میں ان مطہر ہستیوں کو کیا کہوں جنہوں نے اس شریف اور معزز طبقے کو سنگسار کرنے کے لیے پتھر اٹھائے ہیں

آتش کدہ ہے سینہ مرا رازِ نہاں سے

اے وائے اگر معرضِ اظہار میں آوے ۔

صدر نے دفعتاً گرج کر کہا، ''خاموش۔۔۔بس اب آپ کو مزید بولنے کی اجازت نہیں ہے۔ ''مقرر نے مسکرا کر کہا، ''حضرت غالب کی اسی غزل کا ایک شعر ہے،

دے مجھ کو شکایت کی اجازت کہ ستم گر

کچھ تجھ کو مزا بھی مرے آزار میں آوے

ہال تالیوں کے شور سے گونج اٹھا۔صدر نے اجلاس برخاست کرنا چاہا مگر لوگوں نے کہا کہ نہیں چوروں اور غنڈوں کی یونین کے نمائندے کی تقریر ختم ہو جائے تو کاروائی بند کی جائے۔صدر اور دوسرے اراکین اجلاس نے پہلے آمادگی ظاہر نہ کی لیکن بعد میں رائے عامہ کے سامنے انہیں جھکنا پڑا۔مقرر کو بولنے کی اجازت مل گئی۔

اس نے صاحب صدر کا مناسب و موزوں الفاظ میں شکریہ ادا کیا اور کہنا شروع کیا، ''ہماری یونین کو صرف اس لیے نفرت و تحقیر کی نظر سے دیکھا جاتا ہے کہ یہ چوروں، اٹھائی گیروں، رہزنوں اور ڈاکوؤں کی انجمن ہے جو ان کے حقوق کے تحفظ کے لیے قائم کی گئی ہے۔ میں آپ لوگوں کے جذبات بخوبی سمجھتا ہوں۔آپ کا فوری ردِ عمل کس قسم کا تھا، میں اس کا تصور بھی کر سکتا ہوں، مگر چوروں، ڈاکوؤں اور رہزنوں کے حقوق کیا نہیں ہوتے؟ یا نہیں ہو سکتے؟ میں سمجھتا ہوں کوئی سلیم الدماغ آدمی ایسا نہیں سوچ سکتا۔۔۔جس طرح سب سے پہلے انسان ہیں، بعد میں سیٹھ ہیں، رئیس اعظم ہیں، میونسپل کمشنر ہیں، وزیر داخلہ ہیں یا خارجہ۔اسی طرح وہ بھی سب سے پہلے آپ ہی کی طرح انسان ہیں۔ چور، ڈاکو، اٹھائی گیرا، جیب کترا اور بلیک مارکیٹر بعد میں ہے۔جو حقوق دوسرے انسانوں کو اس سقفِ نیلوفری کے نیچے مہیا ہیں، وہ اسے بھی مہیا ہونے چاہئیں۔ اور جن نعمتوں سے دوسرے انسان متمتع ہوتے ہیں ان سے وہ بھی مستفیض ہونے کا حق رکھتا ہے۔میں یہ سمجھنے سے قاصر ہوں کہ ایک چور یا ڈاکو کیوں شے لطیف سے خالی سمجھا جاتا ہے۔کیوں اسے ایک ایسا شخص متصور کیا جاتا ہے جو معمولی حسیات سے بھی عاری ہے۔۔۔معاف فرمائیے وہ اچھا شعر سن کر اسی طرح پھڑک اٹھتا ہے جس طرح کوئی دوسرا سخن فہم۔ صبح بناس اور شامِ اودھ سے صرف آپ ہی لطف اندوز نہیں ہوتے۔وہ بھی ہوتا ہے۔سر تال کی اس کو بھی خبر ہے۔وہ صرف پولیس کے ہاتھوں ہی گرفتار ہونا نہیں جانتا۔کسی حسینہ کے دامِ الفت میں گرفتار ہونے کا سلیقہ بھی جانتا ہے۔شادی کرتا ہے، بچے پیدا کرتا

ہے۔ان کو چوری سے منع کرتا ہے۔۔۔جھوٹ بولنے سے روکتا ہے۔۔۔خدانخواستہ اگران میں سے کوئی مر جائے تو اس کے دل کو بھی صدمہ پہنچتا ہے۔،، یہ کہتے ہوئے اس کی آواز کسی قدر گلوگیر ہوگئی۔لیکن فوراً ہی اس نے رخ بدلا اور مسکراتے ہوئے کہا، ،،حضرت غالب کے اس شعر کا جو مزاوہ لے سکتا ہے، معاف کیجیے آپ میں سے کوئی بھی نہیں لے سکتا۔

نہ لٹاتا دن کو تو کب رات کو یوں بے خبر سوتا

رہا کھٹکا نہ چوری کا، دعا دیتا ہوں رہزن کو !،،

سارا ہال شگفتہ ہو کر ہنسنے لگا۔بیگم مرزبان بھی جو تقریر کے آخری حصے پر کچھ افسردہ سی ہوگئی تھیں مسکرائیں، مقرر نے اسی طرح تتلی تتلی شفاف مسکراہٹ کے ساتھ کہنا شروع کیا، ،،مگر اب ایسے دعا دینے والے کہاں !،، بیگم مرزبان نے بڑے بھولپن کے ساتھ آہ بھر کر کہا، ،،اور وہ رہزن بھی کہاں؟،، مقرر نے تسلیم کیا، ،،آپ نے بجا ارشاد فرمایا بیگم مرزبان ہمیں اس افسوس ناک حقیقت کا کامل احساس ہے، یہی وجہ ہے کہ ہم نے مل کر اپنی انجمن بنا ڈالی ہے۔مرورِ زمانہ کے ساتھ رہزن، چور اور جیب کترے قریب قریب سب اپنی پرانی روش اور وضع داری بھول گئے ہیں۔لیکن مقامِ مسرت ہے کہ وہ اب بہت تیزی سے اپنے اصل مقام کی طرف لوٹ رہے ہیں۔۔۔لیکن میں ان حضرات سے جو ان غریبوں کی بیخ کنی میں مصروف ہیں یہ گستاخانہ سوال کرنا چاہتا ہوں کہ اپنی اصلاح کے لیے اب تک انہوں نے کیا کیا ہے۔مجھے کہنا تو نہیں چاہیے مگر تقابل کے لیے کہنا پڑتا ہے کہ ہمیں نہایت ذلیل، چوری اور رسفاک ڈاکو کہا جاتا ہے، مگر وہ لوگ کیا ہیں۔۔۔کچھ اس عالت مرتبت ڈائس پر بھی بیٹھے ہیں جو عوام کا مال و متاع دونوں ہاتھوں سے لوٹتے رہے ہیں۔،،

ہال میں ،،شیم شیم،، کے نعرے بلند ہوئے۔

مقرر نے کچھ توقف کے بعد کہنا شروع کیا، ،،ہم چوری کرتے ہیں، ڈاکے ڈالتے ہیں، مگر اسے کوئی اور نام نہیں دیتے۔یہ معزز ہستیاں بدترین قسم کی ڈاکہ زنی کرتی ہیں مگر یہ جائز سمجھتی ہے۔اپنی آنکھ کے اس طویل و عریض اور بھاری بھرکم شہتیر کو کوئی نہیں دیکھتا اور نہ دیکھنا چاہتا ہے۔۔۔کیوں۔۔۔؟ یہ بڑا گستاخ سوال ہے۔میں اس کا جواب سننا چاہتا ہوں چاہے وہ اس سے بھی زیادہ گستاخ ہو۔۔۔،،

تھوڑے توقف کے بعد وہ مسکرایا، ،،وزیر صاحبان اپنی مسندِ وزارت کی سان پر اُسترا تیز کر کے ملک کی ہر روز حجامت کرتے رہیں۔یہ کوئی جرم نہیں، لیکن کسی کی جیب سے بڑی صفائی کے ساتھ بٹوا چرانے والا

قابل تعزیر ہے۔۔۔تعزیر کو چھوڑیئے مجھے اس پر کوئی زیادہ اعتراض نہیں۔۔۔وہ آپ کی نظروں میں گردن زدنی ہے،،

ڈائس پر بہت سے حضرات بے چینی اور اضطراب محسوس کرنے لگے۔۔۔بیگم مرزبان مسرور تھیں۔ مقرر نے اپنا گلا صاف کیا، پھر کہنا شروع کیا، ''تمام محکموں میں اوپر سے لے کر نیچے تک رشوت ستانی کا سلسلہ قائم ہے، یہ کسے معلوم نہیں۔ کیا یہ بھی کوئی راز ہے جس کے انکشاف کی ضرورت ہے کہ خویش پروری اور کنبہ نوازی کی بدولت سخت نااہل، خرد ماغ اور بدقماش بڑے بڑے عہدے سنبھالے بیٹھے ہیں۔ معاف فرمایئے گا ادھر ہمارے طبقے میں ایسے افسوس ناک حالات موجود نہیں۔ کوئی چور اپنے کسی عزیز کو بڑی چوری کے لیے منتخب کرے گا۔ ہمارے ہاں لوگ اس قسم کی رعائتوں سے فائدہ اٹھانا بھی چاہیں تو نہیں اٹھا سکتے۔ اس لیے کہ چوری کرنے، جیب کاٹنے یا ڈاکہ ڈالنے کے لیے دل گردے اور مہارت و قابلیت کی ضرورت ہے۔ یہاں کوئی سفارش کام نہیں آتی۔ ہر شخص کا کام ہی خود اس کا امتحان ہے جو اس کو فوراً نتیجے سے باخبر کر دیتا ہے۔،،

ہال میں سب خاموش تھے اور بڑے غور سے تقریر سن رہے تھے۔ تھوڑے سے وقفے کے بعد مقرر کی آواز پھر بلند ہوئی، ''میں بدکاری معاف کر سکتا ہوں۔ لیکن خام کاری ہرگز ہرگز معاف نہیں کر سکتا۔۔۔وہ لوگ یقیناً قابل مواخذہ ہیں جو نہایت ہی بھونڈے طریقے پر ملک کی دولت کو لوٹتے ہیں۔ ایسے بھونڈے طریقے پر کہ ان کے کرتوتوں کے بھانڈے ہر دوسرے روز چوراہوں میں پھوٹتے ہیں۔ وہ پکڑے جاتے ہیں مگر بیچ نکلتے ہیں کہ ان کے نام دس نمبر کے بستہ الف میں درج ہیں نہ بستہ ب میں۔۔۔یہ کس قدر ناانصافی ہے۔۔۔میں تو سمجھتا ہوں بیچارے انصاف کا۔۔۔اندھے انصاف کا خون یہیں پر ہوتا ہے۔۔۔نہیں۔۔۔ایسے اور بھی کئی مقتل ہیں۔ جہاں انصاف، انسانیت، شرافت و نجابت، تقدیس و طہارت، دین و دنیا، سب کو ایک پھندے میں ڈال کر ہر روز پھانسی دی جاتی ہے۔۔۔میں پوچھتا ہوں انسانوں کی خام کھالوں کی تجارت کرنے والے ہم ہیں یا آپ۔۔۔میں سوال کرتا ہوں، از منہ عتیق کی بربریت کی طرف امن پسند انسانوں کو کشاں کشاں کھینچ کر لے جانے والے ہم ہیں یا آپ۔۔۔اور استفسار کرتا ہوں کہ دوسری اجناس کی طرح اپنے ایمان کو ملاوٹ کر کے آپ کو آپ بیچتے ہیں یا ہم؟،،

ہال پر قبر کی سی خاموشی طاری تھی۔ مقرر نے جیب سے اپنا سفید رومال نکال کر منہ صاف کیا اور اسے ہوا میں لہرا کر کہا، ''صاحب صدر، خاتون مکرم اور معزز حضرات! مجھے معاف فرمایئے کہ میں ذرا جذبات کی

رو میں بہہ گیا۔۔۔عرض ہے کہ جدھر نظر اٹھائی جائے۔ ایمان فروش ہوتا ہے یا ضمیر فروش، وطن فروش ہوتا یا ملت فروش۔ سمجھ میں نہیں آتا کہ یہ بھی کوئی فروخت کرنے کی چیزیں ہیں۔ انسان تو انہیں نہایت ہی مشکل وقت میں ایک لمحے کے لیے گروی نہیں رکھ سکتا۔ مگر میں انسانوں کی بات کر رہا ہوں۔ معاف کیجیے۔

میرے لہجے میں پھر تلخی پیدا ہو گئی

رکھیو غالبؔ مجھے اس تلخ نوائی سے معاف

آج کچھ درد مرے دل میں سوا ہوتا ہے۔

یہ کہتا وہ ڈائس کی طرف بڑھا، ''صاحبِ صدر، محترم بیگم میز بان اور معزز حضرات! میں اپنی یونین کی طرف سے آپ کا سب کا شکریہ ادا کرتا ہوں کہ آپ نے مجھے لب کشائی کا موقع دیا۔'' ڈائس کے پاس پہنچ کر اس نے صدر کی طرف ہاتھ بڑھایا۔ ''میں اب ایک دوست کی حیثیت سے رخصت چاہتا ہوں۔'' صدر نے ہچکچاتے ہوئے اٹھ کر اس سے ہاتھ ملایا۔ اس کے بعد اس نے بیگم میز بان کی طرف ہاتھ بڑھایا، ''اگر آپ کو کوئی اعتراض نہ ہو۔۔۔''

بیگم میز بان نے بڑے بھولپن سے اپنا ہاتھ پیش کر دیا۔ باقی معزز ین اور رؤسا سے ہاتھ ملا کر جب فارغ ہوا تو خدا حافظ کہہ کر چلنے لگا۔ لیکن فوراً ہی رک گیا۔ اپنی دونوں جیبوں سے اس نے بہت سی چیزیں نکالیں اور صدر کی میز پر ایک ایک کر کے رکھ دیں۔ پھر وہ مسکرایا، ''ایک عرصے سے جیب تراشی چھوڑ چکا ہوں آج کل سیف توڑنا میرا پیشہ ہے۔۔۔ آج صرف ازراہِ تفریح آپ لوگوں کی جیبوں پر ہاتھ صاف کر دیا۔'' یہ کہہ کر وہ بیگم میز بان سے مخاطب ہوا، ''خاتونِ مکرم معاف کیجیے۔ آپ کے ونیسیٹی بیگ سے بھی میں نے ایک چیز نکالی تھی۔ مگر وہ ایسی ہے کہ سب کے سامنے آپ کو واپس نہیں کر سکتا۔''

اور وہ تیزی کے ساتھ ہال سے باہر نکل گیا۔

جوتا

ہجوم نے رخ بدلا اور سر گنگارام کے بت پر پل پڑا۔ لاٹھیاں برسائی گئیں، اینٹیں اور پتھر پھینکے گئے۔ ایک نے منہ پر تارکول مل دیا۔ دوسرے نے بہت سے پرانے جوتے جمع کیے اور ان کا ہار بنا کر بت کے گلے میں ڈالنے کے لیے آگے بڑھا۔ مگر پولیس آگئی اور گولیاں چلنا شروع ہوئیں۔ جوتوں کا ہار پہنانے والا زخمی ہو گیا۔ چنانچہ مرہم پٹی کے لیے اسے سر گنگارام ہسپتال بھیج دیا گیا۔

More by Ghazal Sara Dot Org

Title	Description
Aankh Bhar Asman – (Hardcover , Paperback, eBook)	Adult poetry of Yawar Maajed
Aafat Ki Ziyafat – Hindi – (Hardcover, Paperback, eBook)	Children's bedtime poetry book by Yawar Maajed in Hindi
Aafat Ki Ziyafat – Urdu – (Hardcover, Paperback, eBook)	Children's bedtime poetry book by Yawar Maajed in Urdu
Kulliyat e Allama Iqbal – (Hardcover, Paperback)	Classical poetry by Sir Allama Iqbal, one of the greatest Urdu poets of the 20th century
Taar o Paud – (Paperback, eBook)	Short stories by Balwant Singh, a legendary fiction Urdu writer
Pehla Patthar – (Paperback, eBook)	Short stories by Balwant Singh, a legendary fiction Urdu writer
Manto Ke Hashiye – (Hardcover , Paperback, eBook)	Most controversial short stories by Saadat Hasan Manto, for which he was dragged in the court of law
Kulliyat e Manto – (Hardcover , Paperback, eBook)	This series comprises nine books that feature all of the short stories written by Saadat Hasan Manto throughout his career.
Kulliyat e Ghazal - Mirza Ghalib – (eBook)	Complete collection of all Ghazals of Mirza Ghalib
Kulliyat e Mir Taqi Mir – (eBook)	Complete collection of all Ghazals of Mir Taqi Mir

Purchase our books at

https://ghazalsara.org/shop

Scan the QR code below to visit the site. Our paperback and hardcover books are available on Amazon in every country that Amazon sells in. Additionally, all eBooks are available on Amazon Kindle, Apple Books for iPhone/iPad and Google Playbooks for Android platforms.